HEYNE <

JAN KILMAN

HELDENFLUCHT

Roman

WILHELM HEYNE VERLAG
MÜNCHEN

FSC
www.fsc.org
MIX
Papier aus verantwortungsvollen Quellen
FSC® C014496

Verlagsgruppe Random House FSC® N001967

Vollständige deutsche Erstausgabe 04/2017

in der Verlagsgruppe Random House GmbH,
Neumarkter Str. 28, 81673 München
Redaktion: Heiko Arntz
Printed in Germany
Umschlaggestaltung: Johannes Wiebel/punchdesign, München,
unter Verwendung von Motiven von © shutterstock.com
(Jekurantodistaja, Michaela Steininger, T.W. van Urk, Everett Collection)
Satz: Uhl + Massopust, Aalen
Druck und Bindung: GGP Media GmbH, Pößneck
ISBN: 978-3-453-43837-8

www.heyne.de

»Ihr werdet wieder zu Hause sein,
ehe noch das Laub von den Bäumen fällt.«

Wilhelm II., deutscher Kaiser, August 1914

PROLOG

Er war fünfzehn Jahre alt, als er seinen ersten Toten sah.

Franz hockte sich vor die Leiche.

Sie stank, trotz der Kälte. Die Mittagssonne, die hier ungehindert auf der Lichtung schien, hatte sie aufgewärmt.

Der Gestank erinnerte ihn an den halb verwesten Rattenkadaver, den er vor gut zwei Jahren unter dem Bett gefunden hatte. Nur war es hier intensiver. Der süßlich-faulige Geruch überlagerte alles. Franz würgte, steckte die Nase in den Stoff seines zerschlissenen Mantelärmels.

Erst jetzt fiel ihm die Stille im Wald auf. Nichts war zu hören, die Vögel schwiegen. Hielten sie eine Totenwache? Oder war jemand in der Nähe, der sich versteckt hatte? Beobachtete ihn jemand? Der Täter? War er zurückgekehrt, um die Leiche zu beseitigen?

Hoffentlich nicht. Ich will nicht gestört werden.

Den toten Mann kannte Franz nicht.

Niemand aus dem Dorf.

Ohnehin hatte er nur selten einen solch jungen Kerl gesehen. Er kannte fast nur alte und gebrechliche Männer. Die anderen waren fort, im Krieg, der wohl, was er so aufgeschnappt hatte, zu Ende war.

Franz wusste, dass kaum jemand zurückkommen würde. Der »Schäle Otto«, ihr Postbote, hatte fast allen Frauen aus dem Dorf einen Brief vom Kaiser überbracht. Rotz und Wasser hatten sie geheult. Einige waren noch im Türrahmen zusammengebrochen.

Seine Mutter hatte auch Tag für Tag auf einen solchen Brief gewartet. Ängstlich hatte sie aus dem Fenster geäugt, wenn der Postbote durch das Dorf von Haus zu Haus ging. Wochen, Monate, Jahre war es so gegangen, doch der Kelch war an ihnen vorübergegangen. Franz war es gleichgültig gewesen. Die Erinnerungen an seinen Vater waren verblasst, kaum mehr als ein unscharfes Bild im Gedächtnis. Es gab nichts, was er vermisste.

Der Bauch des Mannes vor ihm auf dem Boden klaffte weit offen.

So ein scharfes Messer will ich auch haben.

Ein tiefer Schnitt mit glatten Wundrändern. Unter dem Rücken des Mannes war das Blut im Boden versickert und hatte die Tannennadeln rötlich-schwarz gefärbt.

Franz dachte an seinen einzigen Freund, Ruben Lieberstock, den Krämer im Dorf. Der verkaufte scharfe Messer. Echte Handarbeit aus Solingen, wie er mit stolzgeschwellter Brust betonte, wenn ein Kunde danach fragte. Die Klingen schnitten Papier mit Leichtigkeit in zwei Hälften. In öligen Tüchern eingehüllt lagen die Messer in einer verschlossenen Schublade unter dem Verkaufstresen.

Damit konnte man solch einen sauberen Schnitt schaffen.

Franz rieb die Tannennadeln in den Fingern.

Trocken.

Der Tote lag somit bereits eine Weile hier. Der Mund stand offen, die gelben Zähne ragten aus dem zurückgezogenen Zahnfleisch heraus. Der nackte Leib war mit Flecken übersät. Die dunkelsten Stellen zeigten sich unten, dort, wo der Mann auflag. Die Haut spannte über dem aufgedunsenen Körper. Wie eine Brühwurst im siedend heißen Wasser kurz vor dem Platzen.

Was das wohl für ein Geräusch macht?

Franz sah sich um und griff nach einem Stock. Aus der Hosentasche zog er das eigene Messer, ein Küchenmesser von minderer Qualität.

Vom häufigen Schleifen glich die Klinge inzwischen einem dünnen Metallband. Doch für seine Lieblingsbeschäftigung, das Schnitzen, reichte es noch.

Franz sah auf.

Die Dezembersonne stand knapp über den Baumwipfeln, die Schatten der Stämme wanderten langsam, aber stetig über den Boden hinweg.

Wie eine riesige Sonnenuhr.

Nur noch eine Stunde, dann setzte die Dämmerung ein, und der Winter würde mit seinen kalten Fingern Franz' Heimatdorf Kirchbach wieder fest im Griff haben. Bis dahin wollte er das Tageslicht noch nutzen.

Leise ein Lied vor sich hin summend, spitzte Franz den Stock an. Die Späne fielen auf den Brustkorb des toten Mannes und verfingen sich in der Brustbehaarung.

In der Ferne hörte Franz einen Zug pfeifen. Die Bahnlinie führte unweit an seinem Elternhaus vorbei. Leider hielt die stählerne Schlange nicht an, denn einen Bahnhof gab es im Dorf nicht. Franz wäre gerne einmal zugestiegen.

Er stellte sich vor, wie die Lokomotive funkensprühend in Richtung Trier dampfte, eine lange Kette von Waggons hinter sich herziehend. Wohin würde sie dann fahren?

Ich sitze am Fenster, die Landschaft verändert sich, wird erst flach. Ein See, dahinter die Alpen. Durch einen langen Tunnel, minutenlang rollen sie im Dunklen dahin. Dann, von einem Augenblick auf den anderen, schießt der Zug aus dem Tunnel heraus ins helle Sonnenlicht. Vorbei geht es an Obstbäumen, satt-grünen Wiesen und fremd aussehenden Menschen. Und dann – endlich – das Meer, das Wasser in einem so unvorstellbaren kräftigen Dunkelblau, dass man es nicht glauben mag.

Franz schüttelte den Kopf.

Hör auf zu träumen. Das wird nie geschehen. Du wirst immer nur hinterhersehen, wie der Zug in der Ferne verschwindet.

So wie die anderen Kinder aus dem Dorf. Noch vor einigen Monaten hatten sie, an der Strecke aufgereiht, den vorbeifahrenden Soldaten zugewinkt, die auf dem Weg zur Front waren.

Zeitverschwendung.

Für Franz war die Welt ein Wunder, in dem es so viel zu entdecken gab, dass vermutlich ein Leben nicht ausreichte. Daher musste man sich sputen. Forschen, aufspüren und beobachten, Augen und Ohren offen halten. Warum sollte man die Zeit damit verschwenden, wildfremden Menschen einen Gruß zuzuwinken?

Franz steckte das Messer zurück in die Tasche und griff den Stock mit beiden Händen. Er bohrte die Spitze seitlich in den Bauch des Mannes. In der Haut entstand eine Delle, mehr passierte nicht. Er erhöhte den Druck, bis die Spitze eindrang und der Stock einige Zentimeter in dem Körper des Mannes verschwand.

Nicht geplatzt. Schade.

Er zog den Stock heraus und pulte damit in der Nase des Mannes herum. Der Nasenflügel riss ab und gab den Blick frei in die Nasenhöhle.

Sieht aus wie das Loch eines Maulwurfs.

Eine Weile spielte Franz mit dem Stock noch in den Öffnungen des Mannes herum, dann stand er auf.

Hunger!

Er war sehr gespannt darauf, wie die Leiche morgen aussehen würde.

Er warf den Stock fort und machte sich pfeifend auf den Rückweg ins Dorf.

Als Franz' Lied in der Ferne verklang, löste sich eine Gestalt aus dem Schatten einer mächtigen Buche. Tief sog sie die klare Waldluft ein. Endlich durchatmen, zu lange schon hatte sie den Atem flach halten müssen, um nicht aufzufallen.

Das war gerade noch einmal gut gegangen.

Drocourt, Frankreich, am 17. September 1915

Liebe Mutter, lieber Vater!
Soeben habe ich Euer Paket (Seife, Zigaretten) erhalten. Besten Dank für alle die guten und nützlichen Sachen, die ich bis jetzt von Euch bekommen habe. Wir sind jetzt hinter der Front in Ruhestellung. Verstärkung ist eingetroffen, gut und gerne 60 Mann, die unsere Verluste ersetzen sollen. Dabei wird es Wochen dauern, bis sie so weit sind. Denn Instinkt und die Erfahrung der altgedienten Frontschweine, zu denen ich mich bereits zähle, müssen ja erst erlernt werden.
Wir erholen uns gut, auch wenn der Drill hinter der Front lästig ist. Ich würde am liebsten den ganzen Tag ausruhen, doch die Offiziere haben etwas dagegen. So ist es einerseits zwar angenehmer als im Schützengraben (warmes Essen, ruhige Nächte), andererseits doch auch anstrengend.
In den zwei Wochen im Graben hatten wir einige Verluste, Tote sowie Verwundete in der Kompagnie. Schon beim Einrücken in den Schützengraben wurden wir mit Schrapnells begrüßt, glücklicherweise wurde niemand getroffen. Doch schon am nächsten Morgen ging es los, heftiges Trommelfeuer. Es gab einige Kameraden zu beklagen. Von unserer Korporalschaft waren es allein zwei Mann, darunter mein bester Kamerad Peter Brauns aus Cöln. Ein Volltreffer einer Mörsergranate in dem Unterstand, in dem er Schutz suchte. Mehr möchte ich dazu nicht schreiben, es schmerzt immer noch sehr.
Am anderen Tag ging ich mit einem Kameraden auf Posten,

weit vorne. Fast hätten wir den Feind mit Handschlag begrüßen können. Kaum hatten wir uns eingerichtet, wollten die Franzmänner uns wieder loswerden. Ein gewaltiges Feuer eröffneten sie. Eine Kugel ging meinem Kameraden mitten durch den Kopf. Ich musste dann allein fast eine Stunde noch den Posten versehen, das war gerade nicht sehr angenehm.
Auf diesem Posten hatten wir an dem Tag und dem nächsten noch einen Toten und 2 Verwundete. So ging es 14 Tage lang. Das strengt die Nerven an. Zweimal versuchten die Franzosen sogar, uns in die Luft zu sprengen. Wie ein Erdbeben hat sich das angefühlt, da wird es einem angst und bang. Doch es war nicht stark genug, die Unterstände und die Gräben hielten stand, niemand wurde verschüttet.
Die Hauptwaffe der Franzosen sind die Minen. Sie werden bis 400 m geschleudert und explodieren mit fürchterlichem Knall. Die fliegen allerdings langsam. Ist man flink auf den Beinen, kann man davonlaufen. Im Graben sieht es dann aus, als würden wir an einem olympischen Hindernislauf teilnehmen. Man muss recht aufpassen, um sich nicht im Wege zu stehen. Der vorderste Graben blieb meistens von den Mienen verschont. Dafür Handgranaten und Gewehrfeuer zur Genüge. Doch wir standen den Franzmännern in nichts nach. Die Handgranaten müssen entzündet, genau 4 Sekunden gehalten und dann fortgeschleudert werden. Nicht zu lange halten, ansonsten reißt einen die eigene Granate in Stücke. Leider ist genau das einem Kameraden passiert. Am Tag der Ablöse muss der Franzmann etwas davon bemerkt haben. Anscheinend hatte er uns lieb gewonnen und wollte uns nicht ausrücken lassen: Feuerüberfall. Sieben Stunden lang feuerte er aus allen Rohren, was für ein Dröhnen, Knallen und Beben. Da heißt es, Nerven zu behalten. Später flogen die Handgranaten herüber

und hinüber. Einen Sturmangriff versuchten sie zu allem Überfluss auch noch. Ohne Erfolg, wie ich stolz berichten mag. Das Feuer unserer Maschinengewehre schnitt durch ihre Reihen wie eine geschärfte Sense durch die Ähren.

Endlich konnten wir abrücken. Gepäck übergeworfen, das Gewehr geschultert, glücklich, wieder einmal aus dem Feuer herauszukommen. Von hinten kamen noch einige Schrapnells nach. Vor Vimy bekamen wir warmen Kaffee, Lastwagen standen bereit. Um 5 Uhr kamen wir endlich in Drocourt an. Schöne Zimmer mit Strohsäcken, besser als in den feuchten Höhlen des Schützengrabens. Die Regimentsmusik spielt abends auf. Wir finden trotz des Exerzierens Zeit für Skat oder Doppelkopf. Heute Morgen hatten wir Feldgottesdienst. Wenn nur nicht der Gedanke wäre, wieder an die Front zu müssen, wäre es gut auszuhalten.

Nun Schluss für heute!

Herzliche Grüße

Euer Sohn

Hannes

Gefreiter Johann »Hannes« Intze aus Kirchbach, gefallen am 28. August 1916 an der Somme

FREITAG, 6. DEZEMBER 1918

Die Stadt Bonn wird von britischen und französischen Truppen besetzt.

Landtag von Elsaß-Lothringen spricht sich für den Anschluss an Frankreich aus.

In Folge des massiven Rohstoffmangels werden auf Anordnung des bayerischen Staatskommissars in Bayern die Rüstungsarbeiten eingestellt.

1

Der Turm der Burgruine kratzte am grau verhangenen Horizont. Franz schlenderte am Ufer des Flüsschens entlang, das sich irgendwo in weiter Ferne in einen größeren Fluss ergoss. Von dort aus ging es bis zu einem so mächtigen Strom, dass Schiffe darauf fahren konnten. Das hatte der Lehrer erzählt. Die Schiffe fuhren bis zum Meer und sogar weiter bis nach Afrika.

Manchmal, wenn Franz nicht einschlafen konnte, träumte er davon, als Matrose in ferne Länder zu reisen. Viele Menschen dort sahen aus wie schwarz angestrichen. Das würde er zu gerne selbst sehen.

In der Ferne schnaufte ein Zug, schwarze Rauchwolken ausstoßend, über das Viadukt.

Der Gegenzug.

Vor einigen Tagen noch waren die Waggons voller Soldaten gewesen. Ein nicht enden wollender Strom von Heimkehrern, die diese Seite des Rheins räumen mussten. Das hatte Franz von dem Krämer des Dorfes erfahren. Schlaue Politiker hatten das so in einem Wald in Frankreich ausgehandelt.

Franz sah die Soldaten noch vor sich, wie sie aus den Fenstern der Abteile blickten oder an den offenen Türen der Stückguttransporter standen. Männer mit grauen Bärten und tiefen Falten im Gesicht, ihre Uniformen verdreckt, viele mit Verbänden.

Sie sind als Jünglinge losgezogen, um die Welt zu verändern. Jetzt hat die Welt sie verändert.

Inzwischen kamen nur noch vereinzelte Nachzügler durch. Mit den grünen Waggons im Schlepptau glich der Zug einem wütenden Lindwurm. Franz dachte an die Siegfried-Sage. Die kannte er von seinem verstorbenen Opa. Er stellte sich vor, wie er mit dem Drachen um Leben und Tod rang, dem Feueratem und den peitschenden Schwanzhieben auswich. Spielerisch tänzelte Franz auf der Stelle. Und dann, mit einem mächtigen Stoß, würde er die Lanze in das Herz des Drachen rammen.

Er stieß einen Schrei aus und fuhr mit dem Arm vor. Im Geiste sah er den Drachen sich winden. Das anschließende Bad im Drachenblut würde ihn unverwundbar machen. Dabei würde er darauf achten, alle Körperstellen mit dem kostbaren Saft zu benetzen. Er würde keine angreifbare Stelle dulden, kein Blatt, das sich auf seine Schulter senkte.

Der Zug verschwand aus seinem Blickfeld. Nur die schwarze Rauchwolke stand noch am Himmel und zerfaserte dann im Wind.

Franz rupfte einen Grashalm vom Boden aus und kaute darauf herum. Es half, den Hunger zu unterdrücken.

Auf dem Pfad, der sich hoch bis zur Burgruine schlängelte, sah er einige Frauen den Hügel herabkommen. Gebeugte graue Gestalten mit hängenden Schultern, müde und ausgelaugt. Seit Jahren arbeiteten sie in der Tuchfabrik auf der anderen Seite des Berges. Außer am Sonntag zogen sie jeden Morgen von Kirchbach los, um die Maschinen in der Fabrik zu bedienen. Fünf Kilometer hin und nachmittags wieder zurück. Bei jedem Wetter. Früher arbeiteten viele der Männer dort. Doch die mussten in den Krieg. So hatten die Frauen deren Aufgaben übernommen.

Das alles wusste Franz von seiner Mutter. Bis vor zwei Jahren hatte sie ebenfalls die Webbänke bedient. Doch nach ihrem Arbeitsunfall, der sie drei Finger der rechten Hand gekostet hatte, konnte der Besitzer sie nicht mehr gebrauchen. Jetzt verdingte sie sich mehr recht als schlecht als Tagelöhnerin.

Auf der steinernen Brücke, über die die Straße ins Dorf führte, hielt Franz an. Er blickte über das gemauerte Geländer. Mit weißen Kronen strudelte das Wasser um die dickeren Steine. An den ruhigeren Stellen am Ufer hatte sich Eis gebildet. Einige Kinder schlitterten lachend über die gefrorenen Flächen.

Franz schüttelte den Kopf. Der Fluss war breit und auch unberechenbar tief. Besser wäre es gewesen, sie hätten sich für ihre Schlitterpartie den Bach hinter dem Gehöft des Ortsvorstehers ausgesucht. Brach man dort ein, konnte man sich selbst aus der misslichen Lage befreien. Trotz des gefährlichen Vorhabens schienen die Kinder viel Spaß zu haben. Das Gejauchze und Gejohle überlagerte das Hämmern in der Dorfschmiede.

Franz achtete nicht weiter auf die Schar. Ihn interessierte der Fortschritt an der Mühle. Das zweite Mühlrad nahm Form an. Der greise Vater des Müllers, Konstanz Schommer, stand im trockengelegten Mühlgraben und passte die letzte Schaufel an. Das zusätzliche Rad sollte den Generator antreiben. Dann würde es Strom im Dorf geben. Franz dachte an die Glühbirnen, die nutzlos an den Decken in ihrem Häuschen hingen. Vor Jahren waren Männer ins Dorf gekommen, um sie zu installieren. In jedes Haus waren sie gegangen. Die Männer gehörten zu einer Firma, die Strom erzeugte. Als nur noch die letzte Leitung fehlte, die, die das Dorf mit dem Elektrizitätswerk verbinden sollte, brach der Krieg aus. Der Anschluss wurde verschoben, erst um Wochen, dann um Monate. Inzwischen waren Jahre ins Land gegangen, die Männer hatten sich nicht mehr blicken lassen. Nur dem alten Müller würden sie es zu verdanken haben, wenn bald in ihren Häusern das Licht anging. Unermüdlich hatte er sich Wissen über elektrischen Strom angeeignet, einen Generator ausfindig gemacht und hierher transportiert. Er hatte die Maschine auseinandergenommen, gereinigt, die Lager gefettet, die Antriebswelle neu befestigt und das hölzerne Mühlrad gebaut. Und weiß der Teufel, woher er die Bauelemente für die Schaltstation hatte.

Anfänglich werkelte Konstanz Schommer allein vor sich hin. Die anderen hielten ihn für verrückt. Aber mit der Zeit, als man sah, dass er wusste, was er dort in der Mühle trieb, erhielt er von allen Seiten Unterstützung. So sehr lockte der Segen, den der elektrische Strom bringen würde. Nicht mehr von Gaslampen und Kerzen abhängig zu sein, nur einen Schalter drehen, und die Stube erstrahlte im Licht der Glühbirne, das war äußerst verlockend. Sogar Franz hatte es sich nicht nehmen lassen, Hand anzulegen. Er hatte Leitungen gezogen, beim Einhängen des Schaufelrads geholfen und die untere Etage der Mühle entrümpelt, um Platz für die Schaltanlagen zu schaffen.

Auf den Leitungen, die zu den Häusern führten, saß ein Vogel. Franz kam eine Frage in den Sinn. Und er wusste auch, wer ihm die beantworten konnte.

Er rannte los, wich den eisbedeckten Pfützen auf der Straße aus, sprang über die im Schlamm eingefrorenen Karrenspuren und erreichte endlich die steinernen Stufen, die zum Eingang des Krämerladens führten. Außer Atem riss er die Tür auf. »Machen die Vögel mit den Krallen nicht die Leitungen kaputt?«, platzte Franz heraus.

Ruben Lieberstock hob seine buschigen Augenbrauen. Ein verschmitztes Lächeln grub sich in seine Mundwinkel. »Wolltest du nicht zunächst einen guten Tag wünschen?«

Franz nahm seine Mütze vom Kopf. Stimmt. Er hatte vergessen, dass die Erwachsenen darauf viel Wert legten. »Guten Tag, Herr Lieberstock.« Er deutete einen Diener an, so wie er es in der Schule gelernt hatte. Nicht zu tief, aber trotzdem weit genug, um nicht unhöflich zu sein.

»Sehr schön«, sagte Lieberstock, der sich ächzend von dem Schemel hinter dem Tresen erhob. »Und jetzt lass bitte Frau Papen eintreten.«

Franz wirbelte herum. In der Eingangstür stand die Dame, die erst kürzlich ins Dorf gezogen war. Eine Frau mit einer kleinen Nase und kräftigen Lippen. Die Haare trug sie zu einem Dutt hochgesteckt und unter einem Tuch verborgen. Aus ihren braunen Augen heraus blickte sie neugierig in die Welt.

Darüber wunderte sich Franz. Als sie vor einigen Tagen im Dorf eintraf, hatte sie traurig gewirkt. Er hatte angenommen, dass die Hose daran schuld war. Alle Frauen im Dorf besaßen Kleider und Röcke. Nur Frau Papen schien sich das nicht leisten zu können. Franz musterte ihre Beinkleidung.

Eine Hose!

Entgegen seiner anfänglichen Vermutung schien dieses Kleidungsstück ihr keinen Kummer zu bereiten.

»Ich habe es nicht eilig«, sagte Frau Papen und schob ihren schlanken Körper an Franz vorbei. In der Hand hielt sie einen leeren Weidenkorb. »Um deine Frage zu beantworten, Franz…« Sie drehte sich zu ihm um. »Franz ist doch richtig, nicht wahr?«

Franz nickte.

Sie hielt ihm die Hand hin. »Agnes Papen.«

Er schlug ein. Ihre Hand fühlte sich weich an, ganz anders als bei seiner Mutter. Deren Haut war von der schweren Arbeit hornig und mit Kratzern übersät.

Sie hängte ihren Korb in den angewinkelten Ellenbogen. »Nun, die Stromleitungen nehmen keinen Schaden. Die Isolierungen sind dick und fest, da kommt keine Kralle durch.«

»Isolierung?«

»So nennt man das, was außen um das stromführende Metall gewickelt ist.«

Franz sah Ruben Lieberstock an und runzelte die Stirn.

Der lachte. »Dem gibt es nichts hinzuzufügen. Frau Papen kommt aus der Stadt. Dort gibt es schon lange elektrisches Licht.« Er deutete zu der Glühbirne an der Decke und seufzte. »So sehr ich das begrüße, für das Geschäft mit den Kerzen wird es das Aus bedeuten.«

Frau Papen schmunzelte. »Dafür werden Sie Leitungen, Schalter, Sicherungen, Lampensockel, Isolatoren, Glühbirnen und vieles mehr verkaufen.«

Lieberstock schürzte die Lippen. »Man wird sehen. Ich zweifle noch.«

»Wann soll es denn endlich so weit sein?«

»Noch vor Weihnachten«, platzte Franz heraus. »Am vierten Advent, nach der Sonntagsmesse. Der Ortsvorsteher wird eine Ansprache halten.« Sein Magen unterstrich seine Sätze mit einem vernehmlichen Knurren. Den Hunger hatte er ganz vergessen. Darum musste er sich kümmern, damit er bei Kräften blieb.

Ohne weiter auf die Erwachsenen zu achten, drehte Franz sich um, rannte aus dem Laden, sprang mit einem Satz über die Stufen auf die Straße und bog nach rechts ab. An der Dorfkirche nahm er die Abkürzung über den Friedhof, vorbei am geschlossenen Gasthof, dann bog er in die Gasse ein, in der er wohnte. Ein Huhn flatterte verschreckt zur Seite. Hoffentlich hatte seine Mutter noch etwas Essbares auf dem Herd stehen. Haferschleim, oder eine Rübensuppe. Vielleicht gab es dazu noch ein Stück Brot.

Aber wohl eher nicht. Das wäre ja wie an einem Sonntag.

Franz jagte durch den Garten, durch den Hintereingang in den Hausflur. Ein ungewöhnlicher Geruch lag in der Luft. Vom Hunger getrieben, achtete Franz nicht weiter darauf. Er stürmte in die Küche. »Mutter, ich habe …«

Abrupt verstummte er und blieb wie angewurzelt stehen. Am Tisch saß nicht nur seine Mutter, sondern auch ein ihm unbekannter älterer Herr, der einen kleinen Hund im Arm hielt.

Franz war nicht dumm, auch wenn ihn viele dafür hielten.

Er wusste sofort, dass sich gerade sein Leben von Grund auf verändert hatte.

2

Ruben Lieberstock sah dem davoneilenden Jungen nach und lachte. »Das ist vielleicht ein Wirbelwind.« Er humpelte zur Tür, drückte sie zu und schloss damit die Kälte aus. Vergeblich bemühte er sich, die kleine Glocke, die an einer Feder über der Tür hing, und die sich nach Franz' stürmischem Auftritt in der Metallspirale verfangen hatte, wieder zu richten.

»Warten Sie«, bot sich Agnes Papen an. Sie stellte sich auf Zehenspitzen und entwirrte den Knäuel.

Lieberstock warf nur einen flüchtigen Blick auf die Wölbung, die sich unter ihrer gestrafften Bluse deutlich abzeichnete. Trotz seiner fast siebzig Lenze war er nicht blind für weibliche Schönheit, doch er wusste auch, was sich geziemt. Insgeheim verfluchte er sein Alter. Nicht nur die damit einhergehenden zahlreichen Wehwehchen, nein, es verhinderte auch, Frau Papen den Hof zu machen. Das machte ihn wütend und traurig zugleich. Vor fünfzig Jahren wäre das noch anders gewesen. Als junger Bursche und stolzer Soldat im Füsilier-Regiment »Fürst Karl-Anton von Hohenzollern« hätte er sie hocherhobenen Hauptes und mit stolz geschwellter Brust zum Tanz ausgeführt. Aber von dem Draufgänger, der sich tapfer in den Schlachten des Deutsch-Französischen Krieges von 1870/71 ausgezeichnet hatte, war außer Erinnerungen wenig geblieben. Ein ausgemergelter alter Leib. Nichts, womit man eine so bezaubernde Frau beeindrucken konnte.

Ruben Lieberstock bedankte sich und fragte: »Womit kann ich Ihnen dienen, Frau Papen?«

Wie beiläufig musterte sie die Auslagen. Viel gab es da nicht zu sehen. Lieberstocks fahrender Händler, mit dem er zusammenarbeitete, war seit über zwei Wochen nicht mehr ins Dorf gekommen. Die Versorgungslage war im ganzen Reich schlecht, die wenigen Vorräte gingen zu Ende. Dabei stand das Schlimmste, der Winter, noch bevor. Glücklich konnte sich derjenige schätzen, der noch Steckrüben im Keller eingelagert hatte.

Agnes Papens Gesicht verdunkelte sich. »Mein Onkel ist krank. Er hustet und hat Fieber. Ich wollte ihm eine Suppe kochen. Sie hätten nicht noch eine Beinscheibe oder dergleichen …?« Sie brach ab und sah ihn flehentlich an. »Es ist nicht für mich.« Sie lachte unlustig auf. »An der Front, da gab es Tage, an denen ich nichts zu essen bekommen habe. Mit Wasser aus Pfützen musste ich meinen Durst stillen.« Sie straffte sich. »Ich kann Hunger und Leid ertragen.«

Ihr verzweifelter Blick rührte Ruben Lieberstock. »Wissen Sie eigentlich«, sagte er, »dass Ihr Onkel mir einmal das Leben gerettet hat?«

Sie machte große Augen. »Wirklich?«

Lieberstocks Blick ging in die Ferne. Er glaubte wieder, das brackige Wasser zu schmecken, meinte, die Kraft, die ihn unter die Oberfläche zog, erneut zu spüren. Sein Herz schlug schneller, als er an den Todeskampf dachte. »Der Fluss ist nicht immer so zahm, wie er sich normalerweise gibt. Er kann wütend werden und schwillt an, wie der Kamm eines Hahns. Unbarmherzig nimmt er dann Dinge mit, um sie zu verschlingen. Erst in weiter Ferne spuckt er sie wieder aus, zermalmt, zerquetscht sie, reißt sie in Stücke.« Lieberstock setzte sich auf den Schemel. »Der Ortsvorsteher hatte uns zu sich gerufen. Das war vor dem Krieg gewesen, 1901 meine ich, kann auch 1902 gewesen sein. Ein Unwetter tobte, es regnete wie aus Kübeln.« Mit zittrigen Fingern zog er die Schnupftabakdose aus der Tasche seines Kittels und klopfte sich eine Prise auf den Handrücken. »Wissen Sie, Frau Papen, ich bin oft auf der Suche nach Kräutern in der Aue hinter dem Hof des Ortsvorstehers unterwegs. Eine schöne Ecke, im Sommer voller Schmetterlinge, Bienen und Blumen. Aber daran war an diesen stürmischen und regnerischen Tagen nicht zu denken. Als ich ankam, verschlug es mir den Atem. Vor mir breitete sich ein Meer aus. Der Fluss hatte alles überspült, die Bäume lugten nur noch mit den Kronen aus dem Wasser. Ein paar Zentimeter mehr, und die Strömung hätte das Fundament des Hofes unterspült. Wir legten los, schaufelten Säcke voller Erde und stapelten sie zu einem Damm. Stundenlang, bis zur Erschöpfung. Ich stand auf dem Damm und brachte die Säcke in die richtige Position. Als wir dachten, wir würden es schaffen, schlug der Fluss zu.« Lieberstock schnupfte den Tabak, um die flatternden Nerven zu beruhigen. »Es dämmerte bereits. Plötzlich spürte ich ein Beben unter meinen Füßen. Ich hörte Leute schreien, dann war ich auch schon unter Wasser. Ich wirbelte herum, hierhin, dorthin, etwas riss mir das Hemd vom Leib, die eisige Kälte war ein schlimmer Schock. Ich wusste nicht, wo oben und unten war. Panisch schlug ich um mich, versuchte, irgendetwas zu greifen, um mich daran an die Wasseroberfläche zu ziehen. Ich schlug mit dem Kopf an einen Stein. Ich muss eine Weile bewusstlos gewesen sein. Die brennenden Lungen holten mich in die Wirklichkeit zurück. Immer noch war ich unter Wasser, ich durchbrach noch nicht einmal für einen kurzen Augenblick die Oberfläche, um nach Luft schnappen zu können. Ich kämpfte erneut. Der Gedanke an meine Frau trieb mich an. Ich wollte nur noch einmal ihr Lachen hören, ihre weichen Lippen spüren, sie in den Arm nehmen. Doch alles Strampeln half nichts. Spürte ich für eine Sekunde Grund unter den Füßen, wurde ich in der nächsten bereits wieder von der Gewalt des Wassers fortgerissen. Und dann kam der Moment, wo ich den Kampf aufgab.« Trotz der Jahre, die seitdem vergangen waren, schämte sich Lieberstock immer noch, das zuzugeben. Gehörte es sich nicht, bis zum letzten Augenblick um sein Leben zu kämpfen? Sich feige aus dem Leben zu stehlen war wohl keine Ruhmestat.

Agnes Papen machte einen Schritt auf ihn zu. Sie streckte die Hand aus und berührte seinen Unterarm. »Wie furchtbar. Was geschah dann?«

Lieberstock spürte die Berührung. Kraft durchströmte seinen ausgemergelten Körper. »Es ging alles so schnell. Von einem Augenblick auf den anderen konnte ich wieder atmen. Regen peitschte auf mein Gesicht, ich hörte das Prasseln, hell und deutlich. Ihr Onkel hatte mich buchstäblich am Schlafittchen gepackt und aus dem Wasser gezogen. Er ist ein ausgezeichneter Schwimmer, im Gegensatz zu mir. Selbstlos hatte er sein Leben riskiert, um mich zu retten. Dafür werde ich ihm ewig dankbar sein.«

Stille kehrte in dem Krämerladen ein. Nur das Ticken der Wanduhr war zu hören.

Schließlich sagte Agnes Papen: »Davon hat er mir nie erzählt.«

Lieberstock lächelte. »Ein feiner Mensch, Ihr Onkel. Bescheiden, klug und hilfsbereit.« Der alte Mann fasste einen Entschluss. Es war an der Zeit, eine Schuld zu begleichen. Er forderte den Korb von ihr, den sie ihm zögerlich aushändigte. »Was haben Sie vor?«, fragte sie.

»Sie werden schon sehen. Warten Sie bitte hier, Frau Papen.«

Er verließ den Laden, schlurfte durch den Flur in den Hinterhof, dort weiter in den Erdkeller. Er ließ die Tür offen stehen, damit ein wenig Licht auf die Regale längs der Wand fiel. Er wartete, bis seine Augen sich an das Halbdunkel gewöhnt hatten. Dann nahm er einen irdenen Topf vom Regal und ging zu dem Fass in der Ecke, das halb in den Boden eingelassen war. Er schob den Deckel zur Seite und kratzte den letzten Rest Sauerkraut vom Boden. Damit füllte er den Topf. Dann nahm er das letzte Weckglas mit eingemachten Kirschen und stellte es neben dem Topf in den Korb. Eine Zwiebel und seine letzten zwei Kartoffeln legte er ebenfalls dazu. Er stellte den Korb ab und betrachtete nachdenklich das magere, kleine Tier, das an den Hinterläufen von der Decke hing. Erst gestern hatte er es geschlachtet. Konnte er wirklich … Ach, was soll's. Sein Lebensretter musste wieder zu Kräften kommen. Eine deftige Brühe mit Fleischeinlage war die beste Medizin.

Lieberstock nahm das Tier, legte es auf den Hauklotz, der an der hinteren Wand des Kellers stand. Dann zückte er ein Messer und teilte den Leib in Stücke. Die scharfe Schneide schnitt durch die Sehnen und Muskeln wie durch Butter. Gekonnt zerlegte er alles und wickelte die Teile in altes Zeitungspapier ein. Nur ein Stück behielt er für sich, der Rest kam in den Korb.

Er verließ den Keller. Neben dem Hauklotz am Boden lag das blutige Bündel Fell, obenauf der abgehackte Kopf. Darum musste er sich später kümmern. Gestern war er zu müde gewesen, um alles zu vergraben.

Im Laden überreichte er Agnes Papen den Korb. »Ein Geschenk von mir. Mein letzter Stallhase, er soll euch gehören.«

Die Frau wollte protestieren. »Aber das …«

Lieberstock wehrte mit erhobener Hand ab. »Keine Wiederrede. Und jetzt sputen Sie sich. Machen Sie sich und Ihrem Onkel eine gute Suppe.«

Agnes Papen ergriff seine Hand und drückte sie an ihre Wange. »Danke.«

Etwas verlegen ließ Lieberstock sie gewähren. »Und wenn alles nichts hilft, rufen Sie nach dem Doktor.«

Verlegen senkte sie den Blick. »Den werde ich mir nicht leisten können.«

»Dann versuchen Sie es bei der Kräuterhexe. Jetzt aber geschwind.«

Lieberstock schob sie zur Tür hinaus und sah ihr nach, bis sie um die Ecke des Schulhauses verschwand. Dann drehte er sich um und humpelte zurück in den Hinterhof. Er griff sich den Spaten und Spitzhacke und hob unter dem Haselnussbusch ein Loch aus. Eine schweißtreibende Tätigkeit, denn der Boden war bereits hart vom ersten Frost. Schon nach den ersten Schlägen mit der Spitzhacke brannten seine alten Muskeln. Als er endlich ein Loch gegraben hatte, das tief genug war, war er trotz der Kälte schweißgebadet. Er warf die Schlachtabfälle hinein und füllte Erde auf.

Dabei ließ er seinen Tränen freien Lauf.

Er haderte mit dem Schicksal. Was waren das nur für Zeiten? Hatte er nicht schon genug mitgemacht? Viel hatte er nie besessen, aber es hatte für ein bescheidenes Auskommen gereicht. Doch heutzutage? Der Hunger biss zu wie ein wütender Hund. Alles um einen herum wurde unwichtig, man gierte nur noch nach einem winzigen Brocken, der diesen Hund besänftigen konnte.

An koscheres Essen war schon lange nicht mehr zu denken. Es käme einer Selbsttötung gleich, würde man noch darauf achten. Den Hunger für einen kurzen Augenblick ruhigstellen zu können, war der Gipfel der Glückseligkeit. An manchen Tagen konnte er an nichts anderes denken als ans Essen, an gebratenes Fleisch, gedörrte Früchte, Kartoffeln im Überfluss. Alles mit Salz und Pfeffer gewürzt, mit einer dunkelbraunen Sauce übergossen, in dem die Fettaugen schwammen.

Vor zwei Wochen hatte Lieberstock einen entsetzlichen Traum gehabt. Er mochte gar nicht daran denken. Es war so furchtbar gewesen, wie er das Messer in den weißen … leblosen … menschlichen Körper gerammt hatte, um sich ein Fleischstück herauszuschneiden. Schreiend war er aufgewacht.

Im Dorf war auch nicht mehr viel zu holen. Der Ortsvorsteher besaß noch einige Schweine. Eins wollte er für das anstehende Fest zur Einweihung des Elektrizitätswerkes in der alten Mühle spendieren. Alle anderen besaßen nur noch Fahrkühe, die die Wagen zogen. Oder Milchkühe, die so mager waren, dass man jede Rippe einzeln sah. Milch gaben sie kaum noch, aber das Wenige war besser als nichts. Schlachtvieh gab es nicht mehr. Die letzten Schweine waren im Sommer von einer Versorgungseinheit der Armee zusammengetrieben und in Richtung Front abtransportiert worden. Sie dienten als Henkersmahlzeit für die letzte große deutsche Offensive, die anfänglich erfolgversprechend gestartet war, dann aber ins Stocken geriet und schließlich zurückgeschlagen wurde.

Tauchte Lieberstocks Lieferant, der Michels August, nicht bald auf, sah er schwarz.

Es wurde höchste Zeit, dass die verbliebenen Männer von der Front zurückkamen. Sie mussten die brachliegenden Felder bestellen, das Heu ernten, sich um das Vieh kümmern. Auf ihren Schultern würde eine immense Verantwortung lasten. Sollten sie scheitern, würden viele von ihnen verhungern. Im Vergleich zu dem, was ihnen dann bevorstand, wäre der schreckliche Steckrübenwinter von 1917 paradiesisch zu nennen. Ein verregneter Herbst hatte damals die Kartoffeln auf den Feldern verfaulen lassen. So musste man auf Steckrüben ausweichen. Steckrübensuppe, Steckrübenauflauf, Steckrübenkoteletts, Steckrübenpudding, Steckrübenbrot und Steckrübenmarmelade. Lieberstock konnte die Knolle nicht mehr sehen. Nein, die Ernte im kommenden Jahr musste gut werden.

Hoffentlich waren die Männer überhaupt in der Lage, sich der Aufgabe zu stellen. Seine Kunden erwarteten, dass es bald wieder so wäre wie vor dem Krieg. Doch Lieberstock machte sich keine Illusionen. Die Männer, die zu ihnen zurückkehren würden, waren nicht die, die vor Jahren losgezogen waren. Sie hatten unvorstellbare Schrecken erlebt. Er rechnete damit, hinter den vertrauten Gesichtern Fremde vorzufinden.

Lieberstock riss sich aus den Gedanken und wischte sich

den Schweiß von der Stirn. Er stützte sich auf den Spaten ab und sah auf das kleine Grab hinab.

Morgens hatte sie ihm im Bett die kratzige Wange geleckt und ihn damit aus dem Schlaf geweckt. Abends, nach einem langen Tag im Laden, hatte sie sich in seinem Rücken zusammengerollt und ihm die Nieren gewärmt.

Mit dem Spaten klopfte Lieberstock die Erde fest und murmelte ein Gebet.

Die Tränen wollten noch nicht versiegen. Er kämpfte nicht dagegen an, ließ seiner Trauer Raum.

Zumindest das war er seiner geliebten Hauskatze schuldig.

3

Agnes Papen stellte den Korb in den Spülstein unter dem Fenster und zog ihre Schürze über. Mit einem Kienspan entfachte sie das Reisig im Ofen und legte ein Holzscheit oben auf. Stumm dankte sie ihrem Onkel für seine Weitsicht, genug Holz einzulagern. Wenn an einem kein Mangel herrschte, dann war es Holz. Hinter dem Haus stapelten sich einige Klafter. Sie setzte einen großen Topf auf und briet das Fleisch an. Sie würfelte die Zwiebel, putzte die Kartoffeln und gab die Zutaten in den Topf. Verfeinert wurde das Ganze mit einem Stück Schmalz, das sie aus der Stadt mitgebracht hatte. Zum Schluss übergoss sie alles mit Wasser und setzte den Deckel auf. Jetzt hieß es nur noch, die Suppe am Köcheln zu halten.

Sie legte ihre Schürze über die Stuhllehne und ging mit einem Becher Wasser nach oben, um nach ihrem Onkel zu schauen. Im Türrahmen der Kammer blieb sie stehen. Der Anblick bestürzte sie jedes Mal aufs Neue. Wie zerbrechlich Onkel Hans aussah. Seine Wangen glänzten ungesund rosa. Schweißperlen standen ihm auf der Stirn. Er zitterte, selbst unter der dicken Daunendecke. Die Haare des ansonsten stattlichen Schnauzbarts klebten vom Rotz durchtränkt auf der Oberlippe. Mit blutunterlaufenen Augen blickte er zu ihr hoch.

»Agnes!«, flüsterte er und versuchte ein Lächeln. Doch mehr als das Zucken der Mundwinkel gelang ihm nicht.

Agnes gab sich einen Ruck und trat ein. Sie öffnete das Fenster. Ein wenig durchlüften musste sein, auch wenn der Atem in der unbeheizten Kammer bereits jetzt schon kondensierte. Sie stellte den Becher mit Wasser auf die Nachttruhe. Rasch holte sie die dicke Wolldecke aus ihrer Kammer und warf sie über die Bettstatt ihres Onkels. Dann schloss sie das Fenster wieder.

»Der Ausflug in die Stadt ist mir nicht bekommen«, hauchte er.

Sie setzte sich an seine Seite und zog ihre Strickjacke enger. Schuldgefühle plagten sie. Ja, sie hatte ihn gebeten zu kommen. Auf sich allein gestellt, wäre es ihr nie gelungen, all ihre Koffer hierher ins Dorf zu schaffen. Ihr Onkel war noch keine sechzig und bislang in ausgezeichneter körperlicher Verfassung gewesen. Doch nach der Rückkehr und ihrem Einzug bei ihm vor drei Tagen war er sehr zeitig zu Bett gegangen. Agnes hatte es auf die anstrengende Reise geschoben. Schließlich hatte ihr Onkel die Strapazen zweimal ertragen müssen, früh in die Stadt, am späten Nachmittag zurück. Doch am nächsten Morgen hatte er hohes Fieber, und ans Aufstehen war kaum noch zu denken. Seitdem schien er vor ihren Augen zu verfallen.

Die Angst um ihn kroch ihr die Kehle hinauf. Sie biss sich auf die Unterlippe, um den aufkommenden Schluchzer zu unterdrücken. Sie wollte nicht schon wieder jemanden zu Grabe tragen müssen. Erst vor zwei Wochen hatte sie Erde auf den Sarg ihrer Mutter geworfen. Wundstarrkrampf hatte man im Krankenhaus diagnostiziert. Hervorgerufen durch Blasen, die sie sich auf der Suche nach Essen zugezogen hatte. Von einer Amputation der Füße hatte der Doktor abgesehen, stattdessen die Wunden ausgeschnitten. Im Nachhinein eine fragwürdige Behandlung. Krampfend hatte ihre Mutter im Bett gelegen, den Rücken durchgebogen, das Gesicht zu einem Teufelsgrinsen verzogen, die Verbände blutdurchtränkt. Es erschien Agnes, als hätte ein Dämon den ausgezehrten Körper in Besitz genommen. Das alles erlebte ihre Mutter bei klarem Verstand, denn die Krankheit griff nicht das Bewusstsein an. Es war die Hölle. Agnes kannte die Symptome aus den Lazaretten, die sie besucht hatte. Es gab kein Heilmittel. Entweder man überstand die Tortur, oder man wurde irgendwann durch den Tod erlöst. Nach einer Woche hatte ihre Mutter den Kampf verloren. Sie hatte Agnes' Vater gerade mal um zwei Monate überlebt.

Bei ihm war es rasch vorbei gewesen. Vermutlich sollte Agnes das als Segen ansehen und sich damit trösten. Ihr Vater hatte nicht leiden müssen. Aber in ihr loderte eine unermessliche Wut auf den Mann, der ihn kaltblütig erschossen hatte. Ihr Vater war nur zufällig und unverschuldet in den Straßenkampf geraten. Schutz suchend hatte er sich in einem Hauseingang versteckt. Augenzeugen berichteten später, dass einer der Aufständischen über den Hinterhof entfliehen wollte, wobei Agnes' Vater ihm im Weg stand. Ihr Vater hatte noch die Hände hochgerissen, doch das hielt den jungen Mann nicht von der Tat ab. Er hatte sich, ohne zu zögern, den Weg freigeschossen und dann ungehindert seine Flucht fortgesetzt. Agnes machte sich keine Hoffnung, dass der Mord an ihrem Vater jemals gesühnt werden würde. Die Rechtsordnung im Reich schien nicht mehr zu existieren. Niemand würde sich um die

Ergreifung des Täters bemühen. Jeden Tag starben Hunderte in den Straßen der großen Städte. Sogar mit gepanzerten Fahrzeugen rückte man gegen die Aufständischen vor. Was bedeutete da schon ein Opfer mehr oder weniger?

Mit dem Tod ihrer Eltern stand Agnes völlig mittellos da. Zunächst hatte sie sich bemüht, eine Anstellung zu finden. Sie wollte ihrem Onkel nicht auf der Tasche liegen. Tagelang war sie von einer Redaktion zur anderen gerannt, bei den großen Verlagen angefangen bis hin zu den kleinen Hinterhofpressen. Sie hatte sich hübsch gemacht, sich vorgestellt, ihren durchaus beeindruckenden Lebenslauf erzählt. Doch am Ende war sie mit leeren Händen wieder gegangen. Niemand wollte eine ehemalige Kriegsberichterstatterin einstellen. Einige Chefredakteure hatten ihr nicht einmal geglaubt. Als Frau war sie an der Front gewesen? Allein auf sich gestellt zwischen Soldaten und Artilleriefeuer? Völlig unmöglich. Dass Agnes namentlich gezeichnete Artikel vorwies, konnte die Skeptiker nicht überzeugen. Man kannte genug Fälle von angeblichen Kriegsberichterstattern, die in Wahrheit die Heimat nie verlassen hatten.

Die offen gezeigte Ablehnung hatte Agnes in ein seelisches Loch gestürzt. Sie hatte sich gedemütigt und nutzlos gefühlt. Das Einzige, was sie konnte und wollte, war, eine Leserschaft zu informieren. Über das berichten, was die Menschen bewegte. Hintergründe schildern, die Wahrheit ans Licht bringen. Und genau das, was sie so sehr liebte, blieb ihr nun verwehrt. Wäre nicht ihre Freundin Klara gewesen …

»Mach dir keine Vorwürfe.«

Onkel Hans' Finger strichen über ihren Handrücken und

holten Agnes in die Gegenwart zurück. Bellend hustete er, verbarg dabei das Gesicht in der Decke.

Agnes half ihm, sich ein wenig aufzurichten. Sie hielt den Becher an seine Lippen und flößte ihm Wasser ein.

Mit schmerzverzerrtem Gesicht würgte er ein paar Tropfen hinunter. Kraftlos ließ er sich zurücksinken. »Mein Hals … als hätte ich Brennnesseln geschluckt.«

»Du musst mehr trinken«, sagte Agnes.

Er schüttelte nur den Kopf. »Lass mich … schlafen. Das wird schon werden.«

Agnes lächelte tapfer, doch sie kam fast um vor Sorge. Wenn sich der Zustand nicht bald besserte, musste sie Hilfe holen.

4

Mottenkugeln. Die bekommt man auch bei Lieberstock im Laden.

Franz wusste sogar noch, in welcher Schublade Lieberstock sie lagerte.

An einem verregneten Nachmittag hatte er Franz alles gezeigt, und ihm waren vor allem die Gerüche in Erinnerung geblieben. Hier ein Tiegel, dort ein Kästchen, in Wachspapier eingeschlagenes Werkzeug – Lieberstocks Krämerladen war eine Mischung aus Apotheke, Lebensmittelladen und Eisenwarenhandel. In jeder Ecke gab es etwas zu entdecken. Am besten hatte Franz das Parfüm aus Cöln gefallen. Daran erinnerte er sich gerne. Auf dem Etikett waren vier Zahlen abgedruckt gewesen, an die er sich nicht mehr erinnerte. Lieberstock hatte etwas von Bergamotte, Orange und Zitrone erzählt.

Südfrüchte.

So viel wusste Franz. Jedoch sie in den Händen zu halten oder sogar zu probieren, war ihm bisher verwehrt geblieben.

Nur dumm, dass Franz damals noch unbedingt die Nase in das Hirschhornsalz stecken musste.

Teufelszeug.

Beißend war ihm der Geruch in die Nase gestiegen. Tränen waren ihm in die Augen geschossen. Der süße Duft des Parfüms war augenblicklich verloren gegangen.

Hirschhornsalz.

Da würde er lieber die Nase über die aufgedunsene Leiche im Wald halten, die er vorhin gefunden hatte, als jemals wieder Hirschhornsalz anzurühren.

Der Geruch nach Mottenkugeln hier in der Küche war zwar nicht annähernd so arg, trotzdem hing er als etwas Fremdes in der Luft. Er gehörte nicht hierher. Am liebsten hätte Franz den bärtigen Mann, der auf der Bank bei seiner Mutter saß, am Kragen des feinen Mantels gepackt und hinausbefördert.

Der Mann hatte einen kleinen Hund auf dem Arm. Als Franz sich jetzt näherte, reckte er die rattenähnliche Schnauze in die Luft und knurrte.

»Still, Pino!« Der Mann kraulte dem Tier den Nacken und sah lächelnd zu Franz auf. »Ich habe ihn nach meinem Lieblingswein benannt. Der kleine Knurrer ist ein Spitz, die sind von Natur aus vorsichtig. Böse Zungen behaupten, ein Spitz sei kein Hund, sondern drei Kilogramm Hinterlist.«

Der Hund kläffte einige Male, verfiel dann wieder ins Knurren.

Franz wich einen halben Schritt zurück.

Der Mann lachte gackernd. »Keine Angst. Ich habe ihn fest im Griff.«

»Ich habe keine Angst«, sagte Franz. Obwohl es ihm damit ernst war, lachte der Mann erneut.

Franz' Mutter Hedwig fiel höflich mit ein, warf Franz aber einen warnenden Blick zu. »Das ist der Herr Direktor der Tuchfabrik«, erklärte sie. Wie ein scheues Kätzchen hockte sie auf dem Stuhl neben dem Herd und spielte unsicher mit dem Saum ihrer Schürze.

Rudolf Wenger.

Franz' Mutter hatte den Namen oft erwähnt, als sie noch in der Fabrik arbeitete. Vor dem Unfall. Nur kurz fiel Franz' Blick auf die verstümmelte rechte Hand seiner Mutter. Zwischen dem Daumen und kleinen Finger zuckten nur drei winzige Stümpfe über den Stoff der Schürze.

Am Gelenk abgetrennt.

Die Narben hoben sich rosa von der ansonsten bleichen Hand ab.

Wenger räusperte sich. »Du gefällst mir, mein Junge. Du bist geradeheraus und scheinst eine ehrliche Seele zu sein.« Er beugte sich vor. »Trotzdem möchte ich dir eine Warnung mit auf den Lebensweg geben: Nicht jeder schätzt das so wie ich. Sei vorsichtig mit dem, was du sagst. Reden ist Silber, Schweigen ist Gold.« Er hob eine Augenbraue. »Das Sprichwort verstehst du doch, oder?«

Franz nickte. Dasselbe hatte Lieberstock ihm ebenfalls geraten. Der Herr Direktor hatte recht. Die Menschen mochten es nicht, wenn man das sagte, was auf der Hand lag.

Erst vor zwei Wochen hatte Franz sich eine Backpfeife eingehandelt. Er hatte auf dem Dorfbrunnen gehockt, an einer Figur geschnitzt und sich von der Mittagssonne wärmen lassen. Hinter ihm im Schulgebäude sangen die Kinder, übten für die anstehenden Feiertage. Er selbst musste nicht mehr in die Klasse. Der Lehrer meinte, bei ihm »sei Hopfen und Malz verloren«. Franz hatte sich geweigert, dessen Fragen zu beantworten. Es war ihm gleichgültig, wann der Kaiser geboren war. Oder dieser Hindenburg. Er würde ohnehin keine Geschenke schicken. Warum also sollte er sich das merken?

In den ersten Jahren hatte Franz noch fleißig Lesen, Schreiben und Rechnen geübt, doch nachdem er das beherrschte, war sein Interesse am Unterricht versiegt.

Und singen wollte Franz auch nicht. Wozu? Für Musik gab es Spielleute oder den Kirchenchor. Die konnten das besser als er. Er wusste, dass er sich anhörte wie eine kalbende Kuh, sobald er den Mund aufmachte, um eine Strophe anzustimmen.

Aber am schlimmsten waren die ausufernden Ansprachen des Lehrers. Von wegen, es sei die Pflicht eines jeden, für Volk und Vaterland einzustehen. Dass man dem Kaiser gehorchen, und dass man Soldat werden musste. Franz war es leid gewesen. Er verstand das alles nicht. Warum sollte man Soldat werden? Ihm hatte niemand von den »Froschfressern«, wie die Franzosen überall genannt wurden, etwas getan. Und ihn hatte auch noch nie ein »Tommy« verprügelt, nur einmal ein paar Kirchbacher Jungen aus der Klasse über ihm. Wenn der Kaiser ein Problem mit den Engländern hatte, sollte er sich doch selbst darum kümmern. Aber vermutlich traute er sich nicht allein. Der Kaiser hatte ja einen verkrüppelten Arm und konnte damit bestimmt nicht richtig kämpfen. Und daher stachelte er wohl seine Untertanen auf. Wie auch immer, auf Franz konnte der Kaiser nicht zählen. Er hatte eigene Pläne.

An seinem letzten Schultag, als der Lehrer wieder die Stimme erhob, um zu einer Predigt anzusetzen, war Franz aufgestanden und gegangen. Die Rufe des Lehrers, sofort zurückzukommen, hatte er überhört, die Standpauke seiner Mutter klaglos über sich ergehen lassen. Selbst die Schläge, mit der ihn der Ortsvorsteher zurück auf die Schulbank prügeln wollte, hatte er stur ertragen. Schließlich hatte man von ihm abgelassen. Seitdem ließen sie ihn in Ruhe.

Franz hatte also an der Holzfigur geschnitzt, die er Ruben Lieberstock zum Christfest schenken wollte. Gerade als er mit der Messerspitze die Äuglein der Figur herausarbeitete, fiel ein Schatten auf ihn. Er sah auf. Die Frau des Ortsvorstehers blickte ihn an, eine stämmige Frau ohne Hals, dafür aber mit einem riesigen, wabbeligen Doppelkinn, das Gesicht rot wie der Kamm eines Gockels. Diese Frau hatte in ihrem Leben gewiss noch nie gehungert. Bei einer solchen Leibesfülle musste der Tisch gut gedeckt sein. Weiß Gott allein, woher der Ortsvorsteher die Lebensmittel bezog.

Sie stellte ihren Korb auf den Boden und stemmte die Fäuste in die Seiten. »Du Taugenichts bist eine Schande für das ganze Dorf«, keifte sie.

Franz stand auf und machte gewohnheitsmäßig einen Diener. Das Messer und die Figur glitten in die Hosentaschen. »Sehr wohl, gnädige Frau«, sagte er, weil ihm nichts Besseres einfiel und Lieberstock ihm geraten hatte, nicht zu widersprechen. »Die Menschen wollen recht behalten«, hatte er Franz erklärt und eine Prise Schnupftabak in die Nase gezogen. »Sie möchten ihre Meinung bestätigt bekommen. Red ihnen nach dem Mund, schmier ihnen Honig um das Maul, dann fressen sie dir aus der Hand.« Schelmisch hatte Lieberstock gezwinkert. »Alte Krämerweisheit. Der Kunde ist König, und ehe er sichs versieht, hat er dir mehr abgekauft, als er eigentlich wollte. Am Ende stimmt die Kasse, und nur das zählt. Dann bist du der heimliche Kaiser, der mit erhobenem Haupt herumstolzieren darf.«

Doch leider schien es Situationen zu geben, in denen Lieberstocks weiser Rat nicht funktionierte. Die Farbe im Gesicht der Frau war ins Dunkelrote gewechselt. Sie hatte ausgeholt und Franz eine Ohrfeige versetzt. »Das wird dich lehren, mich verspotten zu wollen.« Mit dem Korb in der Hand war sie davongerauscht. Ratlos hatte Franz sich wieder auf den Rand des Dorfbrunnens gehockt und die Figur aus der Tasche geholt. Nachdenklich hatte er das Messer an der Figur angesetzt, um die Mundpartie aus dem Holz herauszuarbeiten. Warum setzte es Prügel, wenn er zustimmte? Das war nicht gerecht. Da er keine Antwort fand, hatte er später Lieberstock von dem Vorfall erzählt. Der hatte eine Weile nachgedacht und dann gesagt: »Vergiss das mit dem Honig-um-den-Mund-Schmieren. Reden ist Silber, Schweigen ist Gold. Halt demnächst einfach den Mund. Damit macht man nie etwas verkehrt.«

Der Hund auf dem Arm des Direktors kläffte erneut. In der winzigen Küche schmerzte der Laut in den Ohren. Franz' Hand glitt in die Hosentasche und umklammerte den Griff des Messers. Sollte sich das Mistvieh aus dem Arm des Direktors winden und zum Angriff übergehen, wäre er gewappnet.

»Still, Pino!«, brummte Rudolf Wenger dem Spitz ins Ohr. Tatsächlich beruhigte der Hund sich.

Zufrieden lächelte Wenger. »Dann kommen wir zum Grund meines Besuches.« Mit der freien Hand zog er ein Papier aus der Manteltasche, legte es auf den Tisch. »Deine Mutter hat mir einen Brief geschrieben. Hat sie mit dir darüber gesprochen? Weißt du, was darin steht?«

Franz schwieg, so wie der Direktor es ihm gerade eben selbst geraten hatte, und schüttelte nur den Kopf.

»Gib anständig Antwort, wenn dich der Herr Direktor etwas fragt«, fuhr ihn seine Mutter an.

»Schon recht, Frau Metzler«, sagte Wenger. »Für den Moment soll es gut sein. Benimm wird er schon noch lernen.« Mit dem Kinn deutete Wenger auf den vor ihm liegenden Brief. »Deine Mutter ist der Ansicht, dass ich ihr etwas schulde.« Ein schelmischer Ausdruck huschte über sein Gesicht. Genüsslich kraulte er sich den Bart.

Franz' Mutter zuckte zusammen, als ob sie geschlagen worden wäre. »Herr Direktor, nein … so war das nicht … das … Sie haben das falsch verstanden«, stotterte sie mit belegter Stimme. »Es sollte nur eine Bitte …«

Mit einer energischen Handbewegung schnitt er ihr das Wort ab. »Eine Bitte, ja, so steht es dort tatsächlich.« Er nahm ein Monokel zur Hand, klemmte es sich ins Auge und hob das Blatt. »›… bitte ich Herrn Direktor untertänigst …‹«, las er vor. »Tatsächlich, eine Bitte. Doch ich lese da auch noch Folgendes: ›… wegen der Verletzung, die ich bei Ihnen …‹« Er legte das Papier ab. »Glauben Sie mir, Frau Metzler, ich kann zwischen den Zeilen lesen.« Seine Stimme hatte einen drohenden Unterton angenommen. »Sie haben nicht achtgegeben, es war allein Ihre Schuld.«

»Ich war so müde … ich bin für die Gertrud eingesprungen, die war doch krank … ich habe ihre Schicht übernommen. Und die Maschinen müssen laufen, für den Krieg, das haben Sie doch immer gesagt, Herr Direktor«, verteidigte sich Franz' Mutter. »Patriotismus, haben Sie gesagt, den muss man haben. Für unsere Männer an der Front. Wenn die Maschinen nicht laufen, bekommen die Männer keine Uniformen, keine Wintermäntel und keine wärmende Unterwäsche. Das haben Sie gesagt, Herr Direktor, jawohl, das haben Sie.« Ihre Stimme klang jetzt kräftiger. Sie drückte die Brust raus und sah den Direktor trotzig an.

»Ich weiß, was ich gesagt habe«, fuhr Wenger sie an. »Aber habe ich Sie gezwungen, Frau Metzler? O nein, es war Ihre Entscheidung. Sie hätten die Schicht nicht übernehmen müssen. Es war ganz allein Ihre Entscheidung.«

»Ja, aber …«

»Denken Sie etwa, ich hätte Sie entlassen, wenn Sie nicht eingesprungen wären? Was glauben Sie! In einer Zeit, wo jede Hand gebraucht wird!«

Der kämpferische Ausdruck wich aus ihrem Gesicht. »Nein, das nicht. Aber …«

»Ich kann Ihnen sagen, was der Grund für Ihr Bleiben war«, fuhr Wenger sie harsch an. »Eine zusätzliche Schicht versprach doppelten Lohn für diesen Tag. Und so haben Sie jede Weisheit vermissen lassen und sich übermüdet an die Maschine gestellt. So sieht es aus, und nicht anders.«

»Das ist nicht …«

»O doch! Es ist die bittere Wahrheit.«

Franz' Mutter sackte in sich zusammen. Tränen stiegen ihr in die Augen, und sie barg ihr Gesicht in die Hände. »Ich musste doch Geld verdienen«, schluchzte sie. »Der Junge … er frisst mir die Haare vom Kopf. Und er selbst ist keine Hilfe. Er ist doch … zurückgeblieben. Was sollte ich denn tun?«

Ihr Fuß zuckte, als wollte sie im nächsten Moment aufspringen und das Zimmer verlassen. Doch sie blieb sitzen. Nur ihr Fuß schien vom Körper losgelöst allein davonrennen zu wollen.

Franz stellte sich vor, wie der Fuß in der Küche herumlief, sich die Zehen anschlug, da er ja keine Augen hatte.

Oder konnte man mit Hühneraugen sehen?

Er sah zu seinen Schnürstiefeln hinunter. Wenn man mit den Hühneraugen sehen konnte, dann müsste er ein Loch in das Leder schneiden. Und in die Socke. Sonst wäre ja alles schwarz und dunkel …

Der Direktor entspannte sich, die Fronten waren geklärt, die Schlacht geschlagen, der Sieg errungen. Dem Brief würdigte er keines Blickes mehr. Er erhob sich und zwängte sich an Bank und Tisch vorbei. In der Mitte der Küche blieb er stehen und betrachtete Franz. Der Spitz musterte ihn argwöhnisch. Der Geruch nach Mottenkugeln war stärker denn je.

»Wie alt bist du?«, fragte Wenger.

Dabei kann man nichts Falsches antworten.

»Fünfzehn, Herr Direktor.«

»Du bist ein kräftiger Bursche.«

Franz nahm das Lob stumm hin. Er bemerkte, wie seine Mutter zu weinen aufhörte und die Szene aufmerksam beobachtete.

»Mach mal den Mund auf.«

Franz tat, wie befohlen.

Der Direktor ergriff Franz' Kinn und drehte es hin und her. »Einwandfrei. Du bist bei bester Gesundheit, wie mir scheint.« Er ließ das Kinn wieder los und umfasste Franz' Oberarm. Prüfend drückte er. »Ausgezeichnet. Ganz erstaunlich, mein Junge. Hm, eigentlich hatte ich nicht vor …« Er brach ab und streichelte nachdenklich den Hund. Dann ging ein Ruck durch seinen Körper. »Also gut, dich trifft ja keine Schuld. Ich werde dir die Gelegenheit geben, dich zu beweisen. Du fängst nächsten Montag bei mir an.«

Er nickte kurz in Richtung seiner Mutter. Dann verließ

er ohne ein weiteres Wort die Küche. Kurz darauf hörte Franz einen Motor brummen. Er ging zum Fenster und sah dem davonfahrenden Wagen des Direktors nach.

Seine Mutter stellte sich neben ihn. Sie wischte die Hände in der Schürze ab. »Jetzt hat der liebe Gott mich doch erhört«, flüsterte sie.

Franz schwieg. Seine Gedanken kreisten.

»Ich weiß, es wird alles neu für dich sein, Franz, eine… Umstellung. Aber du musst dir keine Sorgen machen. Und ist erst einmal dein Vater zurück, dann wird es wieder so wie früher. Es kann nicht mehr lange dauern. Die Männer kommen zurück, Franz, endlich kehren sie zurück.« Ihre Stimme hatte sich verändert. Sie klang jetzt so erwartungsfroh, als würde sie ein Geschenk auspacken. Dabei entging Franz nicht die Sorgenfalte auf der Stirn seiner Mutter. Sie passte nicht zu ihrer Stimme.

»Dein Vater hat viel erlebt. Wir müssen ihm lieb sein, damit er sich wohlfühlt und vergessen kann. Es wird ihm helfen, wenn du in den ersten Wochen nach seiner Heimkehr Geld nach Hause bringst. Dann kann er die Dinge langsam angehen, sich ausruhen und zu Kräften kommen.« Seine Mutter strich ihm zärtlich eine Strähne aus der Stirn. »Bald sind wir wieder eine Familie. Du, ich und…«

»Mutter?«, unterbrach Franz sie. Eine Frage ging ihm nicht mehr aus dem Kopf.

»Ja?«

»Können Hühneraugen eigentlich sehen?«

5

Mitten in der Nacht wachte Agnes Papen aus ihrem traumlosen Schlaf auf. Irgendetwas hatte sie geweckt. Mit klopfendem Herzen horchte sie in die Dunkelheit. Der Wind strich heulend um die Hausecke, irgendwo schlug ein Fensterladen. Sonst war nichts Ungewöhnliches zu hören.

Hatte sie sich geirrt? Oder war es gerade die Stille, die sie nicht schlafen ließ? Sah man von den wenigen Besuchen zu Hause ab und die wenigen Wochen nach ihrer Rückkehr nach Cöln, hatte sie in den letzten Jahren überwiegend in Frontnähe genächtigt. Das Donnergrollen der Artillerie, das Gellen von Befehlen, die Schreie der Verwundeten in den Lazaretten, das Brummen der Lastwagenmotoren, das Trappeln von Pferdehufen oder der feste Schritt der marschierenden Neuankömmlinge hatten sie nach einer mehrwöchigen Gewöhnungsphase nicht mehr im Schlaf gestört. Nur selten war es ihr gelungen, sich dem zu entziehen, so wie im Herbst 1917, den sie weit hinter der Front in der Nähe von Dinant auf belgischem Gebiet verbracht hatte. Nach den zwei Jahren zuvor war sie am Ende ihrer Kräfte gewesen. Jeden Tag mit der schweren Kamera im Gepäck von einem Frontabschnitt zum nächsten zu eilen, hatte sie an den Rand ihrer Kräfte gebracht. Dazu kamen die ständigen Querelen mit Offizieren, die ihr das Leben unnötig schwer machten, nur weil sie eine Frau war.

Keine Frage, sie war für diese Männer ein ungewöhnlicher Anblick gewesen. Eine Kriegsberichterstatterin, in Hosen und aufgetragener Bluse, mit zerzausten Haaren und Feldtornister, in dem sie die wesentlichsten Utensilien mit sich führte, musste so fremdartig wirken wie Kaiser Wilhelm der Zweite im Graben an vorderster Front in Verdun im Sommer 1916. Sicher hatte sie die Herren mit ihrem Auftauchen verwirrt. Trotzdem hätte sie sich etwas Unterstützung und Entgegenkommen gewünscht.

Sie schob ihren Arm unter dem wärmenden Plumeau hervor und tastete nach dem Becher mit dem Wasser. Augenblicklich glitt die Kälte über ihre Haut und ließ sie erschaudern. Wäre das Wasser gefroren, sollte es sie nicht wundern.

Der bellende Husten ihres Onkels erschreckte sie. Fast hätte sie den Becher umgestoßen. Sie sprang aus dem Bett, ignorierte die Kälte, die unter ihrem Nachthemd nach ihr griff. Sie tastete sich voran. Das raue Holz der Dielen spürte sie sogar durch ihre dicken Wollsocken. In ihrer Eile trat sie mit dem dicken Zeh gegen die Türzarge. Sie jammerte auf und hüpfte einige Male auf der Stelle. Verflucht, es war ein blöder Einfall gewesen, wie ein kopfloses Huhn loszulaufen. Aber die Sorge um ihren Onkel hatte den gesunden Menschenverstand außer Kraft gesetzt.

Agnes stellte sich aufrecht hin und atmete durch. Ruhig Blut! Vorsichtig schob sie sich in die Richtung, in der ihr Nachtschränkchen stehen musste. Endlich berührte sie es mit dem Knie. Sie streckte suchend die Hände aus und fuhr über die Oberfläche. Jetzt spürte sie das Wachs der Kerze, die in einem tellerähnlichen Ständer steckte, daneben, mit der anderen Hand, das Pappschächtelchen mit den Zündhölzern.

Das Husten ihres Onkels war in ein kratziges Knurren übergegangen. Es hörte sich kraftlos an.

Es schien ihm deutlich schlechter als noch am Nachmittag zu gehen.

Mit zittrigen Fingern riss Agnes das Zündholz an. Kurz darauf flackerte der Kerzenschein und malte unruhige Schatten an die Wände. Agnes verließ hastig ihre Kammer, überquerte den winzigen Flur und setzte sich auf das Bett an die Seite ihres Onkels. Sie stellte den Kerzenständer auf die Nachttruhe, dann beugte sie sich vor und prüfte die Körpertemperatur. Seine Stirn glühte.

»Onkel?«, sprach sie ihn an.

Er reagierte nicht. Die Augenlider flatterten unruhig.

Delirium.

Die Furcht legte eine Klaue um Agnes' Herz und drückte unbarmherzig zu. Nur mühsam gelang es ihr aufzustehen. Allein konnte sie nichts mehr ausrichten. Aber sie durfte jetzt nicht verzweifeln. Sie musste Hilfe holen.

6

August Michels fror erbärmlich. Die windschiefe Scheune bot kaum Schutz vor den eisigen Böen, die durch die Bretterritzen strichen. Er zog die Beine an und wickelte die Decke enger um den Körper. Schlaf konnte er so nicht finden. Nachdenklich starrte er in die Dunkelheit.

Am anderen Ende der Scheune, gut fünf Meter entfernt, schnaufte sein Zugochse. Die Kette, mit der August das Tier an einen Balken gebunden hatte, rasselte. Dann ein Plätschern. Kurz darauf roch August den scharfen Uringestank. Er stach in der Nase. August wendete sich ab und rückte näher zu einer Bretterritze. Am liebsten hätte er das störrische Mistvieh in den Hintern getreten, an den Nasenlöchern gepackt und aus der Scheune getrieben. Aber das konnte er nicht wagen, dafür war es zu kalt. Wenn ihm der Ochse wegstarb, dann hatte er ein ernsthaftes Problem. Ein reisender Händler ohne Zugtier glich einem Frachterkapitän, dem die Schiffsschraube von der Welle gesprungen war.

Ein Ast knackte.

Von einer Sekunde auf die andere war August hellwach. Angestrengt horchte er. Der Wind rüttelte an der Scheune, es knarzte und knirschte. Der Ochse schnaubte, er schien ebenfalls etwas zu spüren. Was trieb sich da draußen herum? Ein Tier? Womöglich ein Wolf? Angelockt von dem Geruch der Lebensmittel, die auf dem Karren lagen? Oder ein Dieb, der die Dunkelheit nutzte, um sich hinterrücks anzuschleichen und August den Garaus zu machen? In der Erwartung, ihn schlafend vorzufinden, leichte Beute, mühelos zu überwältigen?

Augusts Hand wanderte hinunter an seinen Hosenbund, in dem eine Pistole steckte, eine Luger, die er immer am Körper trug. Die Waffe hatte er von einem deutschen Offizier erhalten. Der Mann war opiumsüchtig gewesen, August hatte ihn regelmäßig beliefert. Als dem Offizier das Geld ausging und August damit drohte, die kostbare Ware kurzerhand wieder mitzunehmen, hatten sie sich auf das Geschäft mit der Luger geeinigt. August hatte ohnehin schon mit dem Gedanken gespielt, sich eine Waffe zuzulegen. Es konnte nicht schaden, auf Überfälle vorbereitet zu sein.

Bisher hatte nur eine einzige Kugel den Lauf der Luger verlassen. Vor zwei Jahren war er im Kottenforst auf dem Weg von Bonn nach Sinzig gewesen, als ihm ein herrschaftlicher Reiter entgegengaloppierte. Das Pferd war vollkommen von Sinnen gewesen, weiß Gott allein, was es so aufgebracht hatte. Da August mit seinem Gefährt den Weg versperrte, brach das Pferd nach links aus und stürmte durch das Unterholz. Es war alles so schnell gegangen. Ein Ast schlug den Reiter vom Sattel. Er purzelte noch rücklings über den Boden, als das Pferd mit einem Vorderhuf in das Erdloch eines Kaninchenbaus geriet. Es stolperte und krachte mit dem Kopf gegen einen mächtigen Eichenstamm. Einige Schritte taumelte das Tier noch, dann fiel es wie tot zu Boden.

Aber es hatte den Sturz überlebt.

Nachdem sich August um den Reiter gekümmert hatte,

der außer ein paar Schrammen im Gesicht unverletzt geblieben war, hatte er sich neben das Pferd gehockt. Mit panisch geweiteten Augen und Nüstern hatte es versucht, auf die Beine zu kommen. Doch mehr als ein Zucken des Kopfes hatte nicht gelingen wollen. August hatte kurzerhand die Luger gezogen, sich das Einverständnis des Besitzers eingeholt, der kreidebleich und mit zitternden Knien an seiner Seite stand, und dann abgedrückt.

Ein Akt der Erlösung. Nichts, weswegen man ein schlechtes Gewissen haben musste. Doch wenn es sein musste, würde August nicht zögern, die Pistole auch auf einen Menschen abzufeuern. Nie würde er es zulassen, dass man ihn ausraubte. Nein, nicht mit ihm, nicht mit August Michels. Er war zwar ein Winzling, der gerade so über ein großes Weinfass hinwegschauen konnte. Doch was ihm an Körpergröße fehlte, glich er mit Mut, Beweglichkeit und Entschlossenheit aus. Mit ihm war nicht zu spaßen. Sollte er einen Angreifer nicht mit den Schüssen aufhalten können, blieb ihm immer noch das Messer im Stiefelschaft. Zwanzig Zentimeter blanker Stahl, so scharf geschliffen, dass er damit problemlos einem Bären das Fell abziehen konnte.

August holte tief Luft, hielt die Luger im Anschlag und öffnete das Scheunentor.

7

Der Wind blies Agnes ins Gesicht und riss an ihrer Kleidung. Ihre Haare wirbelten durcheinander, als hätte jede einzelne Strähne ein Eigenleben entwickelt. Sie spielte mit dem Gedanken, umzukehren und rasch ein Tuch umzubinden. Doch es musste ohne gehen, die Zeit drängte.

Sie fror entsetzlich. Auf die wollene Strumpfhose hatte sie ebenfalls verzichtet. Sie trug nur ihr Nachthemd, darüber ihren Mantel, den die Engländer »Trenchcoat« nannten.

Ihre Gedanken flogen zurück zu den Anfangszeiten ihrer Arbeit als Korrespondentin – in das Lazarett, zu dem bleichen Jüngling, dem sie bei seinem letzten Gang die Hand gedrückt hatte. »*Mum*«, hatte er gehaucht, und sie hatte ihn in dem Glauben gelassen, dass seine Mutter bei ihm säße. Mit einem gelösten Gesichtsausdruck war er wenig später verstorben. Den Mantel hatte Agnes zu seinem Gedenken aufgehoben. Mit der Zeit hatte sie das praktische und widerstandsfähige Kleidungsstück schätzen gelernt.

Der Mond war von einer dünnen Wolkenschicht verschleiert. Doch das Licht reichte aus, um den Weg zu finden. Dunkel hoben sich die Häuser vom Horizont ab.

Agnes rannte über den Dorfplatz und schlug den Weg beim Krämerladen rechts in Richtung Mühle ein. Das Haus der Kräuterhexe, eine einfache Kate mit vorgelagertem Gemüsegarten, schälte sich aus der Dunkelheit. Agnes klopfte an die Tür. Dumpf verhallten die Schläge im Inneren des Hauses.

Nichts rührte sich.

Die erneut aufkommende Furcht schluckte Agnes herunter und hämmerte mit beiden Fäusten auf die Tür ein. »Marie!«, rief sie. »Mach bitte auf. Es ist …«

»Sie ist nicht da«, hörte Agnes eine Stimme. Erschrocken sah sie sich um. War das nicht der Krämer … Ja, jetzt sah sie ihn, Ruben Lieberstock. Er lehnte sich aus einem Fenster im ersten Stock des Krämerladens. Der Bommel seiner Schlafmütze tanzte hin und her. Vermutlich ging das Schlafzimmer des Krämers nach hinten raus, und sie hatte ihn mit ihrem Krach geweckt.

»Geht es um Hans?«, fragte er besorgt.

»Ja. Marie muss sofort kommen. Sonst …« Agnes' Stimme brach. Hastig wischte sie sich über die Augen.

Lieberstock hatte verstanden. »Sie ist beim Ortsvorsteher.« Er deutete in östliche Richtung. »Eine Geburt. Vielleicht ist das Kind schon da. Nun, wie auch immer … Laufen Sie, laufen Sie!« Mit weit ausholenden Armbewegungen trieb er sie zur Eile an. »Holen Sie Marie! Ich gehe so lange zu Ihrem Onkel.« Ohne eine Antwort abzuwarten, knallte er die Fensterflügel zu. Das Licht der Kerze erlosch hinter dem Glas.

Neuer Mut durchströmte Agnes. Es tat gut, jemanden an seiner Seite zu wissen, jemand, dem sie vertraute.

Sie kannte die Lieberstocks aus ihrer Kindheit. Obwohl Agnes als Kind das Leben in der Stadt durchaus mochte, hatte es sie in den Ferien zu ihrem Onkel aufs Land gezogen. Das Dorf wurde mit der Zeit zu ihrer zweiten Heimat. Agnes hatte es geliebt, bei der Ernte zu helfen, im Fluss zu baden, mit den anderen Kindern Verstecken zu spielen. Hier war alles so unkompliziert und einfach gewesen. Niemand hatte sie getadelt, wenn sie zu früh vom Tisch aufsprang oder lautstark mit ihren Freundinnen ein Lied sang. Alles war ihr so natürlich, rein und ehrlich vorgekommen, die Luft, das Wasser, die Dörfler. Und hatte es ein Problem gegeben, war man zu den Lieberstocks gelaufen. Sie hatten Ratschläge gegeben und Streitigkeiten geschlichtet. Egal, ob als Kind oder als Erwachsener, die Lieberstocks hatten immer ein offenes Ohr. Auf ihr Stillschweigen hatte man sich stets verlassen können. Ein Geheimnis war bei ihnen besser aufgehoben als Gold in einem Banktresor, sie waren verschwiegener als der Pastor.

Nur schade, dass Frau Lieberstock bereits gestorben war. Zu gerne hätte Agnes mit der warmherzigen alten Dame einen Kaffee getrunken und über vergangene Zeiten geplaudert.

Agnes rannte an der Mühle vorbei zum Vierseithof von Friedrich Intze, dem Ortsvorsteher, ein großes und stattliches Anwesen. Hinter den Fenstern des Wohnhauses brannte Licht.

Was hatte Lieberstock gesagt? Eine Geburt? Wurde der alte Intze etwa Großvater? Seine Söhne waren doch an der Front. Und dass einer von ihnen verheiratet war, wäre ihr neu.

Sie ging durch das Hoftor.

Der Hund schlug an und riss an der Kette.

Agnes sandte ein Stoßgebet zum Himmel. Zweifellos hätte der Köter sie zerfleischt, wäre er nicht angebunden.

Sie stieß die Haustür auf. Beim Betreten des Flurs ging ihr auf, wie unhöflich sie sich benahm. Sie stockte. »Hallo?«, rief sie vorsichtig. »Ich bin's, Agnes. Agnes Papen. Die Nichte von Hans …«

Ihre Worte gingen in einem lang anhaltenden Schrei, dem ein Wimmern folgte, unter. Es kam aus dem oberen Geschoss. Über Agnes' Kopf trampelten eilige Schritte.

Die Frau des Ortsvorstehers tauchte auf und rannte die Treppe hinunter. Unten angekommen registrierte sie Agnes und hielt inne. »Was willst du hier?«, fragte sie brüsk. Mit ihren eng zusammenstehenden grauen Augen und ihrer gebogenen Nase glich sie einem Raubvogel auf Beutejagd.

Rechts von Agnes schwang die Stubentür auf. Friedrich Intze erschien im Türrahmen. Obwohl bereits an die siebzig wirkte er rüstig und voller Tatendrang. Die wettergegerbte Haut bewies, dass er immer noch selbst das Tagwerk auf dem Feld erledigte und Wind und Wetter trotzte. »Ist es geschafft?«, fragte er seine Frau. »Sag schon, Weib?«

Elsbeth Intze hob die Nase und sah ihn verächtlich an. »Mann, wo denkst du hin. Es ist ihr Erstes.« Sie spuckte die Worte fast aus. »Es wird noch dauern, bis du dein Kind in Händen halten kannst, du alter Hurensohn.«

Agnes riss die Augen auf. Sollte der Ortsvorsteher tatsächlich … Aber wer war die Mutter?

Verlegen senkte Intze den Kopf. »Kannst du mich nicht wenigstens in dieser Nacht mit deinen Vorwürfen verschonen?«

Elsbeth Intze rümpfte die Nase. »Warum sollte ich? Du bist schließlich selbst schuld, du brunftiger alter Bock, du …«

Agnes wollte das alles nicht hören, es ging sie nichts an. Und es kostete nur wertvolle Zeit, die sie nicht hatte. Ungehalten unterbrach sie die Tirade. »Wenn es mit der Geburt noch dauert, ist Marie doch für ein paar Minuten abkömmlich, nicht wahr?«

Elsbeth Intze runzelte die Stirn. »Du bist die Nichte vom Hans, stimmt's?« Sie taxierte sie von oben bis unten, als würde sie auf dem Viehmarkt eine Kuh begutachten. »Ja, ich erkenne dich wieder.« Sie schürzte die Lippen. »Wie alt bist du? Mitte dreißig würde ich sagen.«

»Ich bin 1890 geboren«, antwortete Agnes empört.

»So, so. Siehst aber älter aus. Na ja, kein Wunder, nach allem, was man über dich so hört.«

Agnes unterdrückte den Drang nachzufragen, was man denn so über sie hört. Aber im Moment gab es Wichtigeres. »Onkel Hans ist schwer krank.« Jetzt, wo sie es aussprach, kehrte die Furcht um ihn mit voller Wucht zurück. Es raubte ihr den Atem, ihr Herz pochte wie wild. Sie taumelte. Doch dann spürte sie plötzlich einen festen Händedruck an ihrem Unterarm.

»Brrr, immer langsam mit den jungen Pferden«, mahnte sie Friedrich Intze und führte sie zu einem Schemel neben der Treppe.

Agnes ließ sich darauf fallen, das Holz knarrte. Sie holte tief Luft und straffte sich. Der Schwächeanfall ging so rasch vorbei, wie er gekommen war. »Es geht schon wieder, danke.« Sie schenkte dem Ortsvorsteher ein Lächeln. »Marie muss sofort mit mir …«

»Nein!«, unterbrach sie Elsbeth Intze mit schneidender Stimme. »Sie ist hier nicht abkömmlich.«

»Aber Elsbeth«, schaltete sich Friedrich Intze ein, »du

hast doch selbst gesagt, es wird noch eine Weile dauern. Marie kann doch rasch …«

»Das kommt nicht infrage. Meine Magd liegt in den Wehen. Ich will sie nicht verlieren. Von hü auf hott könnten Komplikationen auftreten, wer weiß das schon. Dann muss Marie zur Stelle sein.«

»Aber …«, versuchte es Friedrich Intze erneut.

Doch seine Frau wischte mit einer Handbewegung seinen Einwand fort. »Marie geht mir nicht aus dem Haus. Mein letztes Wort. Und jetzt muss ich heißes Wasser holen.« Sie rannte los, kurz darauf hörte man sie in der Küche hantieren.

Agnes packte Friedrich Intzes Handgelenk. »Marie *muss* mit mir kommen.«

Er schüttelte den Kopf. »Es tut mir leid. Ich … ich … bin zu alt … Ich kriege schon genug von ihr zu hören …« Er stockte. Für einen Augenblick ging sein Blick ins Leere, dann hellte sich sein Gesicht auf. »Nun, und sie hat ja recht. Es ist meine Schuld, dass ihre Magd das Kind bekommt. Nicht auszudenken, wenn sie die Geburt nicht übersteht …«

Abrupt stand Agnes auf. Es lohnte nicht, hier weiter Zeit zu verschwenden. Friedrich Intze würde sich nicht umstimmen lassen, das spürte sie. Dieser Mann wollte nur seine Ruhe und vermied daher eine Auseinandersetzung mit seiner Frau. Die letzte Hoffnung, die ihr blieb, war Ruben Lieberstock. Vielleicht wusste der alte Krämer, was zu tun war.

Friedrich Intze brachte sie bis auf den Hof. In der Gegenwart des Hausherrn blieb der Hofhund diesmal ruhig in seiner Hütte liegen. »Ich schick dir Marie, sobald das hier überstanden ist.«

»Dann wird es zu spät sein.«

»Nur ruhig Blut. Dein Onkel ist ein zäher Bursche.«

Vermutlich sollte es aufmunternd klingen, doch für Agnes klang es nur heuchlerisch und selbstsüchtig.

Plötzlich hieb sich Friedrich Intze mit der flachen Hand auf die Stirn. »Darauf hätte ich eher kommen können.« Er lachte. »Der Brosch Hermann ist zurückgekehrt. Seit vier Wochen ist der wieder da.«

Agnes erinnerte sich an den Namen. »Der Doktor?«

»Richtig. Er ist nur ein wenig… nun, sonderbar geworden. Aber in der Not frisst der Teufel Fliegen, nicht wahr?«

Was wollte der Ortsvorsteher damit andeuten? »Inwiefern sonderbar?«, hakte sie nach.

»Ach, vergiss es.« Er winkte ab. »Es ist nur das Geschwätz eines alten Mannes. Lass dich von mir nicht aufhalten. Ich bin mir sicher, der Doktor wird dir helfen.« Er deutete die Straße hinunter. »Er wohnt in dem Herrenhaus, hinter dem Gasthof. Über den Dorfplatz und…«

Agnes hörte nicht weiter zu. Sie rannte los. Das Haus kannte sie. Dort hatte schon Hermann Broschs Vater als Arzt praktiziert.

Während ihre Schritte auf dem gefrorenen Boden knirschten, fragte sie sich erneut, was Friedrich Intze wohl unter »sonderbar« verstand.

8

August Michels drückte sich an die Außenseite der Scheune und versuchte so, mit den Brettern im Hintergrund zu verschmelzen. Eine kräftige Böe riss an seinem Schal und wirbelte ihm die Enden ins Gesicht. August unterdrückte einen Fluch. Rasch stopfte er die Zipfel unter seinen Mantel.

Er umrundete die Scheune, immer darauf bedacht, keine Geräusche zu verursachen. Sollte jemand in der Dunkelheit lauern, wollte er den Überraschungsmoment für sich nutzen.

Nichts.

Wieder am Scheunentor angekommen, atmete August erleichtert durch. Niemand wollte ihn ausrauben. Es war nur ein Tier gewesen, ein Reh oder ein Hirsch. Vielleicht auch nur der Wind, der einen Ast abgerissen hatte.

Er wollte die Luger zurück in den Hosenbund stecken, hielt dann aber inne. Es roch nach … Da rauchte doch jemand!

In der Scheune?

Ja, es gab keinen Zweifel. Dort drin war jemand und paffte seelenruhig eine Zigarette.

Sofort riss August die Pistole wieder in die Höhe.

Der andere musste seinen Kontrollgang um die Scheune genutzt haben, um sich ins Innere zu schleichen.

»Jetzt komm schon rein«, erklang eine tiefe Stimme. »Hör auf mit dem Versteckspiel.«

August riskierte einen Blick durch den Spalt des Scheunentors. Erst erkannte er nichts. Dann lösten sich die Umrisse des massigen Ochsenleibes aus der Schwärze. Das Tier schien sich beruhigt zu haben. Es kaute zufrieden schmatzend. Eine Gefahr schien es nicht mehr zu wittern. Ungewöhnlich für das sensible Vieh, das normalerweise bereits bei einem auf dem Weg kauernden Eichhörnchen argwöhnisch einen weiten Bogen machte. Und jetzt hockte dort drin irgendein Fremder, und es schien den Ochsen nicht zu stören.

Links von dem Tier glomm jetzt ein roter Lichtpunkt auf. Er richtete den Lauf darauf. »Ich bin bewaffnet.«

Ein grollendes Lachen ertönte. »Ich weiß. Du bist kaum eine Armeslänge von mir um die Scheunenecke geschlichen.«

»Das kann nicht sein«, stieß August verblüfft aus.

»Glaub es, oder lass es bleiben. Auf jeden Fall hätte ich dir einen Ast über den Schädel ziehen können.«

Im Inneren der Scheune flammte ein Streichholz auf und riss ein Gesicht aus der Dunkelheit. Kurz darauf flackerte der Docht einer Kerze.

Jetzt konnte August die ganze Person erkennen: ein kantiges Gesicht, kräftige Backenknochen, eng zusammenstehende Augen, die Haare kurz. Trotzdem lag in den Zügen etwas Weiches, eine Spur von … Weiblichkeit?

Er stutzte. Das konnte doch nicht sein! Eine Frau?

Ja, doch, in der Tat. Der rauchigen, fast knarzigen Stimme nach hatte August einen männlichen Widersacher erwartet.

Wie groß sie war.

Ihr Mantel stand offen. Sie trug ein dunkles Kleid, darüber war eine Lederschürze gebunden. Die Füße steckten in schweren Stiefeln. Ihr Aussehen erinnerte August an die stämmigen Bierkutscher, mit denen er hin und wieder einen Humpen hob. Trotz einiger grauen Strähnen in ihrem Haar schätzte er sie nicht älter als Anfang, Mitte dreißig ein.

Sie trat ihre Zigarette aus und stellte die Kerze auf den Boden. Dann setzte sie sich auf Augusts Verpflegungskiste, die er bei seiner Ankunft abgeladen hatte. Sie streckte ihm die leeren Hände entgegen. »Schau, ich bin unbewaffnet. Keine Gefahr für dich. Es sei denn, du fürchtest dich vor einer *zierlichen* Frau.« Sie kicherte.

Sie wusste um ihre Wirkung, daran zweifelte August nicht.

Immer noch auf der Hut, trat er in die Scheune. Um den Wind auszusperren, schloss er das Tor hinter sich. »Was hast du mit ihm gemacht?«, fragte er und deutete mit dem Lauf auf den seelenruhig wiederkäuenden Ochsen. »Er traut sonst niemandem.«

Sie zuckte mit den Schultern. »Mit Tieren komme ich klar. Immer schon.« Sie spuckte auf den Boden. »Viel besser als mit Menschen.« Sie streckte ihm die Hand entgegen. »Ich bin die Wiebke. Wiebke Leufgen.«

August räusperte sich, wechselte die Pistole in die linke Hand und schlug ein. »Michels. Ich bin fahrender Händler und auf dem Weg …«

»Oh, ich weiß, wer du bist. Ich habe dich oft im Dorf gesehen. Deinetwegen bin ich hier. Und lass den Blödsinn mit dem *Michels*. Du bist der August, ist doch klar. Du steckst mit mir unter einer Decke.«

August runzelte die Stirn. »Wie … Decke? Ich kann Ihnen nicht ganz folgen.«

Sie seufzte. »Ich hätte dir mehr Verstand zugetraut. Glaubst du, ich bin zufällig vorbeigekommen?«

Er dachte darüber nach. Welche Frau trieb sich nachts in den Wäldern herum? Eine, die auf der Flucht war. Oder verzweifelt versuchte, von irgendwoher Hilfe zu holen. Dann hätte der Zufall sie hier vorbeiführen können. Allerdings wirkte die Frau vor ihm auf der Verpflegungskiste für beide Möglichkeiten zu ausgeglichen. Einen Überfall plante sie offensichtlich auch nicht, da sie die günstigste Gelegenheit, ihn zu überwältigen, hatte verstreichen lassen. August rieb sich das Kinn. »Was wollen Sie von mir?«

Unbestimmt deutete sie mit der Hand nach rechts. »Ich soll dir helfen, die Waren hier zu verstecken.«

»Hier? In der Scheune?«

»Ist ein guter Platz, abgelegen und unauffällig. Nach und nach werde ich die Sachen holen, die gebraucht werden.« Sie nahm die Kerze auf und ging zum Fuhrwerk.

August folgte ihr.

Mit einer geschickten Bewegung warf sie die Abdeckplane zur Seite, die Schutz vor Regen und Schnee bot. Abschätzig begutachtete sie alles. »Viel ist es nicht.«

»Es sind harte Zeiten. Offiziell ist kaum noch etwas zu bekommen. Ohne meine ausgezeichneten Verbindungen zum Schwarzmarkt könnte ich den Betrieb einstellen.« August sprang auf den Wagen, das Holz knarrte. »Kartoffeln, Steckrüben, gepökeltes Schweinefleisch, Milchpulver, Grieß, sogar etwas Mehl und Butter habe ich dabei.« Stolz holte er ein kleines Säckchen hervor. »Echter Bohnenkaffee, zweihundert Gramm.«

Anerkennend pfiff sie durch die Zähne. »Kann mich nicht einmal erinnern, wie echter Kaffee schmeckt.«

»Hat ein Vermögen gekostet.« Er warf sich in die Brust. »Aber bestellt ist bestellt, und dann kümmert sich der August Michels auch darum.«

Wiebke lachte gackernd und hieb ihm mit der Faust auf den Oberarm. »Schon gut, kleiner Mann. Blas dich nicht so auf.«

Obwohl August normalerweise ungehalten auf Scherze reagierte, die auf seine Körpergröße abhoben, konnte er sich ein Grinsen nicht verkneifen. Ihm gefiel Wiebkes burschikose Art durchaus. Mit dieser Frau konnte man Pferde stehlen, das spürte er.

»Genug geschwätzt«, sagte sie und griff sich einen der Kartoffelsäcke. Mit Leichtigkeit schwang sie ihn sich auf die Schulter und deutete mit dem Kinn in die Ecke der Scheune. »Dort hinten habe ich die Tage eine Grube ausgehoben. Das war eine Plackerei, kann ich dir sagen. Der Boden ist gefroren, kommste nur mit der Spitzhacke weiter. Abgedeckt wird dann mit Bohlen. Die habe ich passend auf Länge gesägt. Ein wenig Heu drüber, und dann muss man schon sehr genau hinschauen, um was zu entdecken.«

Diesmal war August derjenige, der lachte. »Hacken, Graben, Sägen. Nicht schlecht! Was hast du noch so auf Lager?«

Sie hielt inne, warf dann den Sack zurück auf den Karren. Auf einem Bein hüpfend zog sie einen Stiefel aus, drehte ihn mit dem Absatz nach oben und schüttelte. Etwas plumpste heraus. Sie bückte sich und hielt es August entgegen. »Zaubern kann ich auch. Ich kann Dinge erscheinen lassen. Da, nimm!« In ihren Augen flackerte der Schalk.

August griff das Päckchen und riss es auf. Verblüfft ließ

er prüfend den Daumen über den Rand der Geldnoten gleiten. »Du läufst…«

»Ha!« Sie streckte den Arm aus und deutete mit dem Zeigefinger auf ihn. »Jetzt hat der August *du* gesagt. Und jetzt bleibt es dabei.«

August stutzte. Es war ihm selbst gar nicht aufgefallen. Wiebkes Art faszinierte und irritierte ihn zugleich. Einer solchen Frau war er noch nie begegnet. Er verdrehte die Augen. »Also gut, von mir aus. Du hast gewonnen.« Es hörte sich zwar wie ein Zugeständnis an. Doch insgeheim gefiel ihm die Vertrautheit. »Sollten wir uns allerdings im Dorf begegnen…«

»Werde ich *Ihnen* wie einem Erzherzog um den Bart gehen.« Sie spuckte in die Hände und nahm den Sack wieder auf.

August zählte rasch das Geld, packte dann mit an.

Eine Viertelstunde später, Wiebke wollte gerade einen weiteren Sack vom Wagen hieven, legte er ihr die Hand auf den Unterarm. »Der Rest ist für Ruben Lieberstock.«

»Wie? Du willst noch Geschäfte mit *dem* machen? Verdienst du nicht besser, wenn du alles hierlässt?«

»In der Tat, ja. Doch Lieberstock ist ein gerissener Hund. Tauche ich nicht mehr bei ihm auf, wird er nachforschen.«

»Lass ihn doch. Muss doch erst mal einer drauf kommen, unter die Bohlen zu schauen.«

»Ein gutes Versteck, keine Frage. Aber wer nicht sucht, der findet erst recht nichts. Glaub mir, so ist es besser. Ich habe keine Lust, wegen Schwarzmarkthandel hinter Gittern zu gehen. Und wenn ich ehrlich bin, will ich Lieberstock auch nicht als Kunden verlieren. Es werden wieder bessere Zeiten kommen, und es wäre dumm von mir, meine derzeitigen Geschäftspartner zu verprellen.« August klopfte auf den Kartoffelsack. »Und da wäre noch etwas. Weißt du, ich verdiene gerne gutes Geld. Doch der Anstand muss gewahrt bleiben. Bringe ich nichts ins Dorf, werden einige Kirchbacher nicht durch den Winter kommen. Du verstehst?« Er legte die Hand auf die Brust. »Ich habe nun mal ein weiches Herz. Nenn mich meinetwegen sentimental …«

»Senti … Was?« Wiebke zog die Augenbrauen zusammen und überlegte. »Ich denke, ich weiß, was du meinst.« Langsam nickte sie. »Weißt du, wie ich das finde?« Sie bückte sich. Bevor August es verhindern konnte, drückte sie ihn fest an sich und schmatzte ihm einen Kuss auf die Wange. »Das ist hochanständig von dir.« Sie ließ ihn wieder los. »Dann lege ich jetzt die Bohlen auf die Grube.«

August sah ihr nach, froh darüber, dass sie nicht sehen konnte, wie er errötete.

Versonnen strich er mit den Fingern über seine Wange und lächelte.

9

Auf dem Weg zum Doktor sah Agnes drei Frauen, die schweigend den Weg zur Burgruine einschlugen. Die Kragenmäntel aufgestellt, die Gesichter bis über die Nasen mit Wolltüchern geschützt, die Hände in Fäustlingen verpackt, lehnten sie sich gegen den Wind.

Die Weberinnen, dachte Agnes. Es muss auf die fünf Uhr zugehen. Eine Stunde Fußmarsch lag vor den Frauen – den Hang hinauf, um die Burgruine herum, auf der anderen Seite runter ins Tal. Um sechs Uhr begann ihre Schicht in der Tuchfabrik. Zehn Stunden harte Arbeit, dann zurück. Endlich wieder im Dorf angelangt, galt es noch den Haushalt zu führen.

Agnes schauderte. So ein Leben wollte sie sich nicht ausmalen. Immer der gleiche Trott, tagein, tagaus, nur unterbrochen von den Sonntagen. Wie abwechslungsreich war dagegen ihr Beruf. Sie war froh, von ihren Eltern stets in dem unterstützt worden zu sein, wofür sie sich interessierte, allen Widerständen zum Trotz.

Eine journalistische Ausbildung zu bekommen, war für eine junge Frau fast unmöglich. Nur den Beziehungen ihres Vaters war es zu verdanken, dass sie bei einem Verlag aufgenommen wurde. Wie stolz war sie gewesen, als sie das erste Mal die Räumlichkeiten der Zeitung betreten hatte:

ein Saal mit großen Fenstern, blau eingenebelt vom Zigarettenrauch. Männer schwitzten über ihren Berichten, zogen Bleistifte hinter dem Ohr hervor, wenn etwas korrigiert werden musste. In einem gläsernen Kasten in einer Ecke der Halle – das Büro des Chefredakteurs.

Das hektische Klappern der Schreibmaschinen hatte sie in den ersten Tagen bis in ihre Träume verfolgt.

Aber gegen den Lärm im Erdgeschoss des Verlages waren die Schreibmaschinen flüsterleise, denn dort stand die Rotationsdruckmaschine. Ein Monster aus Stahl, in das eine weinfassgroße Papierrolle gehängt wurde. Schwitzende Drucker, die an Rädchen drehten und Hebel bedienten, den gesetzten Text einbrachten und das Papier durch ein Wirrwarr von Laufrollen einfädelten. Stets lag der Geruch von Druckerfarbe und von Schmierfett in der Luft. Sobald die Maschine lief, erhob sich ein infernalischer Krach. Es war ein Stampfen, Sirren und Rauschen. Und am Ende: Die Geburt der fertigen Zeitung mit den brandaktuellen Nachrichten für die Leserschaft. Jeden Tag aufs Neue, ein stetiger Kreislauf.

Nur schade, dass der Verleger, ein Freund ihres Vaters, die Redaktion vor gut einem halben Jahr hatte schließen müssen. Das Geld war ihm ausgegangen, er hatte sich am Ende nicht gegen die großen Zeitungen behaupten können. Denen fiel es leichter, eine längere Wirtschaftsflaute zu überstehen. Sie hatten ihre Auflagen zu Beginn des Krieges deutlich steigern und Reserven bilden können. Die Deutschen hatten nach Nachrichten gelechzt wie ein Verdurstender in der Wüste nach Wasser. Die Auflage der *Kölnischen Zeitung* hatte dabei sogar die bis dahin nicht für möglich gehaltene Auflage von zweihunderttausend Exemplaren am

Tag erreicht. Im Laufe des Krieges ging die Auflage dann wieder stark zurück, auch weil die Abonnentenzahlungen im Ausland einbrachen. Die Konkurrenz war unerbittlich, und die Kleineren mussten wie fast überall in der Geschäftswelt als Erstes die Segel streichen.

Agnes stolperte über einen Stein, gerade noch konnte sie einen Sturz verhindern. Leise fluchte sie über ihre Unachtsamkeit. Anstatt über vergangene Zeiten zu sinnen, sollte sie sich lieber sputen. Kurz darauf sah sie in der Ferne das Haus des Doktors. Im Fenster zur Straße brannte Licht. Der Doktor schien bereits wach zu sein. Gut, dann musste sie ihn nicht aus dem Schlaf reißen.

Sie hörte Musik, eine Sinfonie. Beethoven? Ja, richtig, jetzt erkannte sie es. Es war die Neunte. Wo kam das her?

Je näher sie kam, desto lauter wurde es. An der Haustür des Doktors angekommen, bestand kein Zweifel mehr: Die Musik kam aus dem Inneren des Gebäudes. Was hatte das zu bedeuten? War es das, was Intze mit »sonderbar« meinte? Veranstaltete der Doktor des Öfteren solch einen Lärm mitten in der Nacht? Mit wuchtigen Faustschlägen klopfte sie. Sie fürchtete, nicht gehört zu werden.

Doch die Musik riss ab, und kurz darauf schwang die Tür auf. Die wuchtige Statur des Doktors füllte den Rahmen aus. Er trug seine Haare in der Mitte gescheitelt. Aus braunen Augen heraus musterte er Agnes aufmerksam. Der dünne Stoff des Schlafanzuges konnte ihn unmöglich wärmen. Zumindest trug er eine Decke über den Schultern, die Füße steckten in Pantoffeln. Derbe Wollsocken hingen auf Knöchelhöhe.

Agnes erinnerte sich daran, wie sie als Kinder hin und wieder zusammen gespielt hatten. Wie alt war sie da gewesen? Zehn? Elf? Er war älter als sie, zwei oder drei Jahre. Ja, sie hatte Hermann Brosch in guter Erinnerung. Er hatte sich dafür eingesetzt, die Schar der Kinder beim Räuber-und-Gendarm-Spiel gerecht einzuteilen. Gab es Widerreden, setzte es auch schon mal eine Kopfnuss. Hermann konnte sich das erlauben, da er den anderen körperlich überlegen war. Schon damals hatte er breite Schultern gehabt und war einen Kopf größer als die gleichaltrigen Jungen.

Jetzt war er mindestens noch einen Kopf größer, aber der stattliche Eindruck wurde empfindlich gestört durch den Stock, auf den er sich stützte.

Agnes räusperte sich. Obwohl sie als Kinder zusammen gespielt hatten, entschied sie sich für das korrekte Sie. Immerhin hatte er promoviert, und die Kindheitstage lagen weit hinter ihnen. Wer weiß, ob er sich überhaupt noch an sie erinnerte.

»Entschuldigen Sie die Störung zu dieser frühen Stunde. Aber Sie sind meine letzte Hoffnung, Herr Doktor. Mein Onkel, er ist krank. Ich fürchte … wenn niemand …« Sie schluckte hart. Stumm mahnte sie sich, auf den Punkt zu kommen. »Er braucht Hilfe.«

Brosch zog die Augenbrauen zusammen und blieb ungerührt stehen.

Agnes hatte Mühe, ihre Ungeduld zu zähmen. Sie hatte gehofft, dass Brosch mit seiner Tasche in der Hand sofort losstürmen würde, wie es sich für einen Arzt, der etwas auf sich hielt, gehörte.

Doch Brosch schüttelte nur den Kopf. »Tut mir leid.«

Verwirrt blickte Agnes ihn an. Was meinte er damit? Bedauerte er die schwere Krankheit ihres Onkels? Oder wollte er andeuten, dass er ihm nicht helfen konnte?

Brosch schwankte leicht. Sein Gesicht hellte sich auf, und er kicherte. Erst jetzt bemerkte Agnes den glasigen Glanz seiner Pupillen.

»Ich habe … getrunken«, sagte Brosch, »ein klein bisschen … zu viel.« Übergangslos wurde er wieder ernst. »Es hilft gegen …« Schamlos rülpste er. »Gegen die Bilder im Kopf. Die Musik übertönte die Schreie.« Er winkte ab. »Aber das können Sie nicht verstehen.«

Agnes verstand ihn besser, als er ahnte. Aber das war ihr in diesem Moment vollkommen egal. Selbst ein betrunkener Arzt war besser als keiner. »Bitte!«, flehte sie.

Doch Brosch hatte sich bereits abgewendet und drückte die Tür hinter sich ins Schloss.

Empört hämmerte Agnes mit der Faust auf die Tür ein. Das konnte doch nicht sein Ernst sein? Onkel Hans rang mit dem Tod, und der Einzige, der ihr im Moment helfen konnte, schlug ihr die Tür vor der Nase zu.

Die Musik setzte wieder ein. Jetzt sang der Doktor sogar mit, es war allerdings mehr ein Grölen als ein Singen.

Wütend drehte Agnes sich um. Was bildete sich dieser Kerl eigentlich ein? Er war Arzt. Es war seine Pflicht zu helfen.

Nein!

So würde er nicht davonkommen.

Agnes fasste einen Plan und rannte los.

10

Der Schlaf stellte für Hermann Brosch schon lange keine Erholung dar. Denn alles, was er tagsüber verdrängte, bahnte sich nachts einen Weg in seine Träume.

Die Schmerzensschreie derer, denen er ohne Narkose Gliedmaßen amputieren musste. Das Kratzen der Knochensäge. Das Pfeifen der Artilleriegranaten. Das hemmungslose Weinen der Verwundeten. Die geflüsterten Worte des Feldgeistlichen bei der Letzten Ölung. Das Knattern von Maschinengewehren, die dafür sorgten, dass niemand zur Ruhe kam. Im Minutentakt Kameraden auf dem Tisch, mit dem Tode ringend, schrecklich entstellt, die Bäuche, Arme, Gesichter zerfetzt von Granatsplittern oder Kugeln. Von Flammenwerfern verkohlte Leiber, Männer mit vom Giftgas verätzten Lungen, die rasselnd und qualvoll pfeifend um jeden Atemzug kämpften. Ein Schreckenskabinett der Abscheulichkeiten, vom Teufel persönlich zusammengetragen. Alles überlagert von dem Gestank von Blut, Eiter, Fäkalien, Pulverdampf und Schweiß.

Gegen die Erinnerungen, die ihn im Schlaf überfielen, half nur Hochprozentiges.

Zitternd füllte Hermann Brosch den klaren Alkohol in das Glas. Mit dem Zeug hatte sein Vater die Wunden der Bauern desinfiziert. Zwischen Bastkörben, Schlitten, ausrangierten Möbelstücken und Kochtöpfen hatte Brosch am Vormittag einen Karton davon im Gewölbekeller gefunden.

Das Haus quoll über vor Krempel. Nach dem Tod der Eltern hatte Brosch noch keine Gelegenheit gefunden auszumisten. Sein Vater hatte alles gesammelt, was ihm unter die Finger kam. Zum Leidwesen von Broschs Mutter. Noch auf dem Sterbebett hatte sie sich über die vielen leeren Weidenkörbe im Schlafzimmer beschwert. Sie hatte ihre Hand auf seine gelegt und gehaucht. »Dein Vater hat gesagt, ich werde mal froh sein.« Sie hatte mit dem Kinn auf die Körbe gewiesen. »Sollte mal einer kaputtgehen, wäre sofort ein neuer zur Hand. Das hat er gesagt. Ha! Wenn ich gleich oben bei ihm ankomme, bekommt dein Vater was zu hören. Mir ist nie ein Weidenkorb kaputtgegangen. Die Dinger haben nur im Weg rumgestanden und mich verrückt gemacht. Wie alles andere auch, was er angeschleppt hat. Dieser Träumer! Ja, das war er. Wenn ich ihn nicht so geliebt hätte, wäre ich schreiend davongelaufen.« Wenig später war sie friedlich eingeschlafen.

Das war im Frühjahr 1914 gewesen. Damals stand er als Siebenundzwanzigjähriger kurz vor der Promotion. Den Krieg hatten seine Eltern nicht mehr erleben müssen.

In einem Zug stürzte Brosch den Alkohol hinunter und wischte sich mit dem Handrücken über den Mund.

Ja, der Krieg.

Es war alles anders gekommen als gedacht. Einen Sommer voller Schweiß, Blut und Tränen, und noch vor dem Winter als Sieger zurückkehren. Mit dieser Erwartung war er 1914 losgezogen.

Freiwillig.

Er war ein Idiot gewesen. Als Chirurg hätte er weiterhin in einem Krankenhaus in der Heimat arbeiten können. Eine Bescheinigung der Unabkömmlichkeit wäre kein Problem gewesen. Aber nein, er musste den Helden spielen. Schon nach wenigen Tagen war ihm klar geworden, dass er einen schrecklichen Fehler begangen hatte. Wäre Lina nicht gewesen, er hätte es nicht durchgehalten.

Er schloss die Augen, versuchte, das Bild zu verdrängen. Lina in seinen Armen, der gebrochene Blick…

»Verflucht!«, brüllte Brosch und schmetterte das Glas gegen die Wand. Es zersprang. Die Splitter spritzten in alle Richtungen.

Hörte das nie auf? Wie viel musste er noch saufen, um Vergessen zu finden?

Er sprang auf, tanzte mit taumelnden Schritten im Kreis, eine imaginäre Partnerin in den Armen. Der Trichter des Grammophons posaunte Beethoven. Brosch sang dazu, ein anderes Lied, eine andere Melodie, je konfuser, desto besser. Laut schallte seine Stimme von den Wänden wider. Vergessen und verdrängen, tief in die hinterste Kammer des Unterbewusstseins einschließen und den Schlüssel wegwerfen. Lina, den Krieg, die Verwundungen, die Lazarettaufenthalte, einfach alles. Vier Jahre aus dem Gedächtnis tilgen, fort damit!

Ein Pochen an der Haustür ließ ihn innehalten.

Er runzelte die Stirn. Das war bestimmt wieder dieses Weibsstück. »Gehen Sie!«, rief er. Er wollte nicht gestört werden.

Doch das Klopfen hörte nicht auf. Im Gegenteil: Es wurde heftiger, ein Stakkato, wuchtig und fordernd.

»Das darf doch nicht wahr sein«, knurrte Brosch. Auf seinen Stock gestützt, wankte er in den Flur. Er riss die Haustür auf. »Was fällt…«

Er brach verwundert ab. Zusammen mit der Frau von eben stand der alte Lieberstock da. In ihrer Mitte, von beiden mühsam gestützt, hing mehr, als dass er stand, ein Mann, in dem Brosch nur auf den zweiten Blick seinen Nachbarn Hans Papen erkannte. Er zitterte wie Espenlaub.

»Aus dem Weg!«, raunzte Lieberstock, und schon drängte das sonderbare Trio ihn zur Seite.

»Was…?«, wollte Brosch protestieren, doch die seltsamen Gäste waren schon an ihm vorbei.

Er folgte ihnen in die Wohnstube.

Lieberstock und die Frau legten den Kranken auf das Sofa und wickelten ihn in eine Decke ein.

»Was soll das?«, brüllte Brosch. »Mit welchem Recht dringen Sie hier mitten in der Nacht ein?«

Lieberstock wirbelte herum. »Dieser Mann braucht deine Hilfe.« Er sah zur Schnapsflasche. »Mein Gott, Hermann! Was ist nur aus dir geworden? Ich erkenne dich nicht wieder. Versäufst hier deinen Verstand, während andere mit dem Tode ringen. Wo ist der Kerl geblieben, der nicht einmal eine verletzte Taube am Wegrand hat liegen lassen können?« Lieberstock legte die Hände auf die Ohren. »Und mach endlich diesen Krach aus.«

Da Brosch ungerührt verharrte, ging Lieberstock zum Grammophon und hob die Nadel von der Schellackplatte. Augenblicklich herrschte Stille. »Hast du schon mal an deine Nachbarn gedacht? Die müssen früh raus. Anders als du Nichtsnutz müssen sie ihr Tagwerk verrichten.«

Brosch machte eine fahrige Handbewegung. »Ich wüsste nicht, was Sie das angeht, Lieberstock. Ich bin kein kleiner

Junge mehr, dem Sie die Leviten lesen können. Das hier ist mein Haus, und in meinem Haus kann ich …«

In diesem Moment zupfte ihn die junge Frau am Ärmel.

Er sah sich um. Sie stand dicht an seiner Seite. Bekümmert sah sie zu ihm auf.

»Bitte helfen Sie meinem Onkel.«

Er starrte sie an. Ihre braunen Augen erinnerten ihn an Lina. Ihr warmer Blick inmitten des kalten Elends. Zwei Fixpunkte, die ihm Halt und Hoffnung gegeben hatten. Lina! Wie er sie geliebt hatte …

Brosch riss sich zusammen, sein Groll verflog. Lina hätte gewollt, dass er half. Er wandte sich wieder dem Krämer zu. »Also schön. Lieberstock, Sie heizen den Ofen ein.« Er wies auf die Kiepe, in der sich noch genügend Brennholz befand. »Hier muss es schön warm werden.«

Lieberstock faltete die Hände und hob sie gen Himmel. »Es geschehen noch Zeichen und Wunder.« Dann machte er sich daran, Holz aufzulegen.

Brosch machte auf dem Absatz kehrt, um seine Arzttasche aus der Küche zu holen.

»Und was kann ich tun?«, fragte die Frau.

Brosch hielt inne und musterte Hans Papen.

Noch immer zitternd lag er auf dem Sofa, der Atem ging stoßweise. Er schien hohes Fieber zu haben.

Brosch löste den Blick und sah die Frau an. Er glaubte sie zu kennen, doch er wusste nicht, woher. Er zuckte mit den Schultern: »Beten Sie. Ich kann die Hilfe vom lieben Gott gut gebrauchen.«

Samogneux, Frankreich, am 26. Februar 1916

Geliebte Eltern!
Ich bin wohlauf und ich hoffe, Euch geht es ebenso. Als Ihr mir schriebet, Vater wolle in unserer Mühle Elektrizität erzeugen, musste ich mir einige Male ungläubig die Augen reiben. Pitt, ein Kamerad von mir, dem habe ich davon erzählt. Der ist nämlich in einem Elektrizitätswerk beschäftigt, und ich musste doch wissen, was er als Fachmann dazu sagt. Die schlimmsten Dinge hat er mir ausgemalt: Unfälle mit Strom!!! Einmal unachtsam, und es ist vorbei. Pass nur gut auf Dich auf, Vater!
Gestern meinen 45. Geburtstag gefeiert. Die anderen meinten scherzhaft, ich Großvater solle zu Hause im Schaukelstuhl sitzen, anstatt hier schauzulaufen. Ha! Die frechen Kerle, denen werde ich noch zeigen, was in mir steckt. Der Feldwebel hatte sogar zwei Flaschen Schabau aufgetan. Wir hatten viel Spaß, bis die lieben Franzosen meinten, die Feierlichkeit mit Granatwerferbeschuss beenden zu müssen. Vielleicht waren wir denen auch nur zu laut. Leider zerbrach dabei eine der Flaschen. Unser Unterstand riecht immer noch wie eine Brennerei.
Wir hocken hier in unseren Gräben, den Kopf eingezogen wie Schildkröten. Der Franzmann kann von der Höhe »Toter Mann« alles einsehen. Er schmeißt uns einen schweren Koffer nach dem anderen auf die Stahlhelme. Es wird Zeit, dass wir denen dort oben mal zeigen, wer der Herr im Haus ist. Haben wir den Franzmann erst einmal von dort vertrieben, dann ist Verdun nicht mehr weit. Und fällt Verdun, dann fällt auch bald

Paris. Das sagt Oberleutnant Hasstich. Ein guter Mann, auf sein Wort ist Verlass. Kein Etappenhase, der ist immer vorne mit dabei. Eiffelturm und Cognac, hach, wie schön.
Pitt will über eine Straße flanieren, die so breit sein soll, dass man eine Handgranate nicht von einer Seite auf die andere werfen kann. Ich glaube, er übertreibt. Pitt war als Kind schon mal in Paris. Er nennt die besagte Straße »Schampsilese«. Mir sagt das wenig, will auch ungern mitgehen. Genug marschiert sind wir, es reicht für ein ganzes Leben. 1914 durch Flandern, dann wieder zurück, raus aus der Etappe, rein in die Gräben, hin und her. Ich komme mir vor wie ein Hase, der vor- und zurückspringt. Nur dass jeder Sprung nicht in Meter, sondern in Kilometer gerechnet wird. Die Sohlen meiner Stiefel sind inzwischen so dünn wie Zeitungspapier. Mehr darf ich nicht berichten, nur so viel: Es liegt was in der Luft!!! Wir sind alle guten Mutes. Spätestens im Sommer ist der Krieg vorbei, Ihr werdet sehen.
Eben tobte ein Luftkampf über unserer Stellung. Bestimmt zwanzig Maschinen kurbelten wild umeinander. Einige fielen wie lodernde Fackeln zu Boden. Es war ein schauriges Schauspiel, in dem unsere stolzen Recken die Oberhand behielten!!! Echte Helden. Die passen auf uns hier unten auf. Ich frage mich, ob Intzes Heinrich mit dabei gewesen war. Ihr wisst sicher noch, dass er sich zu den Fliegern gemeldet hat. Der war immer schon kühner, als ihm guttat.
Ich muss leider aufhören. Spähtrupp!
Schreibt mir bitte weiterhin. Jeder Brief aus der Heimat ist ein Leuchtfeuer und wärmt das Herz in dunklen Stunden.
Herzliche Grüße
Euer Albert

Samogneux, Frankreich, am 27. Februar 1916

Sehr geehrte Familie Schommer!
Zu meinem großen Bedauern muss ich Ihnen die traurige Mitteilung machen, dass Ihr braver Sohn Albert heute Nacht bei einer Patrouille den Heldentod erlitten hat. Ich spreche Ihnen meine herzlichste Teilnahme aus, um so mehr, als ich Ihren Sohn sehr lieb gewonnen habe; er war stets sehr tapfer und hat mir manchen wertvollen Dienst erwiesen, sodass ich ihn neulich erst zu einer Beförderung und auch zum Eisernen Kreuz vorschlagen habe. Nun kann er es leider nicht mehr tragen. Die ganze Kompanie trauert tief mit mir um Ihren lieben Sohn. Er war auf der Stelle tot durch einen Granatschuss. Er musste nicht leiden, das kann ich Ihnen versichern. Wir haben ihn neben den anderen Kameraden beerdigt. Möge Gott Sie trösten in Ihrem Schmerz.
Ihr ergebener
Hasstich
Oberleutnant

MONTAG, 9. DEZEMBER 1918

Die deutsche Universität in Straßburg wird von französischen Behörden geschlossen, alle deutschen Professoren der Hochschule werden ohne Entschädigung entlassen.

Die ersten französischen Truppen treffen am Hauptbahnhof in Mainz ein.

Der in Zürich lebende rumänische Künstler Tristan Tzara veröffentlicht das »Manifest des Dadaismus«.

11

Mit den Händen tief in den Hosentaschen stapfte Franz müde hinter den Frauen den Pfad zur Burgruine hinauf, die sich als mächtiger Schatten vor dem wolkenklaren Nachthimmel abzeichnete.

Verschwunden! Wie konnte das sein?

Der Gedanke ließ ihn nicht los und hatte ihm den Schlaf geraubt.

Die Kälte kroch ihm unter die Jacke und fing sich in dem Leinenhemd. Die Zehen fühlte er kaum noch. Eindeutig war er nicht richtig gekleidet für eine Dezembernacht. Er musste Zeitungspapier auftreiben, um die Stiefel auszupolstern, auch wenn es dann überall drücken würde. Aber besser Blasen als erfrorene Zehen. Vielleicht konnte er sogar, jetzt, wo er Geld verdiente, bei Ruben Lieberstock anschreiben lassen. Allerdings wusste Franz nicht, ob der Krämer noch dicke Wollsocken im Bestand führte. Vermutlich hatte er das letzte Paar bereits vor Monaten verkauft. Derartig nützliche Dinge hatte man gerne in Pakete gesteckt und an die Front geschickt.

Eine Fledermaus strich über ihre Köpfe hinweg.

Einfach weg!

Nach der gestrigen Sonntagsmesse war Franz in den Wald geeilt. Aufmerksam hatte er darauf geachtet, nicht verfolgt zu werden. Es war *sein* Experiment, *seine* Untersuchung, niemand sollte ihm in die Quere kommen. Er hatte sehen wollen, ob die Leiche sich schon verändert hatte.

Der tote Mann war verschwunden.

Er war nicht mehr vorhanden gewesen. Franz hatte die ganze Lichtung abgesucht. Ohne Erfolg.

Seitdem grübelte er über den Verbleib des Getöteten nach.

Keine Schleifspuren.

Ein Tier hatte den Mann also nicht weggezerrt.

Keine Fußabdrücke.

Das war bei dem steinhart gefrorenen Boden nicht verwunderlich. Ärgerlich, weil so eine Verfolgung erschwert wurde. Andererseits war es von Vorteil. Einen Leichnam zu vergraben war damit nicht so einfach.

Ins Dorf zurückgekehrt hatte Franz die Ohren gespitzt. Hätte jemand anders die Leiche gefunden und die Polizei benachrichtigt, so wäre das rumgegangen wie ein Lauffeuer. Doch niemand hatte davon gesprochen.

Sie erreichten die Burgruine. Der Pfad senkte sich zum Nachbartal hin.

Eine der jungen Frauen ließ sich zurückfallen und ging neben Franz. Sie war nur wenig älter als Franz. Früher hatten sie zusammen gespielt, bis es ihre Eltern ihr verboten hatten. Ihr Name fiel ihm wieder ein: Käthe.

Sie deutete nach vorne. »Dort. Siehst du das Licht?«

Franz sah ein schwaches Glimmen in der mondlosen Nacht. »Sicher.«

»Das ist die Tuchfabrik. Gerold heizt die Dampfmaschine an. Er ist immer der Erste. Das muss so sein, denn ohne Dampf laufen die Maschinen nicht.«

»Die Webstühle laufen mit Dampf?« Franz stellte sich den Kessel einer Lokomotive vor, angeflanscht am Holzgestell eines Webstuhls. Daneben einen Heizer, der Kohlen nachschaufelte, während eine Frau, schweißgebadet von der abgestrahlten Hitze des Kessels, ein Webschiffchen hin- und herlaufen ließ.

Käthe kicherte. »Du Dummerchen. Natürlich nicht, also nicht direkt. Die Dampfmaschine steht in einem Kesselhaus, dort gibt es ein großes Treibrad. Damit …« Sie brach ab und hakte sich bei ihm ein. »Ach, warum viele Worte machen. Du wirst es ja gleich selbst sehen.« Sie senkte die Stimme und flüsterte. »Aber nimm dich in Acht vor Gerold. Er schaut uns Frauen immer so an. Richtig unheimlich ist das.«

»Ich bin ja keine Frau«, gab Franz zurück.

»Sei trotzdem auf der Hut«, sagte Käthe. »Gerold hat den bösen Blick. Es ist egal, ob du Mann oder Frau bist. Ich wünschte fast, es wäre noch Krieg. Dann wäre Gerold noch an der Front.«

»Er war Soldat?«

»Wie so viele, oder nicht?«

»Es wundert mich nur, dass er schon zurück ist.« Franz dachte an seinen Vater und die anderen Männer im Dorf. Würden die ebenfalls bald zurückkehren? Doktor Brosch fiel ihm ein. Neben diesem Gerold noch jemand, der wieder zu Hause war. Ja, offensichtlich stand eine Veränderung an. Er musste darüber nachdenken, was das für ihn bedeutete.

Käthe stolperte.

Nur Franz' beherztes Zugreifen verhinderte einen Sturz. »Wir sollten hintereinander gehen«, schlug er vor. »Der Weg ist zu schmal.«

Käthe nahm seine Hand und drückte sie. »Pass auf dich auf, Franz«, sagte sie eindringlich. Dann ließ sie ihn los und rannte zurück zu den anderen Frauen.

12

Erschöpft schob sich Agnes Papen auf die Bank in ihrer Wohnstube, lehnte den Kopf an die Wand und schloss die Augen. Ihrem Onkel ging es endlich besser, das Fieber war gesunken. Die letzten zwei Tage war sie ihm nicht von der Seite gewichen. Der Doktor hatte sich, nach seinem anfänglichen Widerstand und trotz seiner eigenen angeschlagenen Verfassung, schließlich vorbildlich um seinen Patienten gekümmert, und sie war ihm, wo sie nur konnte, zur Hand gegangen. Unzählige Wadenwickel hatte sie angelegt, die Stirn gekühlt, Wasser gereicht, das Krankenlager gesäubert, Essen zubereitet und verabreicht.

Der Doktor hatte ihrem Onkel Aspirin verabreicht – es war sein letzter Vorrat. Nun konnten sie nur noch hoffen, dass es weiter bergauf ging und der geschwächte Körper stark genug war, auch ohne weitere Medikamente die Krankheit zu besiegen.

Ruben Lieberstock hatte regelmäßig nach ihnen gesehen. Ihm hatten sie die warmen Mahlzeiten zu verdanken.

Agnes schauderte. In der Stille der Stube kehrte die Angst zurück und schnürte ihr sekundenlang den Hals zu. Sollte ihr Onkel an der spanischen Grippe, die gelegentlich auch als Blitzkatarrh oder Flandern-Fieber bezeichnet wurde, erkrankt sein, so konnte sie sich angesteckt haben.

Sie *alle* konnten sich infiziert haben und somit großes Unheil über das Dorf bringen. Agnes kannte die Berichte über die Krankheit, wusste, wie ansteckend die Grippe war. Millionen litten an der Krankheit, viele starben daran.

Doktor Brosch hatte versucht, sie zu beruhigen. Er verwies darauf, dass es sich genauso gut nur um eine schwere Erkältung handeln könne. Die ungewöhnlich stark ausgeprägten Symptome erklärte er mit der Mangelernährung der letzten Jahre. Agnes hoffte, er würde damit recht behalten, doch zweifelte sie an der Diagnose. Ihr Onkel hatte sie in Cöln abgeholt, war dabei mit vielen Menschen in Kontakt gekommen. Es war nicht unwahrscheinlich, dass er sich angesteckt hatte.

Es klopfte, jemand rief ihren Namen.

Agnes schreckte zusammen. Ihr Herz schlug schneller. Ein Rückfall? War das Fieber wieder gestiegen? Ließ Doktor Brosch deswegen nach ihr schicken? Sie sprang auf und öffnete die Haustür.

Vor ihr stand ein Mann in Uniform und hielt ein Kuvert in der Hand. Die goldenen Knöpfe seines Mantels blitzten frisch poliert mit den gewienerten Lederstiefeln um die Wette. Unter der Kappe hatte sich der Mann einen dünnen Schal über die Ohren gewickelt. Eine große Ledertasche baumelte von einem Schulterriemen gehalten an seiner Seite. Tiefe Falten furchten die Stirn, und zahlreiche Altersflecken marmorierten die Haut auf den Handrücken. Eine lederne Klappe verdeckte das rechte Auge.

Erst auf dem zweiten Blick erkannte Agnes den Postboten wieder. Erleichtert atmete sie durch. Vor ihr stand der »Schäle Otto«. Als Kinder hatten sie sich ausgemalt, was unter der Augenklappe des Schälen Ottos, der eigentlich Otto Altendorf hieß, zum Vorschein käme, wenn er sie abnähme. Ein Glasauge? Oder ein walnussgroßer Diamant etwa? Am schaurigsten war die Vorstellung von einer leeren Augenhöhle gewesen, durch die man direkt auf das blutige Gehirn schauen konnte.

»Sind Sie Agnes Papen?«, fragte der Schäle Otto.

»Ja.«

»Wohnen Sie jetzt hier, oder sind Sie nur zu Besuch?«

»Ich plane einen längeren Aufenthalt. Ist der Brief für mich?«

Der Schäle Otto setzte ein Monokel ins linke Auge und musterte den Brief. »Agnes Papen«, las er.

Ungeduldig griff Agnes nach dem Kuvert. Sie wollte endlich wissen, von wem der Brief kam. Hoffentlich waren es gute Nachrichten. Noch eine Hiobsbotschaft konnte sie wahrlich nicht gebrauchen.

Doch der Postbote ließ nicht los. »Halt, nicht so eilig!«, erhob er die Stimme.

Verwundert senkte Agnes die Arme. »Wieso?«

»Der Brief ist für eine Agnes Papen.«

»Ich bin Agnes.«

Der Schäle Otto hob den Zeigefinger. »Das sagen Sie. Aber wie soll ich wissen, dass Sie die Wahrheit sagen.«

»Sie kennen mich doch. Ich war als Kind oft zu Besuch.«

Der Schäle Otto nahm das Monokel aus dem Auge und steckte es in die Manteltasche. »Ich kann mich nicht erinnern.«

»Ich versichere Ihnen …«

»Egal, was Sie versichern. Es ist und bleibt nur eine Aussage, die ich an dieser Stelle nicht überprüfen kann.« Er machte Anstalten, den Brief wieder einzustecken. »Das

Briefgeheimnis muss gewahrt werden. Keinesfalls darf ich die Post…«

Agnes wurde es zu bunt. Sie hätte ihren Ausweis holen können, um ihre Identität zu beweisen. Der lag in ihrer Kammer in der Kommodenschublade. Doch der Weg war ihr zu weit, die Muskeln zu müde von den Anstrengungen der vergangenen Tage. Möglicherweise würde der Schäle Otto sogar die Echtheit des Passes anzweifeln. Sie wollte kein Risiko eingehen.

Kurzerhand sprang sie vor und entriss dem Postboten mit einer blitzschnellen Bewegung den Brief. Noch bevor der Schäle Otto recht wusste, wie ihm geschah, hatte Agnes schon wieder kehrtgemacht und war ins Hausinnere verschwunden. Triumphierend warf sie die Haustür ins Schloss und drehte den Schlüssel.

»Aber das geht doch nicht!«, hörte sie den Schälen Otto rufen. Sie schenkte dem keine Beachtung, sondern setzte sich wieder in die Stube. An der Handschrift hatte sie sofort erkannt, dass der Brief von ihrer besten Freundin Klara kam. Sie musste ihn sofort nach ihrem Abschied verfasst haben, ansonsten wäre er unmöglich heute bereits bei ihr eingetroffen.

Klara war eine treue Seele.

Vor dem Krieg hatten sie sich bei einem Opernbesuch kennengelernt. Agnes' Vater hatte ihr zum Geburtstag einen Besuch in der Oper geschenkt. Es sollte den *Fliegenden Holländer* geben. Aber jedes andere Stück wäre Agnes ebenso recht gewesen. Sie hatte sich für das Opernhaus als Bauwerk begeistert. Mit etwa zweitausend Sitzplätzen war es eins der größten Theater Deutschlands. Sie hatte das Gebäude oft photographiert, als sie anfing, sich für Photographie zu interessieren. Die Verbindung aus Barock und Jugendstil gefiel ihr außerordentlich.

Agnes erinnerte sich noch gut daran, wie sie an der Seite ihres Vaters durch die Räume geschritten war und sich gewünscht hatte, die Kamera dabeizuhaben. Staunend hatte sie sich umgesehen, überall gab es etwas zu entdecken. Malereien, Stuck und Schnitzkunst säumten die Wände und Decken. Sie fühlte sich wie in ein Märchen versetzt, umgeben von bunten Fabelwesen.

Ihr Vater hatte Karten in einer der Proszeniumslogen gekauft. Doch dort angekommen, stellte sich heraus, dass ihre Plätze bereits belegt waren. Dort saßen ein älterer Mann und eine junge Frau in Agnes' Alter. Offenbar hatte dort ebenfalls ein Vater seiner Tochter eine Freude machen wollen.

Wie sich jetzt herausstellte, war Agnes' Vater einem Schwindler aufgesessen, der gefälschte Opernkarten verkaufte. Agnes' Vater war schrecklich verlegen wegen der Angelegenheit, denn er hatte die Karten erstanden, weil sie so günstig waren, sodass jetzt also sein Geiz für die peinliche Situation verantwortlich war.

Sie wollten gerade wieder gehen, als die junge Frau, die sich kurz mit ihrem Vater ausgetauscht hatte, aufstand.

»Bleiben Sie bitte«, sagte sie zu Agnes. »Meinem Vater ist es eine Ehre, Ihnen seinen Platz anzubieten.«

»Aber das geht doch nicht«, protestierte Agnes.

»Keine Widerrede!«, rief der Mann, der jetzt ebenfalls aufstand. Er wandte sich an Agnes' Vater. »Was halten Sie davon, wenn wir beide derweil ins Brauhaus gehen. Auf den ›Fliegenden Käskopp‹ habe ich sowieso keine Lust. Klara zuliebe bin ich mitgegangen. Nun – was sagen Sie?«

Agnes' Vater lachte. »Aber nur, wenn ich Sie einladen darf.«

Der andere schüttelte bedauernd den Kopf. »Wenn wir ins Brauhaus gehen, wird das leider nicht gut möglich sein. Mir gehört nämlich der Laden – und die dazugehörige Brauerei.« Bereits im Gehen warf er noch einen Blick über die Schulter. »Wir sind pünktlich wieder hier, um euch Goldstücke abzuholen.«

Noch heute war Agnes dem Spitzbuben dankbar, der damals ihrem Vater die gefälschten Opernkarten verkauft hatte. Ohne ihn wäre sie Klara vermutlich nie begegnet.

Sie riss das Kuvert auf, zog den Brief heraus und las.

Liebe Agnes!
Jetzt bist du erst eine Stunde fort, und ich vermisse dich schon so sehr, als hätte ich dich Jahre nicht gesehen. Wie soll ich nur die nächsten Tage, Wochen oder sogar Monate ohne dich durchstehen. Dabei hatte ich dich gerade erst zurück, und jetzt bist du schon wieder fort.
Es war eine Schnapsidee von dir, in das Kuhdorf zu ziehen!!! Ich habe mich erkundigt: Bei euch gibt es kein Telegraphenamt, geschweige denn ein Telephon. Würdest du auf dem Mond leben, könnte man dich leichter erreichen.

Agnes lachte laut und wischte sich eine Träne fort. So kannte sie ihre Freundin. Ganz die Tochter eines Bierbrauers: kess und nassforsch. Klara hielt mit nichts hinter dem Berg.

Bei der nächsten Gelegenheit werde ich bei dir vorbeikommen und erneut versuchen, dich zur Umkehr zu bewegen. Du gehörst nicht auf das Land, sondern in eine Metropole!
Aber vielleicht ist eine Reise gar nicht notwendig. Und damit komme ich zum Grund, warum ich dir sofort schreiben musste. Just zurückgekehrt vom Bahnhof, meine Tränen waren noch nicht getrocknet, traf ich einen alten Freund meines Vaters im Brauhaus. Vier Jahre hatten Achim und ich uns nicht gesehen, und da war das Hallo groß, wie du dir vorstellen kannst. Bei der Marine war er gewesen, als Offizier auf einem Linienschiff. Von der Skagerrakschlacht hatte er erzählt, von dem Donnern der Geschütze, den mächtigen schwarzen Rauchwolken über den Schornsteinen, das Rauschen der Gischt, wenn die Schiffe das Wasser teilten. Es dauerte keine fünf Minuten, und alle Gäste hatten sich um Achim geschart. Er kann so leidenschaftlich erzählen, da bekommst du eine Gänsehaut. Als wäre man mit dabei gewesen. Als er geendet hatte und die Leute wieder auf ihre Plätze zurückgekehrt waren, fragte ich Achim, was er denn für die Zukunft plante.
Und jetzt kommt es, Agnes!
Achim will ein Wochenblatt herausbringen. Angeregt dazu hat ihn wohl eine Zeitschrift aus Amerika. (Sie heißt »Leif«, glaube ich. Sagt dir das was?) Berichte aus der ganzen Welt sollen gedruckt werden, mit vielen Illustrationen, auch Photographien, damit die Leser sich das alles besser vorstellen können. Achim will das lebendig gestalten. Mit einem Stil, den jeder versteht. Er will den Mann auf der Straße erreichen, ihm Abenteuer erzählen.
Ist doch eine großartige Idee, oder? Es würde den Menschen eine Ablenkung bieten und sie für einige Momente ihr Leid vergessen lassen.

Ach, jetzt hör ich mich schon an wie Achim. Er brennt so für die Idee. Es ist einfach wunderbar, nach all den Jahren, in denen es nur um Krieg und Entbehrungen ging, jemanden zu treffen, der große Pläne hat.
Die Unterstützung seines alten Herrn (Kaufmannsfamilie!) ist ihm gewiss, wie er mir erzählte. In Kürze soll es losgehen.
Agnes! Das ist doch etwas für dich!
Achim ist ein wunderbarer Mensch, herzlich und gut. Du MUSST dich bewerben, Agnes!!! Um ehrlich zu sein, habe ich Achim bereits von dir erzählt. Sobald die passenden Räumlichkeiten gefunden sind, will er deine Bewerbung auf dem Tisch haben.
So lange sollten wir aber nicht warten. Du musst mir sofort alles schicken, Agnes. Ich kümmere mich um das Weitere. Achim hat mir seine Adresse gegeben.
Ich höre jetzt auf.
Jetzt bist Du am Zug.
Verliere keine Zeit!!! Sehnsüchtig erwarte ich deinen (dicken) Brief. Füg alles bei, was du greifbar hast. Ich werde darauf aufpassen, versprochen.
Ich drück Dich.
Liebe liebe Grüße
Deine Klara
P. S. Achim sieht gut aus. Der wäre was für mich.

Agnes kicherte. Klara mochte diesen Achim also. Sie hoffte, ihre Freundin würde sich zumindest am Anfang ein wenig zurückhalten und ihn nicht mit ihrem resoluten Auftreten verschrecken.

Sie las die Zeilen erneut, dann legte sie den Brief in ihren Schoß. Tat sich hier tatsächlich eine Möglichkeit auf? Eine Anstellung als Berichterstatterin bei einem Wochenblatt?

Zu schön, um wahr zu sein.

Reisen in ferne Länder? Interviews mit Zeitzeugen und hochrangigen Persönlichkeiten?

Doch dann dachte sie an all die Absagen der vergangenen Monate. Warum sollte gerade dieser Achim eine Frau einstellen?

Agnes krampfte die Finger zusammen, das Papier in ihren Händen knisterte protestierend.

Andererseits hatte sie bewiesen, was sie zu leisten in der Lage war. Dieser Achim würde das vielleicht erkennen. Darauf musste sie vertrauen. Zuversicht durchströmte sie. Ihre Erschöpfung schien verflogen. Entschlossen warf sie den zerknitterten Brief auf den Tisch und eilte in den oberen Stock.

Sie durfte keine Zeit verlieren. Niemand sollte ihr die Stelle vor der Nase wegschnappen.

Gerade als sie ihren Koffer öffnete, in dem sie ihre Unterlagen aufbewahrte, klopfte es unten an der Haustür.

»Agnes? Sind Sie da?«, hörte sie Ruben Lieberstock rufen.

Agnes lief nach unten und öffnete.

In einen dicken Mantel gehüllt und mit einer Fellmütze auf dem Kopf, stand Lieberstock auf dem Absatz. Der ernste Gesichtsausdruck verhieß nichts Gutes.

»Sprechen Sie Französisch?«, fragte Lieberstock.

Irritiert runzelte Agnes die Stirn. »Französisch?« Sie zuckte mit den Schultern. »Nun, ich kann mich verständlich machen«, antwortete sie. »Das heißt, wenn es um komplizierte Dinge geht…«

Der alte Mann winkte ab. »Holen Sie Ihren Mantel. Wir müssen los. Wenn wir ein Unglück verhindern wollen, haben wir keine Zeit zu verlieren.«

13

Nachdenklich betrachtete Doktor Hermann Brosch die Weinflasche in der Hand. Er strich den Staub vom Etikett und hielt es näher an die Gaslampe, die an einem Nagel neben dem Regal hing.

Achtzehn Jahre alt. Wenn er Glück hatte, war der Wein zu einem guten Tröpfchen gereift, wenn er Pech hatte, war er ungenießbar geworden. Erst im Glas würde es sich zeigen. Er klemmte sich die Flasche unter den Arm, nahm die Lampe und schlug den Weg zur Treppe ein. Ohnehin war es die letzte Flasche, wählerisch konnte er also nicht sein. Auf halber Strecke blieb er stehen und drehte sich langsam im Kreis.

Als Kind hatte er sich hier unten gefürchtet.

Darüber konnte er nur noch milde lächeln. Jetzt fühlte er sich umgeben von den feuchten Bruchsteinmauern fast wohl. Bei den am Hang gelegenen Häusern des Dorfes war der Keller direkt in den Fels getrieben worden. Meterdick lag das Gestein auf dem Kreuzgewölbe und garantierte so das ganze Jahr über eine gleichbleibende Temperatur von zehn Grad. Es gab noch einen Keller unter dem Keller, der ging noch weiter in den Berg hinein. Dort hatte sein Vater Weinfässer lagern wollen. Eine wahnwitzige Idee.

Brosch schloss die Augen.

So still.

Kein Geräusch drang bis hier unten vor.

Wunderbar.

Das gefiel ihm außerordentlich. Vielleicht sollte er beim nächsten Mal einen Stuhl mitbringen.

Ruhe.

Wie anders war das im Fort Douaumont gewesen. Fast ununterbrochen hatten die Franzosen die von den Deutschen eroberte Festung mit Artilleriefeuer belegt. Tonnenschwere Granaten waren auf die schützende Kuppel aus Beton und Erde niedergeprasselt und hatten das Gebäude erzittern lassen. Währenddessen hatte er im Lazarett im zweiten Untergeschoss Verwundete versorgt. Der Lärm im Inneren war unvorstellbar gewesen. Unwillkürlich duckte Brosch sich und blickte zur Decke.

Als ihm seine Handlung bewusst wurde, lachte er unlustig. Er richtete sich wieder auf.

Der Krieg hatte bei ihnen allen Spuren hinterlassen. Ob sie jemals wieder ein normales Leben führen konnten? Würden die Erinnerungen irgendwann verblassen? Oder gar verschwinden?

Brosch bezweifelte das. Die furchtbaren Erlebnisse hatten sich tief in die Seelen der Kombattanten eingeätzt, nichts konnte diese Wunden heilen.

Er verließ den Keller. In mehreren Wolldecken eingewickelt schlief sein Patient auf dem Sofa. Die Haare klebten schweißnass am Kopf, die Wangen leuchteten rot. Brosch wusste, dass Hans Papen noch nicht über den Berg war. Krankheiten verliefen oft unvorhersehbar. Doch im Moment musste er sich keine Sorgen machen. Sein Patient schnarchte leise, was Brosch als gutes Zeichen wertete.

Das Feuerholz knackte im Ofen, den Agnes Papen am vergangenen Wochenende zum Glühen gebracht hatte.

Brosch schmunzelte. Die kleine Papen konnte zupacken. Mit Eifer hatte sie erledigt, was er ihr aufgetragen hatte. Leider war sie nicht sehr gesprächig gewesen, was angesichts der Sorge um ihren Onkel allerdings verständlich war. Wer redete schon gerne über Gott und die Welt, wenn eine nahestehende Person mit dem Tod rang? Aber er hatte sich in ihrer Nähe wohlgefühlt. So, wie er sich bei Lina gefühlt hatte …

Brosch schüttelte den Gedanken ab. Ein Vergleich mit Lina verbot sich. Es kam ihm wie ein Verrat vor.

Er stellte die Weinflasche auf dem Stubentisch ab und suchte nach dem Korkenzieher. Er fand ihn im Spülstein in der Küche. Nachdenklich betrachtete er das gewundene Metall. Zwei Tage hatte er keinen Alkohol angerührt. Agnes Papen schien einen guten Einfluss auf ihn auszuüben. Überhaupt hatte sie sich ja nicht nur um ihren Onkel gekümmert, sondern auch für sein, Hermanns, leibliches Wohl gesorgt. Vielleicht, so überlegte er, sollte er sich dafür erkenntlich zeigen. Er lachte leise. Ja, er würde sie einfach auf ein Glas Wein einladen.

Brosch legte den Korkenzieher zurück in den Spülstein. Da konnte er nicht verloren gehen, und er würde sofort wissen, wo er ihn abgelegt hatte. Er richtete sich auf und sah durchs Fenster auf die Straße hinaus. Reif überzog die kahlen Äste der Bäume. Rauchsäulen stiegen aus den Schornsteinen in den grauen Himmel auf.

Aber was war das?

Mit wehenden Mänteln eilten Lieberstock und Agnes Papen über die Straße.

Wo wollten die beiden hin? Wieso hatten sie es so eilig?

Dem musste er auf den Grund gehen.

Er ging in den Flur, nahm Hut und Mantel und seinen Krückstock, dann humpelte er hinaus.

Der eisige Wind stach auf der Haut. Vorsichtig setzte er Schritt vor Schritt auf dem vereisten Weg. Bloß nicht stürzen. Auf einen erneuten Beinbruch konnte er gut verzichten. Er hatte lange genug im Lazarett gelegen und gelangweilt die Decke angestarrt.

Jetzt sah er Agnes Papen und Lieberstock. Sie waren zum Brunnen auf dem Dorfplatz gelaufen. Zu seiner Überraschung waren sie nicht die Einzigen, die sich dort eingefunden hatten. Um den Brunnen herum scharten sich gut zwanzig Leute. Unter ihnen erkannte Brosch den Ortsvorsteher Friedrich Intze und seine feiste Frau Elsbeth. Mit finsteren Blicken musterten sie einen Mann, der in einer zerschlissenen französischen Uniform am Brunnen stand. An den Füßen trug der Mann ausgetretene deutsche Armeestiefel. Dunkler Schorf bedeckte die linke Kopfseite, die Augen lagen tief in den Höhlen. Die untere Gesichtshälfte verschwand in einem struppigen Bart. Der Fremde sah aus wie ein Strauchdieb. Allerdings schien der Mann unbewaffnet zu sein, zumindest trug er kein Gewehr über der Schulter oder eine Pistole am Gürtel.

Brosch spürte die grimmige Stimmung der anderen und ahnte, woher sie rührte. Fast jeder hatte den Verlust von Ehemännern, Söhnen, Verwandten, Nachbarn oder guten Freunden zu beklagen. Zur Untätigkeit verdammt hatten sie die Todesnachrichten entgegennehmen müssen. Hier bot sich für sie ein Ventil, um die aufgestaute Wut auf den verhassten Feind abzuleiten. Sah man von Agnes Papen und

Ruben Lieberstock ab, wirkten sie auf Brosch wie eine wilde Meute, die sich gleich auf das Opfer stürzen würde.

»Der hat hier nichts zu suchen«, keifte Elsbeth Intze und stapfte entschlossen auf den fremden Mann zu. Sie baute sich vor ihm auf, riss ihm die Mütze vom Kopf und trampelte darauf herum. »Hau ab!«, schrie sie ihn an und trat einen Schritt zurück. »Wir wollen hier keine Froschfresser.«

Lieberstock drängte sich vor. »Wartet! Nicht so voreilig. Es könnte ein Besatzer sein.«

Brosch bezweifelte das. Zwar stimmte es, dass gemäß des Waffenstillstandsabkommens von Compiègne das linksrheinische Deutschland besetzt werden sollte. Doch die Franzmänner, Tommys oder Amerikaner würden garantiert vom ersten Auftreten an einen bleibenden Eindruck hinterlassen wollen, um Widerstand im Keim zu ersticken. Und wie eine ernst zu nehmende Vorhut sah diese abgerissene Gestalt bestimmt nicht aus.

»Was redest du da, Krämer? Hast du irgendein Dokument gesehen, das ich nicht gelesen habe?« Sie deutete anklagend auf den Fremden. »Ein Schreiben, das den Kerl hier legitimiert? Das wäre wohl das Mindeste, was wir erwarten können, oder nicht?« Elsbeth Intze wandte sich an die Umstehenden und zeigte anklagend auf den Fremden. »Kerle wie dieser haben eure Ehemänner und Söhne getötet. Wer weiß, vielleicht war es sogar der da, der meinen kleinen Hannes erschossen hat.« Ihre Stimme brach. Sie tupfte sich mit der Schürze die Augen trocken, fand dann die Fassung wieder. »Wollt ihr so einen aufnehmen und durchfüttern? Wir haben doch selbst kaum was zu beißen.« Sie stemmte die Fäuste in die Seite. »Ich sag euch, was wir tun sollten. Aufknüpfen sollten wir ihn! Und zwar am höchsten Baum.«

Von irgendwoher flog ein Stein an Brosch vorbei und traf den Fremden an der Schulter. Der sah nur kurz auf die Stelle und hob dann teilnahmslos die Mütze auf. Nichts deutete darauf hin, dass er sich bedroht fühlte. Stattdessen schaute er gleichgültig in die Gesichter der Dorfbewohner, die den Kreis um ihn enger zogen.

Brosch kannte diesen Blick. Im Lazarett hatten die meisten ihn so angesehen: ohne Hoffnung, schicksalergeben. Solche Patienten sahen den Tod als Erlösung an. Ganz sicher: Dieser Mann dort am Brunnen würde sich gegen den Mob nicht wehren.

Ein weiterer Stein traf den Fremden am Bein.

»Halt!«, forderte in diesem Moment Agnes Papen. Sie löste sich aus der Reihe und ging auf den Mann am Brunnen zu. Elsbeth Intze wollte aufbegehren, doch Agnes Papen schob sie einfach zur Seite.

Brosch bewunderte ihren Mut. In dieser hitzigen Stimmung konnte sich der aufgestaute Zorn rasch gegen die wenden, die schlichtend eingriffen. Er bemerkte, wie die neben ihm stehende Frau einen Stein aufhob und ausholte. Die Wut verzerrte ihr Gesicht zu einer Fratze.

Entschlossen packte Brosch ihren Arm und schüttelte den Kopf.

Aus hasserfüllten Augen sah sie ihn an. Vergebens versuchte sie, sich loszureißen. Sie blinzelte, schien einige Sekunden zu benötigen, um in die Wirklichkeit zurückzukehren. Ihr Blick klärte sich. Vermutlich erschrocken über sich selbst, schlug sie die Hand vor den Mund und ließ den Stein fallen. Dann drehte sie sich auf der Stelle um und rannte davon.

»Quel est votre nom?«, fragte Agnes Papen. Und als der Mann nicht reagierte, fuhr sie fort: »Vous venez d'où?«

Während seines vierjährigen Fronteinsatzes hatte Brosch ein paar Brocken Französisch aufgeschnappt. Er hatte es für sinnvoll erachtet, sich in einem fremden Land verständlich machen zu können. Agnes Papen hatte den Fremden nach seinem Namen und Herkunft gefragt. Soviel hatte er verstanden.

Der Mann antwortete nicht.

Verächtlich lachte Elsbeth Intze auf. »Das führt doch zu nichts. Der ist sich zu fein, um mit uns zu plaudern.«

Agnes Papen hielt die Hände hoch und signalisierte dem Fremden so, dass von ihr keine Gefahr ausging. »Ich will Ihnen nichts Böses«, sagte sie wieder auf Französisch. Sie hatte die Stimme gesenkt, Brosch hatte Mühe, sie zu verstehen.

»Ich bin hier, um Ihnen zu helfen. Vertrauen Sie mir, reden Sie mit mir. Bitte.«

Durch den Fremden ging ein Ruck. Langsam hob er die Hand und klopfte sich mit den Fingern auf den Kehlkopf, anschließend auf den Mund, dann schüttelte er den Kopf.

»Sie können nicht sprechen?«

Der Mann nickte, hob resigniert die Schultern und ließ sie wieder fallen.

»Glaubt ihm nicht!«, rief Elsbeth Intze aus. »Stumm, ha, dass ich nicht lache. Ich sage euch, der hat Dreck am Stecken. Mit der Masche will er sich der Verantwortung entziehen.«

Dafür erntete sie zustimmendes Gemurmel. Erneut flog ein Stein. Er verfehlte Agnes Papen nur um Millimeter.

Brosch entschied, dem ein Ende zu setzen. Entschlossen trat er vor und stellte sich so hin, dass er Agnes Papen abschirmte. »Ich werde den Mann untersuchen«, verkündete er den Umstehenden. »Geht nach Hause, es gibt nichts mehr zu sehen.«

»Sie halten sich da raus«, rief Elsbeth Intze. »Wir dulden hier keine Franzmänner. Wir werden den Kerl am nächsten Ast...«

»Still!« Brosch fuhr sie wütend an.

Überrascht verstummte sie.

Er humpelte zu ihr, baute sich vor ihr zu voller Größe auf und sprach mit durchdringender Stimme: »Ich bin Arzt, und ich werde diesen Mann jetzt untersuchen, und wer mich daran hindern will, der muss zuerst mich aufknüpfen.«

Elsbeth Intze wich instinktiv und schluckte hart. Sie sah sich ängstlich zu den anderen um, doch keiner machte Anstalten, sich dem jungen Brosch zu nähern. Sein autoritäres Auftreten zeigte Wirkung. Die Ersten drehten sich um und schlurften davon.

Agnes Papen wandte sich erneut an den stummen Soldaten. Auf Französisch erklärte sie: »Das ist Doktor Brosch. Er ist Arzt. Er wird sich um Sie kümmern.«

»Vielleicht ist er nicht nur stumm, sondern auch taub«, sagte Lieberstock, der zu ihnen getreten war. Er sah den Mann an und deutete auf sein Ohr.

Der Fremde schüttelte den Kopf und wiederholte die Geste mit dem Adamsapfel.

»Aha, nur stumm«, murmelte Brosch. Er seufzte. »Also gut. Da ich ohnehin schon einen Patienten im Haus habe, schlage ich vor, wir gehen zu mir. So kann ich beide im Auge...«

»Nein!«, rief Agnes aus, lauter als beabsichtigt.

Brosch blickte sie verwundert an. »Mit Verlaub, was spricht dagegen?«

Agnes zögerte, bevor sie sprach. Sie senkte die Stimme. »Nun, wir wissen noch immer nicht, ob mein Onkel an der Spanischen Grippe erkrankt ist.« Sie nickte in Richtung des Fremden. »Wir dürfen ihn nicht der Gefahr der Ansteckung aussetzen.«

Brosch registrierte ihren panischen Blick. Sie schien wirklich große Angst vor der Grippe und deren Verbreitung zu haben. Seine Bemühungen der vergangenen Tage, ihre Furcht zu zerstreuen, schienen nicht gefruchtet zu haben. Daher entschied er sich dagegen, ihr erneut zu erläutern, dass sie sich zu große Sorgen machte.

»Also schön, was schlagen Sie vor?«, fragte er stattdessen.

Agnes runzelte die Stirn und überlegte. Dann streckte sie die Hand aus und griff sanft den Unterarm des Fremden. »Wir gehen zu mir.« Mit einem Kopfnicken deutete sie die Richtung an. Willig folgte der Mann ihr.

Lieberstock sah Brosch fragend an. Der zuckte nur resigniert die Schultern und folgte den beiden. »Hauptsache, nicht mehr in dieser Kälte rumstehen.«

»Hoffentlich kommt sie nicht auf den Einfall, ihn bei sich übernachten zu lassen«, raunte Lieberstock. »Er kann dort nicht bleiben. Das würde Gerede geben. Ein Unbekannter und eine unverheiratete junge Frau unter einem Dach. Unvorstellbar.«

Brosch grinste. »Ich hätte Sie nicht für derart prüde gehalten.«

Lieberstock sah zu ihm auf. »Um mich geht es hier nicht. Sie haben Elsbeth Intze doch selbst erlebt!«

Sie hielten an.

»Was genau meinen Sie?«, fragte Brosch.

Lieberstock deutete in Richtung Dorfbrunnen. Dort stand immer noch die Frau des Dorfvorstehers. Selbst aus der Entfernung konnte man sehen, wie es in ihr brodelte.

»Elsbeth war nicht immer so. Ein wenig hochnäsig, ja, das schon. Aber wenn jemand in Not war, dann stand sie ihm bei. Packte an, wo es notwendig war. Benötigte jemand Hilfe, dann fragte er sie um Rat und nicht etwa ihren Mann.« Lieberstock seufzte. »Sie hat sich verändert.«

Brosch sah ihn fragend an. »Was ist passiert?«

Der alte Krämer machte ein verdrießliches Gesicht. »Ihr jüngster Sohn ist in der Somme-Schlacht 1916 gefallen. Der Verlust hat sie verbittert. Von den beiden Söhnen war Hannes ihr Lieblingskind gewesen, ihr Ein und Alles.«

Brosch spürte ein Stechen in der Brust. Er konnte Elsbeth Intzes Verlust nachfühlen. Er musste nur an Lina denken.

»Aber bei der alten Intze weiß man wenigstens, woran man ist«, sagte Lieberstock. »Sie nimmt kein Blatt vor den Mund. Sorgen machen mir viel eher die anderen. Die Stillen, die immer nur in der Meute den Mund aufmachen und sich mutig vorkommen. Und dann sind sie plötzlich nicht mehr zu bändigen.« Lieberstock zog seinen Mantel enger um sich. Er sah Brosch eindringlich an. »Wie eben, mit dem Fremden. Wenn Sie nicht gewesen wären, hätten die ihn gelyncht, da bin ich mir sicher.«

14

In der Halle, in der Franz stand, tobte ein mechanisches Unwetter. Alles schien in Bewegung zu sein, in jeder Ecke dampfte, pfiff, hämmerte und donnerte es. Treibriemen surrten, Webstühle krachten, Laufräder quietschten. Einen Raum weiter zerpflückte die Krempelmaschine mit dem eisernen Maul die Schafwolle in Stücke. Vom rauschenden Gebläse durchgelüftet und aufgewirbelt, rieselte sie wie Schnee von der Decke und wurde anschließend in den nächsten Raum verbracht. Die Antriebskette rasselte, die Lager kreischten, ein metallisches Schleifen war zu hören. In der größten Halle lief der Ausleger der gut fünfzig Meter langen Spinnmaschine ununterbrochen hin und her. Wer nicht aufpasste, kam unter die Räder. Es roch nach Wollfett, Schmieröl und Chemikalien, die für das Färben der Stoffe Verwendung fanden.

Im fahlen Licht der Glühbirnen arbeiteten die Frauen. Mit gleichförmigen, routinierten Handgriffen bedienten die Arbeiterinnen die Maschinen, die Lippen zusammengepresst, die Blicke konzentriert. Trotz der Kälte draußen rann ihnen der Schweiß über die Gesichter. Die einströmende Luft durch die offen stehenden Dachfenster brachte in der überheizten Werkshalle kaum Linderung.

Franz blieb neben Käthes Webstuhl stehen. Sie schien

ihn nicht zu bemerken. Ihre Finger bewegten sich im Takt der Maschinen, ihr Blick verfolgte das hin- und herschießende Webschiffchen.

Sie ist ein Teil der Mechanik. Kein Mensch mehr. Wie ein Zahnrad im Getriebe.

Franz versuchte, sich die Arbeit vorzustellen. Wie war es, hinter einer solchen Maschine zu stehen? Merkte man irgendwann gar nicht mehr, was man tat? Verging die Zeit langsam, oder flog sie nur so dahin?

Ein unsanfter Nackenschlag riss Franz aus seinen Überlegungen. Seine Mütze fiel zu Boden, fast hätte er auch das Ölkännchen aus der Hand gleiten lassen.

»Halt hier keine Maulaffen feil!« Gerold brüllte so laut er konnte, um sich gegen den Lärm der Maschinen durchzusetzen.

Rasch hob Franz seine Mütze auf. Er klappte den Deckel des Ölvorrats am nächstgelegenen Treibrad auf, um Öl aufzufüllen, wurde aber von Gerold fortgezogen. »Komm mit!«

Franz schloss den Deckel und folgte Gerold hinaus ins Freie. Im Innenhof der Fabrik stellten sie sich unter die eiserne Treppe, die zu den Hallen in der oberen Etage führte.

Gerold zog einen Streifen Zeitungspapier aus der Hosentasche und fing an, sich eine Zigarette zu drehen.

»Woher haben Sie den Tabak?«, fragte Franz neugierig. Er hatte schon lange niemanden mehr rauchen gesehen.

»Is kein echter«, brummte Gerold. »Is Goldregen. Mein letzter Rest aus der Frontverpflegung.«

Franz hatte Schwierigkeiten, ihn zu verstehen. Er nuschelte entsetzlich und verschluckte die Wörter halb.

Gerold zündete die Zigarette an und nahm einen Zug. »Schmeckt wie Scheiße.« Er stieß ein gackerndes Lachen aus, das in ein Husten überging. Er hielt Franz die Kippe hin, doch der schüttelte den Kopf.

Gerold zuckte mit den Schultern. »Umso besser. Bleibt mehr für mich.« Nach einem weiteren Zug deutete er mit der glühenden Spitze in Richtung des Wohnhauses. Im Erdgeschoss befand sich die Schreibstube des Fabrikbesitzers, Rudolf Wenger. »Was sachste denn zum Töchterchen vom Alten, Fräulein Nora?«

Franz sah in die Richtung. Eine hochgewachsene junge Frau saß an einem Schreibtisch und schrieb etwas in Bücher. Sie trug die Haare kurz, viel mehr konnte er durch das beschlagene Glas nicht erkennen. Daher zuckte Franz gleichgültig mit den Schultern. »Weiß nicht.« Wie sollte er ein Urteil über eine Person abgeben, die er nicht kannte?

»Weiß nicht? Wat is dat denn für 'ne Antwort? Biste blind, oder wat? Dat Fräulein sieht hinreißend aus. So wat findest du in hundert Kilometer Umkreis nich' noch mal.«

Wenn er ehrlich war, gefiel Franz die zierliche Käthe deutlich besser. Nur wollte er das Gerold nicht verraten. Daher stimmte er einfach zu. »Ja, seh ich auch so. Ist nett, das Fräulein.«

Gerold packte Franz am Kragen und zog ihn zu sich heran. »Ah, ich hab's doch gewusst«, zischte er. Winzige Speichelblasen schimmerten hell in den Mundwinkeln. »Schlag sie dir aus dem Kopf. Damit das klar ist, das ist meine Braut, die gehört mir, verstanden?«

»Wirklich?« Franz konnte sich nicht vorstellen, dass die Tochter eines Fabrikbesitzers sich mit einem Arbeiter abgab. »Und der Herr Fabrikant ist damit einverstanden?«

Gerold stutzte, der Griff lockerte sich. »Willste mich verarschen, oder wat?« Er musterte Franz eindringlich. »Nein. Du Hornochse meinst es ernst. Mann, was bist du denn für ein komischer Kauz? Fehlen dir Latten am Zaun, oder wat?« Er schubste Franz von sich. »Schleich dich.«

Franz schnappte sich das Ölkännchen und schlüpfte durch die angelehnte Tür zurück in die Werkshalle.

Nachdenklich schmierte er die erste Kette, an der er vorbeikam. Die Glieder rasselten.

Franz ahnte, dass er und Gerold keine Freunde werden würden.

Selbst dann nicht, wenn er sich jeglichen Umgang mit Nora Wenger verbot.

15

Ruben Lieberstock saß auf der Bank in Hans Papens Stube und beobachtete, wie Brosch den Fremden untersuchte. Agnes Papen half ihm, indem sie die Petroleumlampe hielt und ihm leuchtete.

Der Unbekannte saß auf einem Schemel und ließ alles ungerührt mit sich geschehen. Er hatte nur Augen für die Weinflasche und das Stück Brot auf dem Tisch.

Brosch brachte den Fremden dazu, den Kopf zu neigen. Eingehend betrachtete er die Kopfwunde. Vorsichtig tastete er ihn ab, wusch mit einem Leinentuch Dreck und Schorf ab. Dann entspannte sich seine sorgenvolle Miene. »Sieht schlimmer aus, als es ist. Der Knochen ist stabil, keine Anzeichen eines Bruchs.« Aus dem Arztkoffer entnahm er eine Mullbinde und legte einen Verband an.

Lieberstock beobachtete ihn wohlwollend. Er hoffte, der Doktor würde sich dafür entscheiden, in die Fußstapfen seines Vaters zu treten. Ein Arzt im Dorf wäre für alle hier ein großer Segen. Sie müssten dann nicht mehr den beschwerlichen Weg nach Euskirchen auf sich nehmen.

Brosch sah zu Lieberstock. »Ein Bad würde dem Kerl guttun. Er stinkt, als hätte er auf einem Misthaufen übernachtet.«

Lieberstock nickte. »Sobald der junge Franz Metzler von

der Arbeit heimkehrt, werde ich ihn bitten, das Bad einzuheizen und Wasser aufzusetzen.«

»Gut«, lobte Brosch. »Und wenn unser stummer Freund hier sich bereits bei Ihnen im Haus befindet, gewähren Sie ihm sicherlich auch einige Tage Unterschlupf.«

»Selbstverständlich«, sagte Lieberstock rasch, bevor Agnes Papen aufbegehren konnte. Stumm zollte er dem Doktor Respekt. Das hatte er ausgezeichnet eingefädelt. Zwar würde das Gerede im Dorf auch so nicht verstummen, doch sie hatten zumindest Agnes Papen aus der Schusslinie gebracht.

»Wann ist das passiert?«, fragte Agnes jetzt und zeigte auf die Wunde.

Brosch wiegte den Kopf. »Vor drei, möglicherweise vier Wochen. Vermutlich ein Schlag mit dem Gewehrkolben. Eine Gehirnerschütterung, wahrscheinlicher sogar ein Schädel-Hirn-Trauma, das eine Amnesie ausgelöst hat.«

»Eine was?«, fragte Lieberstock.

»Amnesie«, wiederholte Brosch. »Der Mann leidet vermutlich unter Gedächtnisverlust. Verschiedene Ausprägungen sind dabei möglich. Dem Patienten können Erinnerungen von Stunden bis hin zu Jahrzehnten entfallen. Auch die Fähigkeit zu sprechen kann dabei abhandenkommen.«

Agnes Papen stellte die Lampe auf den Tisch. »Er hat vergessen, wie man spricht?«

Brosch klammerte das Ende der Mullbinde fest. »Hm, nein, das vielleicht nicht. Ich vermute, es liegt ein nervliches Trauma zugrunde, hervorgerufen durch einen Schock.«

»Der Arme. Wird er jemals wieder sprechen können?«

Brosch zuckte die Schultern. »Auf diesem Gebiet bin ich kein Experte. Ich kann nur auf meine Fronterfahrungen und auf Erzählungen von Kollegen zurückgreifen. Ich würde sagen: Alles ist möglich. Die rasche Genesung ebenso wie ein langwieriger, mühsamer Heilungsprozess. Wir müssen abwarten.«

Mitfühlend tätschelte Agnes Papen dem Fremden die Schulter. »Ich bin sicher, Sie werden wieder ganz gesund.«

Der Mann sah auf. Erst jetzt schien er Agnes Papen überhaupt zu bemerken. Plötzlich lächelte er und nickte.

Lieberstock sah Agnes erstaunt an. »Er hat Sie verstanden.«

Agnes Papen runzelte die Stirn. »Meinen Sie?«

Der Fremde nickte.

Lieberstock wies mit der Hand auf ihn. »Da! Er versteht Deutsch.«

Brosch hockte sich vor den Mann. »Verstehen Sie mich? Sind Sie der deutschen Sprache mächtig?«

Der Fremde öffnete den Mund, seine Kiefermuskeln spannten sich, die Zunge zuckte, doch kein Ton kam über die Lippen. Resigniert schloss er wieder den Mund. Ungestüm wischte er sich mit dem Ärmel der Uniformjacke die Tränen aus den Augenwinkeln.

Brosch machte große Augen. »Ganz erstaunlich.«

»Moment«, rief Agnes Papen aus und rannte aus der Stube die Treppe hinauf.

Man hörte sie oben in Schubladen herumkramen. Lieberstock sah zur Decke. Feiner Staub rieselte herunter. Kurz darauf stürmte Agnes Papen mit einem Bogen Papier in der Hand zurück in die Stube. »Das Schreiben hat er vielleicht nicht verlernt.« Sie legte den Bogen neben der Lampe auf den Tisch und drückte dem Fremden einen Bleistiftstummel in die Hand. »Kommen Sie, versuchen Sie es«, sagte sie. »Ich würde gern Ihren Namen wissen.«

Der Fremde betrachtete seine Hand, als würde er zum ersten Mal einen Bleistift sehen. Er rückte mit seinem Schemel näher an den Tisch heran. Endlich setzte er den Stift auf das Papier.

Alle warteten gespannt.

Die Zunge des Fremden lugte aus dem Mundwinkel, Schweißperlen standen ihm auf der Stirn. Das Halten des Stiftes schien für ihn eine übermenschliche Kraftanstrengung zu bedeuten. Dann zog er einen ersten Strich. Verzweifelt schaute er von einem zum anderen.

Brosch kratzte sich das Kinn. »Ich vermute, es ist die Psyche. Er hat eine schützende Mauer um seine Seele gezogen. Er schottet sich ab, nichts darf rein, nichts raus.«

Agnes Papen klopfte ihm beruhigend auf die Schulter. »Sie schaffen das. Wir haben Zeit.«

16

Eigentlich verbot Wiebke Leufgen sich, allzu sehr über Dinge nachzudenken. Jedenfalls über die, die sie selbst betrafen. Denn das Grübeln führte häufig dazu, mit dem Leben zu hadern. Sie war eine Magd, wie auch ihre Mutter zuvor. Und sollte Wiebke irgendwann eine Tochter zur Welt bringen, dann würde diese ebenfalls für die Familie Intze als Magd arbeiten. Daran gab es nichts zu rütteln, jeder hatte vom lieben Gott seinen Platz auf Erden zugeteilt bekommen. Was lohnte es sich also, die Fügung des Herrn infrage zu stellen und von einem anderen Leben zu träumen.

»Träume sind Schäume«, hatte ihre Mutter immer gesagt.

Sie war eines Tages beim Gabenbinden umgefallen. Einfach so. Eben noch auf Erden die Halme fest gepackt und umwickelt, im nächsten Augenblick schon an der Himmelspforte gepocht. Genau das hatte Wiebke bisher für sich auch erhofft: Zur Zufriedenheit des Hausherren der Arbeit nachgehen und irgendwann einfach umzufallen, ohne leiden oder dahinsiechen zu müssen.

Bisher.

Wiebke stach mit der Mistgabel zu.

Nebenan im Kober grunzten die vier verbliebenen

Schweine der Familie Intze. Hin und wieder polterte ein mächtiger Leib gegen die Abtrennung aus Holz. Sie wurden unruhig, wollten in ihren angestammten und großzügigeren Pferch zurück.

Träume sind Schäume.

Bislang war Wiebke mit diesem Leitspruch gut gefahren. Sie konnte zufrieden sein, hatte ein Dach über dem Kopf, Kleidung am Leib und trotz der Notzeiten ausreichend zu essen.

Aber warum fühlte sie sich dann nicht mehr so recht wohl in ihrer Haut? Eine innere Unruhe, die ihre Gedanken zum Kreisen brachte, setzte ihr seit Tagen zu. Es war, als wäre etwas in ihr erwacht. Erst klein und kaum spürbar, wuchs es von Stunde zu Stunde. Was war nur mit ihr los?

Um ihre Anstellung musste sie sich jedenfalls nicht sorgen. Das konnte somit nicht der Grund ihrer Ruhelosigkeit sein. Sie war zuverlässig und ergeben, konnte anpacken wie zwei. So jemanden ließ man nicht ziehen.

Gut so, denn sie wollte nicht fort, auch wenn ihr nicht alles gefiel, was hier auf dem Hof geschah.

Eine Schande, dass der alte Intze nicht die Finger von Emma, der anderen Magd auf dem Hof, hatte lassen können. So etwas gehörte sich nicht!

Emma war gerade mal neunzehn Jahre alt, dazu seit einem Jahr Vollwaise. Die Mutter starb bei Emmas Geburt. So wuchs Emma bei ihrem Vater und ihrer Großmutter auf. Weitere Verwandte gab es nicht. Der Vater wurde seit Anfang 1915 vermisst. Er hatte sich freiwillig zu der neuen Unterseebootwaffe gemeldet, das wusste Wiebke. Emma hoffte zwar inständig, dass das Boot, auf dem ihr Vater fuhr, vom Feind aufgebracht worden und die Besatzung wohlauf in Gefangenschaft war. Doch wahrscheinlicher war ein kaltes Grab in den Tiefen des Meeres. Zu allem Überfluss verstarb dann Emmas Großmutter vor einigen Monaten. Der Gram um den Verlust ihres einzigen Sohnes hatte wohl ihren Verfall beschleunigt.

Wie auch immer, darüber wäre Emma hinweggekommen, da war sich Wiebke sicher. Es war der Lauf des Lebens, um Tote zu trauern.

Doch dann musste der alte Intze ja unbedingt seinen dritten Frühling ausleben. Das Ganze hatte nur Unfriede ins Haus gebracht.

Wiebke hatte in den vergangenen Monaten für Emma mitarbeiten müssen. Das junge Ding war seit den Vorfällen mit dem alten Intze nur noch ein Schatten seiner selbst. Knechte, die Wiebke zur Seite stehen konnten, gab es schon lange nicht mehr. Drei an der Zahl waren es einmal gewesen. Zu Beginn des Krieges waren sie allesamt mit einem fanatischen Hurra auf den Lippen losgezogen, und jetzt lagen sie irgendwo in Frankreich unter schlichten Holzkreuzen begraben.

Wiebke stellte die Mistgabel zur Seite. Sie spuckte in die Hände und packte die Griffe der Schubkarre. Den Schweinekoben auszumisten gehörte ebenfalls zu ihren neuen Aufgaben. Der Hausherr hatte es im Kreuz, wie er stets betonte und sich dabei stöhnend an den Rücken fasste. Was für ein Schmierentheater. So schlimm, wie er tat, konnte es nicht sein. Emma hatte er auch mit seinem schlimmen Rücken besteigen können.

An der eisigen Luft dampfte der Mist.

Der Hofhund kam angelaufen. Sie hatte ihn von der

Kette gelassen, damit er ein wenig Auslauf bekam. Der Hund bellte die quietschende Achse der Schubkarre an.

»Du dummes Vieh!« Wiebke lachte und steuerte mit Schwung das Brett auf dem Misthaufen an.

Ausmisten war harte Männerarbeit.

Stolz warf sich Wiebke in die Brust. Groß und kräftig war sie, konnte es mit so manchem Mannsbild aufnehmen. Wer von den Kerlen ihr gegenüber die Hand erhob, musste vorsichtig sein. Sie wusste sich zu wehren.

Dazu war Emma viel zu schmächtig. Sie hatte sich nicht gegen den alten Intze wehren können. Wiebke hätte den alten Sack zur Tür hinausgetreten. Allerdings hatte er bei ihr nie einen Versuch unternommen. Wiebke wusste, dass ihr burschikoses Auftreten und ihre ganze Statur die Männer abschreckte.

Gut so!

Man sah ja an Emmas Schicksal, wie es ihr ansonsten hätte ergehen können.

Wiebke warf die Schubkarre um und kippte den Mist aus. Rückwärts gehend, balancierte sie über das Brett zurück auf den gepflasterten Hof. Trotz des Hundegebells hörte sie jemanden schluchzen.

Emma.

Sie hockte seit einer Stunde in der Scheune und heulte sich die Augen aus. Eigentlich sollte sie sich um das Essen kümmern. Nur gut, dass die Intzes zur Mühle unterwegs waren, um die Feierlichkeiten anlässlich der Inbetriebnahme des Kraftwerkes zu besprechen. Die Hausherrin hätte Emma ansonsten mit dem Reisigbesen zum Herd geprügelt.

Wiebke seufzte und ging zurück zum Stall. Sie konnte

Emmas Sorge verstehen. Das Auskommen zusammen mit dem Bankert hing vom Wohlwollen des Hausherrn ab. Solange der alte Intze Emma in Lohn und Brot hielt, war auch für den Kleinen gesorgt. Geriet Emma jedoch in Ungnade und wurde des Hauses verwiesen, dann sah es zappenduster aus. Niemand würde eine gefallene Magd mit einem Kind in Stellung nehmen. Es gab genug andere Frauen mit moralisch einwandfreien Lebensläufen, die sich andienten. Da musste man nicht auf eine zurückgreifen, die ein zusätzliches Maul zum Stopfen mitbrachte.

Als Wiebke den Stall betrat, streckten ihr die Schweine die Nasen entgegen und grunzten. Wiebke tätschelte einer Sau den Kopf. »Ruhig Blut. Eine Karre noch, dann streu ich ein.«

Sie musste sich beeilen, die Küche wartete. Emma war derzeit offensichtlich nicht in der Lage, sich um das Essen zu kümmern.

Beherzt nahm Wiebke die Mistgabel zur Hand und schaufelte.

»Träume sind Schäume«, murmelte sie vor sich hin. »Weise, sehr weise, sich daran zu halten.«

Alles schön und gut, wäre da nicht dieser August gewesen. Den fahrenden Händler konnte sie nicht aus dem Kopf bekommen. Immer wieder ertappte sie sich dabei, wie sie ein stummes Zwiegespräch mit ihm führte. Er hielt sie von der Arbeit ab, hinderte sie daran einzuschlafen.

Letztens hatte die Hausherrin Wiebke sogar einmal beim Träumen erwischt. Beim Reinemachen hatte Wiebke auf den Besen gelehnt zum Fenster hinausgestarrt. Sehnsüchtig hatte sie über den Fluss hinweg zu dem Wäldchen geblickt, in dem die Scheune stand, und hatte an den Zwerg gedacht.

Elsbeth Intze hatte ein Donnerwetter veranstaltet. Zeter und Mordio hatte sie geschrien. Ohne mit der Wimper zu zucken, hatte Wiebke alles über sich ergehen lassen. Irgendwann war der alte Intze gekommen und hatte seine Frau zurechtgewiesen. »Schluss jetzt!«, hatte er gebrüllt. »Lass deinen Ärger über den Doktor nicht an unserer besten Magd aus.« Denn das war wohl der eigentliche Grund, warum die Hausherrin so ungehalten war.

Wie auch immer, ein Trost war das kaum gewesen. Der Blitz hatte sich bei ihr entladen und eben nicht woanders.

Normalerweise hätte sie es hingenommen und vergessen. Doch jetzt war da der Zwerg August in ihrem Kopf. »Lass dir das nicht gefallen«, wisperte er unablässig. »Du hast ein Recht darauf, anständig behandelt zu werden.«

Wiebke schnaubte verächtlich. Was wusste der Zwerg schon von dem Gefüge auf einem Hof. Das Gesinde hatte zu gehorchen und zu kuschen. Sie musste endlich auf andere Gedanken kommen. August machte sie sonst noch ganz rebellisch.

Wiebke schaufelte eine weitere Gabel Mist auf die Karre und versuchte sich vorzustellen, was der Winzling zu ihrer ausgezeichneten Kohlsuppe sagen würde. Bestimmt würde August eine Arschbacke heben, genüsslich Luft ablassen und ausrufen: »Vorzüglich!«

Wiebke lachte gackernd und schüttelte den Kopf. Nein, nein, August würde sich nicht so benehmen wie der alte Intze. Der furzte ungeniert, nahm dabei auf niemanden Rücksicht.

Schlimmer als die Schweine.

Wiebke häufte den letzten Rest auf die Schubkarre und machte sich auf den Weg zum Misthaufen. Den scharfen

Geruch nahm sie nach der einen Stunde im Stall kaum noch wahr. Nur wenn sie darauf achtete.

Was mochte August lieber? Den Frühling oder den Herbst, den Mond oder die Sonne, ihre Holzpantoffeln oder die Lederstiefel? Ihre Wangenknochen oder ihre Nase? Ihre strammen Beine oder …

Sie drückte die Brust heraus. Groß zeichnete sie sich unter dem Mantelstoff ab. Ein Kichern stieg in ihrer Kehle auf, dann prustete sie los. Auf welche Gedanken sie in letzter Zeit kam. Albern. Vermutlich hatte der Winzling sie schon längst wieder vergessen.

Gerade als sie ihren Weg fortsetzen wollte, bemerkte sie einen Schatten hinter einem der Fenster im Erdgeschoss.

Wiebke fixierte die Stelle. War jemand im Wohnhaus? Die Intzes waren unterwegs. Vielleicht Emma?

Nein, Emma war immer noch in der Scheune.

Wer aber geisterte dann im Haus herum?

Für einen winzigen Moment verstieg sie sich in den Gedanken, dass August nach ihr suchte.

»Unfug«, stieß sie aus und schüttelte den Kopf. Selbst wenn es so wäre, Augusts Kopf reichte kaum über das Fensterbrett. Der Schatten, den sie gesehen hatte, war größer gewesen. Es war eine normal groß gewachsene Person gewesen.

Sie schauderte.

Es gab weiße Frauen, Gespenster von verstorbenen Frauen, die hier in den Dörfern der Umgebung spuken sollen. Die Alten erzählten an den langen Winterabenden davon. Schaurige Geschichten, von denen Wiebke jedesmal Gänsehaut bekam. Aber dass eine von den weißen Frauen hier im Dorf ihr Unwesen getrieben hätte, davon wussten die Alten bisher nicht zu berichten. Außerdem tauchten Geister um Mitternacht auf. Jedes Kind wusste das. Jetzt war es früher Nachmittag.

Wiebke bemerkte die angelehnte Haustür.

Ein Einbrecher? Davon hörte man immer wieder. Herumstreunende Männer, Rückkehrer, Desertierte, aber auch normale Vagabunden, nutzten die Gunst der Stunde und verschafften sich Zutritt zu den Häusern, in denen zumeist nur ein paar alte Weiber hausten.

Wiebke dachte an ihre Kammer im Obergeschoss des Hauses. Dort verwahrte sie in einer Truhe ihr Erspartes. Sie hatte immer ihren Lohn zusammengehalten. Sollte sich doch irgendwann ein Kind einstellen, dann wollte sie versorgt sein. Dafür hatte sie all die Jahre auf vieles verzichtet.

Jetzt drang ein Wimmern aus dem Haus, das in ein quäkendes Schreien überging. Es hörte sich herzzerreißend an. Es war Emmas Kind, der kleine Emil. Sie hatte ihn nach ihrem Vater genannt.

Wiebke fluchte innerlich. Emil war allein mit dem Fremden im Haus!

Kurz entschlossen holte sie sich die Mistgabel und marschierte über den Hof auf das Wohngebäude zu.

An der Türschwelle blieb Wiebke unschlüssig stehen. Warum hatte der Hund nicht angeschlagen? Sonst bellte sich das grauhaarige Zottelvieh die Lunge aus dem Hals, wenn nur ein Spatz auf dem Hof landete. Die treulose Seele. Kniff den Schwanz ein, wenn es drauf ankam.

Wiebke überlegte. Wie sollte sie vorgehen? Lieber den Einbrecher während der Tat überraschen und niederstrecken? Oder Krach schlagen und hoffen, dass der Übeltäter die Flucht ergriff?

Sie nahm die Mistgabel fester in die Hände, streckte sie vor und schob die Haustür auf. Vorsichtig trat sie in den Flur ein. Sie wartete, bis sich ihre Augen an das Halbdunkle gewöhnt hatten. Angestrengt horchte sie. Immer noch weinte der Junge. Etwas knarrte in der Wohnstube. Schlich dort jemand herum?

Inzwischen war auch Emma aufmerksam geworden. Sie kam in den Flur gelaufen.

Wiebke fing sie ab und hinderte sie daran, in die Wohnstube zu stürzen. Dort lag der Säugling in der Wiege neben dem Kachelofen. Die Hausherrin hatte dagegen protestiert, dass die Wiege dort aufgestellt wurde. Sie wollte das Balg nicht in ihrer Nähe haben und hatte mehrmals gefordert, es in die Gesindekammer zu verbannen. Doch der alte Intze hatte darauf bestanden, mochte seine Frau auch murren.

»Was…«, fing Emma an, doch Wiebke schnitt ihr mit einer raschen Handbewegung das Wort ab. Sie legte den Zeigefinger auf die Lippen. Dann umklammerte sie wieder mit beiden Händen die Mistgabel.

Wiebke entschied sich für den direkten Angriff und hoffte, den Eindringling so zu überrumpeln. Stumm forderte sie Emma auf, für sie die Tür aufzustoßen.

Sie nickte ihr zu und machte sich bereit loszustürmen, als plötzlich das Kind verstummte.

Emma schrie auf. Ohne weiter auf Wiebke zu achten, warf sie sich gegen die Tür. Doch sie war von innen verriegelt.

Aus der Wohnstube erklang jetzt ein Poltern, kurz darauf fing der Kleine wieder an zu schreien.

Verflucht! Was geschah dort drinnen?

Endlich tauchte der Hund auf. Er bellte Emma an, schien sich eher über den Lärm aufzuregen, als jemanden in die Flucht schlagen zu wollen.

»Mistvieh«, schimpfte Wiebke und ließ die beiden stehen. Es gab einen weiteren Zugang zur Küche. Von dort aus konnte man durch die Hintertür in den Garten gelangen. Wiebke wollte den Fluchtweg abschneiden. Doch sie kam zu spät. Als sie die Küche betrat, huschte ein Schatten durch den Hinterausgang in den Garten. »Emma! Hier ist offen«, rief sie über die Schulter hinweg, nahm dann die Verfolgung auf.

Ihr Puls raste. Die kalte Luft stach in ihrer Lunge. Der nahe Bach plätscherte munter in seinem Bett, einige Saatkrähen stoben krächzend auf und flogen davon. Sie war keine fünfzig Meter gelaufen, als sie stehen blieb und die Flussaue, die sich hinter dem Bach ausbreitete, absuchte.

Nichts.

Er musste ums Haus geflüchtet sein. Aber wohin dann? Sie hätte den Flüchtenden unweigerlich noch gesehen. Sie ging zurück zum Haus, bis zur Ecke, wo sie die Zufahrt zum Hoftor überblicken konnte.

Seltsam.

Auch hier war niemand zu sehen. Bis zum nächsten Haus wäre er niemals unentdeckt entkommen. Sie sah Richtung Dorf. In weiter Ferne sah sie tatsächlich einen Mann, der mit einem Bündel auf dem Rücken über die Brücke ging. Er war zu weit entfernt, um der Übeltäter zu sein. Ohnehin floh dieser Mann nicht, sondern bummelte gemütlich ins Dorf.

Die Kapelle?

Sie gehörte zum Hof und stand unter einem Baum unweit des Tores. Aber die war in der Woche abgeschlossen, darin konnte sich zur Zeit niemand verstecken. Wiebke ging um das kleine Bauwerk herum, schaute danach hinter dem Stamm der Buche.

Nichts.

Weitere Verstecke in der Nähe gab es nicht.

Wo war der Kerl hin? Er konnte sich doch nicht in Luft aufgelöst haben.

»Was zum Teufel geht hier vor? Was lungerst du in der Stube herum?«

Wiebke schreckte zusammen. Das war die Stimme der Hausherrin gewesen, die offensichtlich mit Emma schimpfte. Ausgerechnet jetzt kam sie nach Hause. Wiebke muss sie hier vor dem Tor knapp verpasst haben. Einen schlechteren Zeitpunkt hätte Elsbeth Intze sich nicht aussuchen können.

Mir bleibt heute aber auch nichts erspart, dachte Wiebke. Sie lehnte die Mistgabel an die Wand der Kapelle und eilte ins Haus. Sie ging durch die Küche in die Stube.

Elsbeth Intze hatte sich vor Emma aufgebaut, die zusammengekauert auf einem Stuhl hockte und versuchte, Emil zu beruhigen.

Zornesröte färbte Elsbeth Intzes Gesicht.

Emma schien die Hausherrin nicht wahrzunehmen, sie hatte nur Augen für den Kleinen. »Pscht, pscht«, machte sie. »Ich bin ja bei dir, ganz ruhig, pscht, pscht.«

»Wirst du wohl Antwort geben«, schrie Elsbeth Intze. Neben ihr stand der bellende Hofhund.

Emma setzte zu einer Erklärung an. »Hier war ein …« Doch weiter kam sie nicht. Elsbeth Intze wirbelte herum und versetzte ihr eine gellende Ohrfeige.

»Du hältst dich da raus! Ich habe genug von euren Frechheiten.«

Wiebke hielt sich mit der Hand die brennende Wange. Noch nie hatte die Hausherrin sie geschlagen. Groll stieg in ihr auf. Sie war kein störrischer Esel, dem man so mir nichts, dir nichts Prügel verabreichte. Ein wenig Respekt konnte sie wohl erwarten.

Die Hausherrin zog Emma unwirsch auf die Beine.

»Verschwinde in deine Kammer«, brüllte Elsbeth Intze. Unter ihren Schläfen pochten Zornesadern. »Von dem Geschrei deines Balgs bekomme ich Kopfschmerzen.« Dann versetzte sie dem bellenden Hund einen Tritt in die Rippen. »Kusch, elende Töle!«

Jaulend flüchtete das Tier unter die Eckbank, legte den Kopf zwischen die Vorderpfoten und blickte verängstigt von einem zum anderen.

Wiebke hielt es nicht mehr länger aus. Auch als Hausherrin durfte man nicht alle Kreaturen derart behandeln. Wiebke wollte gerade ihrer Empörung lautstark Ausdruck verleihen, als eine hochgewachsene Gestalt im Türrahmen auftauchte. Es war der Mann, der vorhin über die Brücke ins Dorf gegangen war.

Elsbeth Intzes Augen wurden groß wie Untertassen. Ein heftiges Zittern erfasste sie und schüttelte ihren ganzen Körper.

»Jesus Maria«, rief sie aus. Dann verdrehte sie die Augen und brach ohnmächtig zusammen.

17

Agnes stand in Lieberstocks Küche und weichte ein Stück Kernseife in einer Schüssel mit warmem Wasser auf. Nebenan in der Waschküche schnaubte Paul im Badewasser, das der junge Franz in die Zinkwanne eingefüllt hatte. Dann hörte Agnes ein zufriedenes Grunzen. Wasser platschte auf den Boden.

Sie seufzte sehnsüchtig. Liebend gern hätte sie ebenfalls einmal wieder ein Vollbad genossen, aber alles, was ihr zur Verfügung stand, war die Waschgarnitur in ihrem kleinen Zimmer. Aber sie gönnte dem Fremden den Luxus, er hatte gewiss genug durchgemacht.

Dem *Fremden*? Nein, korrigierte sie sich stumm, sie sollte ihn nicht mehr so nennen. Er besaß jetzt einen Namen. Fast eine Stunde hatte er für drei Buchstaben benötigt, dann hatte Brosch den Namen entziffern können.

Paul.

Den Nachnamen hatte er nicht zusammenbekommen. Verzweifelt hatte er auf das Papier gestarrt und auf dem Bleistiftstummel herumgekaut. Lieberstock hatte Paul ein Glas Wein eingeschenkt und gesagt: »Kommt Zeit, kommt Rat. Wir sollten es für heute gut sein lassen. Morgen ist auch noch ein Tag.«

Der junge Franz Metzler erschien mit Pauls Uniform im

Arm im Türrahmen. Die Stiefel lagen obenauf. Fragend sah er Agnes an.

»Leg alles dort ab«, sagte sie und zeigte auf einen Schemel.

Lieberstock hatte sie gebeten, Pauls Kleidung ordentlich durchzuwalken. Mit einem verlegenen Lächeln im Gesicht hatte er die gichtigen Finger gehoben und gesagt: »Das kann ich denen nicht mehr zutrauen.«

Lieberstock schlief oben in einem Sessel. Agnes hätte den alten Mann gern um sich gehabt, doch es war schon spät, und der Tag war lang genug gewesen.

Energisch krempelte Agnes die Ärmel ihrer Bluse hoch und setzte das Waschbrett in die milchige Lauge. Sie durfte keine Zeit vertrödeln, denn sie wollte noch zu Brosch und nach ihrem Onkel schauen.

Verstohlen warf der Junge einen Blick zur Hintertür. »War das alles?«

»Ja. Vielen Dank. Du warst uns … mir … eine große Hilfe.« Sie mochte den Jungen. Er hatte ein gutes Herz. Als Lieberstock ihn gebeten hatte, das Wasser für das Bad heiß zu machen, war er dem bereitwillig nachgekommen. Dabei musste er von der anstrengenden Schicht und den neuen Eindrücken in der Tuchfabrik hundemüde sein. Jetzt wurde es Zeit für ihn, ins Bett zu kommen.

Er hatte die Hand bereits auf dem Türgriff, als er sich noch einmal umwandte. Er musterte Agnes aufmerksam.

»Was ist?«, fragte Agnes und sah an sich herab. »Verwandle ich mich gerade in den Beelzebub?« Sie schob lachend den Fuß vor. »Schau. Ein Stiefel, kein Huf.«

Franz verzog keine Miene. »Das ist es nicht.«

»Aha. Was dann?«

»Ich könnte mich im Dorf umhören.«

»Und was genau möchte der junge Herr herausfinden?«

»Na ja, vielleicht hat eine der Frauen noch einen Rock für Sie übrig.«

Für einige Sekunden verschlug es Agnes die Sprache. Dann musste sie lachen.

»Das ist sehr freundlich von dir«, sagte sie schließlich. »Aber wenn ich ehrlich bin, fühle ich mich in Hosen eigentlich ganz wohl.«

Franz machte große Augen. »Wirklich? Ich hatte gedacht, es ist Ihnen unangenehm, keinen Rock zu haben.«

Agnes lachte. »Keineswegs, das verspreche ich dir.« Sie drehte das Licht der Petroleumlampe heller. Die Flamme rauschte laut. Sehnsüchtig sah Agnes zur Glühbirne an der Decke und seufzte. Nur noch wenige Tage, tröstete sie sich, dann zogen auch in Kirchbach endlich moderne Zeiten ein.

Franz hob den Kopf und nickte. »Na schön«, sagte er schließlich. »Dann gute Nacht.« Damit drückte er die Hintertür auf und verschwand in die Dunkelheit.

Ein Schwall angenehm kühler Luft strich über Agnes' verschwitzten Körper. Sie nahm das Hemd vom Schemel und hielt es ins Licht. Es war nicht nur schmutzig, sondern auch ziemlich fadenscheinig. Sie musste aufpassen, dass es nicht zerriss. Sie tauchte das Hemd ins Wasser und rieb den Stoff vorsichtig über das Waschbrett.

Es war eine anstrengende Arbeit. Nach dem Hemd kam die Hose dran, auch die Fußlappen, danach die Jacke. Zwei Uniformknöpfe rissen ab. Agnes fischte sie aus der Lauge und legte sie zur Seite. Zum Schluss widmete sie sich der Unterwäsche. Mit spitzen Fingern ließ sie den Stoff ins

Wasser gleiten und erst einmal einweichen. Sie vermied es, genauer hinzuschauen. Es gab Dinge, denen musste man selbst als neugierige Journalistin nicht auf den Grund gehen.

Währenddessen ging Pauls Grunzen in ein gleichmäßiges Schnarchen über. Ertrinken konnte er in dem kleinen Badezuber nicht, also musste sie sich keine Sorgen machen. Zudem beruhigte sie das gleichmäßige Geräusch. Es erinnerte sie an früher, an die Nächte in ihrer Kindheit, es erinnerte sie an ihren Vater.

Als Kind hatte Agnes oft Albträume gehabt. Ungeheuer verfolgten sie, doch sie konnte nicht fortlaufen, ja, sie konnte nicht einmal schreien, so sehr sie es auch versuchte. Und als sie schon dachte, es wäre jeden Moment um sie geschehen, war da dieses Geräusch gewesen. Ein vertrautes an- und abschwellendes Brummen, mit einem pfeifenden Oberton immer dann, wenn es am lautesten war, bevor es dann abrupt abbrach, um von Neuem Kraft zu sammeln. Es kam aus dem Nebenzimmer, und es sorgte dafür, dass sie sich von dem Grauen abwenden konnte. Das Schnarchen war ihre Verbindung mit der Wirklichkeit gewesen, einer Welt, in der es keine Ungeheuer gab. Wenn Agnes im Halbschlaf das Brummen gehört hatte, beruhigte sie sich sofort. Sie konnte sich wieder in ihr Bettzeug kuscheln und schlief tief und fest bis zum nächsten Morgen.

Bei der Erinnerung liefen Agnes die Tränen über die Wangen. Sie fielen in den Zuber und vermengten sich mit der trüben, braunen Lauge. Gott, wie sie ihn vermisste. Warum nur hatte er sich in den unsicheren Zeiten auf der Straße aufhalten müssen? Warum hatte der liebe Gottes es zugelassen, dass ihr Vater ausgerechnet diesem Kerl gegenübertreten musste? Er hätte doch die Wege anders leiten können. Wie ungerecht das alles war.

Agnes nahm blind vor Tränen ein Stück Stoff und schrubbte es wild, schrubbte, schrubbte, schrubbte, als würde ihr Leben davon abhängen. Erst als sie sich eine Fingerkuppe aufriss, kam sie zur Besinnung. Keuchend ließ sie sich auf einen Stuhl fallen und saugte an ihrem verletzten Finger. Sie spürte den metallischen Geschmack des Blutes auf der Zunge.

In diesem Moment erschien Paul im Türrahmen zur Waschküche.

Agnes hatte nicht mitbekommen, dass er aus der Wanne geklettert war.

Auf dem Kopf hatte er eine Schlafmütze mit einem Bommel. Die hatte der Doktor gespendet und sollte als Ersatz für einen Verband dienen. Die Füße steckten in zu kleinen Holzschuhen, sodass die Hacken überstanden. Er trug ein Nachthemd von Lieberstocks verstorbener Frau, das zwar breit genug war, aber viel zu kurz. Seine Beine waren mager und leuchteten weiß. Paul versuchte, den Saum des Nachthemdes nach unten zu ziehen, doch da war nichts zu machen.

Unwillkürlich musste Agnes lachen. »So habe ich mir immer Rumpelstilzchen vorgestellt.« Sie wischte sich mit dem Ärmel ihrer Bluse die letzten Tränen aus dem Gesicht.

Paul lächelte und sah an sich herab. Seine Mundwinkel zuckten, dann lachte auch er. Erst zaghaft, dann immer lauter. Es hörte sich ein wenig so an wie ein brünftiger Hirsch. Schließlich streckte er die Arme aus und drehte sich im Kreis. Mit den Holzschuhen vollführte er eine unbeholfene Pirouette auf dem Steinboden. Dann trat er auf sie zu, zog sie vom Schemel hoch und animierte sie zu einem gemeinsamen Ringelreigen. Agnes ließ ihn gewähren, auch wenn sie sich etwas albern vorkam.

Nach einigen Runden löste sie sich und zog lachend die Wäsche aus dem Waschwasser. Sie nahm die lange Unterhose, drehte sie auf und hielt Paul das eine Ende hin. Er machte ein verlegenes Gesicht. Offensichtlich war es ihm peinlich, dass eine fremde Frau seine Unterwäsche wusch. Doch dann wrangen sie gemeinsam das Wasser aus und hängten den Stoff neben den anderen über die quer durch den Raum gespannten Leinen.

Sie waren kaum fertig, als Lieberstock in der Küchentür erschien.

»Bin ich doch vorhin tatsächlich eingeschlafen. Aber ich habe inzwischen das Bett für unseren Gast bereit gemacht. Und Sie, Frau Papen? Möchten Sie noch einen Tee, bevor Sie sich auf den Heimweg machen? Es ist eisig draußen.«

»Vielen Dank, aber heute nicht mehr. Ich möchte Onkel Hans besuchen.«

»So spät noch?«

»Ja, sonst könnte ich nicht ruhig schlafen.«

In diesem Moment tippte Paul ihr auf die Schulter. Agnes wandte sich zu ihm um. Als sie ihn fragend anblickte, legte er die Handflächen aneinander, wie um zu beten. So verbeugte er sich tief und deutete anschließend auf die Wäsche. Dann lächelte er und ließ zwei Finger auf dem Handrücken der anderen Hand tanzen.

»Bitte, keine Ursache«, sagte Agnes und lächelte ebenfalls. »Gern geschehen. Aber jetzt sollten Sie schlafen gehen.«

Lieberstock ging voraus, und Paul winkte zaghaft zum

Abschied, bevor er ihm folgte. Im nächsten Moment polterten die Holzschuhe auf der Treppe.

Agnes nahm unterdessen Pauls Stiefel und überlegte, wo sie sie hinstellen sollte. Lieberstock würde nachher noch die Hintertür abschließen wollen. Er sollte nicht darüberfallen.

Wie viel Uhr war es eigentlich? Früher hatten die Kirchenglocken die Zeit geschlagen. Aber wie fast überall im Kaiserreich war auch hier im Dorf die Glocke dem Krieg zum Opfer gefallen – eingeschmolzen und zu Kanonen verarbeitet. Selbst die tonnenschwere Gloriosa des Kölner Doms hatte dieses Schicksal ereilt. Agnes erinnerte sich gut daran. Man hatte die Glocke im Südturm des Doms zerlegt und in Stücken abtransportiert. Sie hatte einige Photographien auf ihren Platten, die die Arbeiten dokumentierten.

Der Verlust dieser Glocke war zu verschmerzen gewesen. Schließlich war es nie gelungen, ihr einen Ton zu entlocken. Darum hatte das Volk ihr den überaus passenden Beinamen »Große Schweigerin« oder auch »Die Stumme von Köln« verpasst.

Agnes stellte die Stiefel bei der Hintertür an die Wand, stutzte dann. Ihr Blick fiel auf etwas, das in einem der Stiefel steckte.

»Nanu?«, murmelte sie und zog es heraus.

Ein Seitengewehr.

Schwer wog das Metall in ihrer Hand. Die Klinge schimmerte golden im Licht der Lampe. Jemand hatte große, spitze Zacken in eine Seite der Schneide gefeilt. Sie neigten sich entgegen der Stoßrichtung. Es sah aus wie ein grobes Sägeblatt.

Agnes fröstelte trotz der Wärme in der Küche. Rasch verdrängte sie die Bilder von aufgeschlitzten Bäuchen und heraushängendem Gedärm aus ihrem Kopf, von einem Paul, der sich über die Opfer beugte, irr grinsend, wie im Rausch.

Sie sah zur Decke, hörte ihn in den Holzpantoffeln herumlaufen.

Kurzerhand entschied sie, die Waffe mitzunehmen.

Sie würde sich besser fühlen, wenn Ruben Lieberstock und diese fürchterliche Waffe nicht zusammen unter einem Dach waren.

18

Hermann Brosch ließ eine Schellackplatte aus der Hülle herausgleiten und legte sie auf den Grammophonteller. Er lächelte Agnes Papen zu, die erschöpft im Sessel saß, die Beine hochgelegt auf einem Fußbänkchen. »Tschaikowsky. Genau das Richtige zu dieser späten Stunde.«

»Bitte nicht so laut«, sagte sie und deutete mit dem Kinn zum Sofa, auf dem ihr Onkel schlief. »Er soll nicht aufwachen.«

»Keine Sorge. Ich habe die dünnste Nadel eingesetzt. Diese Musik wird deinem Onkel süße Träume bescheren, das verspreche ich dir.«

Sie hatten sich kurzerhand darauf verständigt, auf das »Sie« zu verzichten. Brosch hatte gemeint, wer zusammen Räuber und Gendarm gespielt hat, der musste im Alter nicht förmlich werden. Mit der Kurbel zog er den Federmotor auf und legte den Tonabnehmer auf. Einige Male knackte es, dann spielte eine Flöte auf. Zarte Töne flossen samtig aus dem Grammophontrichter. Ein Klavier setzte ein, im Hintergrund begleitet von Streichinstrumenten.

Brosch setzte sich in den Ohrensessel. Er betrachtete den Ofen, dessen gusseiserne Tür einen Spaltbreit offen stand und einen angenehmen roten Schein verbreitete.

Eine Weile lauschten sie der Musik.

»Wunderschön«, murmelte Agnes Papen.

Brosch zuckte zusammen. Ihm waren die Augen zugefallen. Er rappelte sich auf. »Hast du was gesagt?«

»So etwas Schönes habe ich seit Langem nicht mehr gehört.« Sie sah Brosch an. »Sollte es nicht immer so sein? So wie heute Abend? Sollten wir anstatt Kriege zu führen und uns umzubringen, nicht lieber menschenwürdige Dinge tun? Einem anständigen Tagwerk nachgehen und das Leben genießen? Mit der Kunst und schönen Dingen, ohne Töten, ohne Grausamkeiten und Not?«

Brosch seufzte. »Wenn es so einfach wäre. Ich fürchte nur, dass der Mensch …«

Agnes fiel ihm ins Wort. »Ich weiß, was du sagen willst. Dass der Mensch nicht von Natur aus gut ist. Dass es wohl immer Krieg geben wird. Und dass man sich vor möglichen Angriffen schützen muss. Dass Staaten Kriege um Ressourcen führen, und so weiter und so fort.« Sie verschränkte ihre Arme. »Ich bin nicht dumm, Herr Doktor. Ich habe so einiges über Politik und Ökonomie gelesen, ich kenne die Argumente. Schon möglich, dass alles nur eine Frage des Geldes ist. Aber warum sagt man das den Menschen nicht einfach? Warum sagt man nicht: Wir müssen Frankreich erobern, um unsere wirtschaftlichen Interessen durchzusetzen. Stattdessen erzählt man den Menschen etwas von Erbfeindschaft, von Schmach und von Ehre. Ohne solche Märchen scheint es in der großen Politik offensichtlich nicht zu gehen.«

Brosch lächelte. Das hatte er nicht erwartet, dass sie mit ihm eine Diskussion beginnen würde. Im Allgemeinen interessierten sich Frauen nicht für solche Themen, zumindest nicht diejenigen, mit denen er bisher Umgang gepflegt hatte. Er nickte.

»So habe ich es noch nicht betrachtet«, gab er zu. »Ein bedenkenswertes Argument.«

Jetzt war es an Agnes, erstaunt zu sein. Sie war es nicht gewohnt, dass Männer ihre Ansichten zur Politik ernst nahmen.

»Wenn du dich für Politik interessierst«, fuhr Brosch fort, »bist du bestimmt auch fürs Frauenwahlrecht. Trägst du deswegen Hosen? Bist du eine Suffragette?«, fragte er und lachte.

Trotzig schob sie das Kinn vor und zupfte an dem Stoff ihres Hosenbeins. »Wer weiß. Und wenn dem so wäre?«

Er machte eine vage Handbewegung. »Mich stört es nicht. Ehrlich gesagt, habe ich mir zu diesem Thema noch keine Meinung gebildet. Ich hatte bisher anderes zu tun.«

»Ach? Was denn?«

»Am Leben zu bleiben zum Beispiel.« Seine Worte klangen verbitterter als beabsichtigt. Er drückte sich aus dem Sessel und legte einen Holzscheit nach. Funken flogen auf.

Agnes machte ein betretenes Gesicht. »Entschuldige. Ich wollte dir nicht zu nahetreten.«

»Du brauchst dich nicht zu entschuldigen«, sagte er und ließ sich wieder in den Sessel fallen. »Hast du von Wilsons Vorschlag gehört?«

»Wilson? Der amerikanische Präsident?«

»Genau der.«

Agnes richtete sich auf. »Was schlägt er denn vor?«

»Neben vielen anderen Dingen die Gründung eines allgemeinen Verbands der Nationen. Zum Zweck gegenseitiger Bürgschaften für die politische Unabhängigkeit und die territoriale Unverletzbarkeit der kleinen wie der großen Staaten. Eine bahnbrechende Idee, wie ich finde. Stell dir das mal vor. Jeder Einzelne steht für die Sicherheit des anderen ein.« Brosch sah Agnes an. »Der liebe Dumas würde seine Freude daran haben.«

»Einer für alle, alle für einen«, sagte Agnes.

Brosch riss verwundert die Augen auf. »Du hast Dumas gelesen?«

»Ja. Ich bin mit Athos, Porthos, Aramis und d'Artagnan praktisch großgeworden. Ein Freund meines Vaters besaß eine große Bibliothek. Ich durfte mir ausleihen, was ich wollte.« Sie kicherte. »Nur die *Josefine Mutzenbacher* nicht, die war tabu. Die habe ich erst später …« Sie brach ab und schüttelte den Kopf. »Aber was erzähle ich da? Ich rede mich um Kopf und Kragen. Du musst mich für unmöglich halten.«

Brosch streckte seine Hand aus und griff nach der ihren. Sie fühlte sich weich und warm an. »Ganz im Gegenteil. Ach, wie wunderbar. Endlich habe ich jemanden, mit dem ich mich austauschen kann. Wie ich dich bewundere. Du …« Er stockte. Es ziemte sich nicht, eine Frau ohne deren Einverständnis zu berühren. Die Freude über ihre literarischen Kenntnisse hatte ihn leichtfertig werden lassen. Bevor er die Hand zurückziehen konnte, legte Agnes ihre darüber.

»Danke«, flüsterte sie. »Die letzten Tage … ich bin dir so dankbar. Ohne dich wäre Onkel Hans wohl nicht mehr am Leben.«

»Das war doch selbstverständlich«, wiegelte Brosch rasch ab, wohl wissend, wie er sich beim ersten Zusammentreffen aufgeführt hatte. Ihr Lob beschämte ihn. Die Sache klarzustellen, dazu fühlte er sich jedoch nicht in der Lage. Agnes'

Nähe verwirrte ihn. Viel zu rasch zog sie ihre Hände fort, und der intensive Moment erlosch.

»Ich muss dir noch etwas zeigen«, sagte sie. Sie stand auf und ging in den Flur. Kurz darauf kam sie zurück. »Das habe ich heute bei Paul gefunden.«

Freudlos nahm Brosch den Gegenstand, den sie ihm entgegenhielt. Lieber hätte er ihre Hand noch eine Weile gehalten. »Ein Seitengewehr«, stellte er fest und prüfte die Schärfe mit der Daumenkuppe. »Auch Bajonett genannt.«

»Findest du das nicht ungewöhnlich?«

»Was?«

»Dass er eins dabeihat.«

Brosch schürzte die Lippen. »Nun, er ist Soldat. Ein Seitengewehr gehört zur Standardausrüstung der kämpfenden Truppe.« Er maß die Länge der Klinge ab, indem er sie an den vorgestreckten Arm hielt. »Er hat die Schneide gekürzt. Normalerweise reicht sie von meinen Fingerspitzen bis zum Ellbogen, knapp fünfzig Zentimeter.«

»Ist ja kaum noch halb so lang«, stellte Agnes fest.

»Richtig. Das ist aber nichts Ungewöhnliches. Die erfahrenen Frontschweine haben das fast alle gemacht. Eine lange Klinge ist unzweckmäßig für den Nahkampf. In den engen Gräben konnte man damit kaum ausholen. Daher kürzte man die Klinge oder stieg auf den Feldspaten um.« Brosch vollführte mit der freien Hand eine hackende Bewegung. »Erwischt dich das Blatt des Spatens zwischen Schulter und Hals, dann hat dein letztes Stündchen geschlagen. Im Eifer des Gefechtes rollten im wahrsten Sinne des Wortes die Köpfe.«

Agnes ließ sich auf die Sessellehne sinken. Sie schluckte trocken. »Ich habe davon gehört.«

»Zumindest muss das Opfer dabei nicht lange leiden.« Brosch hielt die Waffe ins Licht der Glut. Die Klinge schimmerte rötlich. »Allerdings …«

»Ja?«

Brosch tippte auf die Zacken. »Diese hier sind aber von einem ganz anderen Kaliber. Sie sind wie Widerhaken. Wenn du zustichst und das Seitengewehr anschließend herausziehst …«

Agnes unterbrach ihn mit einem Stöhnen. »O Gott!« Ihre Augen wurden groß. »Es vergrößert die Wunde, nicht wahr?«

»Nicht nur das. Was sich zwischen den Zacken verfängt, wird mit herausgezogen. Damit kannst du einen Menschen in Sekundenschnelle ausweiden.« Er ersparte ihr weitere Details. Selten war ein solcher Stich sofort tödlich. Stattdessen hielt das Opfer sein eigenes Gedärm in den Händen und litt unermessliche Schmerzen.

Agnes rutschte von der Lehne in den Sessel. »Wie schrecklich. Das grenzt an Sadismus.«

»Ja, in der Tat.« Er tippte erneut auf die Zacken. »Und deswegen war das unter den Kameraden geächtet. Wer mit einer solch aufgearbeiteten Klinge erwischt wurde, durfte keine Gnade erwarten.« Brosch strich sich mit dem Daumen über die Kehle. »Damit ging niemand in die Gefangenschaft. Jeder wusste das. Deswegen musste man schon einen … nun ja … recht verschrobenen Charakter aufweisen, um das Risiko einzugehen.«

»Verschroben?«

Brosch seufzte. »Gut, nennen wir es sadistisch.«

Anges nickte stumm. Die Musik klang aus, zurück blieb das Knistern der Nadel am Ende der Schallplatte. Hans

Papen stöhnte im Schlaf und murmelte einige unverständliche Worte.

»Sollen wir es Lieberstock sagen?«, fragte Agnes.

Brosch schüttelte nachdrücklich den Kopf. »Nein. Beunruhigen wir ihn nicht. Sollte Paul Böses im Schilde führen, ist er nicht auf diese Waffe angewiesen. Dann wären wir ohnehin machtlos.«

»Aber wir können doch nicht …«

»Die Alternative«, fiel Brosch ihr ins Wort, »wäre, Paul aus dem Dorf zu vertreiben. Möchtest du das? Wir können ihn schlecht rund um die Uhr bewachen. Willst du das?«

Agnes senkte den Kopf. »Nein, auf keinen Fall.«

»Siehst du.« Er erhob sich, legte das Seitengewehr auf dem Tisch ab. Dann setzte er sich zu Hans Papen aufs Sofa. Er nahm ein Tuch und tupfte Schweiß von der Stirn seines Patienten. »Du solltest schlafen gehen«, sagte er schließlich.

»Ich möchte lieber bei meinem Onkel bleiben.«

»Ich werde hier im Zimmer schlafen. Geh du nach Hause. Du *musst* dich ausruhen, Agnes.«

Sie zögerte noch einen Moment, dann gab sie sich geschlagen. »Also gut.« Sie konnte sich ein herzhaftes Gähnen nicht verkneifen. »Ich kann wirklich eine Mütze voll Schlaf gebrauchen.«

Brosch brachte sie bis vor die Tür. Dort wandte Agnes sich ihm zu.

»Glaubst du … also, denkst du, Paul … ist ein Sadist?«

»Nein, das denke ich nicht. Dieser Paul wirkt auf mich nicht wie eine Bestie, eher verzweifelt und hilflos. Mit seiner Amnesie ist er es auf jeden Fall.«

Sie verabschiedeten sich. Brosch wartete ab, bis Agnes mit der Dunkelheit verschwamm, sah dann nachdenklich zum Sternenhimmel auf. Eine Sternschnuppe zog eine helle Bahn. Obwohl er nicht abergläubisch war, schloss er die Augen.

Er wünschte sich nichts sehnlicher, als mit seiner Einschätzung bezüglich Paul richtig zu liegen.

Vimy in Flandern, Frankreich, Feldlazarett, 3. Mai 1917

Werte Wiebke,
nun hat es mich doch erwischt. Oberschenkel. Doch Glück im Unglück: Die Gewehrkugel zerschmetterte mir nicht den Knochen, sondern trat auf der anderen Seite wieder aus. Glatter Durchschuss. In ein paar Tagen bin ich wieder der Alte.
Die Tommys werden nicht müde, uns zuzusetzen. Die wollen es diesmal wissen, große Schlacht hier im Abschnitt. Sogar gepanzerte Fahrzeuge setzen sie ein. Stählerne Drachen, feuerspeiend mit Kanonen und Maschinengewehren. Langsam walzen sie alles in Grund und Boden, was ihnen in den Weg kommt. Da wird einem angst und bange. Kugeln prallen ab, sirren davon wie wütende Wespen. Nur schwere Geschütze gewinnen gegen diese Ungeheuer.
Wir verteidigen uns tapfer, haben alles im Griff, gönnen denen nicht das kleinste Fleckchen Dreck. Doch leider hohe Verluste. Um mich herum große Not. Selbst vor dem Lazarett liegen die armen Kameraden, Wind und Wetter ausgesetzt. Dabei frage ich mich, ob sie es nicht sogar besser haben als wir hier unter dem Dach. Der Gestank ist außerordentlich, nach Blut, Ausscheidungen, Schweiß, Eiter, Erbrochenem. Empfindlich bin ich nicht, wie du weißt. Ich miste einen Schweinestall aus, während ich auf einem Brotkrumen kaue. Das macht mir nichts aus. Doch hier versenke ich die Nase in meiner Armbeuge. Es ist nicht zum Aushalten. Die fleißigen Krankenschwestern trifft keine Schuld. Es sind zu viele, die von der Front angeliefert

werden. Ein nicht enden wollender Strom von Verletzten. Wie soll es weitergehen? Wann werden wir unsere letzten Reserven aufgebraucht haben, die Jüngsten aus der Heimat, 16 Jahre, oder 15 nur, auch noch zur Schlachtbank führen?
Bitte verzeih mir meine trüben Gedanken. Ich bin erschöpft und hungrig, daher fällt es schwer, den Kopf oben zu behalten. Habe eine Zeitung gefunden, einige Wochen alt. »In Flandern heute nur Artilleriekämpfe« las ich. Wütend habe ich sie zerknüllt. Den Mann, der das geschrieben hat, möchte ich das NUR erleben lassen. Hat man es nicht miterlebt, dann kann man sich keine Vorstellung davon machen. Hundertmal gehe ich lieber vor, selbst beim schwersten Maschinengewehrfeuer, als tagelang im Granatenfeuer auszuharren. Warten, ausharren, zusammenzucken. Der Schreck, der durch Mark und Bein geht, wenn es nahe beieinander kracht. Machtlos, hilflos, die Nerven flattern, die Todesangst krallt sich in deine Eingeweide.
Vor einigen Tagen noch: Rechts von mir, dem Unteroffizier hat eine Granate beide Beine und einen Arm zerrissen. Er liegt im Unterstand, stöhnt, stirbt nicht. Wir wollen den tapferen Kameraden nach hinten bringen. Guter Rat ist teuer. Den steilen Abhang des Laufgrabens ist er in der Zeltbahn nicht zu transportieren, der andere Verbindungsgraben nach rückwärts ist abgesoffen. Tagelanger Regen, Schlamm überall. So ist guter Rat teuer. Raus aus dem Graben geht nicht, Trommelfeuer. Wer schwer verwundet ist, geht auf dem Transport aus dieser Stellung meist zugrunde.
Doch wir müssen nicht los. Der gute Mann stirbt, lässt uns mit unserer Schuld zurück. Frau und Kinder hatte er. Hätten sie ihn wiedergesehen, wären wir mutiger gewesen? Wenn wir Kopf und Kragen riskiert hätten, anstatt feige abzuwarten? Hätten wir es nicht versuchen MÜSSEN?

Wieder trübe Gedanken. Sicher magst du dies alles nicht lesen, Wiebke. Ich mute dir zu viel zu. Ich verspreche dir, im nächsten Brief weniger davon zu schreiben. Und sobald ich heimgekehrt bin, will ich nur noch an die Zukunft denken und mich nicht erinnern an die Zeit hier. Wie in alten Tagen werden wir Seite an Seite arbeiten, du als Magd, ich als Knecht, dabei trotz aller Mühen lachen und jeden Tag sich des Lebens freuen. Die Intzes werden sich wundern. Ich bin froh, in dir eine große Schwester zu haben, die ich in Wirklichkeit nie hatte.
Schwester! Die Krankenschwester dreht ihre Runde. Ich erspar dir die Beschreibung ihres Aussehens. Du kannst es dir sicher vorstellen, wie viel Weiß an ihrer Schürze noch zu sehen ist. Ich werde lieber den Brief beenden und ihr sofort mitgeben. Danach versuche ich, Schlaf zu finden. Fühle mich ein wenig fiebrig. Eine Erkältung? Fehlte mir gerade noch. Aber Derartiges überlebt man, wie so vieles andere. Ich bin zäh wie das Leder meiner Stiefel.
Mach es gut, Wiebke, grüße alle von mir.
Oskar

Oskar Schaub, Knecht aus Kirchbach, gestorben am 26. Juni 1917 an Wundbrand

SONNTAG, 22. DEZEMBER 1918

Der tschechoslowakische Staatspräsident Tomáš Garrigue Masaryk erklärt Deutschböhmen zum Bestandteil der Tschechoslowakei.

Bei der Rückkehr deutscher Truppen bricht auf der Münchner Ludwigsstraße der Verkehr zusammen.

Der Dezember zeigt sich von der milden Seite. Durchschnittlich 3,8 °C lassen auf einen kurzen Winter hoffen.

19

Liebste Klara,
endlich finde ich Zeit und Muße, dir zu schreiben. Mein Onkel war erkrankt, so erheblich, dass ich bereits das Schlimmste befürchten musste. An Schreiben konnte ich in dieser Zeit nicht denken. Doch seit einigen Tagen ist mein Onkel auf dem Weg der Besserung. Dem lieben Gott sei dafür gedankt!
Heute verlässt mein Onkel das Krankenlager und kehrt nach Hause zurück. Der Doktor hier im Dorf hat es sich nicht nehmen lassen, ihn bei sich aufzunehmen. Zwar fehlt es meinem Onkel noch an Kraft, was nicht verwunderlich ist, doch im Geiste ist er wieder klar und voller Tatendrang. Sogar Pläne schmiedet er, wie es ihm vorher nie in den Sinn gekommen wären. Eine Weile fort aus dem Dorf will er, auf Wanderschaft gehen, die Gipfel der Alpen sehen, von denen er wohl seit seiner Kindheit träumt. Kindchen, hat er zu mir gesagt, wer weiß, wie viel Zeit mir noch bleibt. Die schwere Krankheit hat offensichtlich sein Bewusstsein für die Endlichkeit des eigenen Lebens geschärft. Das Matterhorn scheint es ihm besonders angetan zu haben. Eine verrückte Idee, oder? Aber vielleicht werde ich ihn begleiten. Einen Alpengipfel in dem wunderbar klaren Licht der aufgehenden Sonne am frühen Morgen zu photographieren, reizt mich außerordentlich.
Ach Klara, ich freue mich ja so. Endlich muss ich nicht mehr

allein in der Stube sitzen und grübeln. Wenn sich nicht der liebe Doktor so fürsorglich um meinen Onkel gekümmert hätte … Aber fort mit dem »Wenn« und »Aber«. Ich will die schlimme Zeit vergessen und lebensfroh in die Zukunft schauen.

Und damit komme ich zu deinem Brief.

Er liegt hier neben mir auf dem Tisch, und ich lese immer wieder deine Zeilen. Kann das wahr sein? Die Möglichkeit einer Anstellung? Und dazu noch bei einer derart interessanten Geschäftsidee mitwirken zu dürfen? Ich traue mich nicht, es mir auszumalen. Zu groß könnte die Enttäuschung einer Ablehnung sein. Nichtsdestoweniger muss ich die Gunst der Stunde nutzen, nicht wahr? Ich würde mir ewig Vorwürfe machen, hätte ich es nicht versucht. Daher findest du anbei mein Bewerbungsschreiben und die übrigen Unterlagen. Bitte hüte sie wie deinen Augapfel.

Kannst du dir vorstellen, wie aufgeregt ich auf eine Antwort warte? Ich denke, ich werde jeden Tag dem Postboten auflauern und ihm die Briefe aus der Hand reißen. Erfahrungen darin konnte ich bereits sammeln. Erinnere mich daran, dir von meiner ersten Begegnung mit unserem »Schälen Otto«, so nennen wir unseren Postboten, zu erzählen.

Ach, wie ich dich vermisse. Wir waren schon oft getrennt, doch diesmal kommt es mir schlimmer vor. Mir fehlt eine Aufgabe, die mich ausfüllt, in die ich mich stürzen kann, wenn mein Heimweh zu groß wird. Die Sorge um meinen Onkel konnte meine Frustration einige Tage betäuben. Aber jetzt, wo es ihm wieder besser geht, spüre ich eine Unrast, die fast schmerzt.

Nun, zumindest heute werde ich ein Mittel gegen meine Unruhe finden. Nach der Sonntagsmesse wird das Dorf elektrifiziert. Die Mühle wurde zu einem kleinen Kraftwerk umgebaut

und liefert den Strom. Ich werde meine Kamera mitnehmen und das Ereignis festhalten.
Das ganze Dorf ist auf den Beinen. Seit Tagen gibt es kein anderes Thema mehr. Alle sind aufgeregt. Viele von ihnen haben noch nie eine Glühlampe leuchten gesehen.
Vielleicht kann ich die Geschichte später verkaufen. Ich glaube zwar nicht recht daran, doch es vermittelt mir das Gefühl, journalistisch tätig zu sein. Insgeheim hoffe ich auch, mir endlich wieder einmal den Magen vollschlagen zu können. Glaubt man den Dörflern, soll eine Sau von gigantischer Größe geschlachtet worden sein. Hoffentlich haben sie recht, fürchte aber, dass der Hunger ihre Maßstäbe unvorteilhaft beeinflusst hat. Vermutlich wird es nur ein Spanferkel geben.
Aber selbst ein Fetzen saftig gegrilltes Schweinefleisch ist besser, als erneut eine dünne Kohlsuppe zu löffeln. Wenn du meinen Magen hören könntest. Er knurrt wie ein wütender Hund. Ich sollte los, um ihm etwas zum Fressen zu geben.
Fühl dich von mir gedrückt, liebste Klara!
Herzliche Grüße sendet dir
deine beste Freundin
Agnes

P. S. Entwickelt sich da was zwischen diesem Achim und dir? Ich bin neugierig, wie du weißt. Schreib mir alles! Alles!!!

P. P. S. Bitte schick mir einige Bögen Papier. Mein Vorrat neigt sich dem Ende entgegen, und der Dorfkrämer kann damit zurzeit nicht dienen.

Bedächtig faltete Agnes den Brief zusammen und schob ihn zu den Bewerbungsunterlagen in das Kuvert. Mit großen Lettern schrieb sie Klaras Adresse darauf. Morgen würde sie ihn dem Schälen Otto mitgeben, und dann hieß es warten. Inständig hoffte sie, dass die Unterlagen sicher ankommen würden. Die Post arbeitete trotz der schwierigen Umstände bisher überraschend zuverlässig. Ob dies jedoch so blieb, stand in den Sternen.

Agnes ging nach oben und bezog das Bett ihres Onkels. Sie hatte die Bettwäsche gekocht und an der frostigen Luft trocknen lassen. Es roch frisch und klar wie ein Herbstmorgen, der Ausdunst nach Schweiß und Krankheit hatte sich verflüchtigt.

Sie setzte sich auf die Bettkante und genoss den Moment. Das Daunenplumeau wärmte ihr den Rücken. Ihr Onkel würde sich wohlfühlen.

Sie hörte Stimmen. Die Kirchbacher gingen zur Messe. Gleich würde sie aufbrechen müssen.

Sie dachte an Paul, den stummen Franzosen. Würde er jemals die Stimme wiederfinden? Leider hielt die Schreibblockade ebenfalls an. Zumindest hatten sie durch Fragen herausfinden können, um welche Art von Gedächtnislücken es sich handelte. An Dinge aus jüngster Vergangenheit erinnerte Paul sich, an länger zurückliegende kaum. Hatte er Familie? Wartete jemand auf ihn? Verzehrte sich eine Ehefrau nach einem Lebenszeichen von ihm? Gab es Kinder? Darauf konnte Paul keine Antworten geben, was ihn sichtlich quälte. Immer wieder erwischte Agnes ihn dabei, wie er in einer Ecke hockte und mit konzentrierter Miene versuchte, seinem Gedächtnis auf die Sprünge zu helfen.

Ruben Lieberstock hatte kurzerhand entschieden, dass Paul so lange bei ihm bleiben durfte, bis ihm einfiel, wohin er gehörte.

Agnes seufzte. Der arme Paul. Die Stimme und das Gedächtnis einzubüßen, musste furchtbar sein. Dass man unter diesen Umständen den Lebensmut verlor, konnte sie verstehen. Kein Wunder, dass Paul bei seiner Ankunft im Dorf so apathisch gewirkt hatte.

Ihre Gedanken wanderten zum Doktor. Er hatte sich angeboten, ihr beim Tragen der Photoausrüstung zu helfen. Er war zwar auf seinen Krückstock angewiesen, aber eine Umhängetasche oder dergleichen könne sie ihm anvertrauen, hatte er gesagt. Sie wollte ihm das Stativ geben, das noch in der Ecke ihrer Kammer stand. Sie würde es herunterholen müssen. Sie konnte Hermann Brosch schließlich nicht in ihre Schlafstube lassen.

Agnes sah ihn vor sich, leicht auf die Krücke gestützt und mit einem freundlichen Lächeln im Gesicht. In ihrer Magengrube kribbelte es angenehm.

Überrascht richtete sie sich auf und stutzte. War sie etwa dabei, sich zu verlieben?

Vollkommen absurd.

Mit einem Mann an ihrer Seite konnte sie ihre Pläne von einer Zukunft als Journalistin begraben. Niemals würde ein Ehemann ihr erlauben zu arbeiten. Und das zu Recht! Eine Ehegattin musste die Pflichten im Haushalt übernehmen. Das war ihre gottgegebene Bestimmung.

Sie trat vor den kleinen Wandspiegel und zupfte energisch ihre Bluse zurecht. Sie war zu jung für Herd und Kinder. Sie wollte um die Welt reisen und Abenteuer erleben. Sie musste sich den Doktor aus dem Kopf schlagen.

Tief holte sie Luft. Die Würfel waren gefallen.

Nur änderte ihr Entschluss nichts am Kribbeln im Bauch.

20

Franz kaute an den Fingernägeln. Der Pfarrer, ein schmächtiges Männchen mit grauem Haarkranz, stand auf der Kanzel und fand mit seiner Predigt kein Ende. Die Gemeinde scharrte in der ungeheizten Kirche unruhig mit den Füßen. Einige hüstelten laut, um den Mann darauf aufmerksam zu machen, dass er die Redezeit überstrapazierte. Alle wollten endlich zur Mühle. Dort wartete nicht nur der alte Müller auf sie, um das Elektrizitätskraftwerk in Betrieb zu nehmen, sondern auch das von Intze gespendete Schwein.

Bereits in der Nacht hatten die Mägde des Ortsvorstehers den Ofen im Gemeindebackhaus angeheizt. Seit Stunden brutzelte die Sau im eigenen Saft. Über dem Dorf lag ein derart appetitlicher Bratengeruch, dass Franz es kaum noch aushalten konnte. In Erwartung des Festschmauses knurrte sein Magen unablässig.

Zum ersten Mal sah Franz jetzt auch den stummen Mann ohne den turbanähnlichen Verband. Er trug saubere Kleider und war glatt rasiert. Franz musterte die Narbe am Kopf. Gut fünfzehn Zentimeter lang hob sie sich wulstig und feuerrot leuchtend zwischen den dünnen Haaren ab.

Wie eine brennende Schneise in einem Wald.

Wald!

Der Tote.

Er war immer noch verschwunden. Trotz intensiver Suche hatte Franz ihn nicht mehr gefunden. Aber eine Leiche verschwand doch nicht einfach. Franz wollte auf jeden Fall weiter nach ihr suchen.

Aber nicht heute.

Nicht nur die Aussicht auf das leckere Stück Schweinefleisch hielt ihn zurück. Auch wollte er sehen, wie überall das elektrische Licht anging.

Himmlisch! Jederzeit Licht, und man muss nur einen Schalter dafür umlegen.

Darüber hätte der Pfarrer predigen sollen, dachte Franz.

Es werde Licht.

Das war das Thema, das die Gemeinde heute interessierte. Sah man vom Schwein ab, das im Backofen schmorte.

Stattdessen redete der Pfarrer von Sünden im Allgemeinen und Ehebruch im Besonderen, wobei er den ernsten Blick immer wieder auf den Ortsvorsteher richtete. Darüber hinaus erzählte er vom Fegefeuer, als würde es vor der Kirchentür auf den alten Intze warten. Der rutschte hin und her, als wäre das Holz der Bank bereits am Glühen. Seine Frau saß puterrot im Gesicht neben ihm und presste die Zähne derart heftig aufeinander, dass ihre Kieferknochen unter der Haut hervorstachen.

Den Sohn der Intzes schien das alles nicht zu stören. Er saß ganz entspannt da. Er schien sich sogar köstlich zu amüsieren. Franz verstand gar nicht, was den jungen Intze so in Heiterkeit versetzte.

Heinrich Intze. Das Jagdfliegerass aus Kirchbach.

Vor knapp zwei Wochen war er von der Westfront zurückgekehrt. Man munkelte im Dorf, die alte Intze sei vor Freude ohnmächtig geworden.

Heinrich Intze war trotz des noch jungen Alters von zwanzig Lenzen ein Luftwaffenveteran. Lieberstock hatte erzählt, er hätte von einigen berühmten Fliegern gelernt: Hermann Göring, Ernst Udet, Werner Voß, und sogar Manfred von Richthofen. Wenn auch nicht so erfolgreich wie Richthofen, hatte Heinrich Intze dem roten Baron eins voraus: am Leben geblieben zu sein. Für Franz zählte Letzteres mehr als zahlreiche Abschüsse feindlicher Flieger. Ein Heldentod war nichts, was sich Franz erträumte. Dann doch lieber den nach reifem Korn schmeckenden Sommer genießen, oder im Frühling die Saat auf einem Felde ausbringen. Er hatte nie die Männer verstanden, die jubelnd in die Schlacht gezogen waren.

Dummköpfe!

Die Wahrscheinlichkeit, verletzt, verstümmelt oder getötet zu werden, war beträchtlich. Nur Holzköpfe glaubten, dass sie unverwundbar seien.

Des Soldaten Lohn: Ehre und Orden.

Das hatte der Lehrer immer gesagt, selbst dann noch, als es mehr Witwen im Dorf gab als Spinnen auf dem Dachboden einer Scheune.

Pah! Orden!

Darauf konnte Franz verzichten. Was nützte der größte Orden an einer toten Brust? Davon abgesehen, sträubten sich ihm die Nackenhaare, wenn er daran dachte, wofür solche Orden vergeben wurden.

Eine Belohnung für das Töten von Menschen.

Sollte man nicht die belohnen, die Leben erhielten? Wie den Hermann Brosch zum Beispiel. Franz wandte den Blick zum Doktor. Er saß auf der anderen Seite des Mittelganges neben Agnes Papen. Die beiden sah man in den letzten Tagen oft zusammen. Vorhin hatte der Doktor der Frau Papen beim Tragen der Photoausrüstung geholfen. Neugierig war Franz ihnen gefolgt. Die einzige Kamera, die er bisher gesehen hatte, war die des Lehrers. Eine von Kodak. Es war ein ziemlich handliches Gerät, eine viereckige Kiste mit einem runden Objektiv. Insgesamt nicht größer als zwei übereinandergestapelte Ziegelsteine. Der Lehrer hütete sie wie einen kostbaren Schatz. Nur einmal im Jahr holte er sie hervor und photographierte die Schüler. Er wurde fuchsteufelswild, nährte sich irgendjemand der Kamera mehr als auf drei Schritte an. Anschließend marschierte er mit der Kamera nach Euskirchen. Dort gab er die Kodak bei einem Fachhändler ab. Einige Tage später erhielt er dann den Apparat mitsamt neu eingelegtem Rollfilm, Negativen und Abzügen zurück. Die Fotos zeigte er stolz herum. Schließlich rahmte er die Fotos und hängte sie im Klassenraum auf. Dann kehrte für ein knappes Jahr Ruhe ein, bis das ganze Prozedere mit den Schülern aus dem nächsten Jahrgang von vorne begann.

Agnes Papens Kamera war dagegen ein Schwergewicht. Sie besaß einen Faltenbalg und wurde auf einem hohen Dreibein montiert. Zahlreiche silbrig schimmernde Rädchen mit aufgedruckten Zahlen zierten das Objektiv. Eine Vorrichtung, die helle Flammen schlagen konnte, gab es auch. Frau Papen nannte es »Blitz«. Ausreichend Licht war das ganze Geheimnis guter Photographen, hatte sie Franz anvertraut. Jetzt stand Frau Papens Apparatur, bewacht von Konstanz Schommer, dem alten Müller, in der Mühle bereit, um das besondere Ereignis für die Nachwelt festzuhalten.

Der Pfarrer kam endlich zum Ende. Er verließ die Kanzel und schritt durch den Mittelgang zum Portal. Die Gemeinde schloss sich ihm an. Kleidung raschelte über das Holz der Bänke, die Absätze der Frauen klackerten auf dem Steinboden. Direkt hinter dem Pfarrer und noch vor den Intzes reihte sich Rudolf Wenger mit seiner Tochter Nora ein. Der alte Fabrikant war als Ehrengast geladen und sollte die Festrede halten.

Sie traten hinaus.

Franz blinzelte und schirmte mit einer Hand die Augen vom Sonnenlicht ab. Noch am Morgen hatte sich der Himmel trist und grau gezeigt. Jetzt spannte er sich wie ein hellblaues Tuch von einer Seite des Horizonts zur anderen.

»Oh. Wie schön. Kaiserwetter!«, hörte er Agnes Papen hinter sich. »Licht! So viel Licht.«

Franz verstand ihre Freude. Für einen Photographen musste das ein Geschenk Gottes sein. Trotzdem sah er den Wetterumschwung skeptisch. Der Boden war hartgefroren. Wenngleich die Kälte allen zusetzte, kam man zumindest trockenen Fußes überallhin. Sollte es jedoch tauen, dann würden sich die Wege in schlüpfrige Schlammbahnen verwandeln.

Aber noch waren die Wege gut begehbar. Sie erreichten wenig später die Mühle. Der laue Westwind trug den Bratenduft zu ihnen. Einige der Umstehenden stießen ein genießerisches »Ah« aus, sogen die Luft tief in die Lungen und schlossen mit einem seligen Gesichtsausdruck die Augen.

Der Pfarrer ging die Eingangsstufen der Mühle hinauf, drehte sich dann um und breitete die Arme aus, um den Segen zu sprechen.

In dem Moment entdeckte Franz jemanden, mit dem er hier nicht gerechnet hatte.

Gerold!

Sein Arbeitskollege lehnte an einem Baum, der etwas abseits der Mühle stand, und rauchte. Mit der spitzen Nase, dem fliehenden Kinn und dem unsteten Blick erinnerte er Franz immer an ein Frettchen.

Was macht er hier?

Gerold gehörte nicht zum Dorf. Freunde hatte er hier auch nicht, soweit Franz wusste. Vermutlich besaß er überhaupt keine Freunde. Lockte ihn die Aussicht auf ein gutes Stück Fleisch? Die Dörfler würden nicht begeistert sein, dass ein wildfremder Kerl ihnen das Wenige vor der Nase wegfraß.

Egal, was es war, Franz nahm sich vor, ein Auge auf ihn zu werfen. Denn eins wusste er schon nach den wenigen Tagen, die er mit ihm zusammenarbeitete: Dort, wo Gerold auftauchte, gab es Ärger. Und Ärger war das Letzte, was sich Franz für den heutigen Festtag wünschte.

21

Obwohl das Erdgeschoss der Mühle nicht beheizt werden konnte, schwitzte Ruben Lieberstock in seinem langen Gehrock. Als einer der wichtigsten Geldgeber saß er in der ersten Reihe neben der bezaubernden Nora Wenger. Ihr Parfum roch betörend wie eine Frühlingswiese. Fräulein Wenger sollte später feierlich den Hauptschalter umlegen und die Anlage in Betrieb setzen. Lieberstock war dies gar nicht recht, und er hatte sich vehement dagegen ausgesprochen. Er sorgte sich um die junge Dame. Mit den Gefahren der Elektrizität war nicht zu spaßen. Es hatte bereits viele Todesfälle durch Stromschlag gegeben. Aber auch ein heiß gewordener Schalter konnte zu schlimmen Verbrennungen führen. Doch Nora Wenger hatte die Bedenken lachend in den Wind geschlagen. »Ob ich mir nun die Hand verbrenne oder ein Mann – irgendwer muss es schließlich tun«, hatte sie gesagt und die Schultern gezuckt.

Ihr Wort in Gottes Ohr, dachte Lieberstock.

Hinter ihm standen die Kirchbacher dicht gedrängt um den Generator, der die Mitte der Maschinenhalle dominierte. Sie lauschten der Rede des Tuchfabrikbesitzers, der von einer Zeit großer Veränderungen sprach.

Rudolf Wenger hatte sich herausgeputzt. Ein Zylinder thronte auf seinem Haupt, der Anzug schimmerte wie neu.

Die Hände steckten in feinsten Lederhandschuhen. Keine Frage: Rudolf Wenger hatte am Krieg mit der Produktion von Uniformstoffen gut verdient. Jetzt war er kurzerhand wieder auf Decken und Zivilkleidung umgeschwenkt. Der Firma ging es blendend.

Lieberstock hörte nur noch mit einem halben Ohr zu. Wengers langatmige Ausführungen über die Politik und das Weltgeschehen interessierten ihn nicht.

Warum nur musste immer so viel geredet werden? Erst der Pfarrer, dann Wenger. Und zu allem Überfluss stand auch noch ein Grußwort des Ortsvorstehers Intze an.

Nahm das denn kein Ende?

Gelangweilt sah sich Lieberstock um. Er musste Konstanz Schommer bewundern. Sagenhaft, was dieser Mann mit bloßen Händen und beseelt von einer kühnen Idee geschaffen hatte. Er hatte sich vom Tod seines Sohnes, dem die Mutter aus Gram kurz darauf folgte, nicht unterkriegen lassen. Nun stand er mit stolz geschwellter Brust neben Wenger und strahlte zu Recht übers ganze Gesicht. Neben ihm saß sein Freund Karl Hallstatt, ein Ingenieur im Ruhestand.

Hallstatt war vor seiner Pensionierung bei der Rurtalsperren-Gesellschaft beschäftigt gewesen. Er hatte beim Bau des Kraftwerkes Heimbach und der Rurtalsperre maßgeblich mitgewirkt. Hallstatt wusste, wovon er sprach, wenn es um Stromerzeugung ging, davon hatte sich Lieberstock in den vergangenen Monaten selbst ein Bild machen können. Aus dem Kopf konnte der Mann Spannungsverläufe und Stromstärken in Abhängigkeit des Feldmagnetismus' herleiten. Schaltpläne zeichnete er so geschwind, dass man kaum mit dem Auge folgen konnte. Und stieß man auf ein scheinbar unlösliches Problem, so präsentierte der Ingenieur a.D. wenig später die perfekte Lösung. Hallstatt war eine Koryphäe auf seinem Gebiet, und dem Müller hätte kein besserer Mann zur Seite stehen können.

Wo früher Mühlsteine knirschend Korn zu Mehl pulverisierten, stand jetzt ein mattschwarz glänzender Generator mit einem mannshohen Treibrad. Von dort spannte sich ein handbreiter Treibriemen zu einem Getriebe, das über zwei metallisch schimmernde Wellen die Kräfte der beiden Wasserräder aufnahm. Große Schaltschränke, derzeit durch eine hüfthohe Absperrung vor dem Menschenansturm geschützt, zogen sich an den Wänden hin. Zahlreiche runde Messinstrumente mit weißen Ziffernblättern und schwarzen Zeigern warteten darauf, zum Leben erweckt zu werden.

Hinter der Absperrung hatte Agnes Papen ihre Kamera aufgestellt. Eifrig hantierte sie mit dem Blendenring, drehte hier, justierte dort und wartete auf den großen Augenblick. Ihr zur Seite stand Doktor Brosch, der sich für kleine Handreichungen nicht zu schade war.

Lieberstock musste lächeln. Agnes Papen und der Doktor verstanden sich ausgezeichnet. Sie verbrachten viel Zeit miteinander. Weil sie sich gemeinsam um Hans Papen kümmerten, wie sie ständig betonten. Anfänglich war das auch so gewesen, keine Frage. Doch inzwischen steckte mehr dahinter, das sah man ihnen an. Lieberstock freute sich für die beiden.

Begleitet von höflichem, aber kurzem Applaus trat Rudolf Wenger ab und setzte sich neben seine Tochter. Grimmig sortierte er die Zettel, auf die er die Rede geschrieben hatte, und steckte sie in die Tasche des Rocks. Vermutlich hatte er eine jubelnde Menge erwartet.

Friedrich Intze eroberte das Rednerpult.

Bereits beim zweiten Satz des Ortsvorstehers ließ Lieberstock den Blick wieder schweifen.

In den durch Metallplatten abgedeckten Kanälen rund um die Maschinen verliefen die Kabel. Ein Transformator hing, von Eisenprofilen gehalten, an der Wand. Von dort zogen sich die Leitungen über Isolatoren hinaus zum Dorf. Wimpelbänder schmückten die Decke und verliehen dem Ganzen ein wenig Jahrmarkt-Charme. Lampen mit riesigen Glühbirnen in den Fassungen sollten gleich den sichtbaren Beweis für die Leistungsstärke der Anlage antreten. Zentral an der Stirnwand hing eine Uhr, der Minutenzeiger zuckte auf sechs Minuten nach zwölf. Bestimmt wurde bereits das gebratene Schwein zerlegt und in die Festscheune getragen.

Lieberstock lief das Wasser im Mund zusammen. Auf Anraten des Doktors hatte Hans Papen auf den Kirchgang und die Festreden verzichtet. Er würde erst später zu ihnen stoßen. Es wäre für jemanden, der gerade von den Toten auferstanden war, zu anstrengend, hatte der Doktor gesagt. Damit hatte er Weitsicht bewiesen. In der Tat war es in der Kirche erbärmlich kalt gewesen. Hier in der Mühle war es zwar warm, doch das Temperaturgefälle, sobald man ins Freie trat, konnte einer angegriffenen Gesundheit nicht zuträglich sein.

Lieberstock verfolgte den Minutenzeiger bei dem Gang über das Ziffernblatt. Es schläferte ihn ein. An den Augenlidern schien jemand Bleigewichte befestigt zu haben. Nur noch mit Mühe konnte er sich wach halten.

Ein Stupser weckte ihn. Lieberstock zuckte zusammen und sah sich irritiert um.

Nora Wenger lächelte ihn an und flüsterte: »Genug geschnarcht. Es ist so weit.« Mit einer Leichtigkeit, die allein der Jugend vorbehalten war, sprang sie auf und stellte sich neben Hallstatt und den Müller.

Lieberstock drückte den schmerzenden Rücken durch und stöhnte leise. Ein Blick auf die Uhr bewies ihm, dass er ganze zehn Minuten verschlafen hatte. Er musste sich unbedingt die Beine vertreten.

Konstanz Schommer trat zu dem Getriebe und koppelte die Wellen auf. Zahnräder knarzten im Inneren des schwarzen Blocks, kurz darauf erzitterte der Riemen. Zögerlich setzte es das Treibrad am Generator in Bewegung. Jaulend nahm dieser Fahrt auf.

Hallstatt trat einen Schritt zur Seite und zeigte mit der offenen Hand auf den Hauptschalter. »Wenn ich bitten darf, Fräulein Wenger.«

Nora Wenger griff beherzt zu, fest umklammerten ihre Finger den wuchtigen Kippschalter.

Lieberstock warf einen kurzen Blick zu Agnes Papen. Sie stand, mit gebücktem Oberkörper unter einem Tuch verborgen, hinter ihrer Kamera, bereit, den entscheidenden Moment einzufangen. Der Doktor stand daneben und hielt die T-förmige Blitzlichtlampe mit dem Magnesiumpulver.

Gespannte Stille breitete sich unter den Dörflern aus.

Das war er also, dachte Lieberstock, der große Moment, auf den sie monatelang hingearbeitet hatten.

Nora Wenger holte tief Luft und zählte laut von drei runter. Bei null angekommen, klappte sie den Schalter mit einer entschlossenen Bewegung um.

Der von Lieberstock gefürchtete Lichtbogen blieb aus.

Dafür zischte das Magnesiumpulver auf der Lampe, die

der Doktor hielt. Grelles weißes Licht überstrahlte für einige Augenblicke alles.

Einige jubelten, verstummten aber rasch wieder. Die Köpfe reckten sich zur Decke.

Lieberstock sah ebenfalls hinauf.

Kein Flackern, noch nicht einmal ein Glimmen der Glühfäden.

Von elektrischem Strom fehlte jede Spur.

22

Franz löste den Blick von der Decke. Er sah sich um und suchte Gerold in der Menge. Der stand mit den Händen in den Hosentaschen und einem schmierigen Grinsen im Gesicht nahe dem Eingang. Als Einziger schien er nicht überrascht zu sein. Franz kam ein schrecklicher Verdacht.

Hatte Gerold das Kraftwerk sabotiert?

Aber warum sollte er das getan haben? Darauf konnte Franz sich keinen Reim machen. Er schob sich durch die Menge nach vorne in Richtung des Arbeitskollegen. Die ersten Gäste verließen bereits die Mühle und schlugen den Weg zur Festscheune ein. Ihre gute Laune schien das Malheur nicht verdorben zu haben. Sie lachten und machten Späße auf Schommers und Hallstatts Kosten. Das Kraftwerk würde schon irgendwann Strom liefern, so mochten sie denken. Ob heute oder nächste Woche, war nebensächlich, Hauptsache, der Festbraten kam endlich auf den Tisch. Den hatten sie nach den ausufernden Reden mehr als verdient. Als Franz zurückblickte, sah er den Ingenieur, der kreidebleich geworden war. »Eine Blamage!«, rief er aus. Nora Wenger stellte ihm einen Stuhl hin und drückte ihn darauf. Mit zittrigen Fingern holte der Ingenieur ein Taschentuch hervor und wischte sich den Schweiß von der Halbglatze. »Ich muss sofort…«, sagte er. Doch weiter kam er nicht.

Er verdrehte die Augen, dann sackte er zusammen. Der alte Müller konnte ihn gerade noch auffangen. Der Doktor eilte heran und kniete sich neben Hallstatt. Er lockerte ihm den Binder und fühlte den Puls.

Franz wandte sich ab. Er erblickte Gerold, der den anderen nicht gefolgt war.

»Is' wat?«, knurrte Gerold. Die vorstehenden Schneidezähne schoben sich angriffslustig über die Unterlippe. »Wat schaust'n so bekloppt?«

»Das warst du!«, flüsterte Franz.

»Häh? Was kann ich dafür, dass der Ingenieur umfällt.«

»Ich meine den Strom.«

Gerold stutzte. Kurz schien er die Fassung zu verlieren, wirkte wie ein beim Tricksen ertappter Taschendieb. Für Franz Beweis genug für Gerolds Schuld.

»Blödsinn«, grunzte Gerold. »Wat reimste dir denn da für einen Kokolores zusammen.«

Franz hatte nicht vor, von ihm abzulassen. »Warum hast du das gemacht?«

»Pff!«, machte Gerold nur, streckte das Kinn vor und verschränkte die Arme.

Im Hintergrund richtete sich jetzt der Doktor auf und wandte sich an die Umstehenden. »Es ist nur eine Ohnmacht, Puls und Atmung sind normal. Er wird gleich zu sich kommen.«

Rudolf Wenger, der bis jetzt anteilslos dabeigestanden hatte, plusterte sich auf. »Und dafür reise ich eigens an. Ein Skandal!«

Der alte Müller zuckte die Schultern und sagte: »Gedulden Sie sich einen Moment, werter Herr Wenger. Es kann keine große Komplikation sein. Sobald Herr Hallstatt wieder auf den Beinen …«

»Ich werde nicht noch länger meine kostbare Zeit opfern. Komm, Nora!« Rudolf Wenger drehte sich um und zog seine Tochter hinter sich her.

»Vater! Was ist denn mit dir? Sei nicht ungerecht«, versuchte Nora Wenger ihn zu beruhigen. »Es ist gewiss nur ein kleines technisches Problem.«

Ihr Vater schüttelte wütend den Kopf. Anklagend wies er auf den Generator. »O nein, es ist viel mehr. Es ist eine Blamage! Meine Tochter wurde vorgeführt. In Zukunft wird man bei jedem Schildbürgerstreich lachen und das Bild meiner Tochter vor Augen haben.«

»Verdammt!«, raunte Gerold an Franz' Seite. »Der Alte hat recht. Daran habe ich nicht gedacht.« Augenblicklich kam Bewegung in seinen schlaksigen Körper. Er schritt zu Rudolf Wenger. »Werter Herr, darf ich meine Hilfe anbieten.«

»Gerold?«, riefen Rudolf und Nora Wenger gleichzeitig aus. »Was machen Sie denn hier?«, wollte der Fabrikant wissen.

»Das Fest, so ein schöner Tag, dann hat der Junge mir von dem Braten erzählt«, erklärte Gerold und nickte in Franz' Richtung.

Habe ich nicht!

Franz wollte das richtigstellen, doch Gerold redete weiter, ohne ihm weiter Beachtung zu schenken. »Aber das spielt jetzt keine Rolle. Das Kraftwerk muss laufen!« Er wandte sich an den alten Müller. »Gestatten Sie mir einen Blick?«

Konstanz Schommer zog die buschigen Augenbrauen zusammen. »Verstehen Sie denn etwas davon?«

Nora Wenger lachte freudig auf. »Ja, bitte, lassen Sie ihn, Herr Schommer. Gerold ist bei uns als Maschinenschlosser beschäftigt. Er betreut die Dampfmaschine und auch unsere Stromanlage. Ein sehr fähiger Mann.«

Gerold grinste verlegen. Er deutete eine Verbeugung an und sagte: »Das ist sehr freundlich von Ihnen.« Dann sah er den alten Müller erwartungsvoll an.

Der zögerte, blickte zu Hallstatt hinunter, der gerade erst wieder die Augen öffnete. Von dem Ingenieur konnte er keine große Hilfe erhoffen. Das schien den Ausschlag zu geben. »Von mir aus. Versuchen Sie Ihr Glück.«

Gerold nickte, kippte den Hauptschalter in die Aus-Position und schritt die Schaltschränke ab. Er öffnete einen, sah kurz hinein, und schloss ihn wieder.

Auf Franz wirkte es wichtigtuerisch. Er konnte sich nicht vorstellen, dass man solch ein Durcheinander an Leitungen und Gerätschaften allein mit Blicken auf Fehler untersuchen konnte.

Gerold bat Agnes Papen, die Kamera ein wenig zur Seite zu räumen. Als sie dem nachgekommen war, öffnete er den Schaltschrank, der an der Stelle stand, wo eben noch das Dreibein der Kamera gestanden hatte. Er schloss ihn wieder, ging weiter, wiederholte den Vorgang einige Male. Am vierten Schrank sah er länger hinein. »Ah! Hier!«, rief er und deutete auf einen zylindrischen Körper in der Größe eines Fernrohrs.

»Die Sicherung?«, fragte Hallstatt mit schwächlicher Stimme. Er hatte sich inzwischen aufgerichtet und saß angelehnt an den Doktor auf dem Boden.

»Es ist eine Hauptsicherung für den Generator«, sagte Gerold mit großer Überzeugung.

Hallstatt nickte. »Ja. Das könnte in der Tat sein … aber wie sollte sie … bei der Generalprobe lief doch alles wie geschmiert?«

Gerold winkte ab. »Ist doch schnuppe. Hauptsache wir können die Ehre von Frau Wenger retten.«

»Sie sind zu freundlich!«, rief Nora Wenger aus. Sie hakte sich bei ihrem Vater ein. »Das Wissen von Gerold ist erstaunlich, nicht wahr, Vater?«

Rudolf Wenger nickte.

Gerolds Gesicht strahlte. Er schien um Zentimeter gewachsen zu sein.

Franz kam ein Verdacht. Könnte es sein, dass Gerold deswegen aufgetaucht war? Dass er die Anlage manipuliert hatte, um sich in den Vordergrund zu spielen und so vor Fräulein Wenger glänzen zu können?

Der alte Müller hielt sich keinen Hund, der Einbrecher verscheuchte. Er schlief in einer Kammer unter dem Dach, weit entfernt vom Erdgeschoss. Der Bach hinter dem Haus rauschte stetig. Es wäre eine Leichtigkeit, nachts unbemerkt in die Maschinenhalle einzudringen. Mit ein wenig Sachverstand, und den konnte man Gerold nicht absprechen, standen einem dann alle Möglichkeiten offen. Selbst wenn Hallstatt die defekte Sicherung entdeckt hätte, wäre niemand auf die Idee gekommen, dass Gerold dahintersteckte. Wie auch, er war im Dorf ein Unbekannter. Es bestand somit überhaupt kein Risiko, Gerold konnte nur gewinnen. Dass die Wengers heute hier zu finden waren, wusste Gerold von Franz. *Dies* hatte er ihm tatsächlich berichtet.

»Haben Sie einen Ersatz vorrätig?«, fragte Gerold.

»Natürlich«, sagte der alte Müller und ging zu einer

Holzkiste in der Ecke. Er öffnete den Deckel, holte eine Sicherung hervor und übergab sie.

Mit einem ernsten Blick überprüfte Gerold, dass sich der Hauptschalter immer noch in der Aus-Position befand. »Nun denn«, sagte er und wechselte die Sicherung. Es dauerte keine Minute. Er schob die Schaltschranktür zu. »Frau Wenger, wenn ich Sie bitten darf.«

Nora Wenger löste sich von ihrem Vater. »Gerne. Aber vorher möchte ich Ihnen danken.« Sie ging auf Gerold zu und hielt ihm die Hand hin.

Gerold lief rot an. Mit einem verzückten Gesichtsausdruck schlug er ein. Dabei ging er so umsichtig vor, als würde er Angst haben, Nora Wenger zu verletzen. »Das war doch selbstverständlich«, murmelte er.

Franz konnte es nicht fassen. Gerolds Vorhaben war von Erfolg gekrönt. Er hatte sich mittels des perfiden Plans vor Nora Wenger auszeichnen können.

Nora Wenger stellte sich neben den Hauptschalter und griff zu. »Frau Papen, sind Sie bereit?«

»Bereit«, antwortete Agnes Papen unter ihrem Tuch. »Hermann, wie sieht es bei dir aus?«

Doktor Brosch hielt das T-förmige Gerät in die Höhe, um den Blitz auszulösen. »Von mir aus schon lange.«

Nora Wenger nickte zufrieden. Langsam, sehr langsam, um möglichst großen Effekt zu machen, bewegte sie den Schalter. Sie hatte ihn noch nicht ganz heruntergedrückt, als in dem Gehäuse ein gleißend heller Lichtbogen erschien. Überrascht drückte Nora Wenger den Schalter ganz herunter. Das Licht an der Decke leuchtete auf.

Im selben Moment stieß Nora einen wilden Schrei aus. Alle blickten sie gebannt an. Der Ärmel ihres Mantels brannte. Regungslos stand die junge Dame und hielt den Arm von sich, als würde er nicht zu ihr gehören. Mit schreckgeweiteten Augen sah sie zu, wie sie im Begriff war, bei lebendigem Leib zu verbrennen.

Ein Schock! Sie hat einen Schock!

Franz überwand als Erster die Starre, die alle zu lähmen schien. Beherzt stürzte er vor. Im Laufen zog er die Jacke aus, warf sie über Nora Wengers Arm und riss sie zu Boden.

Sie schrie auf und strampelte mit den Beinen.

Franz ließ sich davon nicht einschüchtern. Er wusste, wie man ein Feuer erstickte. Fest presste er die Jacke auf ihren Arm, bis ihn jemand an den Schultern packte und unwirsch hochzog.

Rudolf Wenger stand mit wutverzerrtem Gesicht über ihm. »Lass deine dreckigen Finger von meiner Tochter!« Wenger schleuderte den Jungen zur Seite.

Jetzt dröhnte Doktor Broschs Stimme durch die Halle.

»Halt! In Gottes Namen, lassen Sie den Jungen in Ruhe!«

Er trat beschwichtigend zu dem Fabrikanten.

»Der Junge hat alles richtig gemacht.«

Rudolf Wenger wollte davon nichts wissen. Er ballte die Fäuste und warf Franz einen vernichtenden Blick zu. »Er hat meine Tochter unzüchtig berührt. Sie haben es selbst gesehen.«

Nora Wenger rappelte sich auf und klopfte sich den Staub ab. »Was war das?« Anklagend hielt sie den Mantelärmel dem Ingenieur entgegen. Das Weiß ihrer Bluse stach hell unter den Brandlöchern hervor.

»Ein Lichtbogen«, erklärte Hallstatt. »Der kann entstehen, wenn man nicht rasch genug einschaltet.«

Der Zorn des Fabrikanten richtete sich jetzt auf ihn. »Und das sagen Sie erst jetzt? Mann, ich werde Ihnen meinen Justiziar auf den Hals hetzen. Das ist unverantwortlich, was hier geschehen ist.«

Lieberstock mischte sich ein. »Beruhigen Sie sich doch, Herr Wenger. Sollten wir nicht froh sein, dass Ihre Tochter ohne Blessuren davongekommen ist?« Lieberstock wies Brosch mit einem stummen Blick an, der Aussage eine medizinische Grundlage zu verschaffen.

Rudolf Wenger zuckte die Schultern, sagte aber dann nichts weiter. In seinen Gesichtszügen wechselte sich Ärger und Erleichterung ab.

Der Doktor half Franz auf die Beine und untersuchte dann Nora Wengers Arm. »Glück im Unglück«, verkündete er. »Sie hat keine Verbrennungen.«

»Gott sei Dank!«

Rudolf Wenger nahm seine Tochter in den Arm und drückte sie. Seine Wut schien vorerst verflogen.

»Für den Schaden an der Bluse und dem Mantel komme ich auf«, sagte der Ingenieur.

Der Doktor klopfte Franz anerkennend auf die Schulter. »Durch dein beherztes Eingreifen hast du Schlimmeres verhindert.«

Franz war das Ganze unangenehm. Er mochte es nicht, im Mittelpunkt zu stehen. Er sah zu Boden und scharrte mit den Füßen. Plötzlich tauchte in seinem Gesichtsfeld eine ausgestreckte Hand auf. Er sah hoch. Der Fabrikant stand direkt vor ihm.

»Ich … nun, ich muss mich für mein Verhalten wohl entschuldigen, mein Junge. Ich war … aus Sorge um meine Tochter … ungerecht.«

Franz schüttelte die Hand.

»Ich möchte, dass du uns besuchst«, sagte Rudolf Wenger mit feierlicher Stimme. »Du bekommst morgen einen Tag frei und wirst das Mittagsmahl mit uns einnehmen.«

Franz musste schlucken. Er wollte nicht mit den Wengers essen. Was sollte er mit ihnen reden? Bestimmt hatten diese Herrschaften besondere Tischsitten. Er wollte seine Mutter nicht blamieren. »Das ist sehr nett, aber ich …«, fing er an. Doch Rudolf Wenger ließ ihn nicht zu Wort kommen.

»Keine Widerworte! Es ist abgemacht. Meine Tochter und ich freuen uns auf deinen Besuch, nicht wahr, Nora?«

Nora Wenger lachte. »Das ist das Mindeste, was wir tun können.« Sie drückte Franz fest. »Mein Lebensretter. Ich werde selbst den Nachtisch zubereiten.«

Franz ließ alles mit sich geschehen. Was sollte er machen? Dann würde er eben zu Wengers zum Mittagessen gehen. Auch das würde vorübergehen.

Während Nora Wenger ihn noch drückte, fiel sein Blick über ihre Schulter hinweg auf Gerold. Der stand wie versteinert bei dem Schaltschrank, in dem er die Sicherung ausgetauscht hatte. Niemand achtete mehr auf ihn.

Franz hatte ihm die Schau gestohlen.

Das war gar nicht gut!

Gerolds Kiefer malmten, die Muskeln spannten. Die Augen hatte er zu Schlitzen geformt, während er Franz fixierte.

Da gab es nichts zu deuteln. Ab heute hatte Franz einen Feind.

23

Was für eine Dramatik, dachte Agnes nicht ohne Hintergedanken. Aus den Ereignissen in der Mühle ließ sich bestimmt ein spannender Artikel machen. Geistesgegenwärtig hatte sie ausgelöst, mit ein wenig Glück hatte sie sogar den Lichtblitz beim Einschalten des Kraftwerks auf Platte gebannt. Sie konnte es kaum abwarten, ein provisorisches Labor in der Abstellkammer einzurichten und mit der Entwicklung zu beginnen. Doch das musste leider warten. Der Hunger trieb sie in die Scheune der Intzes. Zuvor musste sie noch die Photoausrüstung nach Hause bringen. Brosch bot sich an, ihr wieder beim Tragen zu helfen.

Beim Haus angekommen, schloss sie die Tür auf und trat in den Flur. Der Doktor folgte ihr.

»Onkel Hans?«, rief Agnes. Während sie auf Antwort wartete, schaltete sie ehrfürchtig das Licht im Flur ein. Und das Wunder geschah! Die kahle Glühlampe im Porzellanschraubsockel an der Wand leuchtete auf. Agnes stieß einen Freudenschrei aus. Endlich musste sie nachts nicht mehr bei Kerzenschein lesen.

»Onkel Hans?«, rief Agnes erneut. »Bist du da?«

Niemand antwortete.

Sie ging in die Stube. Das durch das Fenster auf der Südseite einfallende Sonnenlicht zeichnete einen hellen Streifen auf den Dielenboden. Der angestammte Platz des Onkels, der Ohrensessel mit dem verschlissenen Stoff, war leer. Vor dem Kirchgang hatte Agnes ein großes Stück Holz nachgelegt, damit Onkel Hans es bei der Heimkehr sofort warm hatte. Sie hatte erwartet, ihn dort vorzufinden.

Agnes warf einen Blick in die Küche, rannte dann nach oben. Sein Bett war unberührt, von ihrem Onkel fehlte auch hier jede Spur.

Nachdenklich ging sie hinunter.

Brosch wartete mit verschränkten Armen. »Und?«

Sie schüttelte den Kopf. »Wo steckt er nur?«

Brosch legte den Kopf schief und lächelte. »Er wird schon auftauchen. Vermutlich hat er meinen Rat in den Wind geschlagen und ist doch zu dem Fest gegangen. Bei dem schönen Wetter würde mich das nicht wundern. Ihm muss in den vergangenen Tagen die Decke auf den Kopf gefallen sein.«

»So unvernünftig ist er nicht.«

»Du würdest dich wundern, was ich schon alles erlebt habe. Genesende sind wie kleine Kinder. Sie sind ungeduldig, wollen sich wieder ins Leben stürzen. An Empfehlungen halten sich nur die wenigsten.«

»Aber Onkel Hans hatte dir versprochen, sich zu schonen.«

Brosch lachte. »Während der Krankheit ist ein Arzt für den Patienten ein Halbgott in Weiß. Was der Doktor sagt, wird strengstens befolgt. Die Patienten versprechen in dieser Phase alles Mögliche, schließlich wollen sie gesund werden. Doch das ist schnell vergessen, wenn es ihnen besser geht. Ich kann ihnen das nicht übel nehmen. Hat man dem Sensenmann gerade in einem harten Kampf weitere Zeit auf Erden abgerungen, will man diese auch nutzen.« Brosch strich Agnes sanft über den Oberarm. »Mach dir keine Sorgen.«

Der Zuspruch beruhigte Agnes. Sie fasste neuen Mut. Ihr Onkel war ein erwachsener Mann, kein Tattergreis oder etwa verwirrt. Er würde wissen, was für ihn gut ist. »Also schön«, sagte sie, »wir sollten los, bevor von dem Schwein nur noch Knochen übrig sind.«

»So ist es richtig.« Behutsam zog er ihr den Hausschlüssel aus den Fingern, den sie seit ihrer Ankunft krampfhaft in der Hand hielt. »Nach Ihnen, Frau Papen.« Galant ließ er ihr den Vortritt. »Ich bin schon lange nicht mehr mit so einer bezaubernden jungen Dame ausgegangen.«

Brosch hielt ihr den Arm hin, mechanisch hakte sie sich bei ihm ein. Ihr war etwas eingefallen, und der Gedanke verursachte ihr sofort wieder ein mulmiges Gefühl. Gestern hatte sie ihrem Onkel ihre Reisetasche gebracht, damit er den Schlafrock, den Rasierpinsel, Unterkleidung und Socken nach Hause tragen konnte. Onkel Hans hatte sehnsüchtig über das feine Leder gestrichen. »Ein schönes Stück. Das leih ich mir von dir, wenn ich zu meiner großen Reise aufbreche.« Lachend hatte Agnes geantwortet, sollte es tatsächlich dazu kommen, würde sie ihm einen Wanderrucksack schenken. Der passte besser zu einem Mann als Damengepäck.

Die Reisetasche hatte sie eben bei ihrer Suche nirgendwo gesehen. Stand sie noch bei Brosch? War Onkel Hans noch gar nicht von dort fortgegangen? Er wollte im Laufe des Vormittags nach Hause kommen, jetzt hatte die Sonne den Zenit deutlich überschritten. War er gestürzt? Lag er verletzt in Broschs Haus?

»Ist die gute Laune schon wieder verflogen?«, fragte Brosch. »Du bist so still.«

Agnes hielt so abrupt an, dass Brosch stolperte.

Er fing sich gerade noch ab, indem er sich auf ihren Arm stützte. »Hoppsala!« Überrascht hob er die Augenbrauen.

»Können wir bitte bei dir nachsehen?«

»Bei mir? Dein Onkel wollte …«

»Ich weiß. Bitte, lass uns nachschauen. Es ist nur ein kleiner Umweg.«

Für einen kurzen Moment meinte sie, in seinen Augen ein ärgerliches Aufblitzen zu sehen. Doch es war so schnell verschwunden, dass die überspannten Nerven ihr auch einen Streich gespielt haben könnten.

Er seufzte. »Selbstverständlich. Tut mir leid, das hätte ich sofort anbieten sollen. Ich habe deine Sorge nicht ernst genug genommen.« Er schlug den Weg zu seinem Haus ein und zog Agnes mit sich.

24

Wiebke wich dem Klaps des alten Müllers aus, der ihrem Hinterteil gegolten hatte. Es war nicht sein erster Versuch heute. Jedesmal wenn sie Getränke oder Gläser abräumte, musste sie vor ihm auf der Hut sein. Jetzt stellte sich die Magd aufrecht hin und stemmte die Hände in die Seiten. »Großväterchen, du solltest lieber die Hände still halten, sonst verlierst du noch das Gleichgewicht.«

Die anderen Greise am Tisch lachten grölend. Einer rief: »Na, Konstanz, da hast du deinen Meister gefunden.«

Mit glasigem Blick kicherte der alte Müller in sich hinein. Übermütig von der dann doch noch erfolgreichen Inbetriebnahme des Kraftwerkes hatte er zu tief ins Glas geschaut. »Wartet nur ab, wartet nur ab«, lallte er mit schwerer Zunge, »auch ein blindes Huhn findet mal ein Korn.«

Wiebke lachte, wischte mit dem Küchentuch über den Tisch und nahm die leeren Gläser mit. Sie zwängte sich durch die Reihen und freute sich über die ausgelassene Stimmung. Selbst der Pfarrer ließ den lieben Gott heute einen guten Mann sein und genoss den Nachmittag mit einigen Gläsern Bier. So etwas hatten sie im Dorf schon lange nicht mehr erlebt. Von überall her erklang Gelächter und freudiges Rufen. Ruben Lieberstock hatte eigens seine eingemottete Geige abgestaubt. Gemeinsam mit dem Lehrer, der sich ein Akkordeon umgebunden hatte, spielten sie auf. Lieberstock traf mit den gichtigen Fingern nicht mehr jeden Ton, doch niemanden störte es. Zum Tanzen und Mitsingen reichte es alle Male. Die ansonsten allgegenwärtigen Sorgen und Nöte waren in weite Ferne gerückt. Mit dem Braten im Magen, der Musik, dem Alkohol und den Zigarren, die der Tuchfabrikant spendiert hatte, erschien die Welt viel freundlicher und heller.

Wiebke sah hoch zu den Girlanden. Heller, ja, *das* war es. Das Licht der Glühbirnen, die an gespannten Leitungen über der Tenne hingen, tauchte die Scheune in einen angenehm warmen Gelbton. Bläuliche Rauchschwaden waberten wie Morgennebel um diese technischen Wunderwerke. Wiebke freute sich auf den Moment, zum ersten Mal in ihrer Kammer einen Lichtschalter betätigen zu können. In den vergangenen Tagen hatte sie es regelrecht geübt. An, aus, an, aus, immer dann, wenn sie an einem Schalter vorbeikam. Der Drehmechanismus klackte jedes Mal, als würde man mit der Zunge schnalzen. Jetzt stand der große Augenblick also kurz bevor: Sie selbst würde eine Glühlampe zum Leuchten bringen.

Sie stellte die benutzten Gläser neben der Waschbütte ab. Emma sollte sie spülen. Wo steckte sie nur schon wieder? Die sauberen Gläser gingen zur Neige.

Wiebke zapfte Bier und suchte die junge Frau in der Menge. Dass Emma nach ihrem Kind schaute, schloss Wiebke aus. Sie hätte ihr sicher Bescheid gegeben.

Während Wiebke ein gefülltes Glas abstellte und ein leeres zur Hand nahm, verfolgte sie, wie der stumme Kerl, dieser Paul, die Scheune verließ. Die zwei Wochen unter dem

Dach des Krämers hatten ihm gutgetan. Paul sah jetzt ganz passabel aus und wirkte nicht mehr so teilnahmslos wie bei seiner Ankunft.

Intzes Sohn Heinrich schlenderte heran, lehnte sich an einen Balken und folgte ihrem Blick. In der Hand drehte er mit Daumen und Zeigefinger eine Zigarre hin und her. »Was hältst du von dem?«

Wiebke überlegte. In letzter Zeit hatte sie so viel am Hals. Sie war noch nicht dazu gekommen, sich große Gedanken über Paul zu machen. Sie zuckte die Schultern. »Mich stört er nicht.«

»Meine Mutter meint, der sollte das Dorf besser heute als morgen verlassen.«

Das war Wiebke nicht neu. Schon oft hatte sich die Hausherrin lautstark bei ihrem Mann beschwert, dass er nichts gegen den Eindringling unternahm. »Er tut doch niemandem was«, hatte der alte Intze jedes Mal entgegnet. Genau das dachte Wiebke auch.

Heinrich aschte auf den Boden ab. »Sie sagt, er wäre gefährlich.«

»Davon habe ich bisher nichts bemerkt.«

»Was nicht ist, kann noch werden. Etwas seltsam ist das schon. Kann sich angeblich nicht ausdrücken. Kann angeblich noch nicht einmal schreiben … Wie praktisch. So kann ein Geheimnis lange gehütet bleiben. Niemand drängt einen, unangenehme Fragen müssen nicht beantwortet werden. Praktisch, oder nicht?«

Wiebke antwortete nicht. Sie hielt nichts davon, jemandem übel nachzureden. Sie wussten über Paul rein gar nichts. Er konnte genauso gut ein Held sein. Wer weiß, vielleicht hatte er Frauen und Kindern das Leben gerettet. Solange er sich ordentlich benahm und nichts anstellte, lehnte sie es ab, über ihn zu urteilen. Sie nahm einen kräftigen Schluck Bier und wischte sich mit dem Handrücken über die Lippen.

Heinrich grinste. »Du hast dich überhaupt nicht verändert.« Er zog an der Zigarre.

Wiebke pustete sich eine Haarsträhne aus dem Gesicht. »Immer noch ein Brauereipferd?«

Den zwanglosen Umgangston durfte sie sich herausnehmen. Kurz nach der Rückkehr hatte Heinrich Intze sie gebeten, in ihm nicht den zukünftigen Hausherrn zu sehen, sondern einen Freund. Er lehnte es strikt ab, den Hof zu übernehmen. Unter keinen Umständen wollte er mit Grundeigentum und zahlreichen Pächtern am Hals sesshaft werden. Stattdessen zog es ihn zurück zur Fliegerei. Einige Wochen ausruhen, dann wäre er wieder fort.

Heinrich lachte glucksend. »Wiebke, Wiebke, also wirklich. Ich meinte eigentlich deine zupackende Art, deine … egal … Das mit dem Pferd hast du nicht vergessen?«

»So ein *Kompliment* vergisst eine Frau nicht.«

»Ich war neun Jahre alt.«

»Kindermund tut Wahrheit kund.«

Wieder lachte er und hielt ihr die Zigarre hin. »Was meinst du: Sollen wir die Friedenspfeife rauchen?«

Wiebke schloss den Bierhahn und stellte das Glas ab. Sie zögerte.

»Was ist?«, fragte Heinrich. Lachfältchen bildeten sich in seinen Augenwinkeln. »Verträgst du etwa den starken Tobak nicht?«

Wiebke machte ein empörtes Gesicht. Dann entschied sie, dass ihr eine Pause zustand. »Du freches Früchtchen.

Ich habe schon geraucht, da hast du noch in die Windeln geschissen.« Sie nahm die Zigarre zwischen Daumen und Zeigefinger und besah sich die Banderole. »Haschke«, las sie vor und nickte anerkennend. »Der werte Herr Tuchfabrikant hat sich nicht lumpen lassen.« Sie paffte genüsslich, formte die Lippen zu einem O und blies Rauchringe.

»Die hatten wir auch in der Offiziersmesse«, sagte Heinrich. »Ich persönlich ziehe die aus Übersee vor.«

Wiebke gab ihm die Zigarre zurück. »Da kann ich nicht mitreden.«

»Die Nächste, die mir in die Finger gerät, teile ich mit dir. Aber unter einer Bedingung.« Er lächelte schelmisch.

Wiebke erkannte in ihm den frechen Lausejungen, der sie als Kind mit allerlei Unfug auf Trab gehalten hatte.

Heinrich hatte sich vor nichts gefürchtet, stets hatte er nach Herausforderungen gesucht. Darin unterschied er sich von seinem gefallenen Bruder Johannes, der eher mit Bedacht und Vorsicht ans Werk ging. Kein Baum war Heinrich zu hoch gewesen, Kreuzottern mussten gebändigt, Frösche eingefangen, Feuer entfacht und Gebäude erklommen werden. So manches Mal hätte er sich fast den Hals gebrochen. Vermutlich war das auch der Grund, warum Elsbeth Intze den jüngeren Johannes zeitlebens mehr in ihr Herz geschlossen hatte. Er hatte ihr einfach weniger Sorgen bereitet.

Einen Satz heißer Ohren oder ein schmerzendes Hinterteil hatte Heinrich rasch vergessen, unangenehme Begleitumstände oder große Gefahren schreckten ihn nicht ab. Selbst solche nicht, die ein Krieg mit sich brachte. »Weiter, höher, schneller«, das war Heinrichs Motto.

Kein Wunder, dass Heinrich sich freiwillig zur Luftwaffe

gemeldet hatte. Die fliegenden Kisten mussten einen unwiderstehlichen Reiz auf ihn ausgeübt haben. Allerdings hatte Wiebke erwartet, dass die Kriegserlebnisse den Heißsporn ein wenig zur Räson bringen würden. Doch dies schien offensichtlich nicht der Fall gewesen zu sein. Er musste furchtbare Dinge an der Front erlebt haben, aber er stand hier vor Wiebke, als wäre er von einem Urlaub am Meer zurückgekehrt.

»Eine Bedingung?«, fragte Wiebke schließlich. »Ich will hoffen, es ist nichts Halbseidenes.«

»Wo denkst du hin.«

Wiebke spielte die Enttäuschte. »Schade.«

»Ha! Führ mich nicht in Versuchung.«

Sie legte den Kopf schief und blinzelte kokett.

»Aber jetzt mal im Ernst.« Er zog an der Zigarre, die Spitze glühte auf. Der Schalk wich aus seinem Blick. »Du bist wie eine große Schwester für mich. Auf dich konnte ich mich immer verlassen. Wenn mir mein Vater den Hosenboden versohlt hat, konnte ich mich bei dir ausheulen. Wenn sie mal wieder Johannes mir vorgezogen hatte, dann konnte ich mein Leid bei dir klagen. Das hat gutgetan, es hat mir über alles hinweggeholfen. Du hattest immer ein offenes Ohr für mich.«

Heinrichs Worte überraschten Wiebke. War es wirklich so gewesen? Es stimmte: Sie hatte Heinrich von klein auf gemocht. Dass sie ihm allerdings eine solche Stütze gewesen sein sollte, das wäre ihr neu gewesen. Verstohlen forschte sie nach Anzeichen, ob er sie nur wieder hochnahm.

»Schau nicht so misstrauisch«, sagte Heinrich. Er trat näher, nahm ihre Hand und hauchte einen Kuss darüber. »Du bist eine unglaubliche Frau.«

Wiebke kicherte verlegen, ihr Puls beschleunigte sich. So etwas hatte noch nie ein Mann zu ihr gesagt. Auch wenn Heinrich nur eine Schwester in ihr sah, fühlte es sich gut an. Gleichzeitig verunsicherte die Anerkennung sie. Selten wurde sie gelobt, ihr fehlte einfach die Erfahrung im Umgang damit. Sie entzog ihm die Hand. »Was für eine Bedingung?«

Heinrich richtete sich auf. »Bedingung?«

»Du hast gesagt, du teilst eine Überseezigarre mit mir unter einer Bedingung.«

»Ach so, ja du. Eigentlich sind es zwei.«

»Ich bin gespannt.«

»Zum einen: Du vergisst das mit dem Brauereipferd.«

Wiebke lachte. »Brauerei…?« Sie zuckte die Schultern. »Keine Ahnung, wovon du sprichst.«

Er fiel in ihr Lachen ein. »Gut, das hätten wir dann schon mal geklärt.« Er zögerte.

»Und?«

Suchend sah er sich um. »Wo ist eigentlich Emma? Sollte sie nicht spülen?«

Bei Wiebke fiel der Groschen. Deswegen hatte Heinrich seinen Platz am Tisch bei den anderen Feiernden aufgegeben. Das Geplänkel mit ihr war nur Mittel zum Zweck gewesen, um sie über Emma auszuhorchen. Die Erkenntnis traf sie wie ein Schlag in die Magengrube. Wut stieg in ihr auf. Wut auf sich selbst. Was hatte sie sich nur eingebildet…

Sie nahm ein leeres Glas und hielt es unter den Hahn. »Wenn du sie findest, sag ihr, sie wird hier gebraucht«, sagte sie abweisend. Augenblicklich rührte sich ihr schlechtes Gewissen. Sie gönnte Emma alles Glück der Welt. Die Kleine hatte schon genug mitgemacht. Wer weiß, sollte es

Heinrich ernst meinen, konnte das alles sogar zum Guten verändern. Sie stellte das Glas zurück und wischte sich eine Haarsträhne aus dem Gesicht.

»Sollen wir sie suchen?«, bot sie an. »Muss sowieso mal an die frische Luft.« Sie hüstelte übertrieben und wedelte mit der Hand durch die Rauchschwaden. »Meine Kehle kratzt wie ein nasser Wollschal.«

25

Heinrich hakte sich bei ihr ein und führte sie aus der Scheune. Hinter den Bergen versank bereits die Sonne. Der Horizont leuchtete glutrot. Die ersten Sterne funkelten am dunkelblauen Firmament. Wiebke genoss für einen Moment die satten Farben. Sie blieb stehen und atmete tief durch.

Mitten in der Nacht war sie aufgestanden, den ganzen Tag über war sie eingespannt gewesen. Sie hatte sich um den Braten gekümmert, Bänke und Stühle geschrubbt, Essen aufgetragen, Getränke gereicht, die Löscheimer gefüllt und die zahllosen kleineren Arbeiten erledigt, die stets mit einem Fest einhergingen. Keine Minute war ihr für sich selbst geblieben. Tief in ihrem Bauch zwickte es unangenehm. Während sie schuftete wie ein Pony in einem Bergwerk, feierten die anderen. War das gerecht?

Wiebke stutzte. Hatte sie das eben wirklich gedacht? Sie, eine Magd, der es nun einmal bestimmt war zu dienen? Was war nur mit ihr los?

Träume sind Schäume, wisperte die Stimme ihrer Mutter in ihr, auf die sie sich bislang stets verlassen hatte. Aber immer noch hörte sie auch etwas anderes: Ein spöttisches Lachen des kleinen August. Es verballhornte die Worte ihrer Mutter und säte in ihr Unzufriedenheit. Nahrung fand ihr Verdruss in dem urplötzlichen Bedürfnis nach … ja, wonach eigentlich genau? War es der Wunsch nach Anerkennung? Oder wollte sie die Welt bereisen? Sehnte sie sich nach Geld und finanzieller Unabhängigkeit? Oder einfach nach einem Mann?

Hätte sie ein Ziel, dann könnte sie die Dinge angehen. Stattdessen wirbelten ihre Gedanken und Gefühle durcheinander wie Milch in einem Butterfass. Wie lange konnte sie dem Drang nach einer Veränderung widerstehen? Würde sie eines Tages wirklich alles über Bord werfen und neu anfangen? Der Gedanke ängstigte sie, so unvorstellbar war er.

Am liebsten wäre Wiebke zurück in die Scheune gestürmt, um sich wieder in die Arbeit zu stürzen. Bis zum Umfallen zu schuften und anschließend erschöpft in den Schlaf zu sinken, erschien ihr im Moment äußerst verlockend. Doch wie sollte sie das Heinrich erklären?

»Was ist?«, fragte Heinrich.

»Nichts«, wiegelte sie ab. »Alles in Ordnung, wirklich.«

Er musterte sie skeptisch, drängte aber nicht in sie. »Wo sollen wir anfangen?«, fragte er stattdessen.

Bevor Wiebke einen Vorschlag machen konnte, hörten sie links von ihnen ein unartikuliertes Brüllen.

»Was war das denn?«, fragte Heinrich. Er warf den Stumpen auf den Misthaufen.

Jetzt hörten sie den spitzen Schrei einer Frau.

Diese Stimme erkannte Wiebke. »Emma!« Ihr lief ein Schauder über den Rücken. Wo war die Kleine jetzt wieder hineingeraten? Sie rannte los. »Das kam aus dem Vorratskeller.«

Heinrich folgte ihr.

An der Außentreppe zum Keller angekommen, tauchten zwei Gestalten im Eingang auf. Paul hielt den alten Intze am Kragen gepackt und stieß ihn mit einer Leichtigkeit die Stufen hoch, als würde er eine Vogelscheuche in der Hand halten. Im Hof angekommen, rammte Paul die Faust in Intzes Magengrube. Der alte Mann sackte mit einem schrecklichen Ächzen auf den Lippen zusammen. Paul war außer sich. Er hob den Arm, die Hand zur Faust geballt. Es sah aus, als würde er Friedrich Intze in den Boden rammen wollen. Bevor er jedoch den Schlag ausführen und damit möglicherweise den Ortsvorsteher ins Jenseits schicken konnte, sprang Heinrich vor. Er rempelte Paul zur Seite und trieb ihn mit Kinnhaken und Nierenschlägen über den Hof.

Paul wehrte sich nicht gegen diesen überraschenden Angriff. Offensichtlich hatte er nur Augen für Friedrich Intze gehabt.

In dem Moment tauchte Emma aus dem Keller auf. »Aufhören!«, schrie sie und schluchzte auf.

Heinrich hielt inne. »Was in Gottes Namen …«, rief er, stockte aber, als er Emma sah.

Die torkelte die Stufen hinauf. Schwer atmend, stützte sie sich am Handlauf ab.

Wiebke sprang ihr zur Seite und half ihr.

Emma sah schrecklich aus, die Haare zerzaust, das Gesicht verdreckt, aus einem Kratzer auf der Wange sickerte Blut.

Wiebke fragte sich, ob Emma die Stufen hinabgefallen war.

Paul nutzte die Gelegenheit zur Flucht. Mit großen Schritten rannte er vom Hof.

Heinrich versuchte nicht, ihn aufzuhalten. Seine Sorgen um Emma standen ihm ins Gesicht geschrieben.

»Dreckskerl«, rief Friedrich Intze dem Flüchtenden hinterher und schüttelte drohend die Faust.

Eine lächerliche Geste, wie Wiebke fand. Der alte Intze hätte selbst mit einem Schwert in der Hand gegen Paul keine Chance gehabt. Wäre Heinrich nicht aufgetaucht, hätte das Ganze hier ein böses Ende genommen.

Auf der Tenne war man auf den Tumult aufmerksam geworden. Die ersten Männer, allen voran Konstanz Schommer, tauchten im Scheunentor auf und sahen zu ihnen herüber.

Heinrich ging auf Emma zu.

Die schreckte vor ihm zurück und riss die Augen angsterfüllt auf. »Nein«, krächzte sie.

»Was ist mit ihr?«, fragte Heinrich. »Ich will ihr doch nur helfen.«

Friedrich Intze lachte gehässig auf. »Das kann ich dir verraten. Dieser stumme Dreckskerl wollte ihr an die Wäsche. Wenn ich nicht rechtzeitig gekommen wäre, ja dann …« Er fuhr nicht fort, schüttelte nur wieder wütend die Faust.

Elsbeth Intze schritt über den Hof, gefolgt von einigen anderen. Wiebke konnte die hünenhafte Gestalt des Doktors erkennen, Agnes Papen war ebenfalls dabei. Sie bemerkte, wie Ruben Lieberstock den Heimweg einschlug. Der junge Franz lief an der Seite des Krämers.

»Was ist hier los?«, wollte Elsbeth Intze wissen.

Ihr Mann setzte an, um ihr von seiner Heldentat zu erzählen.

Weit kam er damit nicht. Bei den ersten Worten schrie Emma erneut auf.

»Nein«, rief sie, und dann erneut: »Nein! Nein! Nein!«

Sie wollte sich gar nicht wieder beruhigen. Wiebke ging es durch Mark und Bein. So hatte sie die junge Frau noch nie erlebt.

Jetzt krallte Emma die Hände in ihren Schopf und riss sich ganze Büschel aus. Unablässig schüttelte sie den Kopf. Ihr Schreien ging in Kreischen über.

Wiebke wollte sie an sich ziehen, sie beruhigen. Doch Emma riss sich los und taumelte zurück. Wiebke sah das Unheil kommen und versuchte, sie festzuhalten. Ihre Hand glitt über den Stoff von Emmas Bluse, bekam sie aber nicht zu fassen.

An der Kellertreppe angekommen, trat Emma ins Leere. Sie ruderte mit den Armen, konnte aber den Sturz nicht verhindern. Rücklings fiel sie die Stufen hinunter, ohne mit dem Kreischen aufzuhören.

Einen Augenblick später hörte Wiebke einen dumpfen Aufprall.

Emmas Stimme verstummte.

26

Ruben Lieberstock hatte es geahnt. Der Schlüssel, den er für Notfälle im Hof unter einer Steinplatte verwahrte, steckte im Schloss der Hintertür. Vor einigen Tagen hatte er Paul das kleine Geheimnis anvertraut, damit er ins Haus konnte, wenn Lieberstock unterwegs war.

Der Kerl war also im Haus.

Lieberstock trat gefolgt von Franz ein und riss die Schublade des Flurschränkchens auf. Viel konnte er im schummrigen Mondlicht nicht erkennen. Trotzdem hielt er kurz darauf das Gesuchte in den Händen. Er hatte sich in den letzten Jahren eine strenge Ordnung angewöhnt und allen Dingen einen festen Platz zugewiesen. So konnte er sich selbst bei absoluter Dunkelheit zurechtfinden.

»Du siehst oben nach«, wies er Franz an. »Nimm eine Kerze mit.«

Sie mussten Paul finden, bevor es die anderen taten. Er hegte keine Zweifel, dass die Kirchbacher ihn sonst am nächsten Baum aufknöpfen würden.

Nun, vielleicht hatte er es ja verdient, musste Lieberstock denken. Er dachte an das Leid, das Emma in der letzten Zeit erfahren musste. Erst die Nachstellungen des alten Intze, dann die Schwangerschaft. Und jetzt das!

Ärgerlich riss Lieberstock ein Zündholz an. Zu heftig. Es brach entzwei.

Gerade jetzt hätte Paul sich keinen Fehltritt erlauben dürfen. Die anfängliche Feindseligkeit der Kirchbacher hatte sich in den letzten Wochen in eine wohlwollende Gleichgültigkeit gewandelt. Paul konnte umherstreifen, ohne angepöbelt oder bespuckt zu werden. Er wurde geduldet. Viel mehr konnte man in der kurzen Zeit nicht erwarten.

»Was hat sich der Kerl nur dabei gedacht?«, murmelte Lieberstock zornig. »Du verdammter Hurensohn, du Ausgeburt einer räudigen Hauskatze. Dir sollte man den Schwanz abschneiden.«

Die Entrüstung über die Tat und die Enttäuschung über den Vertrauensmissbrauch schnürte Lieberstock den Hals zu. Zwei Wochen hatte er den Kerl bei sich aufgenommen und das karge Essen mit ihm geteilt. Selbstlos hatte er einem Wildfremden eine Bleibe geboten. Hätte Paul sich im Gegenzug nicht zusammenreißen und Scherereien aus dem Weg gehen können? Wäre das nicht ein Zeichen der Dankbarkeit gewesen?

Blieb die Frage, warum er Paul trotzdem beschützen wollte.

Wenn Lieberstock ehrlich war, dann hatte er diesen Paul durchaus lieb gewonnen. Bei den Mahlzeiten achtete Paul stets darauf, dass Lieberstock den größten Anteil erhielt. Abends, wenn Lieberstock den Laden schloss, war Paul zur Stelle und half beim Aufräumen. Spielten sie abends Schach … ja, dann sah Lieberstock in Paul den Sohn, den er gerne gehabt hätte.

Ach, verflucht, der Kerl war ihm in den letzten Tagen ans Herz gewachsen.

Lieberstocks Finger zitterten. Er versuchte, ein weiteres Zündholz aus der Schachtel zu fummeln. Dabei fiel sie ihm aus der Hand. Die Hölzer verteilten sich raschelnd über den Fliesenboden. »Verflucht und zugenäht«, murrte er und stampfte mit dem Fuß auf.

Franz räusperte sich vernehmlich. »Herr Lieberstock … also …« Er wies in Richtung Tür.

Zuerst begriff Lieberstock nicht. Dann fiel der Groschen. Lachend schlug er sich mit der flachen Hand an die Stirn. »Was bin ich doch für ein dummer alter Kauz.« Er drehte den Lichtschalter. Augenblicklich wurde es hell. »Ob das jemals für mich eine Selbstverständlichkeit werden wird? So, jetzt aber los.«

Franz sprang die Treppe hinauf, zwei Stufen auf einmal nehmend.

Lieberstock suchte im Erdgeschoss, erst im Laden, dann in der Küche und in der Stube, fand aber keine Spur von Paul. Über seinem Kopf polterten Franz' Schritte, dann hörte er ihn die knarzige Treppe zum Speicher hinaufstapfen. Blieb noch der Keller. Bevor er sich an den beschwerlichen Abstieg machen konnte, rief Franz: »Herr Lieberstock! Hier ist er!«

Erleichtert atmete Lieberstock auf. Er hatte befürchtet, Paul hätte seine sieben Sachen gepackt und überstürzt das Weite gesucht. Gleichzeitig brodelte sein Groll wieder auf. Alles in ihm verlangte danach, dem Kerl die Leviten zu lesen. Anschließend, wenn er seinen aufgestauten Ärger entladen hatte, würde er einen Plan schmieden. Klar war, dass er Paul von hier fortbringen und ihn der Polizei überstellen musste. Wie er ihn allerdings dazu bringen sollte, freiwillig mitzugehen, dazu fehlte ihm im Moment die zündende

Idee. Aber eins nach dem anderen. Er stellte sich an das Treppengeländer im Erdgeschoss und rief zu Franz hoch: »Kommt runter!«

»Das geht nicht.« Seine Stimme hörte sich gepresst an.

»Warum nicht?«

»Wenn ich ihn loslasse, erstickt er. Rasch! Bitte … ein Messer habe ich … komme aber allein nicht dran.«

Endlich verstand Lieberstock. So schnell er konnte, stieg er die Treppe hoch. Er achtete nicht auf die schmerzenden Knie, nicht auf das wild pochende Herz, die brennende Lunge. Jede Sekunde zählte.

Keuchend erreichte er den Speicher. Hier oben gab es kein Licht, einzig der Schimmer von der Glühlampe am Fuß der Treppe erhellte den Raum. Die Augen gewöhnten sich nur langsam an die schummrige Dunkelheit. Als er endlich mehr erkennen konnte, verschlug es ihm für einen Augenblick die Sprache.

Da hing Paul mit einem Strick um den Hals an einem Querbalken des Dachgebälks. Die Augen waren weit hervorgetreten, pfeifend atmete er. Es hörte sich an wie ein Flötenkessel kurz vor dem Kochen des Wassers.

Franz umklammerte Pauls Beine und hob ihn an. »Das … Messer … in meiner Hosentasche … links«, presste er hervor. »Schnell … ich kann … nicht mehr lang … ganz … schön … schwer.«

Lieberstock hatte einen besseren Einfall. Er zog die hölzerne Transportkiste, die neben Pauls Füßen stand, und die er vermutlich für den Aufstieg genutzt hatte, heran. Mit vereinten Kräften gelang es ihnen, Paul darauf abzustellen. Der Strick hing durch und Paul zerrte kraftlos an der Schlaufe.

Behände sprang Franz auf die Kiste, holte sein Messer

hervor und schnitt den Strick unterhalb des Balkens durch. Paul sackte in sich zusammen. Franz versuchte ihn zu stützen, doch die Kiste kippelte. Beide fielen herunter, sie krachten auf den Boden und wirbelten Staub auf. Franz stöhnte, schien aber glimpflich davongekommen zu sein. Etwas benommen stand er auf und klopfte sich die Hose ab.

Lieberstock ging mühsam neben Paul auf die Knie und löste die Schlinge. Das grässliche Pfeifen beim Luftholen hörte auf und ging in einen krampfhaften Husten über.

»Der Strick war zu lang«, erklärte Franz. »Er stand auf Zehenspitzen.«

Lieberstock schob das Seil über Pauls Kopf und warf es in die Ecke. »Das erklärt einiges.« Zehn Zentimeter kürzer, und Paul hätte sich das Genick gebrochen. Lieberstock fasste ihn am Hemdkragen und schrie: »Was sollte das? Bist du nicht Manns genug, für deine Schandtaten einzustehen?«

Paul reagierte nicht darauf. Die Augen rollten hin und her, wie ein gehetztes Tier, das einen Fluchtweg suchte.

Lieberstock war außer Sicht. Er holte aus und versetzte Paul eine Backpfeife. Ein stechender Schmerz schoss von seinen gichtigen Fingern hinauf in den Oberarm. Er drückte die Hand mit der Linken, um den Schmerz zu lindern, und sog scharf Luft ein. Schließlich ließ das Stechen und Pulsieren nach.

Franz half erst ihm, dann Paul auf die Beine. »Was nun?«, fragte der Junge.

»Wir schaffen ihn fort«, antwortete Lieberstock. Er schubste Paul zur Treppe. Sofort brandete der Schmerz wieder auf. Er war eindeutig zu alt für derartige Abenteuer.

Paul stolperte die Stufen hinunter, Lieberstock und Franz folgten ihm.

Franz raunte: »Wir hätten ihn fesseln sollen. Was ist, wenn er abhaut?«

Daran hatte Lieberstock auch schon gedacht. Ein Halbwüchsiger und ein Greis konnten einen gestandenen Kriegsveteranen kaum in Schach halten. Ihm wurde bewusst, dass er die Fäden nicht in der Hand hielt. »So dumm wird er hoffentlich nicht sein.« Forschend schaute er Paul an, der mit gesenktem Kopf vor ihnen stand und sich mit der Hand den Hals rieb. Auf Flucht schien er nicht zu sinnen. Lieberstock horchte und hörte wütende Rufe und Schreie. Der Mob war zu weit entfernt, um ihnen im Moment gefährlich zu werden. Doch das konnte sich rasch ändern. »Wir kennen uns hier aus. Wir lotsen ihn aus dem Dorf.«

»Und danach? Er könnte loslaufen, uns abhängen.«

Lieberstock hob resigniert die Schultern. »Ich hoffe einfach, dass er noch so viel Ehre im Leib hat, um sich der gerechten Strafe zu stellen. So oder so, ich will ihn nicht mehr im Haus haben.«

Paul zuckte zusammen, als hätte ihn eine Kugel getroffen. Lieberstocks harsche Worte schienen ihn in die Wirklichkeit zurückgeholt zu haben. Traurig sah er Lieberstock an und schüttelte den Kopf.

»Was hast du denn erwartet?«, brüllte Lieberstock ihn an. Er wollte sich kein schlechtes Gewissen von Paul aufzwingen lassen. »Dass du eine Frau schändest und damit durchkommst? So etwas funktioniert vielleicht an der Front, aber nicht hier.«

Paul schluckte hart, sein Adamsapfel hüpfte auf und ab. Tränen flossen ihm über die Wangen.

Lieberstock sah fort. Er konnte das Schauspiel nicht mehr ertragen. »Lasst uns gehen«, sagte er kalt.

Er versuchte, sich an Paul vorbei zur Treppe ins Erdgeschoss zu drängen.

Paul stellte sich ihm in den Weg. Sein Mund öffnete sich, ein jämmerliches Krächzen erklang. Es hörte sich schrecklich an. Wie eine Krähe im Todeskampf.

Lieberstock wich einen Schritt zurück und prallte gegen Franz.

Wieder krächzte Paul, lief dabei rot an. Es musste ihn übermenschliche Anstrengung kosten, die Töne zu erzeugen. Die Lippen formten stumme Laute, Schweiß rann ihm über die Stirn. Seine Züge bekamen etwas Unmenschliches. Ein Schauder lief durch Pauls Körper, er schloss die Augen, riss sie wieder auf und starrte Lieberstock direkt an. »Ver … Ver … trau … en!«

Lieberstock stockte der Atem. Hatten ihm die Ohren gerade einen Streich gespielt? Oder hatte Paul gerade tatsächlich etwas gesagt?

Pauls Hände schossen vor, umklammerten Lieberstocks Unterarme. »Ver …trau … en!«, stieß er abermals aus.

Lieberstock konnte es nicht glauben. Die Beine gaben nach, rasch ließ er sich auf die Truhe nieder.

»Ein Wunder«, murmelte Franz.

Ja, dachte Lieberstock. Das war es wohl.

Paul hatte die Sprache wiedergefunden.

27

Agnes fühlte sich wie in einem Albtraum gefangen. Brosch humpelte die Stufen hinunter und beugte sich über die Frau. Außer der anderen Magd, die hinter ihm stand, schien sich niemand für das Schicksal der Gestürzten zu interessieren.

Elsbeth Intze schrie herum und forderte, man solle diesen Paul suchen und jetzt endlich aufknüpfen. Einige Frauen hatten sich um sie geschart und forderten ebenfalls Vergeltung.

Heinrich Intze versuchte ohne Erfolg, seine Mutter zu beruhigen. Er redete auf sie ein, doch sie wollte nichts hören.

Derweil prahlte der Ortsvorsteher beim alten Müller und den anderen Greisen lautstark von seiner heroischen Tat. Es wirkte fast so, als könnte er es selbst kaum glauben, dass er Paul in die Flucht geschlagen hatte.

Zu allem Überfluss sprang der Hofhund bellend von einem zum andern. Der Lärm im Innenhof war kaum zu ertragen. Es tat Agnes in den Ohren weh, am liebsten wäre sie davongelaufen. Doch vielleicht wurde ihre Hilfe hier noch benötigt, sei es, um Brosch bei der verletzten Frau zu helfen, oder um die Wogen zu glätten.

Wenn nur Onkel Hans bei ihr gewesen wäre. Aber sie

hatten ihn vorhin bei Brosch nicht angetroffen. Allerdings war die Reisetasche fort gewesen. Brosch hatte gemutmaßt, dass sie sich verpasst hatten. Das hatte Agnes nicht überzeugt, denn in dem Fall hätte sie ihrem Onkel auf dem Weg zu Broschs Haus begegnen müssen. Doch dann hatte Agnes nicht weitergesucht, sondern war mit dem Doktor zum Fest gegangen. Leider hatte sich ihre vage Hoffnung, Onkel Hans auf der Tenne anzutreffen, ebenfalls zerschlagen. Gesehen hatte ihn auch niemand. Brosch war der festen Überzeugung, dass Agnes' Onkel die frische Luft genoss und wiederauftauchte, sobald die Sonne unterging und es wieder kälter wurde.

Agnes wusste nicht, was sie glauben sollte. Ihre Gedanken waren wie in einem Nebel eingehüllt gewesen. Einige Male war sie zum Hoftor gegangen und hatte den Blick schweifen lassen. Doch ohne Resultat.

Agnes wich dem Mob um Elsbeth Intze aus, die loszogen, um Paul zu suchen. Sie hatten Fackeln entzündet. Einige hatten sich mit Dreschflegeln und Heugabeln bewaffnet, die sie drohend in die Luft stießen. Jetzt schlossen sich auch Friedrich Intze und andere Greise den Frauen an.

Broschs Kopf tauchte im Niedergang des Kellers auf. Er wischte sich Schweiß von der Stirn und drückte das Kreuz durch. Dann beugte er sich wieder über die Verletzte und verschwand aus Agnes' Gesichtsfeld.

Der Mob entfernte sich mit dem bellenden Hund im Gefolge. Endlich wurde es ein wenig ruhiger. Ein leises Wimmern drang an Agnes' Ohren, schwach und leidend. Es kam aus dem Wohnhaus.

Das Kind, der Junge der Magd! Lieberstock hatte ihr von dem Fehltritt des Ortsvorstehers erzählt.

Agnes gefror das Blut in den Adern. Kurzentschlossen lief sie los. Was sollte aus dem unschuldigen Ding werden, sollte die Mutter den Sturz nicht überleben? Eine Amme aufzutreiben wäre in den schwierigen Zeiten fast unmöglich.

Das Weinen kam aus der Stube. Agnes drückte die Tür auf und nahm den Jungen aus der Wiege. Beruhigend redete sie auf ihn ein, summte einige Takte eines Kinderliedes. Sie drückte ihn zärtlich an die Brust, berührte mit ihrer Wange seine. Sein Gesichtchen war ganz heiß und rot vom Weinen. Agnes verließ mit ihm die Stube und suchte die Küche. Dort pumpte sie einhändig Wasser in einen Krug, tauchte ein Geschirrtuch ein und benetzte das Gesicht des Kleinen mit Wasser.

Von der Abkühlung überrascht, hörte Emil zu wimmern auf und sah Agnes aus großen Augen an.

Sie hielt ihm einen feuchten Zipfel des Tuchs hin. Gierig nahm er es in den Mund und saugte.

»Du hast Hunger, nicht wahr? Nur Geduld, deine Mutter ist bestimmt bald wieder bei dir.« Das hoffte Agnes inständig. Sie sah zur Decke und flüsterte ein Stoßgebet.

Dann ging sie zurück in die Stube, setzte sich auf die Bank neben der Wiege und summte ein Kinderlied.

Guten Abend, gut' Nacht,
mit Rosen bedacht,
mit Näglein besteckt,
schlupf unter die Deck:
Morgen früh, wenn Gott will,
wirst du wieder geweckt.

Sie setzte eben zur zweiten Strophe an, als Brosch im Türrahmen erschien. Er wirkte müde und abgespannt. Agnes versuchte aus seinem Gesicht zu lesen, wie es um die Mutter des Kleinen stand. Ihr Herz pochte wild. Hoffentlich würde sich alles zum Guten wenden.

Brosch hob resigniert die Arme. Er schüttelte den Kopf. »Ich konnte nichts mehr für sie tun«, sagte er schließlich und sah sie aus traurigen Augen an.

Agnes bekam einen Kloß im Hals. Der Kleine begann wieder zu wimmern und heulte schließlich los. Es war, als hätte er die Worte des Doktors verstanden.

»Mein Gott, und jetzt?«, fragte Agnes und blickte auf den Jungen hinab.

Brosch setzte zu einer Antwort an, stockte jedoch, weil der Lärm draußen wieder lauter wurde. Er sah aus dem Fenster. »Sie kommen zurück. Haben die Paul etwa schon gefunden?«

Von den wütenden Rufen bei ihrem Abmarsch war nichts mehr zu hören. Stattdessen lachte und johlte die Meute jetzt.

Agnes lief es eiskalt den Rücken herunter. Tatsächlich schienen sie Paul geschnappt zu haben und freuten sich jetzt darüber, ihn am nächsten Baum aufknüpfen zu können.

Mit dem Kleinen im Arm ging sie hinter Brosch ins Freie.

Die Meute war größer geworden. Sie umringten etwas. War es Paul? Hatten sie ihn in ihrer Mitte? Doch dafür war die Stimmung zu ausgelassen.

Die Menge teilte sich. Jetzt sah Agnes einige ihr unbekannte Männer. Ihre Gesichter waren ausgemergelt, Bartschatten verdunkelten Wangen und Kinn. Die Augen lagen tief in den Höhlen. Sie schüttelten Hände und ließen sich auf die Schulter klopfen. Ihnen wurden Biergläser gereicht. Einer von ihnen zitterte derart heftig, dass er die Hälfte verschüttete.

»Wer sind diese Männer?«, fragte Agnes.

»Sie wohnen hier im Dorf«, gab Brosch zurück.

Agnes runzelte die Stirn und sah zu ihm auf. »Ach ja? Ich bin ihnen bisher nicht begegnet.«

»Oh, als Kind ganz bestimmt. Du erkennst sie nur nicht wieder. Sie waren im Krieg.« Er lächelte. »Jetzt sind sie zurück.«

Auf dem Weg zur Front, 9. August 1914

Lieber Großvater,
was für eine unbeschreibliche Freude und Stolz ich empfinde! Ich gehöre zur deutschen Armee, welche für die Ehre des Vaterlandes in die Schlacht zieht. Gibt es im Leben Wichtigeres? Frankreich, wir kommen!
Alle sind guten Mutes. Zunächst aber Lüttich als Ziel. Die Festung ist zu nehmen, so wurde uns vom Feldwebel berichtet. Ein kantiger Mann, wie ein Kleiderschrank breit und hoch, buschige Augenbrauen und stechende Augen. Eine Furcht einflößende Gestalt. Ich bin froh, dass er für unsere Seite einsteht. Es geht nach Westen. Aachen liegt bereits hinter uns. Die Lokomotive schnauft, zieht fleißig unsere Waggons hinter sich her. Am Ende finden sich zwei Flachwagen, beladen mit vier der neuesten Kruppkanonen. Deutsche Ingenieurskunst! Damit werden wir die Festung in Stücke hauen. Deren Donnerschläge wird keine Mauer lange standhalten.
Die Türen stehen offen, der Sommer begleitet uns auf unserer Fahrt an Wald, Feldern und Wiesen vorbei. Überall freudig winkende Menschen, und auf den Bahnhöfen viel Jubel. Bei der Abfahrt spielte eine Blaskapelle auf. Deutschland, einig Vaterland! Wunderbar, dies erleben zu dürfen.
Um mich herum strahlen die Gesichter. Viele von ihnen sind kaum älter als ich mit meinen achtzehn Lenzen. Frisch von der Schulbank, die Reifeprüfung im Gepäck, Freiwillige wie ich. Recht so! Ich bin unseren Lehrern dankbar, dass sie uns Pflicht-

eifer anerzogen haben. Unsere Generation ist aufgewachsen mit dem festen Glauben an das Vaterland, unserer Heimat. Das freie Deutschland unter dem Schutz des Kaisers wollen wir alle bis aufs Blut verteidigen. Wie anders sind wir doch im Vergleich zu den verweichlichten Froschfressern oder den vergeistigten Inselaffen. Ha! Sie werden ihr blaues Wunder erleben, sobald wir das Seitengewehr aufgepflanzt haben und in die Schlacht ziehen. Vor uns hertreiben werden wir sie, bis Paris und darüber hinaus. Auf die Panik in den Augen der Angsthasen freue ich mich. Du wirst sehen, Großvater, in wenigen Wochen scheuchen wir den Feind in den Atlantik.
Was mir einzig Sorge bereitet, sind die Nachrichten über die belgische Zivilbevölkerung. Hinterhältig schießen sie auf unschuldige deutsche Soldaten. Konrad aus Neuss hat mir von einem Bericht des Düsseldorfer General-Anzeigers erzählt. Demnach sind verwundete Kameraden in Eupen eingetroffen, Infanteristen, die einem meuchlerischen Überfall deutschfeindlicher Zivilisten in einem Dorf namens Soiron zum Opfer gefallen sind.
Teuflisch!
Was sind das nur für seltsame Menschen, die arglistig Kimme und Korn auf ehrliche Soldaten richten? Sollte mir jemals einer dieser Teufelsbrut in die Hände fallen, werde ich ihn fragen, weshalb ich wohl eine Uniform trage. Schließlich könnte ja auch jedermann in einem Sonntagsanzug oder in der Arbeitskleidung ein Gewehr greifen und an die Front gehen. Den abgefeuerten Kugeln wäre das gleichgültig, sie würden trotzdem den Tod bringen. Warum also eine Uniform? Die Antwort werde ich ihm stante pede selbst geben: Damit eindeutig feststeht, wer auf wen schießen darf!
Es gibt auch im Krieg Regeln und Anstand!

Ich habe mir geschworen, nicht dagegen zu verstoßen. Das Gleiche erwarte ich von meinen Gegnern. Und ich vertraue darauf, dass die Offiziere und Generäle beiderseits auf die Einhaltung eines menschenwürdigen und aufrechten Krieges achten, sei es selbst in einer Niederlage.
Jawohl, so soll es sein!
Herzliche Grüße sendet dir dein Enkel
Manfred

Manfred Altendorf aus Cöln, Enkel des Postboten von Kirchbach Otto Altendorf, gefallen am 15. August 1914 bei dem Kampf um die Festung Lüttich

MONTAG, 23. DEZEMBER 1918

Die Unruhen in Berlin nehmen kein Ende und erreichen mit den Weihnachtskämpfen einen Höhepunkt. Die Volksmarinedivision besetzt die Reichskanzlei. Einige Matrosen setzen die Regierung fest.

Preußen schafft sämtliche Orden und Titel ab.

Durch die Verordnung über Tarifverträge wird die normative Wirkung von Tarifverträgen festgelegt, die kommunalen Körperschaften beginnen damit, Tarifverträge abzuschließen.

28

Ruben Lieberstock hörte sie nicht kommen, was ihn wunderte. Er hatte mit einem Aufmarsch gerechnet, begleitet von Geschrei und Gezeter. Erst als ein flackerndes Licht über die Regale in seinem Krämerladen glitt, wusste er, dass der Tanz losging.

Er seufzte. Er hoffte inständig, dass sie ihm Glauben schenken würden. Wenn nicht, könnte es unangenehm werden.

Seit Stunden harrte er nun auf dem Hocker hinter dem Tresen aus. Das grelle Licht der Glühbirnen hatte ihm irgendwann Kopfschmerzen verursacht. Deshalb hatte er es ausgeschaltet und im Schein einer Kerze die Nacht mit Warten verbracht.

Dass sie kommen würden, davon war er fest überzeugt gewesen. Hatte sich die Freude über die Rückkehr der Männer aus dem Krieg gelegt, musste ihnen Paul zwangsläufig wieder in den Sinn kommen.

Es klopfte, nicht fordernd, sondern höflich. Mit so viel Anstand hatte Lieberstock nicht gerechnet. Er warf sich den schweren Wintermantel über, schloss auf und stellte sich aufrecht hin, wohl wissend, dass es in seinem Alter nicht leicht war, einschüchternd aufzutreten. Aber sie sollten gleich wissen, woran sie waren.

Vor ihm standen weniger Männer als befürchtet. Genau genommen nur drei, dazu eine Frau. Franz' Vater, Ludwig Metzler, hatte geklopft. Lieberstock vermutete, dass viel mehr gekommen wären, hätten die anderen gestern nicht so tief ins Glas geschaut. Bestimmt schliefen die meisten noch ihren Rausch aus.

Die Leute trugen Fackeln in der einen Hand, Knüppel in der anderen. Elsbeth Intze war natürlich dabei, auch Richard Kronenjung, der Gastwirt des Dorfes. Er fiel Lieberstock deshalb sofort ins Auge, weil er gebeugt hinter Ludwig Metzler stand und wie Espenlaub zitterte. Früher ein stattlicher Kerl von beeindruckender Körpergröße, stand er dort wie ein Häufchen Elend. Dabei blickte er aus schreckgeweiteten Augen unstet nach links und rechts.

Lieberstock schauderte. »Was ist mit ihm?«, fragte er und deutete auf Kronenjung.

Ludwig Metzler warf einen kurzen Blick über die Schulter. »Wir haben ihn unterwegs aufgelesen. Wir wollten noch einem Kameraden in einem Lazarett in Cöln Lebewohl sagen, da stand auf einmal der Richard vor uns. Hat die Kämpfe um den Lingenkopf in den Vogesen mitgemacht. Da ging es ja hoch her, wie man so gehört hat. Dabei sind ihm wohl die Nerven durcheinandergeraten. Das wird wieder, hat der Arzt im Lazarett gesagt. Unter vier Augen hat der Doktor mir gesagt, dass das alles Simulanten sind, die sich vor dem Einsatz drücken.« Zweifelnd warf er Kronenjung einen Blick zu. »Aber dann würde der Richard doch jetzt wohl aufhören damit, oder?«

Lieberstock nickte. Wenn Kronenjung schauspielerte, nun, dann machte er das wirklich sehr überzeugend. »Wer ist noch heimgekehrt?«

Ludwig Metzler kratzte sich den Nacken. »Der Webers Gustaf und der Schultens Anton.« Er verkniff das Gesicht. »Ich fürchte, mehr werden es kaum werden.«

Lieberstock nickte erneut. In der Schublade unter der Kasse verwahrte er ein Büchlein auf, in dem er die Namen seiner Kunden über die Jahre hinweg säuberlich notierte. Kamen Neue hinzu, fügte er sie unten an, verstarb jemand, so strich er die dazugehörige Zeile durch und schrieb den Todestag dahinter. In den vergangenen Monaten hatte er viel zu oft Linien ziehen müssen. Somit konnte er Ludwigs Befürchtung nur bestätigen. »Und? Wie geht es dir?«

Ludwig Metzlers Miene hellte sich auf. »Gut, gut.« Er sah an sich herab. »Alles noch dran, wie du siehst. Der Webers Gustaf hatte nicht so ein Glück. Dem haben Granatsplitter den rechten Arm abgerissen. Na ja, besser als das Bein, nicht wahr.«

Daran zweifelte Lieberstock. Gustaf Weber hatte für sein Leben gern Klavier gespielt. Ständig war er beim Dorfschullehrer gewesen, um dort auf dem Instrument zu üben. Sie hatten sogar vierhändig gespielt. Schon als kleiner Bub konnte er Noten lesen, was Lieberstock stark beeindruckt hatte.

Gustafs Vater gefiel das ganz und gar nicht. Er hätte den Jungen lieber öfter in der Schusterwerkstatt gesehen, stattdessen half der Jüngling dem Pfarrer die Kirchenorgel in Schuss zu halten. Da er schließlich auch im Gottesdienst die Choräle begleitete, gab der Pfarrer ihm die Erlaubnis, jederzeit auf der Orgel spielen zu dürfen. Nicht selten hatte Lieberstock sich in die Kirche geschlichen und ihm zugehört. Er erinnerte sich an einen Abend im Sommer, als Gustaf ihn entdeckte, die Empore verließ und sich zu ihm auf die

Kirchenbank setzte. Bei der Gelegenheit hatte Gustaf erzählt, dass er davon träumte, eine Musikschule zu besuchen, was seinen Eltern missfiel. Die männlichen Webers waren Schuster in der dritten Generation. Gustaf sollte die Werkstatt irgendwann übernehmen und das Handwerk fortführen. Entschlossen hatte Gustaf das Kinn vorgestreckt und gesagt: »Meine Seele gehört Beethoven, Bach und Haydn. Soll es fröhlicher zugehen: Mozart! Auch wenn er ansonsten nicht zu meinen Lieblingen gehört. Ich werde mein Leben nicht mit den Schuhen anderer Leute verbringen!«

Lieberstock hatte nicht daran gezweifelt, dass Gustaf es damit ernst meinte. Der Verlust des Arms musste ihn daher besonders schwer treffen.

»Dem Schultens Anton haben sie nur … ähm … nun ja, dem haben sie ein Ei weggeschossen. Ansonsten ist er wohlauf. Nur manchmal tanzt er so seltsam beim Gehen. Wenn du mich fragst« – Ludwig Metzler tippte sich an die Stirn – »so ganz richtig im Kopf …«

Elsbeth Intze stieß ihn von hinten an. »Erzähl hier keine Geschichten. Was interessiert uns der Sack vom Anton? Du weißt, warum wir hier sind. Mach schon!«

»Ist ja schon gut«, sagte Ludwig Metzler und trat einen Schritt vor. Er stand jetzt direkt an der untersten Stufe der Steintreppe, die in den Laden führte. Der Schirm der Schiebermütze stand ihm tief in der Stirn, die dünne Jacke hatte er mit Zeitung gegen die Kälte ausgestopft, und die Hose hatte Löcher an den Knien. Ein erbärmlicher Anblick.

Vor dem Krieg hatte Ludwig großen Wert auf sein Äußeres gelegt. Zwar war er nur ein einfacher Bauer ohne viel Land, kaum Vieh, doch er konnte das Geld zusammenhalten. Er trank und rauchte nicht, spielte nicht, und beim alljährlichen Jahrmarkt in Euskirchen gönnte er seinem Sohn bestenfalls eine Runde auf dem Karussell. So war immer genug für anständige Kleidung übrig geblieben, worauf er sehr stolz gewesen war.

Lieberstock kam eine Idee. Er wies mit der Hand auf Ludwigs Hose und sagte: »Hör mal, ich habe da noch Stoffreste. Feste Wolle, beste Qualität, sehr strapazierfähig. Ich mach dir einen Vorschlag: Nimm den Stoff, ich schreibe es an, und du zahlst es mir zurück, sobald du es dir erlauben kannst. Was meinst du?«

Ludwig runzelte die Stirn und sah an sich herab. Eben noch fest entschlossen, wirkte er jetzt verunsichert. »Ich könnte tatsächlich …«

»Nun komm endlich zur Sache«, blaffte ihn Elsbeth Intze an. »Wir sind im Dorf nicht mehr sicher, darum geht es.«

Lieberstock stöhnte innerlich auf, sein Beschwichtigungsversuch war offensichtlich gescheitert.

Ludwig schüttelte sich, als müsste er einen bösen Traum loswerden, dann sah er auf. »Emma ist tot, Ruben.«

Lieberstock zuckte zusammen. Das war ihm neu. Trauer stieg in ihm auf. Er hatte Emma gemocht. Sie war früher ein aufgewecktes Kind gewesen, das zu einer schönen Frau herangereift war. Ihr helles Lachen, wenn sie auf der Straße Reifentreiben spielte, klang noch in seinen Ohren nach.

Oder log Ludwig Metzler ihn an, um seinen Widerstand auf hinterhältige Art erlahmen zu lassen. War es ein perfider Plan? Um schneller zu Paul zu gelangen? Rechnete er damit, dass Lieberstock niemals einen Mörder decken würde? »Als ich ging, lebte Emma noch«, wandte er ein.

»Sie hat sich das Genick gebrochen«, spie Elsbeth Intze aus.

Lieberstock verstand gar nichts mehr. Fragend hob er die Augenbrauen und schaute Ludwig Metzler an.

Der erzählte von dem Vorfall. Er endete mit den Worten: »Ein Unfall, keine Frage. Aber hätte dieser Froschfresser« – er wedelte mit der Hand in Richtung Obergeschoss des Krämerladens – »sie nicht geschändet, wäre das alles nicht passiert. Das sind Tiere, Ruben, glaub mir. Ich habe sie erlebt, wie sie mit verzerrten Fratzen in unsere Gräben sprangen und unsere Männer mit ihren Bajonetten aufschlitzten. Das waren keine Menschen, es waren Tiere.« Er keuchte und stieß die Fackel in die Luft, schien die Kämpfe im Geiste erneut zu durchleben.

Lieberstock vermutete, dass die deutschen Soldaten es nicht anders gemacht hatten, behielt das aber für sich. Er wollte Ludwig nicht reizen, der mit Sicherheit kein Verständnis für einen solchen Einwand zeigen würde. »Er heißt Paul, Ludwig. Und wir wissen nicht einmal, ob er überhaupt Franzose ist.«

»Pah, erzähl mir nichts. Wieso sollte er in einer französischen Uniform rumlaufen?« Er drehte sich kurz zu Elsbeth Intze um. »Er trug doch eine französische Uniform?«

Elsbeth Intze bejahte.

»Na also«, sagte Ludwig Metzler zu Lieberstock.

»Und die deutschen Stiefel?«, wandte der alte Krämer ein.

Ludwig Metzler runzelte die Stirn. Offensichtlich war ihm das neu. Von seiner Fackel tropfte brennendes Pech herab.

Lieberstock hoffte, sie würden ihm nicht aus Versehen das Haus anzünden. Oder aus Absicht.

Ludwig Metzler schüttelte den Kopf. »Bestimmt hat er die Stiefel einem treuen Kameraden gestohlen, nachdem er ihn getötet hat. Aber es tut nichts zur Sache. Das Einzige was zählt, ist das mit Emma. Dafür muss er büßen! Oder siehst du das etwa anders?«

»Nein.«

»Dann lass uns vorbei.« Ludwig trat auf die unterste Stufe.

Lieberstock roch Ludwigs Bieratem. »Paul ist nicht hier.«

Elsbeth Intze stellte sich an Richard Kronenjungs Seite. »Du lügst! Er hat die ganze Zeit bei dir gewohnt!«

»Hat er. Trotzdem: Er ist fort.« Lieberstock zwängte sich an Ludwig vorbei, ging die Stufen hinunter und stellte sich direkt vor Elsbeth Intze. Die Hitze ihrer Fackel brannte unangenehm auf seinen Wangen. »Und sage nicht noch einmal, dass ich lüge, Frau. Ansonsten wirst du nie wieder die Schwelle meines Ladens übertreten.« Er ließ seine Drohung einen Moment wirken, wandte sich dann an Ludwig Metzler. »Ich erlaube dir, nach dem Rechten zu schauen.«

Ludwig Metzler setzte den Fuß auf die Schwelle.

Lieberstock hielt ihn gerade noch rechtzeitig am Ärmel zurück.

Verwundert schaute Ludwig Metzler ihn an.

Lieberstock nahm ihm die Fackel aus der Hand. »Die wird nicht nötig sein. Es ist ja jetzt alles elektrifiziert.«

Ludwig Metzler nickte und verschwand im Inneren.

Eine Weile hörten sie ihn herumpoltern, Türen schlagend, treppauf, treppab laufend. Schließlich tauchte er wieder auf. »Nichts«, teilte er mit. »Ich habe alles abgesucht. Auf und davon.«

»Sagte ich doch«, sagte Lieberstock mit einem matten Lächeln.

»Wo ist er hin?«, fragte Elsbeth Intze mürrisch.

»Was weiß ich?«, gab Lieberstock zurück. »Ich habe ihn aus dem Haus gejagt. Ich will nicht mit einem Verbrecher unter einem Dach hausen. Glaubst du, ich frage ihn dann nach seinen Plänen?«

»Warum hast du das nicht gleich gesagt?«, schimpfte Elsbeth Intze.

»Ihr hättet mir nicht geglaubt. Deine Verbitterung raubt dir den Verstand. Selbst wenn ich Paul nicht rausgeworfen hätte, wäre er niemals geblieben. Es war ein Wunder, dass ich ihn noch angetroffen habe. Er wusste doch, was ihn hier erwartet. Schließlich wart ihr schon hinter ihm her.«

Richard Kronenjung grunzte etwas, das sich wie Zustimmung anhörte.

»Wir mussten es zumindest versuchen«, verteidigte sich Metzler.

Lieberstock stemmte die Hände in die Seite und schüttelte den Kopf. »Was ist nur aus euch geworden? Taucht hier mitten in der Nacht auf, um Selbstjustiz zu üben. Ihr solltet euch schämen. Ich hoffe nur, ihr kommt bald zur Besinnung. Sonst wird das alles noch böse enden!«

Damit drehte er sich um und ließ sie stehen.

29

August Michels hockte auf einer niedrigen Holzkiste und schaute ungeduldig durch das offen stehende Scheunentor nach draußen. In der einsetzenden Morgendämmerung zeichneten sich einzelne Konturen ab – am Horizont der dunkle Streifen des Waldrandes, die Äste der Laubbäume, die vor der Scheune standen und tief herabhingen. Nebel lag über der Wiese. Ein Feldhase richtete sich auf und spitzte die Ohren.

Ärgerlich wickelte er sich die Decke fester um die Schultern. Die Nachtkälte war ihm bis auf die Knochen gedrungen. Die Übergabe hätte kurz nach Mitternacht stattfinden sollen, aber Wiebke oder wen immer die alte Bäuerin schicken wollte, war nicht erschienen. August mochte es überhaupt nicht, versetzt zu werden. Stumm verfluchte er, sich mit der alten Intze eingelassen zu haben.

Normalerweise hätte ihn sein Weg direkt zu Lieberstocks Laden geführt. Dort hätte er sich an den wärmenden Ofen gesetzt, mit dem Krämer Neuigkeiten ausgetauscht, dazu einen Selbstgebrannten getrunken, bevor sie dann in die Verhandlungen eingestiegen wären. Anschließend hätte er die Nacht in einem weichen Gästebett verbracht. Lieberstock ließ sich in solchen Dingen nicht lumpen. Keine Frage, das jüdische Schlitzohr hatte das Herz am rechten Fleck.

Stattdessen hockte August frierend in einer zugigen Scheune. Nur die Aussicht, die hochgewachsene Wiebke wiederzusehen und mit ihr ungestört einige Worte wechseln zu können, hielt ihn davon ab, den Zugochsen einzuspannen und die Reise fortzusetzen.

Unwillkürlich lächelte er. *Ihr* nahm er die Verspätung nicht übel. Seitdem er sie das erste Mal getroffen hatte, ging ihm diese Frau nicht mehr aus dem Kopf. In den langweiligen Stunden auf dem Kutschbock, in denen er von einem Dorf zum anderen fuhr, hatte er sich in die baufällige Scheune zurückgesehnt.

Der Ochse furzte.

Angewidert rümpfte August die Nase. Wiebke würde sich bedanken, sollte sie ihn jemals begleiten. Welche Frau wollte schon auf dem Bock hocken und tagaus, tagein einen Ochsenarsch anschauen müssen? Am liebsten würde er das Vieh in den Hintern treten und davonjagen.

Schon länger träumte er von einem motorisierten Lieferwagen, einem gut erhaltenen Benz-Gaggenau vielleicht, oder einem gebrauchten Brennabor-Lieferwagen Typ D7. Satte vierundzwanzig Pferdestärken. Eine beträchtliche Kraft auf vier Rädern. Damit konnte er Staat machen.

Stolz würde er hinter dem Lenkrad sitzen, mit Wiebke auf dem Beifahrersitz.

Ein guter Gebrauchter würde für die Erfüllung seiner Sehnsüchte schon reichen. Um sich einen Lieferwagen frisch ab Werk leisten zu können, müsste er über den Tod hinaus sparen. Unerschwinglich. Ein unerfüllbarer Wunsch. Aber aus zweiter Hand, das war machbar. August setzte darauf, dass das Militär nach dem Waffenstillstand in Kürze seinen immensen Fuhrpark auflöste. Infolgedessen entstand dann ein Überangebot, die Preise würden fallen. Er hoffte so, eine günstige Offerte wahrnehmen zu können.

August kannte einige Kollegen, die mit einem motorisierten Lieferwagen unterwegs waren. Er musste sich sputen, um den Anschluss an die Moderne nicht zu verpassen. Wer mit dem Tempo der neuen Zeit nicht mithalten konnte, der würde unweigerlich auf der Strecke bleiben.

So sehr August es auch bedauerte, dass er Lieberstock damit enttäuschen musste, sah er doch keine andere Möglichkeit. Er *musste* einfach den Ochsen nebst Karre loswerden und auf einem gefederten Fahrersitz ein großes Lenkrad in der Hand halten. Durch eine Fahrerkabine geschützt vor dem Wetter, wollte er in Dörfer reisen, die bisher für ihn unerreichbar waren. Er würde das Geschäft bis in den hintersten Winkel der Einöde ausweiten und für die Menschen dort eine Art Allheilsbringer werden. Mit Gewürzen, Parfüm, edlen Stoffen, den neuesten Nachrichten und Exportbier würde er Bedürfnisse befriedigen, von denen diese Kunden in spe bis dato noch gar nichts wussten. Eine Goldgrube, die er ausbeuten wollte. Lief alles wie geplant, könnte er sich einen zweiten Lieferwagen leisten und einen Mitarbeiter einstellen. Irgendwann brummte dann eine Lastwagenflotte mit dem Schriftzug seines Namens über die Straßen. Sie würde zwischen den Großstädten pendeln und mit jedem gefressenen Kilometer sein Vermögen steigern.

Alles schien möglich. Die Alliierten würden in nicht allzu naher Zukunft die Seeblockade aufheben. Dann gab es keine Grenzen mehr, und August könnte international tätig werden. Kaviar von der Schwarzmeerküste, Bananen aus Brasilien, Kautschuk aus Afrika. Zufrieden seufzte er und stellte sich das emaillierte Firmenschild an seiner riesigen Lagerhalle im Hamburger Hafen vor, blaue Schrift auf weißem Grund:

August Michels – Import/Export.

Während August noch so vor sich hin träumte, fielen ihm die Augen zu. Das gleichmäßige Schnauben des Ochsen schläferte ihn ein. *Das* würde er vermissen. Doch es wäre ein geringer Preis für die vielen Annehmlichkeiten, die ein Automobil … August schreckte auf. Hatte er Schritte gehört?

»Wurde ja auch Zeit«, murmelte er und stand auf. Von einem Moment auf den anderen verflog seine Schläfrigkeit. Er schob das Scheunentor weiter auf und trat hinaus. Suchend blickte er sich um. Ein Reh auf der anderen Seite der Wiese hob den Kopf und schien einer Fährte nachzuspüren. Einige Atemzüge stand es wie in Marmor gemeißelt, dann wandte es sich ab und sprang lautlos in großen Sätzen davon. Wenig später verschmolz es mit dem dunklen Waldrand.

August runzelte die Stirn. Das Reh konnte es nicht gewesen sein, was ihn aufgeweckt hatte. Jetzt wurde ihm doch etwas mulmig. Instinktiv spürte er eine Gefahr. Etwas lauerte ihm auf. Wäre es nur schon heller.

»Hallo?«, rief er. »Wiebke? Bist du das?«

Nichts.

Er erinnerte sich an einige Satzfetzen, die er vorgestern im Wirtshaus in Euskirchen aufgeschnappt hatte. War da nicht von einem verschwundenen Pfarrer die Rede gewesen, der die Gemeinde in Heimerzheim übernehmen sollte, aber nie dort angekommen war? Im heimeligen Gastraum des Wirtshauses hatte es August als Schauermärchen abgetan. Viel wurde erzählt und noch mehr hinzuerfunden, wenn der Schabau die Runden machte. Der Wahrheitsgehalt war dabei wenig ausschlaggebend. So hatte er die Geschichte auch rasch wieder vergessen.

Bis jetzt.

Auf dem Weg von Euskirchen nach Heimerzheim musste der Pfarrer hier vorbeigekommen sein.

Was wäre, wenn dem Mann tatsächlich etwas zugestoßen war? Wenn sich hier jemand herumtrieb, der nichts Gutes im Schilde führte, Reisende überfiel, ausraubte und umbrachte?

Unwillkürlich ging Augusts Hand zu der Pistole.

Ein heiseres Krächzen über seinem Kopf ließ ihn zusammenschrecken. Er zog die Waffe aus der Tasche und zielte nach oben. Eine Krähe schwang sich aus dem laublosen Geäst des Baumes und segelte davon.

August lachte erleichtert und sah dem Vogel nach. »Du verdammtes Drecksvieh«, murmelte er. »Nur eine Krähe, eine verdammte Krä…«

Ein Knirschen hinter seinem Rücken ließ ihn verstummen. August wirbelte herum.

Es war nicht Wiebke.

August riss die Pistole hoch und feuerte.

30

»Wach auf!«

Unsanft wurde Wiebke aus dem Schlaf gerissen. Sie blinzelte. Was war los? Sie hatte sich doch gerade erst hingelegt.

Elsbeth Intze sah mit grimmiger Miene auf sie herab.

»Was…«, murmelte Wiebke, brach dann aber ab, als sie das Tageslicht registrierte. Sie hatte verschlafen! Hastig warf sie ihre Decke zur Seite und kämpfte sich in die Höhe. Sie hätte ja längst bei der Scheune sein sollen. Bestimmt wünschte August ihr inzwischen die Pest an den Hals. Dabei hatte sie sich so auf das Wiedersehen gefreut. Sie hatte sich vorgenommen, ihn über die Orte auszufragen, die er bisher bereist hatte, um so am Duft der großen weiten Welt zu schnuppern. Sie ärgerte sich über sich selbst. Doch nach den Anstrengungen des vergangenen Tages war sie rechtschaffen erschöpft gewesen. Ihr brannten jetzt noch die Füße, als wäre sie über glühende Kohlen marschiert, und ihr Kreuz sandte in alle Regionen ihres Körpers Schmerzen aus.

Die Ankunft der Rückkehrer war angemessen gefeiert worden. Von Emmas Tod wurde nicht gesprochen. Man wollte den Männern nicht die Laune verderben. Erst nach Mitternacht waren die Letzten nach Hause gegangen. Sie hatten geschwankt wie Matrosen auf Landgang nach einer vierwöchigen Fahrt auf stürmischer See.

Selbst Wiebke hatte noch gar keine Zeit und Gelegenheit gefunden, um das arme Mädchen zu trauern. Immerhin hatte der Doktor und die Photographin so viel Anstand bewiesen, den Leichnam ins Haus zu tragen und ihn in der Kammer, in der normalerweise einer der Knechte schlief, aufzubahren.

Noch immer stand Elsbeth Intze über ihr. Bestimmt erwartete sie eine Entschuldigung.

Wiebke richtete sich schuldbewusst auf. Das hätte nicht passieren dürfen. Die Hausherrin hatte sich auf sie verlassen, und Wiebke hatte sie enttäuscht. Sie legte sich die Worte zurecht, wollte um Verzeihung bitten, doch Elsbeth Intze kam ihr zuvor.

»Was liegst du da noch auf der faulen Haut?«, schnaubte sie.

Wiebke stand auf. Sie als faul zu bezeichnen war mehr als ungerecht. Zwanzig Stunden war sie auf den Beinen gewesen, zwanzig Stunden, in denen sie wie ein Pferd geschuftet hatte. Am liebsten hätte sie der Alten die Meinung gesagt. Doch die Worte klemmten und blieben im Hals stecken. Sie war es nicht gewohnt, Widerworte zu geben.

Elsbeth Intze klatschte in die Hände. »Worauf wartest du noch? Mach, dass du loskommst.«

Wiebke spürte, wie die Wut in ihr aufstieg. Sie funkelte die Hausherrin hasserfüllt an. Viel hätte nicht gefehlt, und sie wäre auf sie losgegangen. Doch in diesem Moment hörte sie das Kind schreien. Es ging ihr durch Mark und Bein. Ihre Wut verrauchte. Welches Schicksal stand dem Kleinen bevor? Kaum geboren, musste der Junge seine Mutter verlieren.

Wiebke warf sich ihren Schlafrock über und schlüpfte in ihre Holzpantoffeln, dann schob sie sich an Elsbeth Intze vorbei und rannte die Treppe hinunter.

»He!«, rief Elsbeth Intze ihr hinterher. »Ich bin noch nicht fertig mit dir.«

Wiebke achtete nicht darauf. Der Junge musste hungrig sein. Zumindest dagegen konnte sie etwas unternehmen. August musste dann halt noch ein paar Minuten länger ausharren.

In der Stube hob sie das schreiende Kind aus der Wiege und drückte es an sich. Die Stoffwindel war nass. Es musste gewickelt werden. Emma verwahrte die Windeln in der Truhe in ihrer Kammer auf. Mit dem Kind auf dem Arm ging sie zurück zur Treppe, wurde jedoch von Elsbeth Intze im Flur aufgehalten. Sie packte das Kind und riss es Wiebke aus den Händen. Als sie merkte, dass die Windel voll war, verzog sie angewidert das Gesicht. Der Kleine schien die Abneigung, die von der alten Intze ausging, zu spüren und schrie noch lauter.

Oben am Treppenabsatz erschien Heinrich Intze. Er schwankte und hielt sich am Geländer fest. Die Haare standen in alle Richtungen ab, die Augen waren halb geschlossen. »Mensch, was ist denn da los?«, murrte er. »So einen Lärm hatten wir ja nicht mal an der Front. Ich will schlafen.« Er fasste sich an den Kopf. »Mein Schädel brummt fürchterlich.«

»Hättest nicht so viel saufen sollen«, gab Elsbeth Intze zurück. »Um den Schreihals hier kümmere ich mich schon.« Sie wandte sich an Wiebke. »Nur dass du es weißt:

Ich bringe das Kind zu einer Bekannten nach Flestedt. Sie wird das Balg aufnehmen. Was uns im Übrigen einen Batzen Geld kostet. Zufrieden?«

Erstaunt riss Wiebke die Augen auf. Damit hatte sie nicht gerechnet. Ganz offensichtlich hatte Elsbeth Intze doch noch eine Ehre im Leib.

Wiebke nickte stumm.

Elsbeth Intze wies mit dem Kopf zur Treppe. »Jetzt zieh dich endlich an, und dann mach dich auf den Weg.« Sie ließ Wiebke stehen und ging in die Küche. »Schrei du nur«, hörte Wiebke sie mit dem Kleinen reden. »Ich habe leider nur Kuhmilch. Für heute Morgen muss es reichen. Warte … ich muss den Ofen erst anheizen. Sonst macht das unsere Magd … aber auf die ist kein Verlass mehr …«

Trotz des Vorwurfes wurde Wiebke warm ums Herz. Emmas Kind würde eine Zukunft haben. Nur das zählte. Flestedt lag eine Stunde entfernt, der Hin- und Rückweg war mit Leichtigkeit an einem Tag zu schaffen. Wiebke nahm sich vor, den Kleinen so oft wie möglich zu besuchen und ihm eine gute Tante zu werden. Das war sie Emma schuldig.

In ihrer Kammer zog sie sich an. Dann schnürte sie ihre Stiefel, holte ihren Mantel und machte sich auf den Weg zur Scheune.

31

Verflixt! Was ballert der denn direkt mit der Knarre herum? Ich wollte doch nur nach dem Rechten schauen.

Fast wäre es aus mit mir gewesen. Nur gut, dass ich so etwas geahnt habe. Heutzutage muss man gegen alles gewappnet sein.

Ich habe zu fest zugeschlagen. Der wacht erst mal nicht mehr auf. Verdammtes Kantholz. Ich hätte einen Ast nehmen und auf den Arm zielen sollen.

Wie auch immer. Da kann man jetzt nichts mehr machen. Liegt da wie ein Sandsack. Der ist bestimmt unterwegs nach hinten. Hm, wenn er nicht rechtzeitig eintrifft, wird er Ärger bekommen.

Ich sollte ihm helfen. Immerhin bin ich an der Verspätung schuld.

Der Ochse rumort ganz schön.

Ochse? Moment … da kommt mir eine Idee. Warte …

Verflucht, was stinkt das hier. So einen Ochsen sollte man mit Eau de Cologne einsprühen.

Ruhig Blut, du Mistvieh, ich will dich nur einspannen … Ja, so ist es gut, schön den Kopf durch das Joch … und los … raus in die Morgensonne.

Und halt!

Kaum zu glauben, was so ein Zwerg wiegt.

So, schön hoch mit dir. Dein Ochse wird den Weg schon finden.

Uff. Nichts für zarte Frauenhände. Das habe ich mir leichter vorgestellt.

So! Endlich. Bremse lösen. Los, du sturer Ochse, lauf zu.

Muss … Na siehst du, geht doch. Jetzt rennt das Vieh, als wäre der Teufel hinter ihm her.

Und schon hinter der nächsten Kurve verschwunden. Brav, dann werde ich jetzt …

… loslegen?

Warum ist mir auf einmal so schwindelig?

Wo …

Lass mich in Ruhe!

… bin …

Geh weg! Verschwinde aus meinem Kopf!

… ich?

Nein! Verschwinde! Hau ab! Ich will nicht zurück. Ich halte das nicht mehr aus! Neeeeiiin!

O Gott!

Schon wieder!

Wie bin ich hierher … ich … muss … muss … nach Hause … muss nachdenken … nein … nicht drüber nachdenken. Es hat … es ist … nichts von Bedeutung … nur ein … Schlafwandeln? … Nichts passiert! Gott sei Dank. Alles ruhig … niemand hat mich gesehen.

Es … es geht vorüber.

Hoffentlich.

32

Franz Metzler blinzelte in die aufgehende Sonne, schulterte den Rucksack neu und ruckelte herum, bis er nicht mehr drückte. Ruben Lieberstock hatte allerhand Zeugs eingepackt. Zündhölzer, Unterhemden, wollene Handschuhe und einige Konserven, die noch von der letzten Lieferung des fahrenden Händlers stammten.

Paul ist echt ein Glückspilz.

Paul hatte wirklich Glück gehabt, dass er an Ruben Lieberstock geraten war.

An den gerechtesten Menschen unter der Sonne.

Der Krämer hatte Paul geglaubt, als er vor ihm gestanden gestammelt hatte: »Vertrauen.« Und dann hatte er mit kehliger Stimme ergänzt: »Wa… war's nicht!«

Dann hatte Lieberstock Paul nach den Vorkommnissen bei Intzes ausgefragt. Paul hatte stockend und stammelnd, aber im gut verständlichen Deutsch geantwortet. Staunend hatte Franz zugehört. Als alles raus war, waren Paul Tränen der Erleichterung über die Wangen gelaufen.

Der Pfad, auf dem Franz jetzt ausschritt, zog sich an der Flanke eines Hügels entlang. Hierhin verirrte sich nur selten jemand, denn der Weg endete in einem Dickicht aus dornenreichem Stechginster. Ein morastiger Boden machte das Fortkommen mühsam. Franz wusste jedoch, wohin er treten musste. Er kannte alle Wege hier in- und auswendig.

»Und ob ich schon wanderte im finstern Tal, fürchte ich kein Unglück…« Die Worte aus der Bibel kamen ihm sonderbarerweise in den Sinn. Franz erinnerte sich gerne an die Zeit zurück, in dem der Pfarrer nach der Sonntagsmesse den Kindern aus der Bibel vorgelesen hatte. Jonas im Bauch des Wals, Sodom und Gomorrha, die Frau, die zur Salzsäule erstarrte, und eben das Leben des Gottessohns. Dazu hatte es ein Stück Kuchen und Hagebuttentee gegeben, den die Wirtschafterin des Pfarrers großzügig austeilte.

Der Krieg hat den Kuchen gefressen. Nichts mehr da.

Wie lange er schon keinen richtigen Kuchen mehr gegessen hatte. Solange der Krieg andauerte, waren die Lebensmittel immer weiter rationiert worden, zuletzt gab es fast gar nichts mehr. Außer Steckrüben. Seine Mutter hatte für das Osterfest daraus einen Kuchen gebacken. Er hatte passabel geschmeckt. Aber kein Vergleich zu dem Kuchen aus dem Pfarrhaus.

Franz dachte an die Einladung, an das Mittagessen bei dem Herrn Fabrikanten. Ob es dort Kuchen gab? Als Nachspeise? Das Wasser lief ihm im Mund zusammen.

Nur ein einziges Stück echten Kuchen. Aus Mehl, Butter, Eiern und viel Zucker.

Als ihm klar wurde, wie absonderlich der Gedanke war, lachte er.

Unmöglich!

Auch ein Fabrikant dürfte heutzutage kaum noch Zucker haben. Für eine Tasse Tee mochte es reichen, aber niemals für einen Kuchen.

Franz ging hangaufwärts, bog dann nach einer Weile hinter einem Findling nach links ab und erreichte einen Wildwechsel. Der kaum sichtbare Pfad zog sich zwischen eng stehenden Lärchenstämmen um die dornigen Sträucher herum. Als er auf der Lichtung stand, hörte er einen Schuss.

Ein Wilderer?

Eine Begegnung wollte er um jeden Preis vermeiden. Niemand sollte wissen, wohin er unterwegs war.

Zu weit weg. Keine Gefahr.

Er ging weiter. Kurz darauf traf er wieder auf den Weg, ohne einen einzigen Dorn berührt zu haben. Von hier aus ging es in einem leicht geschwungenen Bogen den Hang aufwärts.

Einige Minuten später hörte er ein dumpfes Rumpeln, der Boden bebte schwach.

Franz kannte den Grund der Erschütterungen: Ein Zug, der unter ihm durch den Tunnel fuhr. Von hier aus war es nicht mehr weit. Franz orientierte sich an einem Rinnsal, das den Weg kreuzte. Die Äste der Fichten hingen bis zu seiner Hüfte herab. Er ging auf die Knie und kroch unter dem Geäst den Hang hinauf. Der Rucksack verfing sich. Er streifte ihn ab, befreite ihn und zog ihn hinter sich her. Endlich sah er die verwitterten Bretter der Kate vor sich. Die hatte den Arbeitern von der Eisenbahn beim Bau der Strecke als Unterschlupf gedient. Neben der Hütte führte ein Luftschacht in den Tunnel, der damals auch dazu genutzt wurde, den Abraum fortzuschaffen. Die Fichten bildeten einen Kreis um die Hütte. Sie wirkten, als wollten sie das winzige Bauwerk behüten.

Ein wunderbares Versteck.

Es war seine Idee gewesen. Franz hatte die Hütte bei einem seiner Streifzüge entdeckt.

»Ich bin es, der Franz«, rief er mit gedämpfter Stimme. Er stieß die Tür auf, die sich knarrend in den rostigen Angeln drehte. Der Raum maß gerade mal zwei mal drei Meter. In einer Ecke stand ein Kanonenofen. Unter dem winzigen Fenster mit dem trüben Glas lag ein zerbrochener Holzstuhl auf dem Boden. Alle anderen Möbelstücke hatten die Arbeiter nach der Fertigstellung des Tunnels mitgenommen.

Ein Blatt Papier lag auf dem Boden. Franz erkannte die Zeichnung, die er angefertigt hatte. Sie war also so gut gewesen, dass Paul den Weg hierher gefunden hatte.

Aber wo steckt er?

Ein Ast knackte. Franz trat vor die Hütte, schirmte die Augen mit einer Hand ab und schaute hinauf. Paul hangelte sich in einer nah stehenden Kiefer geschickt von Ast zu Ast. Im nächsten Moment ließ er sich auf den Boden herab.

Franz öffnete den Rucksack und hielt ihn so, dass Paul hineinschauen konnte. »Damit wirst du eine Weile auskommen.«

Paul schien das nicht zu interessieren. Mit sorgenvoller Miene streckte er den Arm aus und deutete nach Norden. »Schuss!«

Franz lachte. »Nur ein Wilderer.«

Paul packte ihn an den Schultern und schüttelte heftig den Kopf. »Ich … glaube nicht. Ich … denke …« So sehr er sich auch anstrengte, ein weiteres Wort blieb ihm im Hals stecken. Wütend deutete mit dem Zeigefinger auf seine Augen, dann zu den Baumwipfeln hinauf.

Franz verstand. »Du hast einen Geist gesehen? Dort oben?«

Paul wiegte unschlüssig den Kopf und zog ihn zum Stamm.

Franz stellte den Rucksack ab und machte sich hinter Paul daran, den Baum zu erklimmen. In ihm brannte die Neugierde.

Einen Geist wollte er immer schon einmal sehen.

33

Agnes Papen konnte kaum noch einen klaren Gedanken fassen. Sie kam fast um vor Sorge. Gestern Abend, nach der schrecklichen Sache mit der Magd auf Intzes Hof, war sie mit der Erwartung nach Hause geeilt, ihren Onkel wohlauf anzutreffen. Schließlich musste er irgendwann wieder auftauchen. Sie hatte einige übrig gebliebene Knochen vom Spanferkel eingesteckt. Die wollte sie auskochen. Eine kräftigende Brühe wäre genau das Richtige für ihren Onkel gewesen.

Schon in dem Moment, als sie die Tür aufschloss, hatte sie gewusst, dass er nicht daheim war. Im Haus war es dunkel, kalt und still gewesen, das Bett unberührt. An Schlaf war nicht zu denken. Stattdessen hatte sie das Haus durchsucht. Doch ihre Hoffnung, eine Notiz zu finden, oder zumindest ein Anzeichen, was mit ihm geschehen war, wurde enttäuscht. Rasch war sie zu Brosch geeilt, auf die Gefahr hin, dass sie ihn aus dem Bett holen würde. Er hatte sie bereitwillig empfangen und ihr Mut zugesprochen. Aber auch er hatte keine neue Nachricht von ihrem Onkel.

Wieder daheim, war sie erschöpft auf der Eckbank eingeschlafen und erst bei Morgengrauen erwacht.

Zum Frühstück hatte sie die Fleischreste von den Knochen abgenagt. Viel war es nicht, doch hatte sie ohnehin keinen Appetit. In ihrem Magen schienen Wackersteine zu liegen.

Um kurz nach neun hielt sie es im Haus nicht mehr aus. Sie *musste* etwas unternehmen, war die Aussicht auf Erfolg auch noch so gering. Untätig im Haus zu sitzen und auf Onkel Hans zu warten raubte ihr den Verstand.

Sie schlüpfte in ihren Trenchcoat und trat ins Freie. Die Sonne kämpfte mit dem zähen Frühnebel um die Vorherrschaft. Raureif hatte das Gras und die Sträucher am Wegesrand überzogen. Aus den Schornsteinen kräuselte Rauch auf. Es roch nach verbranntem Holz.

Sie wollte auf den Hügel. Wenn ihre Erinnerung sie nicht trog, war die Ruine einer der Lieblingsorte ihres Onkels. Von dort oben konnte man den Blick schweifen lassen und ins Tal hinunterblicken. Sollte sie ihn nicht antreffen, konnte sie von dort den Weg nach Euskirchen einschlagen, um ihren Onkel in der Polizeidienststelle als vermisst zu melden. Zwar wäre sie dann einen ganzen Tag unterwegs und erst spät nach Sonnenuntergang wieder daheim, doch die Strapazen scheute sie nicht. Im Gegenteil, alles war besser, als untätig herumzusitzen.

Agnes ging an Broschs Haus vorbei. Ein Klopfen ließ sie aufsehen. Brosch stand hinter einem Fenster, er winkte ihr, hereinzukommen.

Agnes zögerte. Eigentlich wollte sie sich nicht aufhalten lassen. Aber da ging schon die Tür auf. Brosch stand da, die Hand auf der Krücke. Trotz des fortgeschrittenen Tages trug er ein Nachthemd und eine Schlafmütze, was ihn nicht weiter zu beschämen schien. Seine Beine hatten dicke Narben, die wie Regenwürmer die Haut überzogen.

Agnes schluckte. Wahrscheinlich hatte nicht viel gefehlt,

und man hätte ihm beide Unterschenkel amputieren müssen.

Der Doktor wedelte mit einem Blatt Papier in der Hand. »Das habe ich eben gefunden. Hinterm Sofa. Ich musste es abrücken, weil mir die Grammophon-Nadel dahintergefallen war.« Er reichte ihr den Zettel. »Und wie es der Zufall will, läufst du gerade in diesem Augenblick hier vorbei.«

Er lächelte versonnen. Agnes konnte sich darauf keinen Reim machen. Dann las sie, was auf dem Zettel stand.

Liebe Agnes,
verzeih mir, das ich nicht auf Wiedersehen sage.
Ich fürchte, dann nicht zu gehn.
Ich mus aber, das ist mir klar geworden.
Ich bin alt, viel Zeit bleibt nicht mehr.
Ich schick dir Postkarten.
Du kannst bei mir wonen, solange du willst.
Ich freu mich auf unser wiedersen.
Dein dich liebender Onkel Hans

An den Doktor: Vielen Dank für alles. Ich hab mir Geld von inen gelien, aus dem Sekretär. Ich zal es zurück, sobald ich wieder da bin. Auf Ehre!

Agnes Knie wurden weich, sie taumelte auf Brosch zu, der sie mit seinem freien Arm auffing. »Na, na, na, das ist doch kein Grund zu Aufre…«

Es hörte sich an wie aus weiter Ferne. Agnes setzte zu einer Antwort an, doch dann wurde ihr schwarz vor Augen.

Ein scharfer Geruch stach ihr in die Nase und holte sie in die Wirklichkeit zurück.

Brosch hockte neben ihr auf dem Dielenboden, auf dem sie ausgestreckt lag.

»Riechsalz«, sagte er und verschraubte das Fläschchen, das er in der Hand hielt. »Ammoniumcarbonat.« Er stellte es zurück in die Arzttasche. »Ein bisschen aus der Mode gekommen.« Er zwinkerte ihr zu. »Ganz zu Unrecht. Hoch dosiert kann es Tote aufwecken.«

Agnes stützte sich auf die Ellbogen. »Der Brief?« Sie fürchtete, alles nur geträumt zu haben.

Brosch erhob sich und half ihr ebenfalls auf. Dann ging er voran in die Stube. Das Schreiben lag auf dem Tisch.

Agnes ließ sich erschöpft auf einen Stuhl sinken und las den Brief ein zweites Mal. Sie hieß Onkel Hans' Vorgehen zwar nicht gut, aber zumindest kannte sie nun seinen Plan.

»Vor dem gestrigen Fest hatte ich ordentlich durchgelüftet. Dabei muss die Nachricht unter das Sofa geweht worden sein«, mutmaßte Brosch. »Anders kann ich mir das nicht erklären.«

Agnes war immer noch wie vor den Kopf geschlagen. Onkel Hans hatte es tatsächlich getan. Auf und davon, einfach so. »Das hätte ich ihm nie im Leben zugetraut«, murmelte sie. Wie sehr man sich doch in einem Menschen täuschen konnte. Andererseits: Was wusste sie schon über ihren Onkel. Nur das, was sie sich aus ihren verblassten Kindheitserinnerungen zusammengereimt hatte. Musste dabei nicht zwangsläufig ein falsches Bild entstehen?

Brosch setzte sich in den Sessel. »Dein Onkel ist sehr furchtlos.«

Verächtlich schnaubte Agnes. »Oder fürchterlich naiv, je nachdem, wie man es betrachtet. Onkel Hans ist in seinem Leben kaum aus Kirchbach rausgekommen. Wie leicht kann ein Betrüger ihn übers Ohr hauen. Ich mag es mir gar nicht ausdenken. Und davon abgesehen – halb Europa ist derzeit unterwegs. Wie will er da in die Schweiz kommen?«

Brosch sah sie fragend an. Agnes erzählt ihm davon, dass ihr Onkel davon träumte, das Matterhorn zu sehen. Für sie bestand kein Zweifel daran, dass dies sein Ziel war.

»Es gibt kaum einen ungünstigeren Augenblick für eine Reise«, fuhr sie fort.

Sie schwieg und sah ratlos vor sich hin. All das waren vernünftige Argumente, doch wenn sie ehrlich war, fühlte sie sich von Onkel Hans hintergangen und im Stich gelassen.

»Nun«, hob Brosch an, »dein Onkel ist nicht auf den Kopf gefallen. Und er hat genug Geld in der Tasche, um bequem in die Schweiz zu reisen.«

Agnes wollte protestieren, doch Brosch gebot ihr mit erhobener Hand Einhalt.

»Ich verstehe deine Sorgen, Agnes. Aber du solltest deinem Onkel einfach vertrauen. Er ist ein erwachsener Mann, der weiß, was er tut.«

So schnell wollte Agnes nicht aufgeben. »Ich könnte ihm folgen.«

»Um was zu tun? Ihn zurückzuholen? Du würdest nur seinen Traum zerstören.«

So hatte Agnes es noch nicht betrachtet. Sie wollte gerade etwas erwidern, als sie bemerkte, wie er verschämt hinter der Hand gähnte.

Brosch hatte ihren Blick aufgefangen. »Oje«, sagte er. »Die Nacht war zu kurz gewesen. Und dann die Ereignisse der letzten Tage … Ich glaube, ich sollte mich noch einmal aufs Ohr hauen.«

Agnes nickte verständnisvoll. Sie erhob sich, nahm den Brief ihres Onkels und ging zur Tür.

Auf der Schwelle zögerte sie. Ihr war gerade ein Gedanke gekommen. Bevor sie zu lange darüber nachdenken konnte und ihn vielleicht verwarf, sprach sie ihn aus. »Morgen ist Heiligabend. Wollen wir vielleicht … ähm, ich meine …«

Er zog die Stirn kraus. »Ja?«

Agnes spürte, wie sie errötete. Sie gab sich einen Ruck, bevor sie fortfuhr. »Nun, ich meinte, ob wir nicht … nun … das Fest … gemeinsam begehen könnten. Wir könnten einen Tannenbaum schmücken.« Sie lachte unsicher.

Brosch sah sie mit einem spöttischen Blick an. »Eine junge Dame, die das heilige Christfest allein mit einem unverheirateten Mann begeht? Das könnte deinen Ruf ruinieren.«

»Deinen auch.«

»Damit kann ich umgehen.«

»Ich auch.«

Er schmunzelte. »Also gut, dann lass uns nachher einen Baum schlagen gehen.«

34

Franz löffelte gierig.

Grießpudding.

Noch nie hatte er etwas so Köstliches gegessen.

Nora Wenger lachte. »Dir scheint es ja zu schmecken.«

Franz nickte heftig, da er mit vollem Mund nicht reden wollte, denn das gehörte sich nicht.

Nora Wenger saß ihm am Esstisch gegenüber und betrachtete ihn. Sie trug ein grünes Kleid. Das rote Innenfutter hob sich an den Ärmelöffnungen ab. Auf den Schultern lag locker gebunden ein seidig schimmernder Schal in der Farbe des Kleides. Franz vermutete, dass Nora Wenger normalerweise nicht so elegant gekleidet zu Mittag aß. Er konnte es kaum glauben, dass sie sich eigens für ihn so fein angezogen hatte, aber offenbar war es so.

Ihr Vater hatte sich ins Nebenzimmer zurückgezogen. Auf den Nachtisch hatte er verzichtet. Angeblich weil er keinen Hunger hatte. Eine Ausrede, vermutete Franz. Wahrscheinlicher war, dass Rudolf Wenger nicht länger mit einem seiner Arbeiter am Tisch sitzen wollte. Er war zwar beim Essen freundlich gewesen und hatte sich bei Franz über die ersten Tage in der Fabrik erkundigt. Es war jedoch zu spüren gewesen, dass der Herr Fabrikant sich unwohl fühlte.

Die Tür zum Nebenzimmer hatte der Fabrikbesitzer nicht geschlossen. Er saß mit aufgeschlagener Zeitung in einem Ohrensessel und paffte eine Zigarre. Pino, der Spitz, lag auf dem Teppich, ließ Franz nicht aus den Augen. Hin und wieder knurrte er leise.

Auch der Herr Fabrikant linste immer mal wieder über den Rand der Seite.

Holzauge sei wachsam.

Das sagte Ruben Lieberstock gerne, wenn Franz besonders aufmerksam sein sollte.

Das Essen bei den Wengers war besser verlaufen, als Franz befürchtet hatte. Weder hatte er ein Glas umgestoßen, noch hatte er sich allzu ungeschickt mit Messer und Gabel angestellt. Ihm fehlte nur die Übung. Zu Hause musste meist ein Löffel ausreichen, und Brot brach man mit den Händen. Nur mit den weißen Tüchern, die kunstvoll gefaltet auf den Tellern standen, hatte er zunächst nichts anfangen können. Er dachte zunächst, es müssten Schnäuztücher sein. Erst als die Köchin die Suppe servierte und der Herr Fabrikant sein Stofftuch mit einem Zipfel in seinen Hemdkragen drückte, begriff Franz, dass es eine Art Lätzchen war.

Die prunkvolle Ausstattung des Wohnhauses der Wengers hatte ihn bei seiner Ankunft zunächst ganz in ihren Bann geschlagen. Franz bestaunte das Funkeln des Kristallleuchters und die große Standuhr, in der ein goldenes Pendel ruhig hin und her schwang. Ein geheimnisvoller schwarzer Kasten auf dem Beistelltisch am Fenster hatte ihn verlockt, näher zu treten. Gerne hätte er auch über den seidig schimmernden Teppich gestreichelt oder die kostbaren Schnitzereien der wuchtigen Bilderrahmen an den

Wänden. Doch vor lauter Scheu war er wie gelähmt gewesen.

Nora Wenger schob ihm jetzt ihre Portion hin, von der sie nur ein wenig gelöffelt hatte. »Wenn du möchtest, kannst du meine auch noch haben.«

Nur zu gerne nahm Franz das Angebot an. Wer weiß, ob er jemals wieder im Leben einen Grießpudding essen würde.

Das Essen, das nach und nach hereingetragen worden war, hatte ihm gut geschmeckt. Aber wenn er ehrlich war, hatte er gehofft, dass es einen Braten geben würde – einen saftigen Braten mit Sauce. Schließlich befand er sich im Haus eines reichen Mannes. Stattdessen hatte es eingelegten Hering mit Kartoffeln gegeben. Vorweg war eine dünne Gemüsesuppe auf den Tisch gekommen.

Franz kratzte die letzten Reste aus der Glasschale und wischte sich den Mund mit dem Stofftuch ab. Dann legte er das Tuch ab und sah sich verstohlen um. Sein Blick fiel auf den schwarzen Kasten auf dem Beistelltisch. War es das, für was er es hielt? Der »Zauberkasten«, von dem Ruben Lieberstock ihm erzählt hatte? Eine Kurbel lugte an der Seite heraus. Ein schwarzes, knochenähnliches Gebilde lag gehalten von einem metallisch glänzenden Teil, das die Form einer Forke mit zwei Zinken hatte, obenauf. Ein Kabel führte vom Knochen in die Vorderseite des Kastens, auf der ein silbriger Adler mit roten Füßen aufgemalt war.

»Wonach siehst du?«, fragte Nora Wenger. »Du solltest lieber mit mir Konversation machen. So gehört sich das bei Tisch.«

Sie lächelte spöttisch, und Franz spürte, wie ihm das Blut in den Kopf schoss.

Im Nebenraum raschelte die Zeitung. Argwöhnisch blickte Rudolf Wenger über den Rand. »Seid ihr fertig?«, fragte er. »Nora, dann halte bitte den jungen Mann nicht auf. Sicher möchte er den Rest des freien Tages anderweitig nutzen.«

»Aber natürlich, Papa«, rief Nora.

Sie erhob sich, und Franz tat es ihr gleich. Wieder huschte sein Blick zu dem schwarzen Kasten.

»Willst du jemanden anrufen?« Nora Wengers Gesicht erstrahlte. »Ist es das?« Sie zog ihn zum Beistelltisch. »Papa«, rief sie, »Herr Metzler möchte ein Gespräch führen.« Und bevor der Fabrikant protestieren konnte, fügte sie an: »Das ist doch kein Problem, nicht wahr?«

Franz horchte auf.

Tatsächlich! Der Zauberkasten! Ein Telephon!

Rudolf Wenger grummelte etwas Unverständliches, ließ seine Tochter aber gewähren.

Nora Wenger stellte sich neben die Kiste, hob den Knochen von der Forke und hielt ihn Franz hin. »Wen möchtest du anrufen?«

Franz nahm den Knochen. *Hörer*, so hieß das Ding. Das wusste er von Herrn Lieberstock.

Er lag schwer in der Hand.

»Du musst das eine Ende ans Ohr halten«, Nora Wenger tippte auf die trichterförmige Öffnung, »das andere vor den Mund.«

Franz folgte ihrer Anweisung und sagte: »Hallo? Hallo, ist da jemand?«

Nora Wenger kicherte. »Hast du noch nie telephoniert? Du musst doch erst an der Kurbel drehen und dich verbinden lassen.«

Franz runzelte die Stirn.

Verbinden? Wie in einem Lazarett? Wieso brauchte man einen Verband, wenn man das Telephon benutzen wollte?

Als er untätig ausharrte, kurbelte Nora Wenger für ihn.

Im Knochen knisterte und rauschte es, plötzlich hörte Franz eine Frauenstimme, leise, doch gut zu verstehen. »Guten Tag. Mit wem wünschen Sie zu sprechen?«

»Ich … ich weiß nicht«, stotterte Franz und schwieg.

Eine Weile hörte Franz nur das Rauschen. Dann meldete sich die Frauenstimme erneut.

»Sind Sie noch in der Leitung?«

In der Leitung? Da passt doch niemand rein. Wie soll das denn gehen?

Franz runzelte die Stirn und sah Nora Wenger an, die stumm eine auffordernde Geste zeigte.

Dann kam Franz eine Idee, mit wem er schon immer einmal sprechen könnte.

Er räusperte sich, und dann sagte er mit kräftiger Stimme: »Ich hätte gerne den Kaiser gesprochen.«

Er hatte sich an die Worte des Lehrers erinnert. Dass der Kaiser für das Volk da ist. Wenn dem tatsächlich so war, dann musste man doch mit ihm sprechen können.

»Bitte, *wen* wollen Sie sprechen?«

»Den Kaiser. Wilhelm der Zweite.«

In dem Hörer war ein leises Kichern zu hören. Dann fuhr die Stimme wieder ernst fort: »Der Kaiser hat doch abgedankt.«

Franz erinnerte sich, dass seine Mutter das erwähnt hatte, und er ärgerte sich über seinen Fehler.

Nora Wenger griff nach dem Hörer. Ihre Miene hatte sich verfinstert. »Gib her. Das reicht jetzt«, sagte sie und zog kräftig, doch Franz ließ nicht los. So rangen sie eine Weile um den Hörer, bis eine Stimme im Zimmer ertönte.

»Was ist hier los?«, donnerte Rudolf Wenger.

Franz zuckte zusammen und ließ den Hörer los. Nora legte schnell auf und lächelte ihren Vater an: »Nichts, Papa, gar nicht. Franz will gerade gehen. Nicht wahr, Franz?«

Sie packte Franz am Oberarm und führte ihn an ihrem Vater, der mit finsterer Miene alles verfolgte, vorbei zur Haustür. Sie öffnete sie, und Franz schlüpfte hinaus.

»Du bist aber auch einer«, sagte Nora kopfschüttelnd. »Wie bist du nur auf die Idee gekommen, den Kaiser sprechen zu wollen?«

Franz setzte zu einer Erklärung an, doch Nora schüttelte nur den Kopf, hob die Hand zum Abschied und schloss die Tür.

Dann eben nicht.

Franz steckte die Hände in die Hosentaschen und stapfte über den Innenhof. Er grüßte Käthe mit einem Nicken, die gerade vom stillen Örtchen kam und an ihm vorbeieilte. Zeit zum Reden hatte sie nicht. Außerhalb der Pausen war es nicht erlaubt, auf die Toilette zu gehen. Käthe erwartete eine scharfe Zurechtweisung seitens der Vorarbeiterin. Schon war sie wieder im Inneren der Fabrik verschwunden. Die Metalltür schepperte hinter ihr ins Schloss. Das Knallen, Rasseln und Stampfen der Maschinen schwoll für einen Moment bedrohlich an, dann wurde es wieder gedämpft. Ein allgegenwärtiges Pulsieren.

Unter Franz' Sohlen knirschte der feine Kies. Die Sonne stand dicht über dem Fabrikdach. Wenn er sich beeilte, konnte er noch die Scheune untersuchen, bei der Paul angeblich nach dem Schuss eine Gestalt gesehen haben wollte, die sich an irgendetwas zu schaffen machte. Leider war dieser Unbekannte schon verschwunden, als sie gemeinsam im Baum Ausschau gehalten hatten. Alles, was sie noch sehen konnten, war ein davonfahrendes Ochsengespann. Wenn Franz sich nicht getäuscht hatte, dann war das der fahrende Händler gewesen, von dem Lieberstock die Ware bezog. Doch mit Gewissheit konnte er das nicht sagen, da sie viel zu weit entfernt waren.

Franz war noch ganz in Gedanken versunken, als er plötzlich einen unsanften Stoß ins Kreuz erhielt. Er taumelte und stürzte auf die Knie. Die Mütze landete in der Pfütze. Für Sekunden tanzten ihm helle Sterne vor den Augen. Im nächsten Moment riss ihn jemand an den Haaren, zog seinen Arm nach hinten und drückte ihn nach oben. Das Schultergelenk knackte und sendete einen heißen Schmerz durch den Körper.

Gerold! Franz erkannte seinen Peiniger, als er den Kopf wandte. Brutal wurde er in den Kesselraum befördert und gegen ein hüfthohes Abflussrohr gepresst. Der Oberkörper hing nach unten, die Beine schwebten in der Luft. Die Körperhaltung erinnerte ihn an die Schulzeit, wenn er mit entblößtem Hintern über einer Tischkante hing und der Lehrer den Weidenstock zur Strafe niedersausen ließ. Er spürte einen heißen Atem in seinem Nacken.

»Hab ich dir nicht gesacht, du sollst die Finger von der Nora lassen?«

»Ich war zum Essen eingeladen«, ächzte Franz, der kaum Luft bekam. »Ich war doch eingeladen!« Er versuchte sich aus dem eisernen Griff zu winden, doch es wollte ihm nicht gelingen.

»Du hältst mich für blöd. Na, warte, dir werd ich eine Lektion erteilen …«

Franz spürte etwas Kaltes am Hals. Es schnitt in die Haut ein.

Eine Drahtschlinge! Das ist nicht gut, nicht gut, nicht gut!

Der Druck auf den Arm ließ nach, dafür zog sich die Schlinge enger. Franz kämpfte um jeden Atemzug. Er traute sich nicht, sich zu bewegen.

Gerold wickelte das Ende des Drahtes eng um das Abflussrohr und fesselte Franz die Hände hinter dem Rücken.

»An der Front, da habe ich eins gelernt: Ein Menschenleben ist nichts wert.« Er schnaufte verächtlich. »Verheizt haben die uns, die Herren Generäle. Für die waren wir keinen Pfifferling wert. Wenn du das erst einmal begriffen hast, dann verlierst du jeglichen Skrupel. Dann rammst du ohne zu zögern dein Seitengewehr in den Bauch des französischen Ehemanns, schlitzt dem englischen Studenten die Kehle auf, sprengst den amerikanischen Erdnussfarmer mit einer Handgranate in die Luft.« Er lachte auf. »Mann, Sprengfallen, das war meine Leidenschaft, darin war ich wirklich gut. An mir ist ein Chemiker verloren gegangen. Ha, ich baue dir aus Spucke und Mehl eine Bombe, die aus dir Hackfleisch macht.«

Aus dem Augenwinkel heraus sah Franz Gerolds entrückten Gesichtsausdruck. Er schien etwas zu betrachten, was sich nicht in der Halle befand.

»Was hast du vor?«, presste Franz hervor.

»Oh, keine Sorge«, rief Gerold aus, »ich werde dich nicht töten. Aber ich werde dir eine Lektion erteilen. Ich mag es nicht, wenn man mich für blöd hält.«

»Tu ich nicht«, rief Franz aus.

Gerold lachte höhnisch. »Ja, ja, jetzt auf einmal.« Er ging zur Werkbank und schnappte sich ein Messer, das dort lag.

»Du näherst dich nie wieder dem jungen Fräulein, hast du mich verstanden?«, sagte er. Er schnitt die Kordel durch, die Franz' Hose hielt. Mit einem Ruck riss er an der Kleidung, bis Franz entblößt war.

Franz zuckte heftig, doch sofort zog sich die Drahtschlinge enger. Er bekam kaum noch Luft. Regungslos verharrte er. Das war seine einzige Chance, das hier zu überstehen.

»So ist es recht«, sagte Gerold. »Schön ruhig halten.« Er öffnete die Gürtelschnalle und trat hinter Franz.

Franz riss die Augen auf, als ein entsetzlicher Schmerz seinen Unterleib durchfuhr. Irgendetwas Entsetzliches drang in ihn ein und schien ihn zerreißen zu wollen. Franz stieß einen erstickten Schrei aus, dann wurde ihm schwarz vor Augen.

35

Wie Emma so dalag, sah sie aus, als würde sie nur schlafen. Ihr Mund stand ein wenig offen, und man erwartete fast, ein leises Schnarchen zu hören.

Seit einer Stunde saß Wiebke auf einem alten Holzstuhl, der bei jeder Bewegung knarrte, und hielt Totenwache. Auf dem Schoof – einem Brett zwischen zwei Stühlen, über dem ein Laken geschlagen war – lag Emma in ihrem Sonntagskleid. Ein weiteres Laken bedeckte ihren Körper. Ein großes Kruzifix, das sich vom weißen Stoff abhob. Ein Öllämpchen und ein Schälchen mit Weihwasser standen auf der Truhe neben dem Eingang, ein Buchsbaumzweig lag daneben.

Marie, die Kräuterhexe, hatte sich um alles gekümmert. Sie hatte auch die Waschung vorgenommen. Ein feiner Hauch von Rosenwasser hing in der Luft.

Wiebke streckte die Hand aus und verschob das Kissen unter Emmas Kopf. Der Mund der Toten schloss sich.

Die Kerze auf dem Fensterbrett flackerte. Es zog durch die Ritzen des Fensterrahmens. Elsbeth Intze hatte vorhin die Glühbirne aus der Fassung geschraubt und mitgenommen, damit Wiebke nicht auf dumme Gedanken käme, wie sie sich ausdrückte. Sie war der Ansicht, hier keinen Strom verschwenden zu müssen. Eine Tote konnte ohnehin nicht mehr Zeitung lesen, und trauern konnte man auch im Dunkeln, hatte sie hinzugefügt.

Wie gerne hätte Wiebke August von ihren Scherereien mit der Hausherrin berichtet. Sich alles von der Seele reden! Sie hatte ja sonst niemanden, dem sie sich anvertrauen konnte. Und jetzt war auch noch Emma von ihr gegangen. Doch der fahrende Händler war schon auf und davon gewesen. Sie hatte es ja bereits befürchtet. Unverrichteter Dinge war Wiebke wieder umgekehrt.

Im Haus war es still.

Die Intzes saßen in der Stube. Emmas Kindchen war von der Hausherrin nach Flestedt gebracht worden. Am frühen Nachmittag war sie zurückgekehrt. Auf Wiebkes Frage, bei wem das Kind untergekommen war, hatte sie unwirsch geantwortet: »Was geht das dich an? Kümmere dich lieber um die Arbeit! Als gäbe es vor dem Christfest nicht noch genug zu tun.«

Damit war sie davongeeilt, um den Christbaum zu schmücken.

Lange konnte sie diese haltlosen Vorwürfe und Anschuldigungen nicht mehr ertragen, das spürte Wiebke. Irgendwann musste Schluss damit sein, und wenn sie damit ihre Anstellung aufs Spiel setzte.

Heinrich hockte oben in seinem Zimmer und studierte technische Zeichnungen von Flugzeugen, die er im Gepäck mitgebracht hatte. Er wollte nicht gestört werden, hatte er gesagt. Nun, vielleicht tröstete er sich auf diese Weise über Emmas Tod hinweg, überlegte Wiebke. Vielleicht hatte Heinrich in Emma aber auch nur eine Liebelei gesehen, und er blieb in seiner Kammer, weil es mit seiner Trauer nicht weit her war.

Überhaupt wunderte es Wiebke, dass bislang keine Kirchbacher erschienen waren, um die Totenwache zu halten, obwohl Emma aus dem Dorf stammte. War sie in Ungnade gefallen, weil sie ein uneheliches Kind geboren hatte? Als wenn sie etwas dafür könnte.

Oder ging es gar nicht um Emma?

Bereits seit geraumer Zeit bemerkte Wiebke eine Veränderung im Dorf. Es kam ihr vor, als hätte heimlich etwas Unheimliches, etwas Böses im Dorf Einzug gehalten. Die Menschen waren nicht mehr wie früher.

Möglicherweise war alles aber auch nur Einbildung. Vielleicht war es die große Welt, die sich verändert hatte, und diese Veränderung machte sich jetzt auch im kleinen Kirchbach bemerkbar.

Wie auch immer – es flößte Wiebke Angst ein.

In letzter Zeit wurde sie oft von Albträumen heimgesucht. Dann nähert sich ihr ein bedrohliches Wesen, dessen Umrisse vor dem Nachthimmel kaum zu erkennen waren. Auf jeden Fall war es entsetzlich groß. Stets flüchtet Wiebke, läuft, rennt, hetzt, alles zwecklos. So sehr sie auch kämpft, stets ist das Wesen schneller. Es packt sie, hält sie mit einem eisernen Griff umfangen, der ihr die Luft zum Atmen raubt, reißt sie in die Höhe, betrachtet sie aus Augen, in denen die Flammen der Hölle lodern. Sekunden, die zu Minuten werden, dann öffnet es das Maul, um sie zu verschlingen. Der Pesthauch des Todes lässt sie würgen. Sie windet sich, die Reißzähne blitzen im Mondlicht auf…

An dieser Stelle war sie bisher immer aus dem Traum aufgeschreckt. Ein jedes Mal dauerte es länger, bis sich ihr galoppierender Herzschlag beruhigte.

Was, wenn der Traum eine Vorahnung wäre? Besaß sie

einen siebten Sinn dafür, dass etwas Schreckliches passieren wird?

Sie war noch ganz in Gedanken in versunken, als jemand zaghaft anklopfte. Die Tür ging auf. Unsicher blickte Käthe Heimers herein. »Störe ich?«, fragte sie.

Wiebke war erleichtert. Es gab also doch jemanden, dem Emmas Schicksal nicht gleichgültig war.

»Nein, nein, komm nur herein«, sagte sie.

Käthe schlüpfte herein und drückte die Tür hinter sich zu. Sie stellte sich ans Fußende des Totenbrettes und betrachtete Emma. »Wie friedlich«, murmelte sie.

Wiebke bemerkte die dunklen Ränder unter Käthes Augen. Das Mädchen hatte eine Zehnstundenschicht in der Tuchfabrik hinter sich und einen Fußmarsch von einer Stunde. Sie gehörte ins Bett, und nicht an die Seite einer Aufgebahrten.

Käthe ließ sich auf die Truhe, die neben Wiebkes Stuhl stand, nieder.

»So jung sterben zu müssen«, sagte Käthe. »Das ist grausam.«

»Gottes Wege sind unerforschlich«, sagte Wiebke, weil ihr keine bessere Entgegnung darauf einfiel.

Käthe blickte auf. In ihren Augen schimmerten Tränen. Sie nickte, schien aber nicht getröstet.

Eine Weile schwiegen sie. Der Hofhund bellte, vermutlich von einer herumflitzenden Maus aufgeschreckt, verstummte dann wieder.

»Darf ich dich etwas fragen?«, unterbrach Käthe schließlich als Erste die Stille.

Selbst in dem dämmrigen Licht bemerkte Wiebke, dass Käthe errötete.

»Du kennst doch den Franz, oder?«, fuhr sie fort, ohne eine Antwort abzuwarten.

»Den Dummkopf?«

Käthe schüttelte entrüstet den Kopf. »Franz ist nicht dumm! Ganz im Gegenteil. Franz denkt nach, bevor er handelt. Er wägt ab und fällt dann richtige Entscheidungen. Wer macht das schon von den anderen in seinem Alter? Die anderen benehmen sich doch wie die Axt im Walde! Die denken erst über die Folgen nach, wenn der Schaden angerichtet ist. Franz dagegen ist aufgeweckt und …«

»Ist schon gut«, unterbrach Wiebke ihren Redefluss. Sie hatte verstanden. Käthe fühlte sich zu dem Jungen hingezogen.

Wiebke zuckte die Schultern. »Ich habe nur das wiederholt, was alle sagen. Was ist mit ihm?«

Eine Sorgenfalte erschien auf Käthes Stirn. »Ich weiß nicht, irgendetwas … stimmt nicht mit ihm.«

»Inwiefern?«

Käthe blickte auf, sah Wiebke direkt an. »Ich weiß nicht.«

»Hast du mit ihm gesprochen?«

»Ja. Er hat gesagt, es wäre nichts.«

»Aber?«

Käthe grub ihre Finger in den Stoff ihres Kleides. »Heute, auf dem Heimweg … Er ging so seltsam … als ob er humpeln würde. Er schien Schmerzen zu haben. Ich habe ihn zu Mittag noch gesehen. Da wirkte er ganz normal. Irgendetwas muss danach passiert sein.«

»Ein Unfall vielleicht? Könnte er sich in der Fabrik verletzt haben?«

Käthe schüttelte den Kopf. »Er hatte heute frei, weil er bei der Tochter des Fabrikanten …«

»Ach, *die* Sache«, sagte Wiebke. »Von der Heldentat und der Belohnung haben die Männer gestern bei der Feier erzählt. Sehr geistesgegenwärtig von deinem Franz.«

»Es ist nicht *mein* Franz!«, empörte sich Käthe sofort. »Ich kann ihn gut leiden, mehr ist da nicht.«

»Schon gut, schon gut.« Wiebke hob entschuldigend die Hände. »Aber wenn es kein Unfall war, was war es dann?«

Käthe senkte den Kopf. »Wenn ich das nur wüsste«, murmelte sie. »Es kam mir aber so vor, als ob er vor irgendetwas große Angst hätte …«

Wiebke spürte, wie eine sonderbare Unruhe sie ergriff. Vielleicht hatte auch Franz das Gefühl, dass etwas Unheilvolles und Böses ins Dorf eingezogen war. Vielleicht war das alles doch nicht nur Einbildung.

36

Eingewickelt in einer kratzigen Wolldecke lag Franz auf der Bank in der Küche. Im Winter zog er diese Bettstatt dem mit Stroh ausgepolsterten Bettkasten unter dem Dach vor. Auf dem harten Holz taten ihm die Knochen weh, nicht selten schmerzte am Morgen sein Rücken wie nach der Kartoffelernte. Aber das war immer noch besser, als frierend und zitternd in der ungeheizten Kammer zu nächtigen. In der Küche wurde der Ofen von früh bis spät gefeuert, und selbst nachts war es noch angenehm warm.

Die Füße berührten fast den Ofen, in dem der Holzscheit glühte, den sein Vater vor dem Zubettgehen aufgelegt hatte. Durch Ritzen des Ofentürchens drang ein schwacher Lichtschein.

Franz griff nach dem Wecker auf dem Tisch und hielt ihn dicht vor die Augen. Die Zeiger zeigten kurz vor Mitternacht an. Er stellte ihn zurück an seinen Platz, drehte sich auf den Rücken und starrte zur Decke.

Er konnte nicht schlafen. Zu sehr beschäftigte ihn der Vorfall am Nachmittag in der Tuchfabrik. Er verstand noch immer nicht, was genau passiert war.

Auf der einen Seite war da die Drahtschlinge gewesen. Damit hätte Gerold ihn töten können. Und das, was Gerold mit ihm angestellt hatte, hatte schlimm wehgetan. Der Po war noch immer so wund, dass er kaum sitzen konnte. Nur gut, dass er nicht mehr blutete.

Franz wusste noch, dass er irgendwann wie aus einem unruhigen Schlaf erwacht war. Vor sich sah er das Gesicht von Gerold, der ihn dreckig angegrinst hatte. Der Draht um seinen Hals war fort, auch war seine Hose wieder hochgezogen. Im ersten Moment hatte Franz davonrennen wollen. Doch Gerold hatte ihn aufgehalten, nicht mit Gewalt, sondern so wie man einen Freund zurückhält, um ihn zu beschützen. Gerold hatte von irgendwoher eine Flasche Bier beschafft. Er trank einen Schluck und gab dann Franz die Flasche.

»Manchmal gehen die Gäule mit mir durch«, hatte Gerold gesagt und ihm freundschaftlich die Hand auf die Schulter gelegt. Es hatte sich wie eine Entschuldigung angehört. »Es gibt Dinge, die machen einen Mann verrückt«, hatte Gerold erklärt und in Richtung des Wohnhauses genickt. »Eine wunderschöne Frau zum Beispiel. Mann, die hat aber auch Hüften.«

Gerolds anzügliches Lachen klang immer noch in seinen Ohren nach.

»Und erst die Brüste, Mann, ich darf gar nicht daran denken. Da steigt in mir der Saft wieder auf.« Sein Lächeln war von einem Augenblick auf den anderen verschwunden. »So was fehlt dir an der Front. Da musst du sehen, wie du klarkommst. Die meisten von uns, nun ja, die hatten kein Verlangen mehr. Bei der Hölle um einen herum kein Wunder, oder? Doch bei mir war es nicht so.« An der Stelle hatte Gerold geseufzt und ihm freundschaftlich durch die Haare gewuselt. »Du weißt schon, was ich meine.«

Franz hatte genickt, obwohl er überhaupt nichts verstand. Gerold hatte das Bier ausgetrunken, dann war er aufgebrochen. So, als wäre nichts gewesen. So, als wären sie dicke Freunde.

Das Uhrwerk des Weckers tickte laut, konnte aber das Schnarchen aus dem Schlafzimmer der Eltern im Obergeschoss nicht übertönen.

Für Franz ein Geräusch, an das er sich gewöhnen musste. Nicht nur an das Geräusch, sondern auch an den Fremden, der jetzt neben seiner Mutter im Bett lag.

Kein Fremder. Es ist mein Vater.

Bisher hatten sie nur wenige Worte miteinander wechseln können, da sie sich so selten sahen. Nur das Abendessen nahmen sie gemeinsam ein, so wie heute Abend auch. Stumm hatten sie am Tisch gesessen. Franz war mit den Gedanken bei dem Vorfall mit Gerold gewesen. Doch irgendwann hatte er bemerkt, dass sein Vater ins Leere starrte.

Graue Augen, gefüllt mit Angst und Abscheu.

Ein Schauder lief Franz über den Rücken. Die Kindheitserinnerungen waren verblasst, eins wusste Franz aber noch: Der Blick seines Vaters war vor dem Krieg stets herzlich und voller Stolz gewesen. Jetzt erinnerte er ihn an den Golem, das Ungeheuer, das geschaffen wurde, um zu töten. Von dem hatte Ruben Lieberstock ihm erzählt. Wie das Ungeheuer saß sein Vater anteilnahmslos in der Ecke des Herrgottswinkels.

Inständig hoffte Franz, dass die Liebe seiner Mutter das Herz des Vaters erwärmte, denn ein Golem im eigenen Haus konnte nur Unheil bringen.

Franz fiel der Jahrmarkt ein, der vor vielen Jahren bei

ihnen war. Dorthin war der Vater gerne gegangen. Sie könnten doch demnächst zusammen zu einem Jahrmarkt gehen. Vielleicht wäre der Vater dort wieder wie früher.

Der Jahrmarkt war ein großes Ereignis gewesen. Von nah und fern waren Verwandte und Freunde angereist. Die Gesichter und die Namen der Onkel und Tanten hatte Franz schon lange vergessen. Seine Mutter hatte am Herd gestanden und alle beköstigt. Der Kanehlkränz – ein Zimtkranz mit reichlich Butter, Zucker, Zimt, Rosinen und Zitronat – war dabei für Franz das Beste gewesen, was sie aus der Backröhre gezogen hatte.

Immer und immer wieder hatte es Franz zum Karussell getrieben, um Runden auf einem der bunten Holzpferde zu drehen. Als das Geld ausging, hatte er versucht, sich heimlich einzuschleichen, was jedoch nicht gelang. Der Karussellinhaber hatte Adleraugen, ihm war nichts entgangen. Hoch aufgerichtet hatte er am Fahrhebel gestanden und erst die Bremse gelöst, wenn die »blinden Passagiere«, wie er die Preller nannte, von Bord gegangen waren.

Kaum war der Jahrmarkt vorüber gewesen, das Karussell abgebaut, der Tross der Schausteller weitergezogen, war der Krieg ausgebrochen. Wenige Tage später war sein Vater einberufen worden. Die Monate gingen ins Land, immer mehr Männer verließen das Dorf, bis nur noch die Alten und Kranken zurückblieben. Wenn sein Vater auf Fronturlaub war, trieb sich Franz meistens in der Gegend herum. Lieber hatte er versucht, den Geheimnissen der Natur auf die Spur zu kommen, als sich mit einem Mann zu beschäftigen, den er kaum wiedererkannte.

Das Schnarchen über ihm verstummte.

Franz drehte sich auf die Seite und zog die Decke über die Schultern. Er hörte Schritte. Vermutlich holte seine Mutter gerade das Nachtgeschirr aus der Truhe. Ein vertrautes Geräusch, das Franz beruhigte. Er gähnte und glitt hinüber in einen traumlosen Schlaf.

Er schreckte auf, als ihn etwas an der Schulter berührte.

Der Golem! Er hatte den Zettel im Mund mit dem Auftrag, ihn zu töten.

Sein Herz pochte wild. Der Schreck war ihm in die Glieder gefahren. Er kroch in die Ecke der Bank, schob die Hand in die Hosentasche und tastete nach dem Griff des Schnitzmessers.

Krümm mir ein Haar, und ich schneide deinen Lehm in Stücke!

Im Flur brannte Licht. Er sah die Umrisse einer Gestalt.

Das ist kein Golem. Viel zu klein. Das ist …

»Mutter?«, stieß Franz aus. Noch nie hatte sie ihn nachts in der Küche aufgesucht.

»Es tut mir leid«, sagte sie mit belegter Stimme. »Schlaf weiter, ich …« Sie seufzte zitternd.

Franz sprang auf die Beine. Er fasste seine Mutter an den Oberarmen. »Geht es dir nicht gut? Soll ich den Doktor holen?«

»Nein, nein«, wehrte sie ab. »Mir geht es gut, keine Angst.« Sie holte tief Luft. »Aber mit deinem Vater stimmt etwas nicht.«

37

Ich weiß, es geht dir nicht gut, Kamerad.

Es ist die Kälte. Sie greift die Lungen an. Moment … die Decke bis zum Hals … so! Besser?

Keine Antwort ist auch eine Antwort. Ein wenig verstockt heute, nicht wahr?

Aber, wenn es dich tröstet, Kamerad: Die Kälte, das ist nichts gegen Giftgas, das kann ich dir versprechen! Mit Tränengas fing man an. Unangenehm, keine Frage, aber auszuhalten. Dagegen hielt man standhaft durch.

Dann aber kam das Chlorgas. Zersetzt die Lunge, nagt und frisst einem alles weg. Ist Phosgen beigemischt, entsteht zusätzlich Salzsäure. Innen drin, im Organ. Wie sich das auswirkt, muss ich nicht weiter erläutern, oder? Teufelszeug! Wenn die Wolke auf einen zutreibt, sollte man besser die Füße in die Hände nehmen …

Oh, tut mir leid … das war unpassend von mir. Moment …

Ich habe noch ein Verbandpäckchen … das drücke ich auf die Wunde … das wird schon wieder, keine Sorge …

So, fertig!

Wo war ich? Ach, ja …

Ich muss dir das eigentlich nicht erzählen, Kamerad, du weißt es selbst am besten. Du sitzt mit im Boot, auch so ein armes Schwein wie wir alle. Verzeih mir, ich muss reden, verstehst du? Reden hilft mir …

Wie? Davonlaufen? Ha, wenn das so einfach wäre. Hebt man den Kopf aus dem Graben, hat man eine Kugel im Kopf. Oder ein Schrapnell. Sollte man doch so viel Schwein haben, dass es gelingt, sich über den Rand zu schwingen, ohne zersiebt zu werden, dann sind da noch die Offiziere. Fahnenflucht! Kugel ins Kreuz, von den eigenen Leuten. Einfach die Pistole durchgeladen und peng. So sieht es aus. Also bei Gas die Maske raus und übergestülpt, was bleibt schon anderes übrig. Ein elendiges Scheißgefühl. Die Lungen pumpen, durch den Filter saugt man gierig nach Luft und hofft dabei inständig, dass kein Reizmittel beigemischt ist. Das durchschlägt mühelos die Filter. Brechreiz und Übelkeit. Die Maske runterreißen geht ja nicht. Also rein mit dem Mittagessen in die Maske.

Hm, wenn ich so darüber nachdenke: Vermutlich ist die Verpflegungslage daher so beschissen. Der Kaiser sorgt sich um die kotzenden Frontschweine. Wenig im Magen, wenig in der Maske. Ha, ha, alles nur aus Fürsorge.

Mir wird schon schlecht, wenn ich nur daran denke. Kämpft man nicht gerade mit sich selbst, schaut man durch die vom Schweiß beschlagenen Gläser hinaus und wartet auf den Feind.

Das Warten ist das Schlimmste. Was da einem alles durch den Kopf geht.

Ich meine jetzt keine Kugel, ha, ha, sondern Gedanken.

Man wartet und wartet.

Auf den Tod? Wird es der letzte Tag sein? Oder wird man diesen auch noch überleben? Lohnt sich das Ganze überhaupt noch? Ist es nicht besser …

NEIN!

Ist es nicht! Nach Regen kommt Sonne, nach den fallenden Blättern im Herbst die Blüten im Frühling, nach der Kälte …

Wobei wir wieder beim Thema sind – die Kälte.

Dagegen muss etwas unternommen werden, das sehe ich ein.

Ich seh mal zu … vielleicht eine weitere Decke, Kamerad … warum nicht …

Bin gleich zurück …

Was in Dreiteufelsnamen? Warum trage ich Schuhe im Bett? Hemd und Hose? Ich bin mir sicher, ein Nachthemd angezogen zu haben.

Oder nicht?

Herrgott, ich kann mich nicht erinnern!

38

Franz ging vor seiner Mutter die Treppe hinauf. Auf der letzten Stufe zog er aus Gewohnheit den Kopf ein, um sich nicht an dem Deckenbalken zu stoßen. Er trat in das Elternschlafzimmer. Es roch schrecklich – nach Urin und nach Schweiß. Franz spürte, wie ihm flau wurde.

Meine Güte! Was war hier los?

Die Mutter schaltete das elektrische Licht an. Der grelle Schein schmerzte in den Augen, und Franz blinzelte, bis er sich an die Helligkeit gewöhnt hatte. Er sah sich um. Das Bettzeug lag zerwühlt auf den Matratzen, eins der Kopfkissen war aufgerissen, Daunen lagen auf dem Boden. Als hätte ein Kampf stattgefunden. Ein furchtbarer Gedanke kam ihm in den Sinn. Er fuhr zu seiner Mutter herum. »Hat er dir wehgetan?«

Entgeistert sah sie ihn an. »Wie kommst du darauf?«

Franz wies auf das zerrissene Kopfkissen.

Seine Mutter schüttelte den Kopf. »Er hat es so krampfhaft in den Händen gehalten, bis es zerriss.«

»Wo ist er? Ist er davongerannt? Ist er aus dem Fenster gesprungen?«

Hedwig Metzler schüttelte traurig den Kopf. Sie ging auf die Knie und blickte stumm unter das Bett.

Franz hockte sich an ihre Seite.

Dort, unter dem Bettgestell, lag sein Vater auf der Seite, mit angezogenen Knien, die er mit den Armen fest umklammerte.

Augenblicklich wusste Franz, woher der Gestank im Schlafzimmer rührte.

Sein Vater zitterte derart heftig, dass sein Kopf leise auf die Holzdielen trommelte. Rotz lief ihm aus der Nase, Speichel aus dem Mundwinkel. Ein Schluchzen drang aus seiner Kehle.

»Ich konnte nicht einschlafen«, sagte Hedwig Metzler mit erstickter Stimme. »Das Schnarchen … Ich muss mich erst wieder daran gewöhnen. Plötzlich sitzt er aufrecht im Bett, klammert sich an das Kopfkissen und pendelt mit dem Oberkörper vor und zurück. Ich habe ihn gefragt, was los ist. Da springt er aus dem Bett und kriecht wimmernd unter das Bett.«

Franz musste an Paul und Gerold denken. Er wusste, dass der Krieg diese Männer schrecklich verändert hatte. Und jetzt also auch seinen Vater. Er rückte näher ans Bett und streckte vorsichtig die Hand aus.

»Papa … komm da raus, Papa, bitte«, sagte er leise, als würde er eine verschreckte Katze aus einem Baum retten wollen.

Sein Vater reagierte nicht.

Kurz überlegte Franz, ihn zu packen und einfach unter dem Bett hervorzuziehen, ließ es dann aber bleiben. Ihm kam eine bessere Idee. Er setzte sich auf das Bett, klopfte auf die Matratze und forderte seine Mutter so auf, es ihm gleichzutun.

Sie runzelte die Stirn, kam der Aufforderung aber nach.

»Erinnerst du dich, als Opa im Sterben lag?«, fragte

Franz. »Er hatte Angst. Du hast seine Hand genommen, sie fest gedrückt, und dann hast du gesungen.«

»Das habe ich, ja. Du meinst, es könnte deinem Vater auch helfen?«

Franz zuckte die Schultern. »Bei Opa war es so.«

»Ich weiß nicht.«

»Du solltest es versuchen.«

Seine Mutter errötete. Sie hatte seit Jahren nicht gesungen. Dazu aufgefordert zu werden hatte sie schon immer verlegen gemacht. Doch schließlich nickte sie. »Du hast recht. Wir müssen es versuchen.« Sie drückte seine Hand. »Singst du mit?«

Franz nickte. »Was sollen wir singen?«

Hedwig Metzler überlegte. »Ein Weihnachtslied. Das passt, findest du nicht? Lass uns mit *Stille Nacht* beginnen.«

Sie stimmte an, und bei »heilige Nacht« fiel Franz ein. Er brummte aber mehr, als dass er sang. Die Stimme seiner Mutter hingegen war hell und klar, sie erfüllte den Raum, durchdrang sein Herz und wärmte es. Glich die Zukunft eben noch einer dunklen und gefährlichen Gewitterfront, hellte sich der Horizont mit jedem Ton, den seine Mutter sang, auf.

Franz schloss die Augen und hoffte auf das Wunder.

39

Agnes Papen stand in der Schlafkammer ihres Onkels am Fenster und starrte in die Dunkelheit hinaus. Die Kirchturmspitze hob sich als schwarzer Schatten gegen den Horizont ab, Raureif schimmerte auf den Dächern der Häuser im Licht der Sterne. Außer dem eigenen Atem war nichts zu hören.

Die nächtliche Stille in Kirchbach war für Agnes immer noch überraschend. Sie war es gewohnt, von allerlei Geräuschen in den Schlaf gewiegt zu werden. Das Klappern von Hufen auf dem Pflaster, Motorengeräusche, lautstarke Unterhaltungen von beschwipsten Nachtschwärmern… An der Front waren es dann ganz andere Klänge gewesen, die den Alltag prägten – das trockene Tackern der Maschinengewehre, die Granatenexplosionen, das Wimmern und Schluchzen von Verwundeten, das Gellen von Befehlen.

Die absolute Stille, die in Kirchbach nachts herrschte, hatte für sie etwas Beunruhigendes. Lag sie im Bett, lauschte sie angestrengt. Sie witterte hinter jedem Mäusegetrappel einen Marodeur, der ihr an die Wäsche wollte. Knarrte der Dachstuhl, fürchtete sie Einbrecher, bellte ein Hund, grauste ihr vor dem Zündeln eines herumschleichenden Brandstifters.

Wie absurd das Ganze war, war ihr bewusst, doch konnte

sie nichts dagegen tun. Sie tröstete sich mit dem Gedanken, dass der Mensch ein Gewohnheitstier war. Irgendwann würde sie die Stille wohl gar nicht mehr wahrnehmen, wie alle anderen Dorfbewohner.

Sie wischte mit der Hand über das beschlagene Fensterglas.

Wo ihr Onkel wohl heute Nacht schlief? Wie weit war er bereits gekommen? Wann hörte sie von ihm?

»Du musst Geduld haben«, hatte Hermann ihr geraten, als sie am frühen Abend die Tanne in die Stube getragen hatten. »Es wird sich alles fügen. Spätestens im Frühjahr, wenn er all das bestaunt hat, was er sehen wollte, wird dein Onkel wieder auf der Schwelle stehen. Gönn ihm die Zeit.«

Agnes zog die Wolldecke, die sie sich über die Schultern gelegt hatte, enger. Wie gerne hätte sie Hermanns Zuversicht geteilt. Aber auf einer Reise konnte so viel geschehen. Ihr Onkel war zwar nicht auf den Mund gefallen – er konnte sich im Leben durchschlagen –, aber er war leider auch sehr gutgläubig. Eine leichte Beute für jeden Halunken und Halsabschneider. Wer weiß, vielleicht lag er bereits mit eingeschlagenem Schädel in irgendeinem Straßengraben.

Agnes kämpfte gegen dieses Bild an. Sie musste hoffnungsvoll denken, durfte nicht zulassen, dass die Sorge sie lähmte. Sie benötigte alle Kraft, um sich in ihrem neuen Leben einzufinden.

Sie schloss die Augen, stellte sich vor, wie Onkel Hans glücklich und zufrieden in einem warmen Bett in einer Herberge nächtigte.

Besser, viel besser.

Ihr Puls beruhigte sich. Sie sah hinunter auf die Dorfstraße.

Die Laternen im Dorf leuchteten noch nicht. Konstanz Schommer wollte zunächst abwarten, ob der Generator die Belastungen der Haushalte bewältigte.

Sie mochte den alten Müller. Sie hatte mit ihm ein paar Worte gewechselt, während Agnes ihre Kamera bei der Einweihung des Kraftwerkes aufgebaut hatte. Konstanz Schommer verfügt über Charme, und für einen Dörfler, der zeit seines Lebens nur wenige Male aus Kirchbach herausgekommen war, war er überaus eloquent. Sie hatte gespürt, wie dieser Mann für seine Idee brannte. Das hatte ihr imponiert, schließlich ging der alte Müller bestimmt schon auf die siebzig zu. Sie kannte andere in seinem Alter, die zogen sich auf das Altenteil zurück und warteten nur noch darauf, dass der Sensenmann anklopfte und sie abholte. Konstanz Schommer gehörte eindeutig nicht zu dieser Sorte. Agnes seufzte. Offensichtlich waren nicht alle Menschen am Krieg zerbrochen.

Hermann hingegen hatte gewiss auf der Kippe gestanden, und Agnes konnte sich schmeicheln, dass sie ihn offenbar davor bewahrt hatte, in den Abgrund zu stürzen. Seit er sich so rührend um ihren Onkel gekümmert hatte, war er wie verwandelt. Sie lachten viel, teilten ihre Sorgen und Nöte, und unterhielten sich über Gott und die Welt. Für morgen hatten sie sich zum Schmücken des Baums verabredet. Danach wollte Agnes versuchen, aus ihren kargen Vorräten ein annehmbares Festessen zuzubereiten. Hermann wollte das Grammophon mitbringen. In seiner Sammlung fand sich sogar eine Schellackplatte mit Weihnachtsliedern. Um Mitternacht planten sie den gemeinsamen Besuch der Mette.

Die erste Friedensweihnacht nach vier Jahren.

Sie sah Hermann vor sich, sein kantiges Kinn, das warmherzige Lächeln, die grauen Augen, mit denen er sie ab und zu verstohlen musterte.

Agnes musste lächeln. War sie in Hermann Brosch verliebt? Der Gedanke wirkte unangemessen in dieser Umgebung. Hermann war ein wunderbarer Mann, und sie spürte, wie gut ihr seine Nähe tat. Aber der Gedanke ans Verliebtsein gefiel ihr dennoch nicht. Nicht hier und jetzt, mit dieser ungewissen Zukunft.

»Albern«, murmelte sie. Sie stieg ins Bett und kuschelte sich unter ihr Federbett, um endlich Schlaf finden.

Bevor ihr die Augen zufielen, glaubte sie, jemanden singen zu hören: Weit entfernt, hoch und klar, engelsgleich. »Albern«, wiederholte sie flüsternd. Ihre Sinne mussten ihr einen Streich spielen. Sie drehte sich auf die Seite und schlief ein.

Braila, Russland, 24. Januar 1917

Liebe Mutter!
Russland ist wahrlich ein kaltes Land. Nur gut, dass ich warme Sachen habe. Besonders dein gestrickter Schal leistet gute Dienste. Denn letzte Nacht im Schützengraben waren es minus 15 Grad. Dazu der eisige Wind. Ohne Wollhandschuhe und Wollsocken hält es keiner der Kameraden länger als ein paar Minuten aus. Wir helfen uns gegenseitig aus, denn nicht alle sind so gut gerüstet wie ich. Der Verschleiß ist groß. Schick mir bitte alles Wärmende, was du auftreiben kannst, Kniewärmer, Handschuhe, Futterage sowie Wurst, Butter, Schokolade und Zucker. Wir brauchen es nötig.
Der Russe sitzt einen halben Kilometer entfernt und verhält sich ruhig. So können wir uns in unserem Quartier, einem Pferdestall, erholen. Jochen hat einen Kanonenofen aufgetrieben, Stroh gibt es auch. Wunderbar weiche Bettstätten, himmlische Zustände. Nur die Läuse stören. Es juckt und krabbelt überall. Vom ständigen Kratzen blutende Schrammen und Pusteln bekommen. Wir lesen uns gegenseitig die Mistviecher aus den Haaren und von der Haut, doch so ist denen nicht beizukommen. Es ist eine Plage. Schick mir bitte beim nächsten Mal eine ordentliche Salbe, Paraffin mit Heilkräutern.
Viele herzliche Grüße
Dein Gerhard

Gerhard Breuer aus Kirchbach, gefallen am 3. September 1917 südlich Uexküll bei der Schlacht um den Dünabogen, Russland

DIENSTAG, 24. DEZEMBER 1918

Die Entente-Mächte setzen die Seeblockade trotz Waffenstillstand fort.

Selbst in wohlhabenden Familien kommt in diesem Jahr keine Weihnachtsgans auf den Tisch.

Um die Ausbreitung des russischen Bolschewismus zu verhindern, fordert die alliierte Waffenstillstandskommission in einer Note das deutsche Heer dazu auf, das »Baltikum so lange zu halten, wie die Alliierten es notwendig finden«.

40

Der Wecker rasselte. Übermüdet tastete Franz danach, fand ihn aber nicht am gewohnten Platz. Trotzdem verstummte das Geräusch.

»Erschrick nicht, ich bin es«, hörte er die tiefe Stimme seines Vaters. Das Ratschen eines Zündholzes erklang, dann flackerte der Schein einer Kerze auf.

Franz drückte sich von der Bank hoch und setzte sich. Er rieb sich die Augen. »Du bist schon wach?«

»Ich wollte dich nicht verpassen.«

Ludwig Metzler beugte sich vor. Die Bartstoppeln schimmerten grau im Licht, die rissigen Lippen bedeckten gelbgefärbte Zähne. Tiefe Falten zogen sich von den Nasenflügeln bis hinunter zum Kinn.

»Ich möchte dir danken«, sagte Ludwig Metzler.

Franz begriff nicht. »Danken?«

»Deine Mutter hat mir erzählt, das mit dem Singen war deine Idee gewesen.«

Franz nickte.

Sein Vater streckte die Hand aus und strich Franz über den Kopf.

»Du glaubst gar nicht, wie gut mir das getan hat. Es war, als würde mir jemand einen Rettungsring zuwerfen. Sonst wäre ich wohl untergegangen.« Er richtete sich auf.

»Bestimmt war mein… nun… Anblick alles andere als schön…« Er wandte sich ab, trat ans Fenster und sah hinaus in die Dunkelheit.

Franz entschied sich, auf die Bemerkung seines Vaters nicht einzugehen. Am besten vergaß man es rasch. Er stand auf und goss sich den Rest Wasser aus dem Vorratskrug in einen Emaillebecher. Dann klaubte er sich die winzige Ecke des steinharten Brotes aus der Brotkiste und tauchte eine Ecke ein. Er kaute langsam. Die Hungersnot hatte ihn gelehrt, jeden Bissen zu genießen, und sei es auch nur steinhartes Brot. Er stürzte das Wasser hinunter, stieg in die Schuhe und warf sich die Jacke über. »Ich muss los.«

»Warte!« Sein Vater wandte sich zu ihm um.

Mit dem Türgriff in der Hand blieb Franz stehen.

Schwerfällig trat Ludwig Metzler auf Franz zu. Tränen schimmerten in seinen Augen, die Unterlippe bebte.

Sein Vater streckte die Arme vor und fasste Franz an den Schultern. Er zog Franz an sich, umarmte ihn und drückte kräftig.

Franz ließ es geschehen. Wenig später war es auch schon vorbei.

Ludwig Metzler rieb sich mit dem Unterarm die Tränen von der Wange.

»Deswegen bin ich jeden Tag aufs Neue dem Wahnsinn entgegengetreten«, sagte er mit belegter Stimme. »Um deine Mutter und dich noch einmal in den Armen halten zu können.« Er lachte etwas verschämt. »Nur dass ich mir dabei dich als Dreikäsehoch vorgestellt habe. Groß bist du geworden, mein Junge.« Er nickte anerkennend. »Ja, ein Mann. Sogar Arbeit hast du gefunden.« Stolz schwang in der Stimme mit. »Und ich habe manchmal gedacht… Ach, unwichtig.«

»Was?«

»Es tut nichts zur Sache.«

»Du hast es selbst gesagt, ich bin schon fast ein Mann. Also behandle mich nicht wie einen kleinen Jungen.«

Ludwig Metzler kratzte sich die Wange. »Ja, du hast recht. Aber du darfst mir nicht böse sein.« Er sah seinen Sohn mit traurigen Augen an, als er fortfuhr. »Nun, ich habe manchmal gedacht… du hast nie richtig mit den anderen Kindern gespielt. Du hast immer so nachdenklich gewirkt, hast nie Gefühle gezeigt. Was ich gedacht habe, war…« Er hielt inne und verzog das Gesicht, als hätte er ein Glas Essig getrunken.

Franz wusste, was sein Vater meinte, und sprach es aus. »Du hast gedacht, ich würde immer ein Muttersöhnchen bleiben, einer, der ewig am Rockzipfel der Mutter hängen wird? Kurz gesagt – ein Dummkopf?«

»Das denke ich nun nicht mehr«, sagte Ludwig Metzler eilfertig.

Franz winkte ab. »Gräm dich nicht, Vater. Es hatte auch Vorteile.«

»Vorteile?«

Franz lächelte spitzbübisch. »Du hast mir viele Dinge durchgehen lassen, für die andere Kinder die Ohren lang gezogen bekommen haben.«

Damit ließ er seinen Vater stehen und machte sich auf den Weg. An den verblüfften Gesichtsausdruck seines Vaters beim Verlassen der Küche würde er sich noch lange erinnern.

41

Zur Mittagsstunde tat Ruben Lieberstock etwas, was er bislang sehr selten getan hatte: Er drehte das Schild an der Eingangstür so, dass man von außen »Geschlossen« lesen konnte, trat hinaus und sperrte ab.

Normalerweise stand er bis zum späten Abend für seine Kunden zur Verfügung. Auch an Heiligabend machte er da keine Ausnahme. Aber da gab es eine Sache, die *musste* er am heutigen Tage noch regeln.

Er machte sich auf den Weg.

Kinder sprangen schreiend und lachend um den Dorfbrunnen herum. Sie bespritzten sich mit dem eiskalten Wasser.

Er beneidete die Kinder nicht nur um ihre Unbekümmertheit, sondern auch um ihre Robustheit. Er selbst fror inzwischen sogar, saß neben dem bullernden Ofen in eine Decke eingehüllt.

Lieberstock versuchte, unbeschadet an ihnen vorbeizukommen, was ihm nicht gelang. Er rempelte mit einem unachtsamen Mädchen zusammen und geriet ins Straucheln. Gerade noch konnte er einen Sturz verhindern, indem er sich an der Hauswand abstützte.

Die Kleine blieb erschrocken vor ihm stehen, die anderen verstummten. Aus großen Augen sah sie zu ihm auf.

Spielerisch drohte Lieberstock mit dem Krückstock. »Was bringst du einen alten Mann so in Not?«

Offensichtlich verstand die Kleine nicht, dass es ihm nicht ernst war. In ihren Augen schimmerten Tränen. Rasch griff Lieberstock in die Manteltasche. Irgendwo weit unten musste sich noch ein Karamellbonbon befinden. Er fand es und hielt es dem Mädchen hin. »Nimm. Für dich.«

Zögerlich streckte die Kleine die Hand danach aus.

Lieberstock nickte ihr aufmunternd zu.

Sie zupfte es ihm vorsichtig aus den Fingern, wickelte das Papier ab und steckte es sich in den Mund. »Mmh«, machte sie und lächelte zu ihm auf.

»Du bist die Breuers Johanna, nicht wahr? Wie alt bist du? Neun?«

»Zehn!«

Gütig lächelte Lieberstock. Er sah sein Notizbuch vor sich, vier Einträge: Karl Breuer, der Vater der Kleinen, darunter: Rudolf, Gerhard und Friedrich Breuer, ihre Brüder. Die Zeilen waren erst kürzlich von ihm durchgestrichen worden. Lieberstock mochte sich den heutigen Heiligabend bei den Breuers nicht vorstellen. So lange hatte Frau Breuer gehofft, ihre Lieben wieder in die Arme schließen zu können. Und nun war ihr nur noch die Tochter geblieben. Ihr standen schwere Zeiten bevor. Den Hof ohne Mann oder erwachsenen Sohn zu bewirtschaften würde ihr alles abverlangen.

Lieberstock beugte sich zu Johanna hinunter. »Bist ein braves Mädchen. Grüß deine Mutter von mir, und versprich mir, dass du gut auf sie aufpasst. Hilf ihr tüchtig, hörst du?«

Sie nickte heftig.

Er richtete sich auf. »Und wenn du mich einmal besuchen kommst« – er senkt seine Stimme –, »weißt du, an Bonbons mangelt es mir nicht.« Das entsprach zwar nicht ganz der Wahrheit, doch einige der süßen Bröckchen würde er schon noch in den Schubladen finden.

Lieberstock winkte ihr zu und setzte seinen Weg fort. Hinter sich hörte er die spielenden Kinder lachen und rufen. Zufrieden lächelte er. Das Lachen der Kinder war Balsam für die Seele. Es bewies ihm, dass das Leben trotz allem weitergehen würde.

Der Hund der Intzes begrüßte ihn mit Gekläff. Ohne Furcht schritt Lieberstock auf ihn zu. »Guter Hund«, lobte er. Das Tier senkte den Schweif und ließ sich von ihm den Kopf streicheln. »Bist ein guter Wachhund.« Der Schäferhund tat ihm leid. Er wusste, dass das Tier kaum von der Leine gelassen wurde. Seit Jahren fristete der Rüde angekettet sein Leben. Für die Aufgaben außerhalb des Hofes hatten die Intzes einen australischen Shepard besessen, den sie abgöttisch geliebt hatten. Der Shepard durfte im Haus unter der Bank liegen und hatte Friedrich Intze überallhin begleitet. Vor vier Monaten war der Hund an Altersschwäche gestorben. Obwohl der Platz unter der Bank nun frei war, hatte der Wachhund es nicht geschafft, die Herzen der Intzes zu erweichen und ins Haus einzuziehen.

»Willst du zu Emma?«

Lieberstock fuhr herum. Da stand Friedrich Intze und sah ihn ernst an. »Auch.«

Die buschigen Augenbrauen des Ortsvorstehers zogen sich zusammen. »Auch? Wie soll ich das verstehen?«

Ein letztes Mal kraulte Lieberstock dem Hofhund das Kinn.

»Ich muss mit dir reden. Unter vier Augen.«

Zusammen gingen sie in die Kammer, in der Emma aufgebahrt lag. Lieberstock setzte sich auf einen der Stühle. Es roch nach Rosenwasser. Aber noch etwas anderes lag in der Luft, was Lieberstock nicht zuordnen konnte.

»Den Bub von ihr haben wir in Obhut gegeben«, sagte Friedrich Intze. »Es wird ihm gut gehen, dafür habe ich gesorgt.«

»Gut. Wann wird sie beerdigt?«

»Morgen. Wenn es nach meinem Weib gegangen wäre, hätten wir sie schon gestern verscharrt. Es gefällt ihr nicht, am Heiligen Abend eine Leiche im Haus zu haben. Aber das konnte ich nicht zulassen. Das gehört sich nicht, ich habe daher ein Machtwort gesprochen.«

»Das solltest du öfter tun«, brummte Lieberstock. »Und jetzt mach die Tür zu!«

Friedrich Intze funkelte seinen Gast wütend an. »Du hast mir in meinem Haus …«

»Ja, ja«, unterbrach Lieberstock. »Pluster dich nicht so auf. Spar dir das für deine Frau. Was ich mit dir zu bereden habe, muss nicht jeder mitbekommen. Also mach schon.«

Widerwillig schloss Friedrich Intze die Tür. Er wandte sich um. »Also, was willst du?«

Er setzte sich nicht, sondern verschränkte die Arme vor der Brust.

Lieberstock legte beide Hände auf den Krückstock ab. Er sah den Ortsvorsteher eindringlich an. »Paul hat die Sprache wiedergefunden.« Dass es sich dabei nur um rudimentäre Fähigkeiten handelte, verschwieg er. Es war für sein Vorhaben günstiger, den Ortsvorsteher im Glauben zu lassen, dass Paul vollständig von der Sprachlosigkeit geheilt war.

Friedrich Intze schluckte hart.

»Was?«

»Du hast richtig gehört.«

Nun setzte er sich doch. »Er kann…? Wie ist das möglich?«

»Ich bin kein Arzt«, sagte Lieberstock. »Aber ihr habt ihm mit euren niederträchtigen Anschuldigungen eine schlimme Angst eingejagt. Vielleicht hat er erst vor Angst seine Sprache verloren und jetzt eben wiedergefunden.«

Friedrich Intze stutzte. Er verengte die Augen zu Schlitzen. »So? Meinst du?«

Lieberknecht zuckte die Schultern. »Wie gesagt, ich bin kein Arzt. Aber so stell ich es mir vor.«

Friedrich Intze hatte angefangen, mit den Fingern auf den Knien zu trommeln. »Soso«, sagte er unwirsch. Er schien sich in seiner Haut nicht wohlzufühlen.

»Paul hat mir seine Unschuld beteuert.«

Friedrich Intze schnaubte verächtlich, sagte jedoch nichts.

»Stattdessen hat er wohl Emma beschützen wollen.«

»Beschützen?« Friedrich Intze wirkte jetzt gefasster und auf der Hut. »Vor wem beschützen?«

»Vor dir!«

Friedrich Intze sprang vom Stuhl auf. Er lachte höhnisch. »So ein dahergelaufener Wicht! Findet die Worte wieder, und das Erste, was über seine Lippen kommt, ist eine faustdicke Lüge.«

»Ist es denn eine?«

Empört schnalzte Friedrich Intze mit der Zunge. »Du wirst ihm das doch nicht glauben und mich damit gleichzeitig als Lügner hinstellen wollen.«

Lieberstock erhob sich ebenfalls. Er zog das Laken von Emmas Gesicht.

»Schau sie dir an«, sagte er scharf. »Schau sie dir an, und schwöre vor deinem Gott, dass du reinen Herzens bist. Dass du sie vorgestern Abend nicht erneut bedrängt hast.« Lieberstock hob warnend den Zeigefinger. »Überleg es dir gut, ob du vor deinem Schöpfer einen Meineid schwören willst.«

Friedrich Intze wurde kreidebleich. »Was fällt dir ein? Du kommst in mein Haus, erhebst schwerste Vorwürfe …«

»Schwöre es!«, schrie Lieberstock. Er nahm das Kreuz von Emmas Brust und drückte es Friedrich Intze in die Hand. »Wenn du reinen Herzens bist, dann wird es dir nicht schwerfallen, oder? Und sei es nur, um einem alten, eitlen Mann zu beweisen, einem Schwindler aufgesessen zu sein. Wenn du es nicht tust, werde ich heute Abend bei der Mette das Wort ergreifen.«

Friedrich Intze blickte auf das Holzkreuz, seine Hände zitterten. Er öffnete den Mund, schloss ihn wieder. Dann stammelte er: »Ich … bei Gott … ich … schw …« Er brach ab.

»Sag mir die Wahrheit«, flüsterte Lieberstock eindringlich. »Die Wahrheit, Friedrich! Mach aus deinem Herzen keine Mördergrube. Paul ist unschuldig, nicht wahr? Er wollte Emma helfen, sie vor dir beschützen. Deswegen hat er dich geschlagen. Richtig?«

Friedrich Intze fiel in sich zusammen. Es wirkte, als hätte man einer Marionette die Fäden durchgeschnitten.

»Ja.«

Lieberstock nickte ernst.

Friedrich Intze stand eine Weile gebeugt vor dem Schoof. Dann legte er das Kreuz zurück auf Emmas Brust und zog das Laken zurück über das Gesicht. Bevor er die Kammer verließ, wandte er sich an Lieberstock.

»Wenn du mit dieser Geschichte hausieren gehst, werde ich alles abstreiten.« Er ballte die Fäuste. »Fordere mich nicht heraus, Krämer. Es wird dir schlecht bekommen.«

Daran zweifelte Lieberstock nicht. Friedrich Intze genoss Anerkennung im Dorf, die Leute würden ihm die Stange halten, und Lieberstock konnte keinerlei Beweise vorbringen.

»Keine Angst, es geht mir nicht darum, dich anzuklagen. Aber ich schlage dir eine Abmachung vor.«

Intze trat einen Schritt näher, und Lieberstock wusste, dass er den Ortsvorsteher am Haken hatte.

»Mir ist aufgefallen, dass deine Frau schon geraume Zeit nicht bei mir einkaufen war.«

Friedrich Intze grunzte unwillig. »Ist das ein Wunder? Bei dir bekommt man doch nichts mehr.«

Lieberstock ging nicht darauf ein. »Aber ihr seid ganz offensichtlich nach wie vor bestens versorgt.«

»Das sind die Vorzüge, wenn man den größten Hof im Umkreis bewirtschaftet.«

Lieberstock wiegte den Kopf. »Gewiss, gewiss. Doch ich frage mich, ob du noch andere, hm, sagen wir – *Quellen* anzapfst.« Lieberstock schnupperte übertrieben. Jetzt konnte er auch den Duft von eben einordnen. »Wenn ich mich nicht täusche, rieche ich da gerade frisch aufgebrühten Kaffee.«

»Ha, ha«, lachte Friedrich Intze übertrieben gestelzt. »Kaffee! Wo soll der denn herkommen?«

»Tja, genau das frage ich mich auch«, sagte Lieberstock. »Kurz und gut, ich würde mich freuen, deine Frau bald wieder bei mir im Laden begrüßen zu dürfen. Und sollte sie mir dabei einen Korb mit einigen der Köstlichkeiten überreichen, die ihr noch in der *Vorratskammer* habt, dann werde ich ihr höflich wie ich bin beim Gehen die Tür aufhalten.«

Friedrich Intze sah ihn starr an. »Ist das der Preis für dein Schweigen?«

»Das und dein Versprechen, dafür zu sorgen, dass Paul in Ruhe gelassen wird. Niemand wird ihm mehr nachstellen.«

»Du weißt, wo er steckt? Er ist nicht auf und davon?«

»Was tut das jetzt noch zur Sache?«

Friedrich Intze kratzte sich nachdenklich die Bartstoppeln. »Also gut.« Mehr sagte er nicht. Verdrossen drehte er sich um und verließ die Kammer, die Schritte verhallten auf dem Flur.

Lieberstock atmete auf. Er wusste, dass es auch anders hätte ausgehen können. Er wertete es als eine glückliche Fügung, mit seinem Plan Friedrich Intze ein Geständnis entlockt zu haben. Er hatte alles auf eine Karte gesetzt – und gewonnen.

Es wurde Zeit, zurück zum Laden zu gehen.

42

Gekonnt ahmte Franz den Ruf eines Eichelhähers nach. Das Erkennungszeichen. Er schulterte den Rucksack neu und ging auf die Hütte zu, in der Paul seit seiner Flucht hauste.

Der Wind griff in die Tannenwipfel und bog die Stämme bedrohlich hin und her. Es rauschte über ihm, als stünde er an einem Wasserfall. Es war schon recht dunkel. Lange konnte Franz nicht verweilen, da er gemeinsam mit seinen Eltern die Kerzen am Christbaum anzünden wollte.

Die Füße schmerzten.

Einmal um die Welt.

So kam es ihm vor. In den letzten Tagen war er fast pausenlos unterwegs gewesen.

Gerold hatte ihn heute in Ruhe gelassen. Noch nicht einmal zu den üblichen kleinen Schikanen, die er sich sonst für ihn einfallen ließ, ein umgestürztes Ölfläschchen etwa, bei dem Franz dann die Lache aufwischen musste, hatte er sich aufraffen können. Stattdessen hatte Gerold jede sich bietende Möglichkeit genutzt, um heimlich einen Blick in die gute Stube des Fabrikanten zu werfen. Sehnsüchtig hatte er verfolgt, wie Fräulein Wenger den Christbaum geschmückt hatte. Dabei war Franz nicht entgangen, wie sich Gerolds Laune von Stunde zu Stunde verschlechterte. Zum Feierabend, der aufgrund der Festtage auf Geheiß des Fabrikanten heute zwei Stunden eher erfolgt war, hatte Franz rasch die Werkstatt verlassen. Zu dem Zeitpunkt hatte er gespürt, dass Gerold innerlich kochte.

Franz duckte sich unter einem tiefstehenden Zweig hindurch und erreichte die kleine Lichtung, auf der die Hütte stand. Ohne zu klopfen, trat er ein.

Paul saß im Schneidersitz neben dem Ofen, in dem ein Feuer loderte. Er murmelte etwas vor sich hin. Es hörte sich an wie eine Beschwörungsformel. Mit erhobener Hand begrüßte er Franz, hielt einen Kienspan in die Glut und zündete die kleine Öllampe an, die ihm Lieberstock zusammen mit Zündhölzern vorgestern mitgegeben hatte. Er wies mit dem Zeigefinger auf seinen Mund. »Muss … üben. Viel.«

Franz nickte. »Ist das mit dem Ofen klug?«

Paul zuckte die Schultern. »Kalt.«

Franz ging nicht weiter darauf ein. Paul war erwachsen und musste selbst wissen, welches Risiko er einging. »Herr Lieberstock lässt dich grüßen«, sagte Franz. Er stellte den Rucksack ab und öffnete ihn. Der Geruch nach Speck ließ seinen Magen vernehmlich knurren.

Wo hat Herr Lieberstock den wieder her? Wie macht der das? Kann er zaubern?

Paul kicherte leise. »Hunger?« Mit der flachen Hand schlug er auf den Boden neben sich. »Setzen. Iss. Teilen.« Er brachte die Worte inzwischen viel verständlicher als noch vor zwei Tagen über die Lippen. Das Üben zeigte Wirkung.

Franz schüttelte den Kopf. Er wollte nicht Pauls Vorräte aufzehren. Doch in diesem Moment spürte er, wie ein Schwindel ihn ergriff. Sein Kopf schien wie in Watte gepackt zu sein. Sein Blickfeld verengte sich. Er taumelte.

Gerade noch rechtzeitig packte ihn Paul und setzte ihn vor dem Ofen ab.

Franz lehnte den Hinterkopf an die Wand. Seine Sinne schärften sich nur langsam wieder. »Was war das denn?«, murmelte er. Seine Zunge fühlte sich schwer an.

Paul drückte ihm einen irdenen Topf in die Hand. »Trink!«

Das Wasser kühlte Franz' ausgedörrte Kehle. Erst jetzt fiel ihm auf, dass er seit dem Mittag keinen Schluck mehr getrunken hatte.

Paul hockte sich vor ihn und holte den Speck aus dem Rucksack. Mit dem Messer, das Lieberstock vorsorglich ebenfalls eingepackt hatte, schnitt er ihn in dicke Scheiben. Das Gleiche tat er anschließend mit dem halben Laib Brot. Er hielt Franz beides unter die Nase.

Diesmal widerstand Franz nicht. Die ersten Bissen schlang er gierig hinunter, spülte mit Wasser nach.

»Festessen!« Paul lachte.

»Festessen!«, bestätigte Franz.

Sie aßen stumm weiter. Als die letzten Bissen verspeist waren, leckte sich Paul über die Lippen.

»Erinnern«, sagte er und wies auf Franz.

Franz spülte den Brocken Brot, den er noch im Mund hatte, mit Wasser hinunter. »Ich soll dich erinnern? An was denn?«

Paul schüttelte den Kopf. Er tippte sich mit dem Zeigefinger auf die Brust. »Ich.«

Es dauerte einen Moment, bis Franz ein Licht aufging. Er sprang auf. »Du kannst dich wieder erinnern?« Er lachte. »Gott sei Dank. Dann weißt du ja jetzt, wo du hingehörst.«

Paul verkniff das Gesicht und machte eine vage Handbewegung.

Franz hörte auf zu lachen.

»Ich … weiß nicht … alles. Stücke … immer mehr.«

Franz setzte sich wieder. »Hast du eine Familie?«

Paul sah ihn lange an. »Frau«, sagte er schließlich. Er legte die Fingerspitzen auf seine Stirn. »Hier drin.«

»Ist doch gut!«, sagte Franz. »Wie heißt sie? Wo wohnt sie?«

Paul runzelte die Stirn. Er senkte den Blick und starrte in die Kerze. »Weiß nicht.«

Sprich ihm Mut zu.

»Das wird schon«, tröstete Franz. »›Hast du bei einem Werk den Anfang gut gemacht, das Ende wird gewiss nicht minder glücklich sein‹, hat mein Großvater immer gesagt.« Er nahm den Rucksack und stand auf. »Ich muss los. Wenn ich kann, komme ich morgen wieder.«

Armer Paul. An Heiligabend allein.

»Wart!« Paul rappelte sich auf. »Muss … was zeigen. Wichtig.«

Franz wollte widersprechen. Sicher warteten seine Eltern bereits auf ihn. Doch Pauls ernster Gesichtsausdruck ließ keinen Widerspruch zu.

Paul ging voran. Sie verließen die Hütte und schlugen einen Weg rechter Hand ein. Hier verlief ein kaum erkennbarer Wildpfad, der sich um die Baumstämme schlängelte. Nach wenigen Minuten erreichten sie einen Bach, der munter dahinplätscherte. »Vorhin … Wasser geholt«, sagte Paul. Er sprang über das Bachbett und winkte Franz, ihm zu folgen. »Gleich da.«

Auf der anderen Seite des Baches erhob sich eine riesige Eiche. Franz kannte den Baum. Er überragte alle anderen. Bei Tag konnte Franz sich an der Eiche orientieren. Vor Jahren hatte ein Blitz den Stamm gespalten. Der Baum hatte sich davon zwar wieder erholt, doch war ein Hohlraum zurückgeblieben, groß genug, um dort Schutz vor Regen zu finden.

Der Baum ist tausend Jahre alt. Das hat Großvater immer gesagt.

Beim Pilzesuchen hatten sie oft eine Rast im Schatten der Krone eingelegt. *Majestät,* hatte sein Großvater den Baum mit Ehrfurcht in der Stimme genannt.

»Hier!« Paul leuchtete mit der Lampe in die Höhle des Stammes. Er hatte die Stimme gesenkt. »Sieht man bei … Tag … vom … Bach.«

Neugierig trat Franz hinter ihn. Er sah etwas Helles im Licht der Laterne schimmern. Dann erkannte er ein Bein, sah einen Arm. Sein Blick glitt höher.

Die Leiche.

Franz schluckte. Es war der junge Mann, den er damals auf der Lichtung gefunden hatte und der plötzlich verschwunden war.

43

Agnes Papen wischte sich mit dem Ärmel ihrer Bluse die Tränen aus den Augenwinkeln.

»So schön«, hauchte sie. Sie konnte den Blick nicht von dem festlich geschmückten Christbaum lösen. Das Lametta ergoss sich wie ein silbriger Wasserfall über die Zweige, ein großer Strohstern zierte die Spitze, kleinere hingen gehalten von roten Bändern an den Ästen. Das Kerzenlicht spiegelte sich in den silbrigen Glaskugeln, die Hermann Brosch mitgebracht hatte.

»Mundgeblasen. Original aus Lauscha«, hatte er ihr bei seiner Ankunft am späten Nachmittag verraten. »Meine Eltern liebten sie.«

Agnes hatte die Lamettastreifen und die Strohsterne auf dem Dachboden gefunden. Bei ihrer Suche war ihr ein Heftchen in die Hand gefallen, auf das jemand »*Kirchbach 1910 bis*« notiert hatte. Achtlos hatte sie es in die Kiste mit dem Christbaumschmuck gelegt, als lautes Klopfen Hermanns Eintreffen angekündigt hatte. Die Kerzen für den Christbaum hatte sie rasch noch bei Lieberstock besorgt, der ihr zu ihrem Erstaunen ein Weihnachtsgeschenk mitgegeben hatte: ein großes Stück Dauerwurst.

»Letztes Jahr um diese Zeit lag ich im Streckbett«, sagte Hermann jetzt an ihrer Seite mit belegter Stimme. »Das

Einzige, was ich mir gewünscht habe, war, zu genesen, ohne meine Beine zu verlieren.« Er lachte bitter. »Ein gesunder Mensch hat tausend Wünsche, ein erkrankter nur einen einzigen.«

»Wohl wahr«, bestätigte Agnes. Sie dachte an ihr Weihnachten im vergangenen Jahr.

Die Feiertage hatte sie beim Jagdgeschwader 1 verbracht. Sie war der Einladung des Kommandanten, Manfred von Richthofen, gefolgt, den sie kurz vorher zufällig bei einer Zugfahrt getroffen hatte. Im Juli hatte von Richthofen sich bei einem Luftkampf schwer verletzt. Nach der wochenlangen Rekonvaleszenz war er auf dem Weg zurück zu seinem Geschwader gewesen. Ihr Mut und ihre Entschlossenheit, trotz der Widerstände in einer von Männern geprägten Welt sich als weibliche Kriegsberichterstatterin durchzusetzen, hatten ihm imponiert.

So hatte sie einige Wochen später mit den Fliegern in der Offiziersbaracke »Stille Nacht« und »O Tannenbaum« gesungen. Anschließend wurde ein Spanferkel aufgetragen, und der Rotwein floss in Strömen. Als dieser dann zu später Stunde vom Cognac abgelöst wurde und die Stimmung für Agnes' Geschmack etwas zu ausgelassen wurde, hatte sie sich zurückgezogen. Am nächsten Morgen waren viele von ihnen zu ihr gekommen, um sich photographieren zu lassen. Zahlreiche Porträts waren anschließend als Geschenk an die Daheimgebliebenen in die Feldpost gewandert.

Leider wurde von Richthofen zwei Tage nach Heiligabend als Beobachter der russisch-deutschen Friedensverhandlung nach Brest-Litowsk beordert. Gerne hätte sie mehr über diesen außergewöhnlichen Mann erfahren. Ein persönliches Interview mit ihm hätte ihr in allen Redaktionen die Türen geöffnet, da war sie sich sicher. Zumindest hatte von Richthofen ihr erlaubt, alles zu photographieren, wonach ihr der Sinn stand. So befanden sich in ihrem Koffer nicht nur die Negative der Jagdflieger, sondern darüber hinaus zahlreiche Photos mit Szenen aus dem Geschwader. Wer weiß, vielleicht konnte sie diese irgendwann noch zu Geld machen, sollte jemand auf die Idee kommen, eine Biographie über den erfolgreichsten deutschen Jagdflieger, der im April 1918 leider abgeschossen wurde und starb, zu schreiben.

Auf dem Grammophon drehte sich eine Schellackplatte. Ein Tenor sang mit kräftiger Stimme »Adeste Fideles«.

Agnes nahm allen Mut zusammen, hakte sich beim Doktor unter und lehnte ihren Kopf an seine Schulter. Sie spürte, wie er sich versteifte. Sie hob den Kopf, forschte in seinem Gesicht.

Hermann hatte die Lippen zu einem Strich zusammengepresst und blickte durch den Christbaum hindurch.

Schon wollte sie sich lösen, da legte er seine Hand über ihre und hielt sie fest. »Nein, lass. Es tut gut. Es ist nur … ich möchte nicht wieder jemanden verlieren, den ich …« Er brach ab, in seinen Augen schimmerten Tränen. »Es verursacht Schmerzen, schlimmer als alles, was ich sonst erlebt habe. Tief im Inneren, als würde mir jemand einen glühenden Eisenstab ins Herz rammen.«

Agnes fühlte einen Kloß im Hals. Seine Worte gingen ihr nah. »Du hast sie sehr geliebt, nicht wahr?«

Er nickte. »Als sie tot in meinen Armen lag, zerbrach etwas in mir.«

»Erzähl mir von ihr.«

Er schüttelte den Kopf. »Nicht heute Abend.« Er

lächelte sie an. »Morgen. Ja, ich denke, morgen ist ein guter Tag dafür.« Er beugte sich hinab und hauchte ihr einen vorsichtigen Kuss auf die Lippen. »Heute möchte ich glücklich sein.« Einen Augenblick später ergänzte er: »Mit dir.«

Agnes konnte nicht anders. Sie zog ihn in die Arme und drückte sich fest an ihn. Seine Zuneigung war das größte Geschenk, das sie überhaupt erhalten konnte. Sie wünschte sich, der Abend würde nie enden.

44

Wiebke lag im Bett und starrte zur Decke. Der Mond stand hoch und sandte bläuliches Licht in ihre Kammer. Sie fand keinen Schlaf, so sehr brannte in ihr die Wut auf die Hausherrin.

Es war still im Haus. Die anderen waren auf dem Weg zur Mitternachtsmette. Wiebke hatte vorgegeben, sich nicht wohlzufühlen, und war zu Bett gegangen. Sie wollte nicht Gefahr laufen, vor dem Pfarrer und den anwesenden Dorfbewohnern in Tränen auszubrechen.

Es war erniedrigend!

In früheren Jahren hatte Friedrich Intze die Bediensteten stets zusammengerufen, um mit ihnen das Festmahl einzunehmen. So hätte es auch dieses Jahr sein sollen. Ente mit Rotkraut sollte es geben. Letzteres gehörte zu ihrem Lieblingsgericht, und so hatte die Vorfreude sie über den Tag begleitet. Doch gerade als sie sich am Nachmittag nach dem Füttern der Schweine in die Küche begeben hatte, um mit den Vorbereitungen zu beginnen, war die Hausherrin hereingestürmt. »Wir essen heute ohne dich!«, hatte sie ausgespien, ihr die Zwiebel aus der Hand gerissen und in einen Korb geworfen. »Troll dich!«, hatte Elsbeth Intze Wiebke befohlen, um anschließend weitere Lebensmittel in den Korb zu werfen. Erst verschwand der Speck, der für die

Würze am Rotkraut sorgen sollte, dann folgte ein großes Stück der Dauerwurst.

Vollkommen überrumpelt von der Aktion, verharrte Wiebke. Sie zweifelte am Verstand der Hausherrin.

»Was ist?«, keifte Elsbeth Intze, während sie einen der beiden Kohlköpfe in den Korb legte.

Empört streifte Wiebke ihre feuchten Hände an der Kittelschürze ab. »So nicht!«

Elsbeth Intze hielt kurz inne, lachte dann auf. »Ha! Was hier geschieht, bestimme immer noch ich! Bedank dich bei meinem Mann. Mich trifft keine Schuld. Es bleibt kaum was für uns übrig.« Sie spitzte die Lippen und hob die Nase. »Du kannst dir hinterher die Knochen auskochen. Und jetzt verschwinde endlich. Ausnahmsweise werde ich mich um das Essen kümmern, schließlich muss ich dafür Sorge tragen, dass du nicht heimlich naschst.«

Wiebke hatte sich die Schürze vom Leib gerissen und war davongeeilt. Im Hinausrennen bemerkte sie Friedrich Intze. Die Tür zur Wohnstube stand offen, und er saß regungslos auf der Bank am Ofen. Obwohl er alles mitbekommen haben musste, war er nicht eingeschritten. Das schmerzte Wiebke mehr als die barschen Worte und die Geringschätzung von Elsbeth Intze.

Bis zur Mitternachtsmette hatte Wiebke bei Emma Totenwache gehalten und einen Rosenkranz nach dem anderen gebetet. Nicht einmal als Heinrich sich für einige Minuten zu ihr setzte, hatte sie damit aufgehört. Heinrich hatte sie beschworen, seiner Mutter zu verzeihen, er hatte auf die schweren Zeiten hingewiesen und darauf, dass seine Mutter kein schlechter Mensch sei. Doch Wiebke hatte auf stur geschaltet. Was zu viel war, war einfach zu viel!

Wiebke drehte sich auf die Seite. Über Emmas Bett hing ein Marienbild in der Größe einer Postkarte. Mit einem gütigen Lächeln auf den Lippen und einer Krone auf dem Kopf blickte die Gottesmutter entrückt dem Betrachter entgegen. Vom ersten Tag auf dem Hof an hatte Emma vor dem Zubettgehen vor dem Bild gekniet und gebetet.

Wiebke seufzte traurig. Was war ihr Schicksal schon gegen das von Emma? Sie empfand Zorn, aber sie war am Leben. Wut verrauchte irgendwann, der Tod jedoch dauerte ewig.

Trotzdem! Sie musste etwas unternehmen, so ging es nicht weiter. Wie konnte sie nur Elsbeth Intze in die Schranken weisen? Ihr damit drohen, den Hof zu verlassen? Aber was wäre, müsste sie ihre Drohung in die Tat umsetzen? War sie wirklich bereit dazu? Hier bei den Intzes wusste sie, wie der Hase lief. Was würde ihr ein neuer Dienstherr bescheren? Sie könnte vom Regen in die Traufe geraten. »Der Spatz in der Hand ist besser als die Taube auf dem Dach«, hatte ihre Mutter stets gesagt und dann mit einem listigen Lächeln um die Mundwinkel ergänzt: »Selbst wenn der Spatz dich zwickt und pickt«.

Wie lange konnte man ein solches Biest in der Hand ertragen? Was wäre, wenn der Spatz so lange pickte, bis er eine tiefe Wunde geschlagen hatte? War das immer noch besser, als die Taube, die lockte?

Nein, bestimmt nicht. Dann wäre es klüger, einen Schlussstrich zu ziehen und sich nach einer neuen Stelle umzusehen. Vorausgesetzt, jemand stellte sie ohne Empfehlungsschreiben ein. Denn ein solches würde ihr Elsbeth Intze nicht mit auf den Weg geben, davon war Wiebke überzeugt.

Erneut seufzte sie.

Eigentlich wollte sie das Dorf nicht verlassen. Nur: Was konnte sie sonst ins Feld führen, um mehr Gerechtigkeit einfordern zu können? Die Grübelei machte sie schläfrig.

Sie gähnte und sah zum Marienbild auf. »Hilf mir! Muttergottes, bitte!«, murmelte sie, drehte sich auf die andere Seite und fiel in einen traumlosen Schlaf.

Caudy, Frankreich, 2. Dezember 1917, Etappe

Mutter!
Außerordentliches gibt es zu berichten. Freue mich über das Eiserne Kreuz zweiter Klasse, welches mir der Regimentskommandant gestern persönlich an die Brust geheftet hat. Ausgezeichnet wurde mein heldenhafter Einsatz bei der Schlacht um Marcoing. Drei dieser neuen Waffen (die Tommys nennen sie Tanks) habe ich mit Handgranaten unschädlich gemacht. Der Angriff kam zum Erliegen. Hast du schon von diesen schrecklichen Vehikeln gehört? Stahlbewehrte, rautenförmige Ungeheuer mit Ketten, Kanonen und Maschinengewehren links und rechts. Landschlachtschiffe nenne ich sie. Die walzen mit einer Leichtigkeit über Stacheldraht hinweg, als wären sie auf einem Sonntagsausflug im Park.
So viele tauchten bei der Schlacht am Horizont auf, dass es einige von uns es mit der Angst zu tun bekamen. Zwanzig, dreißig, es wurden immer mehr. Diese große Anzahl ist mir noch nicht untergekommen. Die Motoren brummten und grollten, der Boden bebte. Ich habe die Nerven behalten. Liegen bleiben, und dann im rechten Augenblick hoch, Granate vor die Kette. Rums, und das Ungeheuer steht. Mit zerrissener Kette ist es aus mit der Herrlichkeit.
Drei Tage Fronturlaub gab es obenauf. Sammle Kraft für die nächste Runde. Mein Ziel ist das Eiserne Kreuz der ersten Klasse. Oder sogar das Großkreuz. Stell dir vor, ich gehe damit durch das Dorf.

Wie stolz du dann auf mich sein kannst, Mutter!
Dein Friedrich

Friedrich Breuer aus Kirchbach, gefallen am 10. November 1918 während der amerikanischen Maas-Argonnen-Offensive, einen Tag vor dem Waffenstillstand

Charleroi, Belgien, 24. November 1918

Meine geliebte Frau,
es ist endlich vorbei! Das Töten hat ein Ende, die Waffen schweigen. Die Ruhe um uns herum ist unbeschreiblich. Nirgends das Peitschen eines Schusses, das Tackern eines Maschinengewehrs, das Krachen der Explosionen. Noch nicht mal das ansonsten allgegenwärtige Artilleriegrummeln in weiter Ferne.
Gestern Abend Ankunft in Charleroi. Bin vor Müdigkeit nach dem Essenfassen sofort eingeschlafen. Schlecht geträumt, immer wieder aufgeschreckt. Muss ich mich daran gewöhnen? Oder werde ich die Bilder vergessen, die mich nachts heimsuchen?
Gleich soll es weitergehen, in Richtung Heimat! Kaum zu glauben: Es stehen Lastwagen bereit. Wo die herkommen, weiß niemand. Treibstofflage schlecht, sagen die Fahrer, für einige Kilometer soll es nur reichen. Einerlei, uns zieht es nach Hause, dann eben zu Fuß weiter. Wenige Tage hat der Waffenstillstand uns zugebilligt. Dann soll kein deutscher Soldat mehr westlich des Rheins stehen. Eine Vorgabe, die uns ein letztes Mal alles abverlangt.
Hinter Cöln dann Demobilisierung. Wenn alles wie geplant abläuft, noch vor Weihnachten. Wer weiß, vielleicht werde ich diesen Brief hier selbst in Empfang nehmen! Du darfst ihn dann trotzdem lesen, versprochen.
Ich bin so froh, der Hölle entkommen zu sein. Sehne mich da-

nach, dich endlich in die Arme zu schließen.
Grüße auch schön mein geliebtes Töchterchen Johanna von mir.
Dein Dich liebender Karl!

Karl Breuer aus Kirchbach, gestorben am 5. Dezember 1918 in Cöln an den Folgen der Ruhr

MITTWOCH, 25. DEZEMBER 1918

In Magdeburg gründet Franz Seldte den rechtsradikalen Bund der Frontsoldaten »Stahlhelm«.

In Berlin gehen die Kämpfe zwischen den revolutionären Matrosen und den Frontkämpfern weiter.

Der Fußballverein Rapid Wien gewinnt gegen den SC Rudolfshügel mit 9:0.

45

Agnes genoss nach dem Aufwachen noch einige Minuten die Wärme unter dem Federbett. Es war bereits hell, es musste also weit nach acht Uhr am Morgen sein. So lange hatte sie seit Ewigkeiten nicht mehr geschlafen.

Nach der Mitternachtsmette hatte sie mit Hermann am Christbaum gesessen und geplaudert. Für einige Stunden ließen sie den Schrecken der vergangenen Jahre sowie die Sorge um Onkel Hans hinter sich und redeten von den angenehmen Dingen des Lebens.

Agnes hatte Hermanns Erzählungen von seiner Kindheit gelauscht. Als Einzelkind verwöhnt und verhätschelt, hatte er erst während des Studiums gelernt, auf eigenen Füßen zu stehen. Ein schmerzlicher Prozess, da er dabei oftmals von den Kommilitonen Hohn und Spott ertragen musste.

Im Gegenzug hatte Agnes ihm von ihren stets amüsanten, mitunter auch peinlichen Ausflügen mit Klara in die Cölner Kneipenlandschaft berichtet.

Als ihr die Augen zufielen, hatte Hermann sie nach oben begleitet und sie auf dem Treppenabsatz geküsst. Leidenschaftlich hatte Agnes dies erwidert. Am liebsten hätte sie ihn mit sich gezogen, doch Hermann war mit einem Gutenachtgruß nach unten gegangen. Lange hatte sie dem verpassten Augenblick nicht nachtrauern können. Sie war sofort eingeschlafen.

Ein Geruch, den sie im ersten Augenblick nicht zuordnen konnte, führte Agnes aus den Erinnerungen der gestrigen Nacht in die Gegenwart zurück. Sie stemmte sich auf die Ellenbogen. Konnte das sein? Roch das nicht nach …? Nein, das konnte nicht sein. Oder doch?

Gebratener Speck!

Ihr Magen knurrte, als wolle er sie von der Richtigkeit ihrer Annahme überzeugen. Neugierig geworden warf sie die Decke zurück. War womöglich ihr Onkel zurückgekehrt? Hatte er endlich Vernunft angenommen? Sie schlüpfte rasch in ihre Hose, knöpfte die Bluse zu, zog die Schuhe an und rannte die Treppe hinunter. Voller freudiger Erwartung über das Wiedersehen trat sie in die Küche. Eine Pfanne stand auf dem Herd, in der tatsächlich Speckwürfel brutzelten. Doch nicht ihr Onkel stand mit nacktem Oberkörper am Waschbecken, sondern Hermann.

»Was machst du denn hier?«, fragte Agnes erstaunt.

Er drehte den Kopf und lächelte spitzbübisch. »Ich wasche mich.«

»Äh … ja, das sehe ich. Ich meine grundsätzlich. Wir waren doch erst später verabredet?«

»Och, eine Planänderung. Ich habe mir erlaubt, auf dem Sofa zu nächtigen. Du hattest doch nichts dagegen?«

Agnes schüttelte verwirrt den Kopf und versuchte, Hermanns muskulösen Oberkörper nicht anzustarren. Nur mit Mühe konnte sie sich zurückhalten, die Hand auszustrecken und mit den Fingern über seine behaarte Brust zu streichen. Ihr Herz schlug schneller. Krampfhaft bemühte sie sich, den Blick zu heben und ihm in die Augen zu schauen. Die Luft zwischen ihnen schien zu schwingen. Die Bewegung, mit der Hermann den Schwamm führte, verlangsamte sich. Sein Mund bewegte sich, die Lippen formten Worte.

Agnes blinzelte und fragte: »Was?« Ihre Stimme hörte sich in ihren Ohren zu hoch und verkrampft an.

Eine Sorgenfalte erschien auf seiner Stirn. »Geht es dir nicht gut? Du siehst erhitzt aus.«

»Nein, nein«, sagte Agnes rasch. Derart ertappt, spürte sie, wie ihr Gesicht noch heißer wurde. »Es ist nur … ein leichter Schwindel«, log sie. »Ist schon wieder vorbei. Bin wohl zu rasch aus dem Bett gesprungen.«

»Nun, dann solltest du dich stärken.« Er nickte in Richtung der drei Eier, die sie gestern von Lieberstock bekommen hatten. »Schlägst du die bitte auf.« Er seufzte sehnsüchtig. »Mann, Rühreier habe ich lange nicht mehr gegessen. Ein Stück Brot ist auch noch übrig. Den Tisch habe ich in der Stube gedeckt.« Er schöpfte Wasser aus dem Becken und wusch sich das Gesicht.

Mit weichen Knien stellte sich Agnes an den Herd und schlug die Eier auf. Immer noch pochte ihr Herz, als wolle es den Brustkorb sprengen. Es gab keinerlei Zweifel mehr.

Sie war rettungslos verliebt.

Eine halbe Stunde später saßen sie gesättigt am Stubentisch. Auf den Tellern glänzte das Fett des Specks. Hermann hob den Teller und leckte ihn ab, während er ein zufriedenes Grunzen ausstieß.

Agnes lachte. »Das ist aber nicht die feine Art.«

»Nein«, sagte er. Er hielt inne, senkte den Teller und schmunzelte. »Weißt du eigentlich, dass ich mich ewig und drei Tage nicht mehr so wohlgefühlt habe?« Er stellte den

Teller ab und sah versonnen vor sich hin. »Das macht deine Gegenwart.«

In Agnes stieg Hitze auf. Sie winkte ab, wollte es nicht als ihren Verdienst darstellen, weil sie fürchtete, dann noch mehr zu erröten.

»Doch, doch, es ist so.« Er fasste ihre Hand und drückte sie an seine Lippen. Sie fühlten sich weich und warm auf ihrer Haut an.

»Ich bin ein neuer Mensch!«, rief Hermann aus. »Ich … ich …« Er brach ab, sein Gesicht verfinsterte sich. Unvermittelt ließ er ihre Hand los, derart rasch, als hätte er sich an ihr verbrannt.

Agnes sah ihn aufmerksam an. Dann beugte sie sich vor und legte ihm die Hand auf den Unterarm. Seine angespannten Muskeln spürte sie durch den Stoff des Hemdärmels. »Erzähl mir von ihr.«

Hermann musterte ihre Hand wie einen Fremdkörper.

Für einen Augenblick fürchtete Agnes, sie wäre zu weit gegangen. Vielleicht mochte er, wenn er in dieser Verfassung war, keine körperliche Nähe. Doch dann entspannte er sich und atmete tief durch. Dann nickte er. »Ja, es muss raus. Ich habe es viel zu lange … mit mir herumgeschleppt. Das ist nicht gut, überhaupt nicht gut. Ich habe gedacht … es … es … Ach, verdammt! Ich habe tatsächlich gehofft, es mit der Zeit einfach zu vergessen.« Er lachte bitter. »Schön naiv.«

Dann sah er sie an.

»Aber das ist vorbei.« Er ergriff Agnes' Hand. »Es muss raus.«

Und dann fing er an zu sprechen. Er sprach voller Eifer. Es war, als wäre ein Damm in ihm gebrochen.

»Lina hieß sie, Lina Felten. Gebürtig aus Essen. Bezaubernd war sie, einfach hinreißend. Obwohl das ja wohl immer im Auge des Betrachters liegt. Nun, für mich war sie auf jeden Fall das schönste Wesen auf der Welt.«

Agnes spürte einen eifersüchtigen Stich. Sofort schalt sie sich eine dumme Gans. Eifersucht war hier derart fehl am Platz wie eine Palme auf dem Dorfplatz von Kirchbach.

»Das erste Mal traf ich Lina im Frühling 1915«, sprach Hermann unterdessen weiter. Er ließ Agnes los, hob seine Hand vor Augen und betrachtete sie. »Es ist kaum noch etwas zu sehen. Welches Glück ich hatte. Ein verwunderter Kamerad hat mir bei einer Amputation seines Beins das Skalpell entwendet und es mir durch die Hand gejagt. Er hat sich wie wahnsinnig gebärdet. Du kannst dir nicht vorstellen, was Todgeweihte für Kräfte entwickeln können. Die Aussicht, ein Körperglied zu verlieren, löst bei fast allen Menschen das größte Entsetzen aus.«

Agnes hatte angenommen, die hauchdünne, blasse Narbe auf seinem Handrücken wäre eine Verletzung, die er sich in der Kindheit zugezogen hatte.

»Glücklicherweise verfehlte der Kamerad Sehnen und Knochen, ein glatter Durchstich, unten rein, oben wieder raus. Trotzdem war damit für mich vorerst Schicht im Schacht, wie die Kameraden aus dem Pütt es nennen. Da mein Vorgesetzter gleichzeitig der Meinung war, ein paar Tage Erholung hätte ich mir verdient, ging es für mich zurück in die Heimat. So bestieg ich am 22. April 1915 einen der Lazarettzüge, die zwischen der Front und dem Ruhrgebiet pendelten. Das Datum weiß ich deshalb noch so genau, weil an dem Tag eine deutsche Offensive begann, bei der wir in der Nähe von Ypern zum ersten Mal Giftgas eingesetzt haben.« Hermann rümpfte die Nase. »Damit hatten wir die Büchse der Pandora geöffnet. Wie teuflisch kann der Mensch sein! Aber ich schweife ab. Vermutlich erzähl ich dir ohnehin nichts Neues, du warst ja selbst an der Front. Ich vergesse immer wieder, wie tapfer du bist, Agnes. Damit ähnelst du Lina mehr, als du denkst.«

Sein Lächeln erwärmte Agnes' Herz. Dass er sie mit einer anderen Frau verglich, störte sie jetzt nicht mehr. Ganz im Gegenteil. Offensichtlich schien diese Lina eine außergewöhnliche Frau gewesen zu sein, und Hermann sah in ihr das Gleiche.

Er schenkte sich Wasser ein und trank einen Schluck. »Bleiben wir also bei der eigentlichen Geschichte«, bestimmte er. »Wo war ich stehen geblieben?«

»Du bist in den Zug gestiegen.«

»Ach, ja, richtig, der Lazarettzug.«

46

22. April 1915, hinter der Westfront. Der Zug rollte über eine Brücke, die einen Kanal überspannte. Pappeln säumten das Ufer, ein Frachtkahn zog träge unter ihnen dahin. Ein Matrose hielt ein Seil in der Hand, an dem ein rostiger Eimer hing, und schöpfte Wasser. Am Heck wehte eine bunte Fahne mit einem Stadtwappen, das Brosch nicht kannte. Alles wirkte so friedlich, geradezu unwirklich.

Das ewige Rattatatta der Stahlräder beim Überfahren der Dehnungsfugen in den Schienen begleitete sie seit Stunden. Um ihn herum saßen oder lagen die verwundeten Kameraden. Die Männer brüteten dumpf vor sich hin, ertrugen stumm ihre Schmerzen. Ab und an stieß jemand im Fieberdelirium einen Schrei aus, rief nach der Mutter oder der Frau.

Brosch fühlte sich fehl am Platz, zur Untätigkeit verdammt. In den letzten Wochen und Monaten hatte er nur sehr wenig Schlaf gefunden. Er hatte operiert, Visite gemacht, Totenscheine ausgestellt, Dienstpläne für das unterbesetzte Personal erstellt … Die Arbeit war nervenaufreibend gewesen, aber sie musste getan werden. Jetzt war alles zum Stillstand gekommen, und eine große Leere erfüllte ihn. Er war es leid, zum Fenster hinauszustarren.

Kurzerhand fasste er einen Entschluss. Er war immer noch Arzt!

Die Stichwunde brannte zwar höllisch unter dem Verband, und die Finger waren aufgrund einer Infektion auf die Größe von Brühwürsten angeschwollen. Damit konnte er kein Skalpell führen. Jedoch besaß er noch eine gesunde Hand und war mobil, im Gegensatz zu dem Großteil der Kameraden, die mit im Zug fuhren. Brosch griff sich einen Becher und trat an die erste Bahre. Der Mann trug einen Verband über den Augen, die Stirn glänzte fiebrig, dicke Schweißperlen klebten in dem schütteren Haar. »Mutter? Bist du das?«, wisperte er.

»Nein, aber du bist bald wieder bei der Mutter«, sagte Brosch aufs Geratewohl. »Du musst trinken, mein Junge.« Er setzte den Becher an die rissigen Lippen des Mannes. Gierig trank der Mann. Dann entspannte er sich und schlief augenblicklich ein.

Brosch befeuchtete ein Tuch und wechselte zum nächsten Kameraden, um ihm die Stirn zu kühlen.

Die Schwester, die diesen Teil des Zuges betreute, ließ ihn gewähren. Sie hatte selbst genug zu tun und warf ihm einen dankbaren Blick zu. Sie war mit ihren Kräften am Ende. Ihre Augen waren blutunterlaufen, die Hände zittrig. Das nachlässig gebundene Schwesternkopftuch hing schief über den Ohren, eine dunkelblonde Haarsträhne fiel ihr in der Stirn.

Sie arbeiteten eine Weile in stummer Eintracht, bis die Verbindungstür zum Nachbarwaggon aufgerissen wurde und eine ältere Krankenschwester eintrat. Sie war von stämmigem Wuchs, mit breiten Schultern, wie ein Bierkutscher. Mit strenger Miene musterte die Matrone die Anwesenden, blieb dann mit dem Blick bei Brosch hängen. »Was machen Sie da?«

Ihre Art gefiel Brosch ganz und gar nicht. »Wonach sieht es denn aus?«, erwiderte er.

Die gestrenge Frau trat auf Brosch zu, nahm das Monokel, das an dem Träger ihrer Schwesternschürze hing, und drückte es sich ans Auge. »Das sind *meine* Patienten! Ich bin hier die Oberschwester, also die rechte Hand des Generaloberarztes. Die Männer stehen unter meiner Obhut, ich bin für sie verantwortlich. Ich stehe dafür ein, dass sie die Reise gut überstehen.«

Beim Anblick der aufgebrachten Oberschwester mit ihrem Monokel konnte sich Brosch ein Lächeln fast nicht verkneifen. Doch gleichzeitig imponierte ihm ihr Pflichtbewusstsein. Er wusste aus eigener Erfahrung, wie wichtig Ordnung und Disziplin auch in der Krankenpflege waren, gerade wenn um einen herum das Chaos tobte. Das Chaos des Kriegs und das schier unermessliche Leid, mit dem sie täglich zu tun hatten. Die Verwundeten, die Brosch auf den OP-Tisch gelegt wurden, glichen manchmal kaum mehr menschlichen Wesen. Brosch kannte Fälle, bei denen alle Gliedmaßen amputiert und nur noch Rumpf und der Kopf übrig geblieben waren. Diese armen Geschöpfe wurden von Pflegern in Drahtkörben auf dem Rücken transportiert. Und hatten es diese Kreaturen nicht sogar noch besser angetroffen als jene, denen Gesichtshälften weggeschossen worden waren? Die anstatt einer Nase nur noch ein riesiges Loch im Gesicht hatten und ohne Kiefer nie mehr in der Lage sein würden, ein Brot zu kauen oder einen Braten zu genießen.

Der tägliche Umgang mit diesem Leid zerrte an den Nerven, und Disziplin war das Zauberwort, um dem standzuhalten.

Brosch beschloss, Nachsicht mit der Oberschwester walten zu lassen. Sie tat nur ihre Arbeit. Es stand ihm nicht zu, ihre Autorität infrage zu stellen. Auch hatte er bemerkt, wie sich die junge Schwester hastig die Haare gerichtet und sich dann in eine Ecke des Waggons zurückgezogen hatte. Die Auseinandersetzung schien ihr unangenehm zu sein. Er wollte nicht, dass sie womöglich seinetwegen Ärger bekam, weil sie ihn hatte gewähren lassen.

Brosch nickte. »Das verstehe ich. Ich möchte Ihnen nur zur Hand gehen«, sagte er schließlich. »Auch mir liegt das Wohlbefinden der Kameraden am Herzen. Ich bin Arzt.«

Die Matrone hob die Augenbraue, das Monokel fiel herab und baumelte wieder an der Kette.

»Aha? Nun, Sie können beruhigt sein – wir haben alles im Griff.«

Sie entwand ihm das feuchte Tuch aus der Hand, schob ihn sanft zu seinem Sitzplatz und drückte ihn hinunter. Der Sitznachbar rückte mit einem Murren auf den Lippen zur Seite.

Die Oberschwester beugte sich zu Brosch hinunter. »Ich weiß, wer Sie sind, Dr. Brosch. Es gehört zu meinen Pflichten, die Krankenakten zu kennen.« Sie wies auf seinen Mund. »Öffnen Sie den Mund!«, sagte sie.

»Was soll das?«, protestierte Brosch.

»Mund auf!«, kommandierte sie erneut.

Als er verdutzt ihrem Befehl nachkam, hielt sie sein Kinn und sah ihm in den Rachen. Dann richtete sie sich wieder auf.

»Hab ich es mir doch gedacht«, sagte sie ohne eine weitere Erklärung. »Sie brauchen Ruhe. Schonen Sie Ihre

Kräfte, Sie werden sie noch brauchen. Ihnen steht ein strapaziöser Kampf bevor.«

Brosch runzelte die Stirn. Was sollte das heißen? Was redete die Matrone da für einen Unsinn? Bis auf die schmerzende Hand fühlte er sich wohl.

Sie hob den Zeigefinger. »Keine unnötige Bewegung, ist das klar?«

Brosch bemerkte den warnenden Blick, den sie ihrer Untergebenen zuwarf. Offensichtlich erwartete sie von ihr, darauf zu achten, dass ihre Anweisung eingehalten wurde.

Jetzt erschien sogar ein Lächeln auf dem Gesicht der Oberschwester.

»Na also«, sagte sie triumphierend und verließ den Waggon.

»Sie ist streng, aber eine sehr gewissenhafte Krankenschwester«, sagte eine seidige Stimme hinter ihm. Brosch wandte sich um. Die junge Krankenschwester stand hinter ihm. Erst jetzt aus der Nähe fiel ihm auf, welche Schönheit sich unter der Tracht verbarg. Die Lippen schwungvoll, die Haut glatt und zart, der Blick zwar müde, aber offen und warmherzig. Die hohen Wangenknochen und der schmale Hals verliehen ihr etwas Aristokratisches.

Sie griff in die Tasche ihres Kittels, zog ein Buch hervor und legte es Brosch in den Schoß. »Ich habe es schon durch«, sagte sie. »Ich denke, Lesen ist die beste Medizin für Sie. Ich würde mich freuen, wenn Sie es mir bei der Ankunft in Essen zurückgeben.«

Ohne eine Reaktion abzuwarten, verließ sie ihn, um nach einem stöhnenden Verletzten zu schauen.

Brosch warf einen Blick auf das Buch. *Hermann Hesse – Roßhalde* las er. Erstaunt sah er der Schwester nach und lächelte. Niemals im Leben hätte er vermutet, dass diese einfache Krankenschwester sich so gut mit Medizin auskannte.

47

So habe ich Lina kennengelernt«, sagte Brosch. Er schluckte trocken, lächelte leicht verlegen. »Eine ganz erstaunliche Person.«

Agnes hörte die Ehrfurcht aus den Worten heraus, die Brosch für diese Lina Felten empfand. »Erstaunlich?«

Er lachte leise. »Du wirst dich wundern.«

»Ich bin gespannt.«

»Es fing schon bei unserer Ankunft in Essen an.« Er hielt inne, blickte Agnes an und runzelte die Stirn. »Willst du das wirklich hören? Ich meine, das muss dich doch ... ermüden ...«

»Wenn dem so wäre, hätte ich dir schon längst Einhalt geboten.« Sie legte ihm erneut die Hand auf den Unterarm und drückte ihn. »Ich bin ganz Ohr.«

Er nickte dankbar, fuhr sich dann mit der Hand durch die Haare. »Wo war ich stehen geblieben?«

»Bei deiner Ankunft in Essen.«

»Ach ja, richtig. Der Ruhrpott.« Er lachte. »Kaum zu glauben, wie man auf den Einfall kommen konnte, die Verwundeten ausgerechnet dorthin zu fahren. Qualmende Schornsteine, so weit das Auge reicht, am Himmel ein grauer staubiger Schleier. Jedes Fleckchen scheint mit diesem Staub beschmutzt zu sein. Selbst frische weiße Laken sehen nach wenigen Stunden verdreckt aus. Wie soll man sich da erholen? Als Arzt konnte ich nur fassungslos die Hände über dem Kopf zusammenschlagen.«

Agnes legte die Hände in den Schoß. Sie lauschte andächtig seiner wohlklingenden Stimme. So hatte sie sich zuletzt gefühlt, wenn ihr Vater ihr am Kinderbett eine Gutenachtgeschichte vorlas.

»Aber ich bin ungerecht.« Er hob die Hand und betrachtete die Narbe. »Immerhin bin ich genesen, nicht wahr? Allerdings war es knapp gewesen. Der Sensenmann stand bereits bei mir am Bett und streckte den knöchrigen Zeigefinger nach mir aus. Ich habe ihn gesehen. Die Matrone hatte recht behalten. Kaum dem Zug entstiegen und im Krankenhaus eingetroffen, ging es mir zusehends schlechter. Fieber und Schüttelfrost lähmten mich. Als Arzt wusste ich sofort, was mit mir los war. Eine Sepsis, Blutvergiftung. Gevatter Tod stand neben dem Chirurgen, der mir den Arm amputieren wollte. Ich habe ihn in meinem Fieberwahn wirklich gesehen.« Hermann schüttelte sich. »Ein ziemlicher Kontrast, der eine ganz in Weiß, der andere mit schwarzem Kapuzenumhang. Lina habe ich es zu verdanken, dass ich meinen Arm noch habe, ja, dass ich überhaupt noch am Leben geblieben bin. Sie hat …«

»Moment mal«, unterbrach Agnes ihn. »Lina war doch im Zug.«

»Ach, richtig, das hatte ich vergessen zu erwähnen. Sie hatte sich versetzen lassen.«

»Einfach so? Ging das denn?«

Hermann schmunzelte. »Sie hatte ihren Vater um Hilfe gebeten. Der dürfte immer noch Prokurist bei der Friedrich Krupp AG und die linke Hand von Gustav von Bohlen und Halbach sein. Von Bohlen setzte sich höchstpersönlich für Lina ein.«

»Verstehe. Dem Vorsitzenden der Krupp AG kann niemand eine Bitte abschlagen.«

»So ist es wohl. Später musste Lina diese Verbindung erst gar nicht mehr bemühen. Es sprach sich rasch herum, und als sie ein andermal … Aber ich greife vor. Zumindest bist du jetzt im Bilde.« Er kratzte sich die stoppelige Wange. »Lina pflegte mich also. Aufopferungsvoll. Sie wachte über mich, redete dem Arzt die Amputation aus, wohl wissend, dass sie damit mein Leben aufs Spiel setzte. Nachts schlief sie auf einem Stuhl an meiner Seite. Sie ließ mich nicht aus den Augen, reinigte alle paar Stunden die Wunde, wusch die Hand mit Salzwasser, bestrich sie anschließend mit Jod. Einige Tage sah es so aus, als würde das nur das Unvermeidliche hinausschieben. Niemand setzte mehr einen Pfifferling auf mich. Nur Bruchstücke sind mir aus dieser Zeit in Erinnerung geblieben. So etwa ein Streitgespräch zwischen Lina und der Oberschwester, die ihr vorwarf, in ihrer Fürsorge zu übertreiben. Einmal wachte ich in einem Raum auf, in dem sich nur mein Bett befand, sonst keine weiteren Einrichtungsgegenstände. Ich wusste, was das zu bedeuten hatte.«

»Ein Sterbezimmer?«

»Ja. Überraschenderweise verspürte ich keine Angst.« Er zuckte die Schultern. »Es war mir gleichgültig, was mit mir geschah. Es war so, als würde ich jemand anderen beobachten, ihm beim Sterben zusehen. Nun, als ich das nächste Mal aufwachte, befand ich mich aber nicht im Jenseits, sondern wieder im Krankensaal. Das Fieber war abgeklungen. Ich hatte einen Bärenhunger und fühlte mich lebendiger denn je. In den folgenden Tagen erholte ich mich rasch.

Lina half mir dabei, indem sie mir jeden Wunsch von den Augen ablas.« Er lachte unsicher. »Tja, sie hatte sich also in mich verliebt. Und ich in sie …« Er stockte, sah unsicher zu Agnes. Doch als sie ihm aufmunternd zunickte, fuhr er fort: »Mit einem zweiwöchigen Urlaubsschein in der Tasche verließ ich Ende Mai das Krankenhaus. Meine Eltern waren zu dem Zeitpunkt bereits verstorben, befreundete Kommilitonen gefallen oder im Fronteinsatz. Es gab somit nichts, was mich von Lina weglocken konnte. So mietete ich mich in einem Essener Hotel ein und verbrachte jede freie Minute mit ihr.« Wieder sah er unsicher auf. »Wobei, das möchte ich betonen, alles im Rahmen des Schicklichen blieb. Nur Theaterbesuche, Museen, gemeinsame Abendessen und so weiter. Ich habe mich offiziell bei ihren Eltern vorgestellt und ihren Vater um die Erlaubnis gebeten, um Lina zu werben. Nicht ein einziges Mal hat Lina mein Hotelzimmer betreten.«

»So, so, aber geküsst habt ihr euch schon, oder?«, neckte Agnes ihn.

Verschwörerisch zwinkerte Hermann ihr zu. »Diesen Part der Geschichte werde ich aussparen.« Er seufzte selig. »Eine wunderbare Zeit, die viel zu rasch vorüberging. Kaum, dass ich michs versah, war ich schon wieder unterwegs an die Front.«

»Es muss schwer für dich gewesen sein, so frisch verliebt.«

»O ja. Aber bereits einige Tage später sahen wir uns wieder.«

Agnes sah ihn fragend an. »Wie das?«

»Ich schob Dienst in der Krankensammelstelle in Conflans-en-Jarnisy in Lothringen. Sie hat sich dorthin versetzen lassen.«

»Bemerkenswert. Von der Heimat an die Front, eine mutige Entscheidung.«

Hermann wiegte den Kopf. »Die Sammelstelle war nicht in akuter Gefahr. Feindliche Flieger, sicher, die waren hin und wieder so lästig wie Mücken im Schlafzimmer. Davon abgesehen, war es bis zur Verdun-Offensive 1916 relativ ruhig. Dann aber hatten wir reichlich zu tun. Die vorgeschobenen Lazarette schickten ihre Verwundeten zu uns. Es kamen Hunderte – arme Hunde, die wir nur mehr schlecht als recht versorgen konnten. Ich tat mein Bestes, was meinem Vorgesetzten nicht verborgen blieb. Und so kam es, dass er mich eines Tages zu sich rief.«

»Mir schwant nichts Gutes«, murmelte Agnes.

»Und damit liegst du richtig.« Seine Miene verfinsterte sich. »Ich wurde dem Lazarett im Fort Douaumont zugeteilt.«

48

Fort Douaumont, Verdun-Front, 7. Mai 1916. Brosch erreichte völlig außer Atem den Haupteingang der gigantischen Festungsanlage. Im Schutz des Mauerwerks sank er keuchend zu Boden und lehnte sich mit dem Rücken an die Steine. Vor einigen Stunden war er mit drei Wasserträgern in Bezonvaux am östlichen Fuße des Hügels, auf dem die Festung lag, aufgebrochen. Auf halber Strecke hatte eine heranrauschende schwere Artilleriegranate sie in Deckung gezwungen. Von der Explosion in unmittelbarer Nähe klingelten Brosch immer noch die Ohren. Glücklicherweise war niemand von dem Trupp verletzt worden. Allerdings waren die Wasserbehälter zu Boden gestürzt und ausgelaufen. Die drei mussten den Weg zurück antreten, um sich neu auszurüsten. Brosch war allein weitergegangen, immer auf der Hut vor dem Artilleriefeuer und feindlichen Fliegern. Je näher er dem Fort kam, desto häufiger musste er Deckung nehmen, um sich dann sprunghaft weiter vorzuarbeiten.

Der Wachmann, ein junger, schlaksiger Bursche in einer viel zu großen Uniform, hielt ihm eine brennende Zigarette an den Mund.

Dankbar nahm Brosch zwei Züge. Er rauchte nur selten, doch es half, die Nerven zu beruhigen.

»Wo finde ich den Stabsarzt, Doktor Hanauer?«, fragte Brosch.

Der Bursche musterte ihn aus rot unterlaufenen Augen und strich über den Flaum auf seiner Wange. »Bist du verwundet?«

Brosch öffnete den Mantel, den er trotz des warmen Wetters übergezogen hatte. Nach seinen Erfahrungen gehörten Decken in vorgeschobenen Frontabschnitten häufig zur Mangelware. Glücklich war der, der sich dann mit einem Mantel zudecken konnte. Er fingerte den Dienstbefehl aus der Innentasche und hielt ihn dem Burschen hin.

Der nahm das Papier und überflog es. Seine Augen weiteten sich, er nahm Haltung an und salutierte.

»Es tut mir leid, Herr Oberarzt, ich dachte … ich … also, ich habe Sie nicht als Offizier … mit dem Mantel, Sie verstehen?«

»Schon gut«, sagte Brosch. »Wie ist Ihr Name?«

»Müller, Herr Oberarzt.«

»Gut, Müller, führen Sie mich einfach zu Doktor Hanauer.«

»Selbstverständlich, Herr Oberarzt«, rief der Bursche schneidig. Er schulterte das Gewehr und machte auf dem Absatz kehrt. Er gab einem Kameraden ein Zeichen. Der erhob sich müde und nahm den Wachposten ein.

Dann betraten sie einen breiten, gemauerten Gang, der ins Innere der Festung führte. Links und rechts gingen weitere Gänge ab, massive Türen waren im Mauerwerk eingelassen. Entlang der Wände hockten Soldaten im spärlichen Licht von Karbidlampen. Sie sahen erschöpft und abgekämpft aus.

Brosch versuchte sich an der Seite des Burschen zu halten, der ein strammes Tempo vorlegte. Anscheinend war ihm die Situation immer noch peinlich, und er wollte die Angelegenheit so rasch wie möglich hinter sich bringen.

Brosch stoppte abrupt, als ihm der Gestank in die Nase stieg. »Was ist das?«, fragte er und würgte. Rasch holte er das Taschentuch aus der Tasche und drückte es vor Nase und Mund.

»Man gewöhnt sich irgendwann daran«, sagte der Soldat. »Es gibt nun mal nur vier Latrinen in der Festung. Da muss man sehen, wo man bleibt. Man kann ja nicht einfach rausspazieren und sich einen Busch suchen.« Er lachte matt.

»Wie – nur vier?«

»Tja, genau, und die sind verstopft, was ja kein Wunder ist. Einen Gasangriff muss hier drinnen niemand fürchten. Schlimmer kann es nicht mehr werden. Deswegen gehe ich freiwillig auf Wache, in der Nähe des Eingangs ist es ganz erträglich.«

»Aber das kann doch nicht wahr sein! Wie viele Leute befinden sich im Fort?«

»Grob geschätzt, hm… dreitausend. Genau ist das schwer zu sagen, es herrscht ein Kommen und Gehen. Im Fort wird sich einige Stunden ausgeruht, dann wird durchgewechselt.«

»Ausgeruht?« Fassungslos blieb Brosch stehen. »Wie kann man sich hier *ausruhen*?«

Müller zuckte die Schultern. »Zumindest ist man hier sicher. Die Decke der Festung gleicht dem Panzer einer Schildkröte.« Er deutete nach oben. »Über uns befinden sich mehrere Meter Beton, Sand und Erde. Alle Räume sind so geschützt. Beim ersten Mal kommt man sich vor wie in einem Irrgarten. Sind Sie ein paar Tage hier, werden Sie sich aber zurechtfinden, da bin ich mir sicher.« Er lächelte Brosch aufmunternd zu. »Die Franzmänner belegen das Fort fast pausenlos mit Artilleriefeuer«, fuhr er fort. »Sie haben Glück, im Moment ist es ruhig. Dauert aber nicht lange, Sie werden sehen. Nur selten kommt etwas zu Schaden. Unverwüstlich, die Mauern. Vorne im Graben sieht das ganz anders aus. Selbst der beste und tiefste Unterstand hält keinen Volltreffer aus.«

»Sie wollen mir doch damit nicht sagen, dass die Leute es vorziehen, hier drinnen auszuharren, als an der frischen Luft zu sein.«

Müller ging auf eine Stahltür zu und winkte Brosch, dass er ihm folgen solle. »Überzeugen Sie sich selbst, Herr Doktor.« Er öffnete die Tür, dahinter befand sich ein Schlafsaal. Metallene Bettgerüste links und rechts, drei Etagen bis zur Decke. Etwa dreißig Männer lagen an jeder Wandseite auf dünnen Strohsäcken und schliefen. Schnarchen erfüllte den Raum.

»Die Männer schlafen hier den Schlaf der Gerechten. Hier sind sie sicher«, flüsterte Müller, obwohl das vollkommen überflüssig war, denn in dem Moment schlug eine Salve von Granaten direkt über ihnen ein. Die ganze Festung schien zu erzittern. Feiner Staub schwebte vor den Flammen der Karbidlampen. Augenblicklich brannten Brosch die Augen, die anfingen zu tränen. Hastig trocknete er sie mit dem Taschentuch.

»Kommt vom Kalk im Putz«, erklärte Müller in der nächsten Feuerpause. »Nur nicht reiben, sonst wird es noch schlimmer.« Er winkte Brosch, weiterzugehen. Am Ende des Raums folgten sie einem Gang nach links. Immer wieder schlugen Granaten ein. Brosch zuckte jedes Mal zusammen, Müller dagegen nahm es ungerührt hin.

Gruppen von Männern saßen hier zusammen auf dem feuchten Boden. Einige schliefen, andere kochten sich Kaffee.

»Diese Zündelei wird nicht gerne gesehen«, klärte ihn Müller auf. »Zum einen frisst es den Sauerstoff, zum anderen lagern wir hier Munition und andere explosive und brennbare Dinge bis unter die Decke. Hier, die Treppe runter ins Untergeschoss.« Ein auf die Wand gemaltes Rotes Kreuz wies den Weg. »Ab hier finden Sie sicher allein zurecht, Herr Oberarzt. Immer dem Kreuz nach.« Er salutierte, macht kehrt und war im nächsten Moment im dämmrigen Zwielicht verschwunden.

Brosch ging die Stufen hinunter und erreichte einen weiteren Gang. Er wandte sich nach links und folgte den Pfeilen. Auch hier saßen Männer, die sich ausruhten. Sie drückten sich in Nischen und Ecken, rauchten, schliefen.

Ein Krankenträger kam aus einem Raum, lehnte sich an die Wand und steckte sich eine Zigarette an.

Brosch stellte sich vor und fragte nach Stabsarzt Doktor Hanauer.

Der Krankenträger deutete mit dem Daumen über die Schulter. »Visite«, erklärte er.

Brosch drückte die Tür auf und betrat ein Krankenzimmer, in dem sich links und rechts jeweils drei belegte Betten befanden. Ein metallischer Geruch lag in der Luft. Zwei Pfleger waren dabei, Verwundungen zu reinigen und Verbände anzulegen. Vor einem der Betten stand ein Mann in einem blutbesudelten Kittel und rieb sich nachdenklich die stoppelige Wange. Das musste der Stabsarzt ein.

In diesem Moment schaute Dr. Hanauer auf und bemerkte ihn. Seine sorgenvolle Miene hellte sich auf. »Ah,

Sie müssen die Verstärkung sein. Hatten Sie eine gute Anreise?« Hanauer schmunzelte. »Kleiner Scherz. Wir haben den Spießrutenlauf selbst erst gestern hinter uns gebracht. Nach dem Krieg werde ich als Hürdenläufer Karriere machen. Sie sind Doktor Brosch, richtig?

»Jawohl, Herr Stabsarzt.«

»Sparen Sie Ihren Schneid für die Generäle auf.« Mit dem Kinn wies er auf den Verletzten, den er eben nachdenklich angesehen hatte. »Sagen Sie mir lieber, was ich mit dem da machen soll. Er ist gerade eingeliefert worden.«

Brosch trat ans Krankenbett. Darin lag ein ausgemergelter, stoppelbärtiger Mann. Den Kiefer presste er vor Schmerzen derart kräftig zusammen, dass die Zähne knirschten. Dicke Schweißperlen standen ihm auf der Stirn, der leere Blick ging zur Decke.

Brosch schlug das Laken zurück. Eine breite Bandage war um den Bauch gewickelt. Auf dem weißen Stoff zeichnete sich oberhalb des Nabels ein runder Blutfleck ab, nicht größer als eine 5-Mark-Münze. »Bauchschuss?«, fragte er.

»Ja.«

»Hm. Keine Arterie verletzt. Der Blutverlust wäre sonst größer. Aber ich nehme an, es hat den Magen erwischt.«

»Richtig.«

»Die Magensäure«, murmelte Brosch. »Deswegen die Schmerzen. Es zersetzt ihn innerlich.«

»Was schlagen Sie also vor?«

Brosch runzelte die Stirn. Es gab nur eine Lösung. Und das musste Hanauer wissen. War das Ganze hier eine Art Prüfung? Ging es darum? Obwohl er es albern fand – schließlich stand er seit fast zwei Jahren im Feld –, ließ er sich darauf ein. »Wir müssen ihn sofort operieren.« Die

Säure war das akute Problem, die Mageninhalte ein anderes. Räumte man den Bauch nicht aus, drohte eine Sepsis.

Hanauer nickte. »Dem stimme ich zu, Herr Kollege.«

»Also dann.« Brosch zog den Mantel aus und übergab ihn einem vorbeikommenden Sanitäter. »Passen Sie gut darauf auf. Den brauche ich noch«, schärfte er dem Mann ein. Er krempelte die Ärmel seines Hemdes hoch. »Ich übernehme das«, sagte er zu Hanauer. »Wo ist der OP-Raum?«

»Gleich nebenan, und daneben habe ich noch einen einrichten lassen. Sie können sich einen aussuchen. Es gibt da allerdings ein kleines Problem.«

Brosch ärgerte sich über die Trägheit, die der Stabsarzt an den Tag legte. Sie waren doch nicht im Hörsaal. Hier war jede Minute kostbar, sonst starb ihnen dieser Kamerad unter den Händen weg.

Hanauer seufzte. »Wir haben weder Schmerz- noch Narkosemittel vorrätig. Kurz vor Ihrem Eintreffen habe ich die letzte Ampulle aufgebraucht. Ich erwarte Nachschub, doch bisher ist niemand durchgekommen.«

Brosch sah Hanauer entsetzt an. Bei einer Operation ohne Betäubung musste man besonders rasch vorgehen, geschickte Kollegen schafften zum Beispiel eine Unterschenkelamputation in wenigen Minuten. Der Patient erlitt dabei unermessliche Qualen, und nur wenige überlebten den Eingriff. Eine Bauchöffnung jedoch benötigte Zeit. Es war äußerst unwahrscheinlich, dass der Kamerad vor ihm auf dem Bett diese Strapazen überleben würde. Aber wenn sie nichts unternahmen, starb er auf jeden Fall. Brosch fällte eine Entscheidung. »Ich versuche es trotzdem.«

Hanauer klopfte ihm auf die Schulter. »Sie gefallen mir. Guter Mann.« Er winkte die beiden Pfleger heran und instruierte sie. Dann wandte er sich wieder an Brosch. »Ich wünsche Ihnen viel Glück.«

Ein Hagel von Artilleriegranaten, die weit über ihnen explodierten, unterstrich seine Worte.

Putz rieselte von der Decke herab.

Besorgt sah Brosch zur Decke.

»Keine Sorge, die hält«, sagte Hanauer.

»Darum geht es mir nicht.«

»Um was dann?«

Die Sanitäter legten den Verletzten auf eine Trage und schoben ihn in den OP-Raum.

Brosch blickte Hanauer an. »Wenn wir nicht aufpassen, rieselt das verdammte Zeug dem Jungen gleich in den Bauchraum.« Er ließ den Stabsarzt stehen und folgte den anderen in den OP-Raum.

49

Die Operation verlief zufriedenstellend. Die Pfleger hatten den Patienten fixiert und ihm einen Knebel zwischen die Zähne geklemmt. Als Brosch den ersten Schnitt setzte, hatte der Mann entsetzlich geschrieen. Zum Glück fiel er dann bald in eine tiefe Ohnmacht.

Kaum war die erste OP überstanden, brachten die Helfer schon den nächsten Patienten. Gegen späten Abend war dann auch die ersehnte Medikamentenlieferung eingetroffen. Die frisch Operierten erhielten eine Dosis Morphium.

Es war bereits nach Mitternacht, als Brosch den OP endlich verließ. Er ging zu Doktor Hanauer in dessen Dienstzimmer, das sich am Ende des Gangs befand. Sein Vorgesetzter hatte sich gerade die Hände gewaschen, die er jetzt abtrocknete. Dann zündete er sich eine Zigarette an.

»Was für ein Tag«, sagte er und nahm einen tiefen Zug. Er wies auf den Stuhl neben seinem Schreibtisch. Hermann setzte sich. Hanauer nahm hinter dem Tisch Platz.

»Ich vermute, es war ein ganz normaler Tag.«

»Das wird sich zeigen. Ich bin auch erst seit vorgestern hier. Was macht Ihr Patient mit dem Bauchschuss?«

»Welcher von den dreien?«

»Ihr Gesellenstück, der erste.«

Brosch seufzte. »Der Kerl hat die OP erstaunlicherweise

überlebt. Der zweite hat keine zehn Minuten durchgehalten. Bei dem dritten konnte ich narkotisieren.«

Ein Soldat erschien im Türrahmen. Am Oberarm trug er eine Rot-Kreuz-Binde, die Uniform war schlammverkrustet. Den verbeulten Stahlhelm hatte er in den Nacken geschoben. Brosch erinnerte sich, diesen Mann heute schon öfter gesehen zu haben. Offensichtlich ein unermüdlicher Sanitäter.

»Herr Doktor«, sagte der Mann, »wir haben noch einen aufgelesen.«

»Das übernehme ich«, sagte Brosch.

»Nichts da!«, bestimmte Hanauer. »Sie ruhen sich aus. Auf dem Gang links, dann die erste Tür rechts. Dort habe ich einen Raum für uns reserviert. Ich übernehme die erste Schicht, Sie die zweite.« Bevor Brosch protestieren konnte, stand Hanauer auf und verschwand mit dem Sanitäter auf den Flur.

»Jawohl, Herr Stabsarzt«, murmelte Brosch. Er erhob sich und trat ebenfalls auf den Gang. Der Raum war nicht schwer zu finden. Obwohl kaum größer als eine großzügige Abstellkammer, standen getrennt von einem schmalen Durchgang links und rechts an den Wänden zwei Liegen. Durch ein schmales Oberlicht über der Tür fiel schummriges Licht aus dem beleuchteten Flur herein. Es reichte gerade aus, um Einzelheiten auszumachen. Zu seiner Zufriedenheit fand Brosch seinen Mantel hier wieder. Er zog die Stiefel aus, dann streckte er sich aus und deckte sich mit dem Mantel zu. Er spürte die Ordonnanzpistole in der Tasche. Sollte er sie herausholen? Sie würde ihn im Schlaf womöglich stören … Bevor er sich entschieden hatte, war er bereits eingeschlafen.

Ein Rütteln an der Schulter weckte ihn. Er öffnete die Augen und blinzelte in eine Karbidlampe. »Verdamm mich noch mal«, zischte er und schirmte mit der Hand das Licht ab.

»Oh … ich bitte um Entschuldigung, Herr Doktor.«

Es war Müller, der Wachposten vom Eingang des Forts. Er stellte die Lampe hinter sich auf die freie Liege. »Ich wollte Sie nicht blenden, Herr Doktor.«

»Schon gut.« Lange konnte Brosch nicht geschlafen haben. Er fühlte sich wie gerädert. »Wie viel Uhr haben wir?«

»So gegen drei Uhr in der Früh. Meine Taschenuhr hat es letzten Monat erwischt.« Müller fummelte an der Uniformtasche, zog etwas Silbriges an einer dünnen Kette hervor und zeigte es Brosch. »Die habe ich immer um den Hals getragen. Schön dumm, oder? Ich meine, eine Taschenuhr um den Hals zu tragen anstatt in der Tasche.«

Brosch nahm die Uhr zur Hand. Das Glas fehlte, die Zeiger ebenfalls, das Ziffernblatt war zerschmettert, die Rädchen des Uhrwerks bildeten einen wirren Metallknäuel. »Eine Kugel?«

»Ja. Hätte mir mein Großvater die Uhr bei der Abreise nicht geschenkt, wäre es vermutlich um mich geschehen gewesen.«

Brosch gab ihm die Uhr zurück. »Die Wege des Herrn …«

»Sie sagen es.« Nachdenklich steckte Müller die Uhr wieder ein.

»Sie sind aber nicht gekommen, um mir Ihren Glücksbringer zu zeigen, oder?«

Müller straffte sich. »Nein, Herr Doktor, selbstverständlich nicht. Vor der Tür wartet ein junger Bursche, der Sie unbedingt sprechen möchte.«

»Wer ist es denn?«

»Einen Namen hat er nicht genannt. Ziemlich mundfaul, der Gute, wenn Sie mir die Bemerkung erlauben. Ist mir nicht geheuer. Hat aber angeblich Medikamente dabei. Deswegen dachte ich, es könnte dringend sein. Nun … also dachte ich mir, ich begleite ihn kurz zu Ihnen.«

»Ich sehe ihn mir an«, brummt Brosch und erhob sich. Er nahm die Luger aus dem Mantel und behielt sie in der Hand. »Dann mal herein mit dem Kerl. Bin gespannt, was er zu sagen hat. Sie bleiben vor der Tür. Und überlassen Sie mir bitte Ihre Lampe bis auf Weiteres.«

Sichtlich erleichtert salutierte Müller und führte den Mann, der Brosch unbedingt sprechen wollte, herein. »Wenn was ist, ich bin draußen«, sagte Müller und schloss die Tür von außen.

Der Mann, der jetzt hereintrat, war schlank, fast schmächtig. Er trug Uniform und einen Stahlhelm, der ihm so weit auf die Stirn gerutscht war, dass sein Gesicht fast vollständig im Schatten lag. Die untere Gesichtshälfte war schlammverschmiert, als wäre der Mann den ganzen Weg gekrochen.

Der Mann hielt ihm die Tasche entgegen, und Brosch sah verwundert auf.

»Wer schickt Sie?«, fragte Brosch.

»Ich bin aus freien Stücken hier. Ich dachte, ihr könnt Medikamente gebrauchen.«

Die Stimme. Brosch runzelte die Stirn. Das war keine Männerstimme. Er riss die Augen auf und sprang auf.

»Lina?«

Sie warf die Tasche zu Boden, umschlang ihn und bedeckte sein Gesicht mit Küssen.

Brosch zog sie in die Arme. Er genoss ihre Wärme, den Kuss auf seinen Lippen. Die über ihnen dröhnenden Einschläge der Granaten schienen plötzlich weit, weit entfernt zu sein. Seine Kehle schnürte sich vor Freude über das Wiedersehen zu, die schrecklichen Bilder der vergangenen Stunden verblassten.

»Was machst du hier?«, fragte er atemlos, als sie schließlich von ihm abließ.

Sie setzten sich auf die Pritschen, und Lina nahm den Helm ab.

»Deine Haare«, sagte Brosch. »Was ist … die sind ja …«

Mit der Hand fuhr sie sich durch die Jungenfrisur. »Das musste sein. Die langen Haare hätten mich verraten.« Lina wandte ihm das Profil zu. »Gefall ich dir nicht mehr?«, neckte sie ihn.

Er umfasste ihre rechte Hand und drückte sie an die Lippen. »Du wirst mir noch gefallen, wenn wir alt, grau und runzelig geworden sind.«

Linas Wangen liefen rot an. »Darf ich das als einen Antrag auffassen?«

Brosch stutzte. »Nun, ich meinte nur …« Er hielt inne und dachte nach. Warum eigentlich nicht? Vor ihm saß eine Frau, die ihn so sehr liebte, dass sie alles riskierte, um in seiner Nähe zu sein. Und auch er würde sein Leben für sie aufs Spiel setzen. Aber war es nicht verrückt, hier, an dem unwirtlichsten Ort, den Brosch kannte, um die Hand einer Frau zu bitten?

Er erhob sich.

»Moment«, sagte er und öffnete die Tür.

Müller sah ihn besorgt an.

»Alles in bester Ordnung«, sagte Brosch. »Ein Schulfreund aus alten Tagen. Sie können gehen. Die Lampe bringe ich Ihnen später wieder, wenn das in Ordnung ist.«

Müller nickte. »Kein Problem, ich finde den Weg im Schlaf.« Er salutierte und marschierte ab.

»Müller?«, rief Brosch ihm nach.

Der wandte sich um. »Herr Doktor?«

»Danke.«

Müller lächelte und nickte.

Brosch ging zurück zu Lina. Er schloss die Tür. Dann kniete er sich vor sie hin, nahm ihre Hand und fragte: »Lina, willst du meine Frau werden?«

50

Nur widerwillig löste sich Brosch aus Linas Armen. »Du musst los.« Am liebsten hätte er sie nie mehr gehen lassen. Doch Hanauer musste bald auftauchen, wenn er noch eine Mütze voll Schlaf finden wollte. Und dann konnte alles auffliegen.

Irritiert blickte Lina ihn an. »Du schickst mich fort?«

»Es muss sein. Du kannst hier nicht bleiben. Irgendwann würde deine Maskerade auffallen.«

»Dann kann ich immer noch gehen.« Lina klang wie ein trotziges Kind.

Brosch ergriff ihre Hände und beugte sich vor. Eindringlich sagte er: »Ich will nicht, dass du Ärger bekommst. Und damit meine ich nicht nur dein Auftauchen hier. Wer weiß, was dich erwartet, solltest du nicht wieder den Dienst als Lazarettschwester antreten. Deine guten Beziehungen nützen dir nicht an jedem Ort etwas. Vermutlich wirst du bereits vermisst.«

»Das ist mir gleichgültig.« Sie entwand sich ihm und verschränkte die Arme vor der Brust.

»Mir aber nicht. Schließlich wollen wir heiraten, oder nicht?«

Offensichtlich hatte er den richtigen Punkt angesprochen. Der Trotz schwand aus ihrer Miene.

»Ich bitte dich inständig darum«, drängte Brosch sanft. »So sehr ich mir wünsche, du könntest hierbleiben. Dich in Sicherheit zu wissen ist für mich wichtiger.«

Lina stand auf. »Gut, dann soll es so sein.« Entschlossen zog sie den Saum ihrer Uniformjacke nach unten und setzte den Helm auf.

Brosch atmete auf. Er erhob sich ebenfalls, drückte ihr einen letzten Kuss auf die Lippen und nahm die Lampe. »Ein Stück begleite ich dich.«

Draußen auf dem Gang kam ihnen Hanauer entgegen. Er konnte offensichtlich kaum noch die Augen offen halten. Lina würdigte er keines Blickes. »Ah, Brosch, gut, Sie sind schon wach. Im OP liegt bereits der Nächste.« Er gähnte und rieb sich die Augen. »Geben Sie mir zwei Stunden, dann will ich geweckt werden. Haben Sie gehört?« Ohne eine Antwort abzuwarten, schlurfte er davon.

»Glück gehabt«, murmelte Brosch. An der Treppe verabschiedeten sie sich. Fast hätte er ihr einen Kuss gegeben, doch im letzten Moment kam er zur Besinnung. Dabei ertappt zu werden hätte ihn in arge Erklärungsnot gebracht. »Sei vorsichtig«, sagte er und reichte Lina die Lampe. »Gib die bitte am Eingang dem Wachposten, dem, der dich zu mir gebracht hat.«

»Mach ich.« Ihre Stimme klang dünn.

Sanft schob Brosch sie die Treppe hinauf. »Geh jetzt!«

Lisa schluckte schwer und wischte sich mit dem Ärmel über die Augen. »Pass auf dich auf, ja? Versprich es mir. Ohne dich …«

»Ich verspreche es dir, ich werde auf mich aufpassen«, unterbrach Brosch sie. »Jetzt aber los!«

Lina nickte, wandte sich um und rannte die Treppe hinauf.

Brosch horchte ihren Schritten nach.

Für einen Augenblick gönnte er sich einen Blick in die Zukunft: Lina und er in ihrem gemeinsamen Haus, warmes Sonnenlicht fiel durch die Fenster und malte Rechtecke auf den Holzdielen, ihre Schritte auf der Holztreppe, ein Säugling schreit im Obergeschoss.

Laute Rufe und das Getrampel von Armeestiefeln rissen ihn aus dem Tagtraum. Er runzelte die Stirn.

»Die Schwarzen kommen!«

Kam das vom Ende des Gangs? Oder von oben? Er verfluchte die steinerne Festung, in der es hallte wie in einem Kirchenschiff.

Die Schwarzen? Waren Neger damit gemeint? Die Franzosen hatten Senegalesen in der Armee, das wusste Brosch. Der gemeine deutsche Soldat fürchtete diese Truppen, da sie im Ruf standen, überaus rücksichtslos vorzugehen und keine Gefangenen zu machen. Darüber hinaus sahen sie mit ihrer nachtschwarzen Haut und dem daraus herausstechenden Weiß der Augen wahrlich erschreckend aus. Aber wie sollten Neger ins Fort gekommen sein? Ein Überraschungsangriff? Die Front lag weiter westlich. Wie hätte ein Sturmtrupp unbemerkt die Gräben überwinden und bis hierher vorrücken können?

Plötzlich stieg ihm ein beißender Geruch in die Nase. Sein Hals kratzte, und er hustete. Verdammt! Brannte es irgendwo? Er lief los. Sollte das Feuer sich ausbreiten, würde das Kohlenmonoxid sie alle vergiften. Das Lazarett musste für eine Evakuierung vorbereitet werden. Jetzt waren auch andere Männer aus ihren Nischen gekommen und standen im Gang. Einige legten die Gewehre an, luden mit einem metallischen Rasseln durch und zielten in die Richtung, aus der sie den Feind erwarteten.

Dann wieder ein gellender Ruf, diesmal eindeutig aus dem Gang über ihnen. »Sie kommen! Zeigt's den Schwarzen!« Gewehrschüsse hallten.

Hanauer tauchte neben Brosch auf. »Was ist hier los?«, fragte er und knöpfte sich die Uniformjacke zu.

»Ein Brand. Wir müssen …«

Weiter kam Brosch nicht. Eine ohrenbetäubende Explosion ließ die Wände erbeben, Sekunden später riss eine Druckwelle Brosch von den Beinen und fegte ihn durch den Gang. Er schlug mit dem Kopf gegen die Wand und verlor das Bewusstsein.

51

Wie lange er auf dem Boden gelegen hatte, bevor er wieder zu sich kam, konnte Brosch nicht sagen. Er hörte Explosionen, dumpf, wie durch dicke Watte hindurch. Nachwirkungen des Knalls, wie er wusste. Zu sehen war nichts. Eine vollkommene Schwärze hüllte ihn ein. Im ersten Augenblick fürchtete Brosch, erblindet zu sein. Die Angst lähmte ihn. Er wollte um Hilfe rufen, doch er konnte kaum atmen. Der Rauch war dichter geworden. In diesem Moment hörte er ein Ratschen, dann einen unterdrückten Fluch. Das Geräusch wiederholte sich, ein Zündholz leuchtete auf.

Wie hypnotisiert starrte Brosch auf das tanzende Flämmchen. Die Erleichterung, das Augenlicht nicht verloren zu haben, gab ihm neue Kraft. Er rappelte sich auf, erhob sich mühsam. Um ihn herum flammten weitere Zündhölzer auf, Lampen wurden entzündet. Eine davon kam näher, tänzelte hin und her wie das Positionslicht eines Hochseefrachters bei unruhiger See. Dahinter erschien Hanauers Gesicht. »Brosch!«, rief der Doktor aus. »Sind Sie verletzt?«

»Ich bin unverletzt«, versicherte Brosch, »jedenfalls glaube ich das.«

»Gott sei Dank.« Zuversichtlich drückte Hanauer ihm den Arm. »Folgen Sie mir!«

Der dichte Rauch brannte in den Lungen, es roch nach Schwefel. Männer mit schwarzen Gesichtern schleppten sich hustend und keuchend durch den Gang. Viele bluteten, schienen es jedoch nicht zu beachten.

Hanauer hielt einen Soldaten mit Kopfwunde an und betrachtete ihn. Das Blut rann ihm über das linke Auge. »Das muss genäht werden«, sagte Hanauer. »Wir müssen in den OP.« Er nahm den Soldaten in Schlepptau.

Einige Meter fügte der Mann sich seinem Schicksal willig. Dann riss er sich plötzlich los, stieß einen unartikulierten Schrei aus und rannte in die andere Richtung davon.

»Idiot«, fluchte Hanauer.

Die Tür zu den OP-Räumen hing schief in den Angeln. Sie hatte dem Druck nicht standgehalten. Hanauer warf sich mit der Schulter dagegen. Sie löste sich und fiel krachend auf den Boden. »Suchen Sie die Sauerstoffflaschen, verdammt!«

Brosch fand sie hinter dem umgestürzten OP-Tisch. »Hier«, sagte er.

Hanauer trat zu ihm, stellte sie auf und öffnete das Ventil. Es zischte. »Nehmen Sie einen Schluck. Und dann weiter.«

Tief sog Brosch den Sauerstoff ein.

Hanauer schleppte unterdessen eine Flasche in das Lazarett und öffnete sie ebenfalls. Die Verwundeten, die sich rühren konnten, kamen näher heran.

Ein Pfleger lag bewusstlos auf dem Boden. Brosch packte ihn unter den Achseln und zog ihn hinter sich her zum Sauerstoff. Er klatschte ihm mit lockeren Schlägen ins Gesicht, bis der Mann die Augen öffnete. Panisch blickte er sich um. »Was … was …? Die Froschfresser?«

»Ich denke nicht«, antwortete Hanauer. »Wenn mich

nicht alles täuscht, ist ein Munitionslager hochgegangen.« Er wies den Pfleger an, Lampen anzuzünden, sobald er wieder auf den Beinen war. Dann wandte er sich an Brosch. »Wir müssen uns vorkämpfen.« Er schnappte sich zwei Gasmaskenbehälter, die die Verwundeten abgestellt hatten. »Die nehmen wir mit, die kleine Sauerstoffflasche ebenfalls.«

Sie machten sich auf den Weg. Am Ende des Gangs war die Decke eingestürzt. Eine Hand schaute unter dem Schutt hervor.

Brosch konnte sich nicht von dem Anblick lösen, seine Phantasie gaukelte ihm vor, er sehe feingliedrige Finger, wie die von einer Frau.

Lina!

Die Sorge raubte ihm für Sekunden fast den Verstand. Er ging in die Knie und wischte hektisch den Staub von der leblosen Hand.

Kräftige Finger, groß und lang. Ein goldener Ehering. Es war ein Mann.

»Schauen wir oben nach«, befahl Hanauer.

Sie nahmen eine Treppe ins Erdgeschoss. Geisterhafte Gestalten wankten ihnen entgegen. Sie waren auf dem Weg zum Ausgang.

Der Rauch wurde dichter, klebte auf der Haut, kniff in den Augen. Broschs Kehle kratzte schlimmer denn je, alles in ihm gierte nach Wasser.

Sie zogen die Gasmasken über, doch schon nach wenigen Atemzügen riss Brosch sie sich wieder vom Gesicht. Darunter bekam er noch weniger Luft als ohnehin schon. Die Filter halfen nicht gegen den Qualm. Pfeifend keuchte er, das Gesichtsfeld zog sich zusammen, breitete sich wieder aus. Hanauer gewährte ihnen einen Zug aus der Sauerstoffflasche.

»Weiter!«, befahl er.

»Das ist Irrsinn«, begehrte Brosch auf.

»Es wird gleich besser«, sagte Hanauer. »Vor Ihrem Eintreffen hat eine französische Granate ein Loch in die Kasematte gerissen.« Er deutete unbestimmt nach vorne. Das Sprechen fiel ihm schwer, jedes Wort klang gepresst. »Dort … dort ist frische Luft.«

Brosch torkelte weiter, hinter Hanauer her. Hoffentlich stellten die Franzmänner bald ihr Feuer ein. Im Moment schienen sie kein Erbarmen zu kennen. Unablässig schlugen über ihnen die Geschosse ein. Einige Meter weiter spürte er einen Luftzug, und es wurde heller. Vage Umrisse nahmen Gestalt an. Allmählich erahnten sie das ganze Ausmaß der Katastrophe.

»Herr im Himmel«, murmelte Hanauer.

Sie drehten sich im Kreis. Sie standen in einem der Hauptgänge, über ihnen wölbte sich halbrund die Decke. Dichter Qualm quoll aus einem meterdicken Riss im Boden. Tote Soldaten überall, Hunderte. Einige wirkten äußerlich unverletzt, bei anderen waren Gliedmaßen abgerissen. Es wirkte auf Brosch, als wäre der Schnitter persönlich mit einer riesigen Sense durch die Reihen gegangen. Er leuchtete in eine der Nischen hinein und blickte auf ein blutiges Knäuel aus Knochen, Haut, Haaren und Uniformen. Die Druckwelle hatte die Kameraden in die Ecke gequetscht, als wären sie Trauben in einer Weinpresse.

Brosch fiel auf die Knie und würgte das wenige heraus, das er gestern zu sich genommen hatte. Schließlich lehnte er sich gegen die Wand. Die Galle schmeckte bitter auf der Zunge.

Hanauer stand bei einem Trupp Soldaten.

Brosch erkannte Müller, der mit schockgeweiteten Augen versuchte, das Grauen zu verarbeiten.

»Sie nehmen sich fünf Mann und schaffen die Leichen raus«, hörte Brosch Hanauer sagen. »Ihr zwei kommt mit mir. Wir versuchen, durch einen Spalt in der eingestürzten Decke nach unten zu gelangen. Dass wir Überlebende finden werden, glaube ich kaum, möchte aber nichts unversucht lassen, verstanden?«

Die Männer murmelten Zustimmung. In ihren Gesichtern stand Furcht und Entsetzen. Tapfer kamen sie seinem Befehl nach, obwohl sie vermutlich nichts lieber getan hätten, als fortzulaufen.

Brosch stemmte sich hoch, fasste Müller am Arm, der sich gerade nach einem Leichnam bückte.

»Ist der Kamerad, den Sie zu mir geführt haben … hat er das Fort verlassen? Ich meine … rechtzeitig?«

Müller schüttelte den Kopf. »Bei mir hat sich niemand abgemeldet.«

Broschs Magen verkrampfte sich erneut, sein Puls begann zu rasen. »Waren Sie die ganze Zeit …«

»Ja. Bis zur Explosion.«

Brosch ließ Müller los. Lina musste sich noch in der Festung befinden. Er sah sich suchend um. In diesem Moment hörte er Hanauer nach ihm rufen. Er reagierte nicht. Er stieg über die Toten, drehte Körper um, hob Köpfe an. Der Sauerstoffmangel wurde schier unerträglich. Mit verzweifelter Stimme rief er ihren Namen. Er musste Lina finden, kostete es, was es wollte.

Er rannte zurück in den Gang, aus dem sie gekommen waren. Er stolperte über einen Leichnam und fiel der Länge nach hin. Er schürfte sich die Hände und die Wange auf. Ein stechender Schmerz schoss den Arm hinauf. Einerlei, er musste weiter. Er sprang auf, hastete weiter.

Dann sah er sie.

Lina saß zur Seite gekippt in der Nähe der geborstenen Mauer. Das wenige Licht erhellte ihre rechte Gesichtshälfte. Einer aus dem Helfertrupp zerrte an ihrem Arm und zog sie über den Boden in Richtung Öffnung.

Brosch hatte das Gefühl, der Boden unter seinen Füßen würde nachgeben. Er taumelte, konnte nur mit Mühe das Gleichgewicht halten. Mit weichen Knien ging er auf den Mann zu.

»Lass los!«, rief er lauter als beabsichtigt. »Ich … ich kenne … den Mann.« Seine Stimme überschlug sich.

Der Soldat zuckte gleichgültig die Schultern und ließ Linas Arm los. Er drehte sich um und wandte sich der nächsten Leiche zu.

Brosch sank auf die Knie. Blut war ihr aus den Nasenlöchern gesickert und angetrocknet. Er fühlte ihren Puls. Nichts. Brosch brach haltlos in Tränen aus. Er schluchzte wie ein Kind, Rotz lief ihm aus der Nase.

»Was hast du hier nur gemacht, Lina?«, jammerte er halblaut. »Der Ausgang ist doch auf der anderen Seite. Hast du dich verlaufen? O Lina, wärst du nur nie hergekommen.«

Er heulte laut auf und legte sich dann neben sie. Er zog ihren kalten Körper in die Arme und wiegte sie hin und her.

52

Agnes stand auf und ging ins Obergeschoss, um eins ihrer Taschentücher zu holen. Einen Moment lang harrte sie an der Schublade der Kommode aus. Sie rang um Fassung, kämpfte gegen ihre Tränen an. Das Gehörte verstörte und entsetzte sie. Wie konnte ein Mensch all das ertragen, ohne verrückt zu werden? Sie selbst hatte Schrecken an der Front erlebt, doch das, was Hermann geschehen war, konnte man damit nicht im Geringsten vergleichen.

Wieder in der Stube, drückte sie ihm sanft das Taschentuch in die Hand.

Dankbar lächelte er, wischte sich über die Augen und schnäuzte sich.

Zu aufgewühlt, um sich zu setzen, stellte Agnes sich ans Fenster. Anton Schulten, einer der Heimkehrer, ging mit einer Axt in der Hand vorbei. Seltsamerweise hüpfte er dabei, als würde er eine Polka tanzen. Bei jedem Schritt spritzte Schlamm von den Sohlen der Stiefel auf und verdreckte den Saum der Hose. Den Blick stur geradeaus gerichtet, bemerkte er Agnes am Fenster nicht. Bestimmt war er auf dem Weg, um Feuerholz zu schlagen. Die Beerdigung der Magd Emma fand erst in zwei Stunden statt, dorthin nahm man auch keine Axt mit. Nein, Schulten war nicht auf dem Weg zum Friedhof, sondern unterwegs in den Wald.

Agnes wandte sich zu Hermann um. Ein Kloß steckte ihr im Hals. »Es tut mir so leid«, brachte sie endlich heraus. Am liebsten hätte sie Hermann umarmt und gedrückt, doch das traute sie sich nicht. Lina war zu präsent, fast greifbar, sie stand zwischen ihnen.

»Das muss es nicht«, versicherte er. »Ich bin darüber hinweg.«

Eine Lüge, dachte Agnes. Für sie war es unvorstellbar, über so ein Ereignis hinwegzukommen. Aber sie verstand das Bestreben, das dahintersteckte: Es diente dem Selbstschutz.

Hermann steckte das Taschentuch ein, dann fuhr er in seiner Erzählung fort.

»Nachdem der gute Müller mich mit Lina im Arm gefunden hatte, half er mir auf die Beine zu kommen. Er versuchte mich abzulenken. Ich glaube, er ahnte, was los war.« Hermann seufzte. »Leider konnte ich ihn nicht mehr fragen. Als er Lina aus der Öffnung der Mauer hinausschleppte, erwischte ihn eine Mörsergranate. Volltreffer. Von den beiden blieb nichts übrig.«

Agnes sah ihn fassungslos an.

»Irgendjemand… vielleicht war es Hanauer gewesen, ich weiß es nicht genau… beschloss daraufhin, dass es zu gefährlich war, die Leichen nach draußen zu bringen. So wurden sie am Ende eines Ganges gestapelt. Wenig später rückten Männer an und mauerten den Abschnitt zu.« Brosch lachte bitter auf. »Die Franzmänner dürften sich gewundert haben, als sie das Fort zurückeroberten und die Mauer entdeckten. Ob sie inzwischen wissen, was sich dahinter verbirgt?«

Agnes schauderte, als sie sich das alles vorstellte. »Hatte Hanauer recht?«

Brosch sah auf und runzelte die Stirn. »Womit?«

»War es das Munitionslager gewesen?«

»Ach, das … hm, ja, sehr wahrscheinlich. Hanauer ließ mich bereits zwei Tage später ablösen, schickte mich zurück in die Etappe. Er spürte wohl meinen Verlust, meine tiefe Trauer. Trotzdem verzichtete er darauf, mir Fragen zu stellen. Ein besonderer Mensch war er, opferte sich auf für die Kameraden, ein ganz feiner Charakter. Leider weiß ich nicht, was aus ihm geworden ist. Vielleicht sollte ich Erkundigungen einholen.« Brosch nickte vor sich hin. Eine Haarsträhne löste sich und fiel ihm übers Auge. »Ja, das werde ich tun.« Er sah auf und strich die Strähne zurück. »Hilfst du mir?«

»Ja, natürlich, sehr gern«, stimmte Agnes ohne zu zögern zu.

»Danke. Es … bedeutet mir mehr, als du dir vorstellen kannst.« Er lächelte, holte dann das Taschentuch wieder hervor und schnäuzte sich erneut.

»Weiß man, warum das Lager in die Luft flog?«

»Es gibt eine Vermutung. In der Etappe habe ich später zwei Offiziere darüber reden hören. Sie waren auf der Durchreise und der obersten Heeresleitung direkt unterstellt. Demnach hatten wohl einige Kameraden versucht, Kaffee zu kochen. Dabei muss sich das Öl für die Flammenwerfer entzündet haben. Der Qualm schwärzte die Gesichter der Soldaten, die nach einem erfolglosen Versuch, das Feuer zu löschen, flüchteten.«

»Die Schwarzen kommen«, flüsterte Agnes.

»Richtig. Die Männer tauchten aus dem Untergeschoss auf und wurden für Neger gehalten. Da es schwarze Soldaten auf unserer Seite nur in den Kolonien gab, dachten alle, der Feind wäre in die Festung eingedrungen. In der entstehenden Panik flogen Handgranaten, mindestens eine davon explodierte im Munitionslager, das randvoll gefüllt war. So kam es zu der Katastrophe.«

»Schrecklich!« Agnes schüttelte sich und schlang ihre Strickjacke enger um sich.

Sie schwiegen eine Weile.

»Ich habe die folgenden Tage wie in einem Nebel erlebt. Ich war völlig benommen.«

Es zerriss Agnes das Herz, ihn so leiden zu sehen. Alles in ihr schrie danach, ihn festzuhalten und zu trösten. Entschlossen ging sie zu ihm, nahm seinen Kopf und drückte ihn an ihren Bauch. Sie befürchtete, von ihm fortgestoßen zu werden.

Doch er ließ sie gewähren – und weinte.

Frontbericht »Westlicher Kriegsschauplatz« vom 8. Mai 1916, Großes Hauptquartier

Die in den letzten Tagen auf dem linken Maasufer in der Hauptsache durch tapfere Pommern unter großen Schwierigkeiten, aber mit mäßigen Verlusten durchgeführten Operationen haben Erfolg gehabt. Trotz hartnäckigster Gegenwehr und wütender Gegenstöße des Feindes wurde das ganze Grabensystem am Nordhang der Höhe 304 genommen und unsere Linie bis auf die Höhe selbst vorgeschoben. Der Gegner hat außerordentlich schwere blutige Verluste erlitten, sodass an unverwundeten Gefangenen nur 40 Offiziere, 1280 Mann in unsere Hände fielen. Auch bei Entlastungsvorstößen gegen unsere Stellungen am Westhang des »Toten Mannes« wurde er mit starker Einbuße überall abgewiesen. Auf dem Ostufer entspannen sich beiderseits des Gehöftes Thiaumont erbitterte Gefechte, in denen der Feind östlich des Gehöftes unseren Truppen unter anderem Neger entgegenwarf. Ihr Angriff brach mit einem Verlust von 300 Gefangenen zusammen. Bei den geschilderten Kämpfen wurden weitere frische französische Truppen festgestellt. Hiernach hat der Feind im Maasgebiet nunmehr, wenn man die nach voller Wiederauffüllung zum zweiten Male eingesetzten Teile mitzählt, die Kräfte von 51 Divisionen aufgewendet und damit reichlich das Doppelte der auf unserer Seite, der des Angreifers, bisher in den Kampf geführten Truppen. Von der übrigen Front sind außer geglückten Patrouillenunternehmungen, so in der Gegend von Thiepval und Flirey,

keine besonderen Ereignisse zu berichten. Zwei französische Doppeldecker stürzten nach Flugkampf über der Côte de Froideterre brennend ab.
Oberste Heeresleitung

Über die Katastrophe im Fort Douaumont schweigt der Bericht. In dem allgemeinen Sterben war der Tod von neunhundert deutschen Soldaten an dem Tag nicht erwähnenswert.

SAMSTAG, 28. DEZEMBER 1918

Mit der Anordnung des preußischen Ministers für Wissenschaft und Volksbildung wird der Erlass zur Abschaffung des Religionsunterrichtes außer Kraft gesetzt.

Das Bündnis zwischen der Mehrheitssozialdemokratischen Partei (MSPD) und der Unabhängigen Sozialdemokratischen Partei (USPD) in der provisorischen Regierung bricht auseinander, als die USPD sich wegen Differenzen über einen militärischen Einsatz aus dem Rat der Volksbeauftragten zurückzieht.

Die Parteizeitung der SPD *Vorwärts* titelt: »Frieden, Freiheit, Brot!«

53

Franz erhielt nur selten die Gelegenheit, mit Käthe in der Tuchfabrik zu sprechen, was er äußerst bedauerlich fand. Hatte sie Pause, musste er die Zeit nutzen, um die Mechanik der Webbänke zu überprüfen. War er damit fertig, so setzten die Frauen ihre Arbeit bereits wieder fort. Während der Arbeit war es strengstens verboten, sich zu unterhalten, ein Verbot, das nicht nötig gewesen wäre. Beim Lärm der Maschinen war an ein normales Gespräch nicht zu denken. Wollte man sich unterhalten, musste man schon hinaus auf den Innenhof gehen. Doch da trieb sich in letzter Zeit Gerold den lieben langen Tag herum. Er behielt offensichtlich das Haus des Fabrikanten im Auge. Franz hatte keine Ahnung, was er sich davon versprach, doch ihm sollte es recht sein. So wurde er von ihm wenigstens nicht mehr belästigt.

Doch an diesem Tag kam Gerold kurz nach Mittag in die Werkshalle gestampft. Franz sah, wie er anfing, die Schränke zu durchsuchen.

»Dem zieh ich eins über«, stieß er zwischen zusammengebissenen Zähnen hervor. »Wo ist nur der verflixte Maulschlüssel? Der ganz große, schwere?«

»Von was sprichst du?«

Franz war die Frage so herausgerutscht. Es war ein Fehler gewesen, das wusste er. Hatte Gerold schlechte Laune, nutzte er jeden Anlass, um Dampf abzulassen. Und tatsächlich wirbelte er sofort zu ihm herum. Mit drei raumgreifenden Schritten war er bei Franz und packte ihn am Kragen.

»Du Mistkäfer!«, zischte er. »Du weißt von dem Dreckskerl, oder? Nora hat dir davon erzählt, habe ich recht?«

Franz stutzte. Von wem sprach Gerold? Dann fiel der Groschen. Jetzt verstand er auch, warum Gerold die letzten Tage auf dem Innenhof herumlungerte. Nora Wenger, der Tochter des Herrn Tuchfabrikanten, wurde der Hof gemacht. Ein stattlicher Mann, der bei den Wengers ein und aus ging, als würde er bereits zur Familie gehören. Er brauste mit einem knatternden Motorrad durch die Weltgeschichte, trug Lederkleidung und eine mit einem Gummiriemen gehaltene Schutzbrille vor den Augen. Wenn er auftauchte, blieb Nora Wenger nicht lange fern. Sie himmelte ihn an, was unschwer an den sehnsüchtigen Blicken zu erkennen war, die sie ihm zuwarf. Oft hörte man sie gemeinsam lachen.

Eifersucht! Das also war es.

»Los, raus mit der Sprache!«, schrie Gerold Franz an. Sein Atem roch säuerlich. Gerold gab Franz eine Kopfnuss.

Der Schmerz ließ Franz zusammenzucken. Wenn er nur stärker wäre, würde er es diesem Halunken schon heimzahlen.

Benutz deinen Grips. Schlag ihn mit deinen eigenen Waffen!

Franz kam ein Einfall. »Ja, ja, ist ja gut … Fräulein Wenger hat mir alles berichtet«, log er.

Gerolds Griff lockerte sich. Mit einem Schubs ließ er Franz los. »Erzähl!«

Franz taumelte zurück und stieß gegen die Werkbank.

Lass dir was einfallen, egal was, es muss nur seine Eifersucht anfeuern.

Nebenan im Kesselraum dröhnte die Dampfmaschine. Das stetige Stampfen erinnerte Franz an eine …

»Eisenbahn«, platzte er heraus.

»Eisenbahn?«

Jetzt sah Franz die Geschichte, die er Gerold auftischen wollte, vor sich wie auf einer Bühne.

»Morgen. Am Sonntag. Sie wollen abends mit dem Zug nach Cöln.«

Gerold verengte die Augen zu Schlitzen. »Mit dem Zug?«, fragte er skeptisch. »Warum nicht mit dem Automobil?«

Gute Frage.

»Das benötigt der Herr Fabrikant selbst. Und mit dem Motorrad geht nicht, da sie in die Oper wollen.«

»Oper? In Cöln? Die Oper ist noch geöffnet?« Gerold schien ihm nicht recht zu glauben.

»So hat Fräulein Wenger es mir wenigstens gesagt«, versicherte Franz.

Bau ein Detail ein, damit die Geschichte glaubwürdiger wird.

»Von Euskirchen wollen sie fahren.«

Reib ihm Salz in die Wunde.

»Richtig entzückt war das Fräulein.«

Jetzt! Der entscheidende Schlag.

»Wenn du mich fragst, ist das Fräulein Wenger verliebt.«

Gerold brüllte los, fluchte und trat nach dem Zinkeimer. Der flog im hohen Bogen durch die Luft und klapperte über den Boden.

»Das Miststück! Hintergeht mich mit so einem Lackaffen.«

Er hieb auf die Tür seines Spinds ein. Das Blech schepperte und wölbte sich nach innen.

Franz fragte sich, ob er zu weit gegangen war. Sollte Gerold erfahren, dass Franz ihm eine faustdicke Lüge aufgetischt hatte, würde er ihn schlimmer zurichten als den Spind.

Einerlei. Ihn leiden zu sehen entschädigt für so einiges.

Jetzt packte Gerold ihn wieder am Kragen. »Welcher Zug?«

Mist! Lügen ist nicht einfach. Fängt man erst einmal damit an …

»Ich bin mir nicht sicher«, wich Franz aus.

Gerold versetzte ihm eine Ohrfeige. »Lüg mich nicht an!«

Los, sag ihm irgendwas! Ist egal, ob die Zeit stimmt, oder nicht. Was tut es zur Sache?

Franz tat, als würde er angestrengt nachdenken. »Ich glaube, es war …«

»Ja?«

Franz wusste, dass um halb sechs am Nachmittag immer ein Personenzug durch das Tal fuhr. Früher hatte das Halbstundenschlagen der Kirchenglocke von Kirchbach die Fahrt begleitet. Es war das Zeichen für ihn gewesen, zum Abendessen heimzugehen. Der Zug fuhr immer noch.

»Nach fünf Uhr am Abend, glaube ich.« Franz sah Gerold herausfordernd an. »Richtig, so war es, das hat Fräulein Wenger zu mir gesagt, jetzt erinnere ich mich wieder.«

Gerold setzte sich auf den Hocker neben der Drehbank. »Nach fünf also. Dieses verfluchte Weib!«, zischte er und ergänzte mit kaum gebändigtem Zorn in der Stimme:

»Wenn nicht ich, dann niemand.« Grübelnd stützte er die Ellbogen auf die Oberschenkel und den Kopf in die Hände.

So saß er noch dort, als Franz später die Werkstatt bei Schichtende verließ. Zu dem Zeitpunkt ahnte er bereits, dass er einen großen Fehler begangen hatte.

54

Ein Brief von Klara. Der Schäle Otto hatte ihn am Morgen gebracht. Fast hätten sie sich verpasst, da Agnes die Nacht bei Hermann verbracht hatte. Sie war gerade durch die Hintertür hineingeschlüpft, als der Postbote vorne klopfte.

Agnes saß am Ofen und las zum wiederholten Male die Zeilen.

Liebe Agnes,
bist du den Geruch von Dung bald leid? Nerven dich die einfältigen Dörfler? Ich hoffe, es ist so, und du siehst endlich ein, dass Cöln der Ort ist, wo du wohnen solltest. Hier wird in letzter Zeit viel geboten, so mannigfaltige Motive, die du photographieren könntest. Die Besatzer sind angekommen und machen sich breit. Männer mit Schnurrbärten, die französisch sprechen und zum Lachen in den Keller gehen. Überall Poilus! Es ist alles so unwirklich.
Vor einigen Wochen haben wir unsere Männer, das deutsche Heer, jubelnd empfangen. Sie zogen über die neue Deutzer Hängebrücke, aufrecht und stolz. »Ihr wart uns Schutz dem Feind zum Trutz! Dank sei euch immerdar!« So stand es auf einem Schild. Wie wahr! Wie Sieger müssen die deutschen Soldaten sich gefühlt haben, und wir fühlten mit ihnen. Ist uns

Schlimmes widerfahren, frag ich dich, Agnes? Haben die Männer uns nicht vor Ungemach bewahrt, vor Horden marodierender Feinde? Ihr Leben haben allzu viele hergegeben, damit wir in der Heimat friedlich schlafen konnten.
Und kaum ist das deutsche Heer durchgezogen, fällt der Feind doch noch über uns her.
Heuschrecken!
Was er in vier Jahren Krieg nicht erreicht hat, dafür reichte ihm ein Federstrich unter einem Papier.
Ist das gerecht?
Im Felde ungeschlagen! Das muss eine Bedeutung haben, oder nicht? Das kann in einem Waffenstillstandsabkommen wohl nicht unberücksichtigt bleiben. Meine ganze Hoffnung ruht nun auf dem endgültigen Friedensvertrag. Hier kann sich der Rat der Volksbeauftragten rund um diese Herren Ebert und Scheidemann in Berlin auszeichnen; die können zeigen, was sie wert sind.
Selbst in unserem Brauhaus fallen die Franzköppe inzwischen jeden Abend ein, trinken zu viel Bier und führen sich dann auf wie Herr Großkopf auf dem Rummel. Es hilft auch nicht, ihr Bier mit Wasser zu verdünnen. Mein Vater sagt: Die vertragen nur Rotwein, mit Obergärigem sind sie überfordert. Dem kann ich nur zustimmen, Agnes. Die passen zur kölschen Mentalität wie ein Löffel zum Eisbein. Mit denen werden wir noch unseren »Spaß« haben, fürchte ich.
Das sollte dich allerdings nicht von deiner Flucht aus Kirchbach abhalten, Agnes! Du kennst doch den Spruch: Et hätt noch emmer joot jejange. Mit den Besatzern werden wir schon fertigwerden.
Ach, jetzt bin ich wieder vom Hölzchen auf Stöckchen gekommen. Verzeih mir meine Ausschweifungen, liebe Agnes (aber

das bist du ja von mir gewohnt). Ich schreibe, wie ich rede, immer frisch heraus und immer zu viel.
Aber der eigentliche Anlass meines Schreibens ist folgender: Halte dich fest, nein, am besten setzt du dich hin. Ich habe deine Bewerbung an Achim weitergereicht. Er hat sie mit großem Interesse gelesen. Und jetzt kommt's: Er ist tief beeindruckt und will dich unbedingt kennenlernen!
Ist das nicht formidabel, Agnes?
Wann kannst du anreisen?
Ich habe bereits ein Bett für dich bezogen, du musst dich somit nicht um eine Unterkunft kümmern. Das ist übrigens nicht so selbstverständlich, wie du vielleicht denkst. Ich habe dieses eine Gästezimmer mit Zähnen und Klauen verteidigen müssen. Die Franzosen quartieren sich überall ein, beschlagnahmen, was ihnen unter die Finger kommt. Eine gut organisierte Diebesbande ist das!
Achim sagt, ich solle nicht so verbittert sein. Vielleicht hat er recht, und ich übertreibe, sehe alles zu schwarz. Achim ist so ein feiner Mensch, gerecht und gütig, dazu voller Tatendrang. Einem solchen Mann bin ich noch nie begegnet, man muss ihn einfach lieben. Du wirst sehen, ihr werdet euch bestens verstehen. Und er wird dich anstellen, davon bin ich fest überzeugt. Mach dich auf den Weg! Baldigst, verstanden? Ich dulde keinen Aufschub!
Deine Klara!

P. S. Ich wollte dich um ein Telegramm mit den Daten deines Eintreffens bitten. Aber in deinem Kuhdorf gibt es vermutlich immer noch kein Amt, oder?
P. P. S. Schreib mir, bitte, bitte. Papier habe ich dir wie bestellt beigelegt.

Agnes ließ den Brief auf den Tisch sinken. Sie konnte es immer noch nicht fassen. Da hatte sie sich die Hacken abgelaufen, hätte sogar als Sekretärin oder Botin in einer Redaktion angefangen, und nun das: eine Anstellung bei einer Zeitschrift. Klara hatte recht, es war wunderbar, eine einmalige Gelegenheit, die das Schicksal ihr hier bot.

Doch in ihre Freude mischte sich ein Wermutstropfen. Noch Anfang des Monats wäre sie nach dem Erhalt einer derartigen Nachricht sofort aufgebrochen. Keine zehn Pferde hätten sie in Kirchbach halten können.

Doch die Umstände hatten sich geändert. Hermann war in ihr Leben getreten. Es nützte nichts, sich etwas vorzumachen: Sie liebte ihn und wollte ihn nicht verlassen.

Gestern hatten sie das erste Mal miteinander geschlafen. Hermann war ein rücksichtsvoller Liebhaber, aufmerksam und zärtlich. Agnes hatte sich wie im siebten Himmel gefühlt. Heute Morgen waren sie nebeneinander aufgewacht. Sanft hatte er sie in den Arm genommen und ihr von seinem Entschluss berichtet: Die Villa sollte entrümpelt werden, um Platz für eine Arztpraxis zu schaffen. Er wollte in die Fußstapfen seines Vaters treten. Euphorisch hatte er jedes Zimmer beschrieben, die Anmeldung, den Warteraum, das Behandlungszimmer. Sogar ein kleines Sanatorium schwebte ihm vor. Es erschien Agnes, als hätte Hermann sich am Weihnachtsmorgen allen Ballast von der Seele geredet. Es gab für ihn wieder eine verheißungsvolle Zukunft, ein Ziel, für das es sich zu leben lohnte.

Lina stand nicht mehr zwischen ihnen, das spürte Agnes. Sie rechnete damit, in Kürze einen Heiratsantrag von Hermann zu erhalten. Warum sonst hätte er die Frage stellen sollen, ob sie sich vorstellen könnte, in der Villa zu wohnen.

Hätte er heute Morgen um ihre Hand angehalten, wäre eine Antwort einfach gewesen. Hocherfreut hätte sie eingewilligt.

Doch nach diesem Brief sah das Ganze etwas anders aus.

St. Quentin, Frankreich, 22. März 1918

Liebste Mutter!
Sicher verzehrst du Dich vor Sorge um mich. Ich bin leider in den letzten Tagen nicht zum Schreiben gekommen. Zu viel war vorzubereiten, zu aufregend die Aussicht auf ein Ende des Schlachtens. Daher hier rasch ein paar Zeilen. Du sollst wissen, es geht mir gut.
Der erste Tag unserer Offensive liegt hinter uns. Wir sind gut vorangekommen und haben den Feind aus den Gräben gejagt. Alle sind guter Stimmung, alle spüren: Es geht voran! Zum ersten Mal seit Jahren sind wir in Bewegung. Wie junge Hunde hetzen wir hinter dem fliehenden Feind her, die Kaninchen gleich davonspringen.
Weihnachten bin ich zu Hause, du wirst sehen.
Gruß
Rudolf

Rudolf Breuer aus Kirchbach, gefallen während der deutschen Frühlingsoffensive an der Somme am 23. März 1918

SONNTAG, 29. DEZEMBER 1918

Aus Protest gegen »Eberts Blutweihnacht« verlassen die USPD-Volksbeauftragten den Rat der Volksbeauftragten.

Die Situation in Berlin eskaliert. Ebert beauftragt Gustav Noske mit dem militärischen Schutz der Regierungsresidenz.

Nach dem Waffenstillstand trifft das Leib-Grenadier-Regiment »König Friedrich Wilhelm III. (1. Brandenburgisches) Nr. 8« am 29. Dezember 1918 um 2 Uhr morgens wieder in seiner Garnison in Frankfurt (Oder) ein. Insgesamt 111 Offiziere sowie 4352 Unteroffiziere, Grenadiere und Füsiliere sind gefallen – eine der höchsten Verlustzahlen eines einzelnen Truppenteils.

55

Die fünf Häuser von Flestedt standen geschützt vom vorherrschenden Westwind in einer Talsenke. Wiesen mit Obstbäumen, die die kahlen Äste in den grauen Himmel streckten, schmiegten sich an die Hänge rund um das Dorf.

Wiebke folgte dem Feldweg, der von der Anhöhe hinunter zu den Häusern führte. Es war ihr erster freier Nachmittag seit mehreren Wochen. Da sie nicht wusste, wann der nächste folgen würde, hatte sie kurzerhand ihren Rucksack geschultert und sich auf den Weg gemacht.

Von ihrem Vorhaben, Emmas Sohn zu besuchen, hatte sie niemandem erzählt. Seit der Kleine den Hof verlassen hatte, war kein Wort mehr über ihn verloren worden. Womöglich wollten die Intzes nicht an das Kind erinnert werden und hätten Wiebke den Umgang verboten. Daher war es ihr ratsamer erschienen, Stillschweigen zu bewahren und einem Streit aus dem Weg zu gehen. Sie wusste zwar nicht, wie die Familie hieß, die den Kleinen aufgenommen hatte, jedoch sollte das bei den wenigen Einwohnern kein großes Hindernis darstellen.

Der Rucksack drückte ihr in den Rücken.

Gestern war sie im Auftrag der Hausherrin in der Scheune gewesen, um einige Dinge aus dem geheimen Depot zu besorgen. Bei der Gelegenheit hatte Wiebke ein wenig was abgezweigt. Dass die Hausherrin das bemerken könnte, sorgte sie nicht. Sollte Elsbeth Intze ihr dumm kommen, würde Wiebke ihr mit einer Anzeige drohen. Auf Schleichhandel stand Zuchthaus, das war allgemein bekannt.

Wiebke lächelte schadenfroh. Es fühlte sich gut an, am längeren Hebel zu sitzen. Oft genug wurde sie von der Hausherrin ungerechtfertigt heruntergemacht. Ein *faules Stück* zu sein, warf sie ihr vor. Wiebke wusste, dass es keine größere Ungerechtigkeit gab, als ihr vorzuwerfen, faul zu sein. Nein, in dieser Sache würde sie kein Pardon kennen, sollte es hart auf hart kommen.

Der Weg wurde breiter. Wiebke musste aufpassen, in den vom Nachtfrost harten Karrenspuren nicht umzuknicken.

Sie erreichte das erste Haus, einen Fachwerkbau mit kleinen Fenstern. Der Putz war abgeblättert, das Dachgebälk hing durch. Ein morscher Zaun friedete einen Garten ein, in dem ein Walnussbaum stand. Einige Latten lagen auf dem Boden.

Wiebke stellte den Rucksack ab, klopfte an der Haustür und wartete.

Nach einer Weile öffnete ihr eine Greisin mit einem Buckel. Sie trug eine Strickjacke, die grauen Haare hatte sie unter einem Kopftuch verborgen. Die verbliebenen Zähne im Maul waren schief und gelb. Ein wahre Hexe, dachte Wiebke.

Gestützt auf einen Stock, musterte die Alte Wiebke aus trüben Augen. »Was willst du? Betteln? Wir geben nichts.« Ihre Stimme war kratzig und abweisend.

»Nein«, antwortete Wiebke. »Ich komme aus Kirchbach und suche …«

»Pah! Wir alle sind auf der Suche. Nur mit dem Finden

tun wir uns schwer.« Die Alte drehte sich um und schlurfte über den Lehmboden davon, bog im Flur links ab und verschwand im Dunkeln des Hauses.

Eine schrullige Person, dachte Wiebke. Unentschlossen schaute sie sich um. Sie hoffte, jemanden auf der Straße zu finden, den sie fragen konnte. Doch alles war wie ausgestorben. Sollte sie ihr Glück an der nächsten Haustür versuchen? Oder tauchte die Alte wieder auf? Immerhin stand die Tür noch offen. Ein Zeichen dafür, dass Wiebke warten sollte?

Wiebke trat auf die Schwelle und rief: »Hallo? Hören Sie? Ich suche ein Kind, einen Säugling, um genau zu sein. Es ist …«

»Hier gibt es keine Kinder. Verschwinde!«

Wiebke runzelte die Stirn. Keine Kinder? Die Alte musste doch etwas mitbekommen haben. Warum stellte sie sich dumm? Oder wusste sie es nicht besser? Hockte sie nur noch in der Stube, abgeschnitten von den Neuigkeiten im Dorf, oder war es ihr schlicht entfallen, wie sie anscheinend auch vergessen hatte, die Haustür zu schließen?

Wiebke beschloss, nicht weiter zu bohren. Die Alte wusste nichts oder wollte nichts sagen. Einerlei, hier kam sie nicht weiter.

Sie wandte sich ab, um es beim Nachbarn zu versuchen. Fast wäre sie mit einer Frau zusammengestoßen, die ein Bündel Reisig auf dem Rücken trug. Wiebke hatte sie nicht kommen hören. Sie lächelte die Frau aufmunternd an, stellte sich rasch vor und fragte: »Ich bin hier, um das Kind meiner verstorbenen …« – Wiebke überlegte, was Emma eigentlich für sie gewesen war – »meiner Freundin zu besuchen«, fuhr sie dann fort. Wenn das auch nicht ganz den Tatsachen entsprach, ersparte es weitere Erklärungen.

»Keine Kinder«, murmelte die Frau und schob sich an Wiebke vorbei. Sie trat in das Haus, ließ das Reisig zu Boden fallen, drückte den Rücken durch, fasste sich ins Kreuz und stöhnte. Erst jetzt fiel Wiebke die Ähnlichkeit mit der Alten auf. Die beiden mussten verwandt sein. Für eine Tochter war sie zu alt. Daher nahm Wiebke an, der jüngeren Schwester gegenüberzustehen.

»Das kann nicht sein«, widersprach Wiebke. Ärgerlich sah sie die Frau an. Es wurde ihr zu bunt. Sie wollte den Kleinen nur *besuchen*, ihn nicht *entführen*. Warum wurde um Emmas Junge ein Geheimnis gemacht? Welche Teufelei steckte dahinter? Hatte Elsbeth Intze die Flestedter eingeschworen, Verschwiegenheit über die Herkunft des Kleinen zu wahren?

»Wer hat dir denn den Floh von einem Kind hier in Flestedt ins Ohr gesetzt?«, fragte die Frau jetzt.

»Meine Herrin.«

»Du bist…«, sie sah Wiebke von oben nach unten an, »ein Dienstmädchen? Eine Magd, richtig?«

Wiebke nickte.

Die Frau seufzte. »Ich denke, deine Herrin hat dir eine deftige Lüge aufgetischt.«

»Das kann nicht…«, fuhr Wiebke auf, hielt dann aber inne. Auf die Ehrlichkeit von Elsbeth Intze würde sie kein Gift nehmen wollen. Aber warum sollte sie gelogen haben? Um sie zu beruhigen? Gut möglich. Nur, wenn es so wäre, was war dann mit Emmas Jungen … Plötzlich kam Wiebke ein schrecklicher Verdacht. Sie schlug sich eine Hand vor den Mund, um einen Aufschrei zu ersticken. Sie taumelte zurück, verlor das Gleichgewicht. Unsanft fiel sie auf den Hintern.

»Ach Gott, Kindchen!« Die Frau trat aus dem Haus, um ihr aufzuhelfen. »Was ist denn los?«

Kaum war Wiebke wieder auf den Beinen, rannte sie los.

»Der Rucksack!«, rief die Frau ihr hinterher.

Wiebke achtete nicht darauf. Sollten sich doch die beiden Alten den Bauch mit dem in Wachspapier eingeschlagenen geräucherten Stück Schinken und dem Griebenschmalz in dem Soldatenkochgeschirr vollschlagen.

Als Geschenk für die Familie, die Emmas Kind aufgenommen hatte, kam es nicht mehr infrage.

56

Mein letzter Tag.

Nicht zum ersten Mal kam Franz dieser Gedanke. Die Genugtuung, Gerold eins ausgewischt zu haben, war bereits auf dem gestrigen Heimweg verblasst. Stattdessen sorgte er sich von Stunde zu Stunde mehr um Leib und Leben. Wäre heute nicht Sonntag, hätte Gerold ihm vermutlich schon alle Knochen als Strafe für die Lügengeschichte gebrochen.

Geh einfach nicht mehr hin.

Doch das würde nur einen Aufschub bringen, der Bestrafung würde er so nicht entgehen. Gerold wusste, wo er wohnte, er würde vorbeikommen und Franz stellen.

Franz nahm die Schere aus der Schublade und setzte sich an den Küchentisch. Er war allein im Haus. Seine Mutter war bei der Kräuterhexe, um sich ein Mittel gegen ihre Blähungen anrühren zu lassen. Sein Vater hackte im Hof Holz. Stetig wie eine Maschine schlug er zu, das Krachen und Knacken der berstenden Scheite drang bis in die Küche.

Vor Franz lag ein Stück Pappe, das Ruben Lieberstock ihm geschenkt hatte. Die Umrisse hatte Franz bereits mit einem Bleistift aufgemalt. Er setzte die Schere an und schnitt. Wie immer, wenn er sich konzentrierte, streckte er die Zunge heraus.

Abhauen!

Ja, das wäre eine Lösung. Eine Reise. Das Meer sehen, Afrika, das lockte ihn. Er könnte sich als Arbeiter verdingen oder als Matrose anheuern und immer dann weiterziehen, sobald wieder genug Groschen im Sparstrumpf waren. Allerdings fehlte ihm schon das Geld, um die ersten Tage über die Runden zu kommen. Die Lohntüten hatte er immer bei seiner Mutter abgegeben. Er blickte auf den Tonkrug mit der Aufschrift »Mehl«, der links auf dem Küchenregal stand. Dort verwahrte seine Mutter das Geld.

Nimm es dir. Es gehört dir. Du hast dafür gearbeitet.

Er schüttelte den Kopf und schnitt weiter. Das Geld gehörte ihm nicht mehr, es an sich zu nehmen wäre Diebstahl. Als gemeiner Dieb wollte er den Eltern nicht in Erinnerung bleiben.

Das erste ausgeschnittene Teil fiel auf den Tisch. Dann machte er sich an das zweite Stück.

Du musst jemanden um Rat fragen. Oder um Hilfe bitten.

Seinen Vater wollte er nicht damit behelligen. Der hatte genug eigene Probleme.

Ruben Lieberstock würde ihm raten, mit Gerold zu sprechen, von Mann zu Mann. Normalerweise ein guter Rat, doch in diesem Fall, wo es um Leben und Tod ging, nicht durchführbar. Wer kam noch infrage?

Paul.

Franz hielt inne.

Paul? Ja, warum nicht!

In den letzten Tagen hatte er ihn besucht, sie verstanden sich gut. Und sprechen konnte Paul inzwischen auch recht passabel.

Also dann Paul.

Rasch beendete Franz seine Arbeit, legte die Schere zurück in die Schublade, nahm die beiden Pappstücke und stopfte sie sich in die Schuhe. Zufrieden zog er sie an. Die Pappe half gegen die Kälte, die durch die abgelaufenen Sohlen drang.

Er warf sich die Jacke über und zog die Haustür hinter sich zu.

Franz' Vater Ludwig stellte einen Holzscheit auf den Hackklotz. »Wo willst du denn jetzt noch hin? Es wird doch bald dunkel.«

»Beine vertreten.« Ein Spruch, den er bei Ruben Lieberstock aufgeschnappt hatte. Der verwendete ihn stets, wenn er vor die Tür ging und sich eine Pfeife stopfte. Das geschah eigentlich nur im Hochsommer, wenn der Krämer auf der Bank vor dem Laden die Sonne genoss. Ansonsten rauchte er auch nicht.

Ludwig Metzler schob die Mütze in den Nacken und schaute nach oben. »Ja, warum nicht. Das Wetter hält sich.« Er lehnte das Beil an den Hackklotz und grinste. »Weißt du was? Ich komme mit.«

»Das … das geht nicht«, platzte Franz heraus.

Sein Vater hob die Augenbrauen. »Ach so? Und warum nicht?«

Weil ich mit Paul reden muss.

Ruben Lieberstock hatte Franz eingeschärft, nichts über Paul und dessen Aufenthaltsort zu erzählen. Er solle darüber schweigen wie ein Grab. Das galt insbesondere gegenüber Franz' Vater, der schließlich die Gruppe, die Paul ans Leder wollte, angeführt hatte.

Ludwig Metzler öffnete das Gartentor. »Komm schon,

Junge. Reden wir ein bisschen. Du machst mir damit eine Freude.«

Ergeben folgte Franz. Nebeneinander gingen sie die Straße entlang.

57

Ruben Lieberstock kannte den Mann nicht, der den Krämerladen betrat. Der Fremde trug jägergrünes Ölzeug, derbe Wanderschuhe und einen Schal, der das Gesicht fast vollständig verdeckte. Nur die Augen, über denen zwei buschige graue Brauen prangten, lugten über den Rand der Wolle hinweg. In der einen Hand hielt er eine Reisetasche. Das Leder war an den Kanten abgewetzt und bewies den häufigen Einsatz.

Im ersten Moment fürchtete Lieberstock einen Überfall, verwarf den Gedanken aber rasch wieder. Wahrscheinlicher war es, dass es sich um einen Handlungsreisenden handelte, der ihm irgendetwas aufschwatzen wollte. Vor dem Krieg hatte er einige Male diese Heuschrecken, wie er sie nannte, abwimmeln müssen. Dabei wären einige Produkte durchaus von Interesse für ihn gewesen. Allerdings war er in den Anfangstagen seines Ladens von einem Vertreter derart übervorteilt worden, dass er jahrelang für die Folgen hatte zahlen müssen. Seitdem konnten ihm die Kerle gestohlen bleiben. Er bezog in der Regel seine Ware bei den Handwerkern und Bauern der Umgebung. Den Rest besorgte ihm der fahrende Händler August. Nun, der Krieg war vorbei. Es war daher damit zu rechnen, dass der Berufszweig der Heuschrecken abermals auflebte. Sehr bedauerlich, wie er fand.

»Sie wünschen?«, fragte Lieberstock. »Es ist Sonntag. Ich habe geschlossen.« Das stimmte nicht ganz. Benötigte jemand etwas, so konnte er auch sonntags bei ihm einkaufen. Da alle davon profitierten, drückten der Ortsvorsteher und auch der Pastor ein Auge zu.

Der Mann stellte die Reisetasche ab. Interessiert sah er sich um und entledigte sich dabei umständlich seines Schals.

»Ich habe Licht gesehen und mir gedacht, ich versuche mein Glück.« Die angeschwollenen Fingergelenke zeugten von einer fortgeschrittenen Arthrose. »Diese feuchte Kälte ist Gift für meine Knochen. Ein Gefühl, als würde es einen innerlich zerreißen.« Er stöhnte leise bei dem Versuch, die Finger durchzubiegen. »Kennen Sie das?«, fragte er Lieberstock und trat näher.

Lieberstock schätzte den Fremden ein wenig jünger ein, als er selbst es war. Die grauen Haare schimmerten im Licht der Glühbirne silbrig, Altersflecken zierten die Haut auf Stirn, Wangen und Händen.

»Es zwickt hier und dort«, gab er zu und fragte sich, ob er mit der Annahme, einen Vertreter vor sich zu haben, richtig lag. War der Mann nicht viel zu alt, um durch die Gegend zu ziehen und Handelsgut anzupreisen? Andererseits konnte sich heutzutage wohl kaum jemand auf sein Altenteil zurückziehen. Wurden überhaupt noch Renten ausgezahlt? Gab es dafür noch Behörden, die diese Aufgabe übernahmen? Lieberstock wusste es nicht, zweifelte jedoch daran. Selbst wenn der Amtsschimmel noch wieherte: Der Staat musste nach den immensen Kriegsausgaben insolvent sein. Jeder Kaufmann konnte das im Kopf überschlagen. Nein, sich auf den Staat zu verlassen war keine gute Idee heutzutage. Man nahm das Heft besser selbst in die Hand, egal, wie alt man war.

»In unserem Alter nicht zu vermeiden, denke ich«, ergänzte Lieberstock etwas milder gestimmt. Der Fremde versuchte nur über die Runden zu kommen. Er musste ihm das Leben nicht unnötig schwer machen.

Der Fremde grinste. »Ja, ja, so ist es. Das Alter ist eine strenge Prüfung.«

Lieberstock zuckte mit den Schultern. »Auch das Alter geht vorüber.«

Der Mann lachte schallend. »Gut gesagt.«

Lieberstock konnte sich angesichts der guten Laune des Mannes ein Lächeln nicht verkneifen.

»Wie auch immer«, sagte er schließlich, »gerade mit Blick auf die übersichtliche Zeitspanne, die uns beiden noch bleibt, möchte ich erneut nach Ihrem Wunsch fragen. Darf ich Ihnen etwas zeigen?«

Der Mann hob abwehrend die Hände. »Nein, nein, vielen Dank. Ich bin nur auf der Durchreise. Es dämmert, und ich bin auf der Suche nach einem Nachtquartier.«

Nachdenklich strich sich Lieberstock über die Wange. »Wir hatten schon lange keine Gäste mehr im Dorf.«

»Ich bin nicht anspruchsvoll.« Der Mann reichte ihm über den Tresen hinweg die Hand. »Alfred Jochens mein Name. Aus Cöln.«

Lieberstock erhob sich von seinem Hocker und schlug ein. »Darf ich fragen, was Sie zu uns führt, Herr Jochens? Sind Sie Handlungsreisender?«

»Nein, nicht doch.« Er öffnete die Knöpfe des Ölzeugs. Darunter trug er eine bequeme Hose und ein grob gewebtes Leinenhemd. Braune Hosenträger hoben sich wie zwei Karrenspuren vom weißen Stoff ab. Um den Hals baumelte eine Kette mit einem geschlossenen Medaillon. »Ich bin bei der Polizei.« Er legte die Stirn in Falten. »Beziehungsweise ich *war* bei der Polizei, ein Kommissar außer Diensten, um ehrlich zu sein. Nur kann ich es einfach nicht lassen. Und so helfe ich hier und dort noch aus.« Er seufzte. »Was in den letzten Monaten leider viel zu häufig vorkam. Ist ja kaum noch einer übrig von der jungen Garde. Alle gefallen oder in Gefangenschaft.« Er umfasste das Medaillon. »Unter diesen Umständen ist es nur gut, dass niemand mehr auf mich wartet. Ich habe alle Zeit der Welt.«

»Ein Elend«, sagte Lieberstock. Jetzt hatte er es nicht mehr eilig, den Mann loszuwerden. Ganz im Gegenteil. Seine Neugierde war geweckt. Was führte einen Polizeikommissar nach Kirchbach? »Darf ich Ihnen etwas anbieten? Viel habe ich nicht, aber es reicht für eine bescheidene Brotzeit.«

»Keine Umstände, bitte.« Jochens deutete zur Tasche. »Ich habe genug für mich dabei. Heutzutage muss man haushalten.« Er sah an sich hinunter, strich sich über den flachen Bauch und lachte erneut. »Früher sah ich aus wie ein Bierfass auf Beinen.«

Lieberstock wurde der Mann immer sympathischer. Er überlegte, ob er dem Kommissar ein Nachtlager anbieten sollte. Pauls Bett stand noch bezogen in der Kammer im ersten Stock. Er entschied sich dagegen. Richard Kronenjung, der Wirt vom Gasthof, konnte jede Einnahme gebrauchen. Das Geld würde er dann ja hier im Laden wieder ausgeben. Fraglich war allerdings, ob Kronenjung überhaupt in der Lage war, jemanden zu bewirten. An dem Morgen, als sie Paul abholen wollten, hatte der Wirt gezittert, als hätte man ihn mit Eis eingerieben. Aber das konnte man herausfinden.

»Wissen Sie was«, sagte Lieberstock und schob sich an dem Tresen vorbei in den Verkaufsraum. »Wir haben hier im Dorf eine Gastwirtschaft. Dort gibt es Zimmer. Der Besitzer ist gerade erst heimgekehrt. Er wird sich sicher freuen, Sie begrüßen zu dürfen. Ich werde Sie hinbringen.«

»Das ist doch nicht nötig«, rief Jochens aus. »Bemühen Sie sich nicht! Ich finde den Weg schon, wenn Sie ihn mir beschreiben. Das Dorf erscheint mir recht übersichtlich.«

»Ach was«, sagte Lieberstock und holte den Mantel und den Krückstock aus dem Flur. »Das macht mir nichts aus. Und Kundschaft ist auch nicht in Sicht. Vergessen Sie Ihre Reisetasche nicht.« Er schob Jochens in Richtung Ladentür, der nach kurzem Widerstand nachgab.

»Na, dann vielen Dank«, sagte Jochens.

»Keine Ursache.« Gemeinsam schlugen sie den Weg in Richtung Gastwirtschaft ein.

Lieberstock schritt rüstig aus. »Sagen Sie mal, an welchem Fall arbeiten Sie denn gerade?« Der Kies unter ihren Füßen knirschte bei jedem Schritt.

Jochens sah Lieberstock von der Seite an und schmunzelte. »Kann es sein, dass Ihre Wissbegierde der eigentliche Grund für Ihre Hilfsbereitschaft ist?«

Lieberstock sah den Kommissar nur an. Ein kaum unterdrücktes Grinsen war Antwort genug.

58

Am Dorfbrunnen schöpfte Franz' Vater mit der hohlen Hand Wasser und trank.

»Holzhacken macht durstig.« Ludwig Metzler lachte beglückt. »Du kannst dir nicht vorstellen, wie ich das genieße, Junge. Einfach ohne Deckung auf dem Hof zu stehen und die Scheite zu spalten.« Dann wurde er wieder ernst. »Manchmal erwische ich mich dabei, wie ich mich schützend bücke. Oder mich umschaue und nach einem Feind suche.«

Franz, der nicht recht bei der Sache war, nickte. Immer noch suchte er nach einer Ausrede, um seinen Vater loszuwerden.

Sie schlugen den Weg zur Brücke ein.

»Weißt du, Junge, es ist schwer, all das hinter sich zu lassen. An dem Abend, als wir heimgekehrt sind … Gustaf, Anton, der Richard und ich … da hat mir die Intzes Elsbeth mit diesem Paul in den Ohren gelegen. Erinnerst du dich an den?«

Mehr als das, Vater! Ich will gerade zu ihm.

Franz brummte eine Zustimmung.

»Was da mit der Emma … aber das ist eine andere Geschichte. Was ich sagen will: Ich habe der Intze geglaubt, einfach so, ohne groß darüber nachzudenken. Dann hat sie gesagt, wir müssen etwas unternehmen, und ich bin mitgelaufen, nein, nicht nur mitgelaufen, sogar vorweggerannt. Dafür schäme ich mich.«

Jetzt wurde Franz hellhörig. »Du schämst dich?«

»Ja. Weißt du, als ich aus dem Graben raus war und wir im Eiltempo zurückmarschierten, um nicht in Gefangenschaft zu geraten, hatte ich mir geschworen, nie wieder blind Befehle zu befolgen. Jahrelang stand jemand hinter mir und sagte mir, was ich zu tun und zu lassen hatte. Ein Unteroffizier, ein Feldwebel, die ganze Befehlskette. Keinen Schritt durfte man ohne Erlaubnis tun.« Verächtlich schnaubte Ludwig Metzler. »Selbst für den Besuch des Donnerbalkens musste man sich abmelden.« Auf der Brücke blieben sie stehen. Unter ihnen gurgelte das kristallklare Wasser, bildete dort Blasen, wo Findlinge den Strom behinderten. Der alte Müller saß in eine Decke gehüllt auf einem Holzstuhl nahe der Mühlräder, die sich klappernd drehten. Auf den Oberschenkeln balancierte Schommer eine Angel, die Schnur schimmerte wie der Spinnfaden einer fleißigen Spinne in der Morgensonne. Franz' Herz schlug schneller, als er Käthe erkannte, die bei Schommer stand und zusah.

Ludwig Metzler trat ärgerlich nach einem Kieselstein. Er flog davon und kullerte aus, bis er am Wegesrand liegen blieb. »Dann komme ich in Kirchbach an, und was passiert? Ich lass mir von der alten Intze sagen, was ich zu tun hab. Als könne ich nicht mehr anders leben, als bräuchte ich jemanden, der mir den Kurs vorgibt. Das ist doch verrückt, oder? Bereits in der ersten Nacht zurück in der Heimat habe ich meinen Schwur gebrochen. Genau dafür schäme ich mich, dafür, und für die Hetze auf diesen Paul. Ich meine, wo kommen wir hin, wenn jeder das Recht selbst in die Hand nimmt? Ist doch dann wie an der Front, Auge um Auge, Zahn um Zahn. Ich meine, so darf es nicht mehr sein, oder?« Er stützte sich mit beiden Händen auf der steinernen Brüstung ab und atmete tief durch. »Ich bereue, wie ich mich benommen habe.«

Diesmal hatte Franz ganz genau zugehört. Sein Vater machte sich ja richtig viele Gedanken. Und das, was er da sagte, klang gut in Franz' Ohren. Kurz erwog Franz, seinem Vater von Paul zu erzählen, ließ es dann aber. Er musste erst Ruben Lieberstock um Erlaubnis bitten.

In diesem Moment hörte er Käthe rufen. Sie winkte ausgelassen und rannte den Uferpfad entlang auf sie zu.

»Sie ist groß geworden«, sagte Ludwig Metzler. »Als ich die Käthe das letzte Mal gesehen habe, war sie noch ein richtiges Kind.«

Franz hörte nicht hin. Er konnte den Blick nicht von Käthe abwenden. Sie trug ihre Sonntagskleider, einen fein gewebten dunklen Rock und den langen Mantel, den sie von ihrer Großmutter geerbt hatte. Um den Kopf hatte sie ein Tuch geschlungen. Er bemerkte, wie ihn sein Vater mit einem Schmunzeln musterte.

»Was ist?«, fragte er.

Ludwig Metzler nickte in Richtung der heranfliegenden Käthe. »Ist *sie* der Grund, warum du allein gehen wolltest?«

Sag ja! Das ist die Gelegenheit. Tu verliebt. So kannst du ihn ablenken.

»Nun ja«, druckste Franz herum. »Wenn ich ehrlich bin …«

Sein Vater lachte und klopfte ihm auf die Schultern. Er beugte sich vor und flüsterte. »Die Käthe ist ein patentes

Mädel. Aber ich will keine Klagen hören, verstanden? Mach keinen Unfug.«

Was meint er mit Unfug?

Käthe rannte die Böschung hinauf und kam keuchend vor ihnen zu stehen.

»Franz!«, rief sie aus. Ihre Wangen leuchteten rosa. Sie deutete einen Knicks an, um Ludwig Metzler zu begrüßen. »Was machst du hier?«, fragte sie.

Franz zuckte die Schultern. »Spazieren gehen.«

Käthe kicherte. »So was machen vornehme Leute, doch nicht unsereins. Wir laufen doch unter der Woche genug. Aber wenn du magst und dein Vater nichts dagegen hat, schließe ich mich gerne an.«

Ludwig Metzler räusperte sich. »Kinder, ich muss weiter Holz hacken. Aber lasst euch nicht abhalten, dreht eine Runde. Käthe, es war schön, dich mal wieder zu sehen. Bestell bitte deiner Mutter einen recht schönen Gruß.«

Er steckte die Hände fröstelnd in die Hosentaschen, lächelte zum Abschied und ging.

Als er außer Hörweite war, sagte Franz. »Käthe, ich muss … wohin. Es ist dringend.«

Sie hakte sich bei ihm ein. »Ich komme mit.«

»Das geht nicht.« Franz befreite sich von ihrem Arm.

Ihr Gesicht verfinsterte sich. »So etwas nennt man einer jungen Dame einen Korb geben.«

»Es ist schrecklich wichtig«, jammerte Franz.

»Aber um mit deinem Vater *spazieren* zu gehen, dafür hattest du Zeit.« Sie machte einen Schmollmund und sah ihn aus großen Augen vorwurfsvoll an.

Franz war das sehr unangenehm. »Na ja, mir fiel eben keine Ausrede ein, und dann bist du aufgetaucht und …«

»Aha, verstehe!« Käthe reckte vorwurfsvoll das Kinn. »Ich war nur eine Ausrede.« Sie machte auf dem Absatz kehrt und stapfte davon.

»Aber es liegt doch nicht an dir«, rief ihr Franz hilflos hinterher.

Sie reagierte nicht.

Mist! Was ist nur los? Warum ist in letzter Zeit alles so verzwickt.

Er mochte Käthe doch. Er wollte nicht, dass sie auf ihn wütend war. Am liebsten wäre er ihr nachgerannt. Doch das musste warten.

Schweren Herzens rannte er in die andere Richtung, in den Wald hinein.

Jetzt musste er erst einmal zu Paul.

59

Außer Atem erreichte Wiebke den Hof der Intzes. Sie war so schnell gelaufen, wie sie konnte. Keuchend setzte sie sich auf die Deichsel des Heuanhängers, der unter dem vorgezogenen Dach der Scheune den Winterschlaf hielt.

Der Hofhund kam angeschlichen. Vor Wiebke blieb er stehen, drehte die Ohren hin und her, riss das Maul auf und gähnte. Dann trottete er wieder davon und zog die rasselnde Kette hinter sich her, mit der er an der Hundehütte angekettet war. Wiebke hatte heute keine Augen für ihn.

Elsbeth Intze erschien in der Haustür. Wiebke zuckte zusammen. Die Hausherrin trug ihr feinstes Kleid, schwarz mit einem Spitzenkragen. Die Haare hatte sie zu einem Dutt hochgesteckt, in der Hand hielt sie einen Rosenkranz. Sie schlug schweigend den Weg in Richtung der hofeigenen Kapelle ein. Für ihre Magd hatte sie nur einen spöttischen Blick übrig.

Wiebke versuchte noch immer zu Atem zu kommen. Schließlich nahm sie all ihren Mut zusammen, den sie aufbringen konnte, und folgte ihr.

Die Hofkapelle stand vor dem Anwesen auf einer Wiese. Eine alte Eiche beschattete das kleine, weiß verputzte Gebäude. Auf dem Giebel des mit Schieferplatten gedeckten Daches streckte sich vorwitzig ein Türmchen gen Himmel.

Die Messingglocke in der Größe eines Milchtopfs war letztes Jahr dem Krieg geopfert worden. Zwei bunte Bleiglasfenster, auf jeder Längsseite eins, ließen Licht ins Innere.

Wiebke trat ein, benetzte die Fingerspitzen mit Weihwasser und bekreuzigte sich. Stumm schickte sie ein Stoßgebet in Richtung der Marienstatue, die im Halbrund am anderen Ende des Ganges auf einem Altar thronte. Sie bat die Mutter Gottes um Kraft.

Links und rechts standen Bänke, die jeweils Platz für zwei, drei Personen boten. Die Hausherrin kniete, den Kopf geneigt, in der ersten Bankreihe, links direkt unter dem schmalen Fenster. Leise murmelte sie vor sich hin, durch ihre Finger glitten die Perlen des Rosenkranzes.

Wiebke hörte einige Ave Marias heraus. In dem Moment, als sie das Wort ergreifen wollte, fiel ihr Blick auf das Jesuskind, das in den Armen der Marienstatue friedlich schlummerte. Sollte sie die alte Intze wirklich hier, an dem Ort des Friedens und der Liebe, zur Rede stellen? Wiebke haderte stumm. Sie hätte vor der Tür warten sollen, nur ihre Anspannung und Ungeduld hatten sie in die Kapelle getrieben. Es war ein Fehler gewesen.

Sie beschloss den Rückzug anzutreten. Leise wandte sie sich um. Doch ihr Kleid raschelte.

»Was willst du hier?«, zischte Elsbeth Intze, ohne den Kopf zu heben.

Wiebkes Herz schlug ihr bis zum Hals, ihre Knie zitterten. Sie wandte sich wieder um, hielt sich an der Rückenlehne der hinteren Bank fest, weil sie fürchtete, man könne sehen, wie ihre Hände zitterten. Sie wollte keine Schwäche zeigen, sich nicht einschüchtern lassen, sie forderte Aufklärung.

»Ich war in Flestedt«, stieß sie schließlich hervor, beobachtete dabei aufmerksam die Reaktion der Hausherrin.

Die rührte sich nicht, schien zur Salzsäule erstarrt.

»Ich wollte Emmas Kind besuchen«, ergänzte Wiebke.

Jetzt zuckte Elsbeth Intze die Schultern. »Was habe ich damit zu schaffen? Soll mir schnuppe sein, was du in deinen freien Stunden treibst. Und jetzt hinaus!«

War da ein Schwanken in der Stimme gewesen, ein Zögern? Wiebke ließ die Bank los und ging einen Schritt nach vorne. »In Flestedt weiß niemand etwas von einem Säugling.«

Elsbeth Intze erhob sich und drehte sich um. Ihre grauen Augen wirkten so seelen- und herzlos wie Kieselsteine. »Und?«

Ihre Gleichgültigkeit verunsicherte Wiebke. So benahm sich niemand, der bei einer schrecklichen Tat ertappt wurde. Oder doch? Was wusste sie schon?

»Emmas Junge, Sie haben ihn angeblich dorthin gebracht.«

Spöttisch lächelte Elsbeth Intze. »Das habe ich nur so dahergesagt.«

Wiebke verstand nichts mehr. »Eine … Lüge? Warum?«

»Weil du keine Ruhe gegeben hast und mir nichts Besseres einfiel. So einfach. Wo Emmas Sohn tatsächlich steckt, geht dich einen feuchten Kehricht an. Meinst du, ich gehe das Risiko ein, dass du irgendwann dem Bastard verrätst, wer sein leiblicher Vater ist? Es geht ihm gut, dort wo er untergekommen ist. Das sollte dir reichen.« Sie baute sich vor Wiebke mit verschränkten Armen auf. »Was willst du eigentlich andeuten, Magd? Was soll das hier? Beschuldigst du mich etwa? Sollte es das sein, dann gnade dir Gott.« Sie hob die Hand und tippte Wiebke mit dem Zeigefinger auf die Brust. »Überleg dir gut, was du als Nächstes sagst.«

Obwohl fast einen Kopf größer, fühlte sich Wiebke wie das Kaninchen vor der Schlange. Sollte sie derart falsch gelegen haben?

In Wiebkes Ohren rauschte das Blut. Sie sah Emmas Sohn vor sich, wie er in der Wiege lag, die winzigen Hände zu Fäusten geballt. Die blauen Augen, die selig und neugierig zugleich in die Welt hinausschauten. Die Stupsnase, der Flaum auf dem Kopf, der sich beim Streicheln anfühlte wie wärmende Wolle. Plötzlich sah sie noch etwas anderes… eine dunkle Gestalt… Nein, Elsbeth Intze war es, die das Kind hochriss und wild schüttelte. Im Geiste hörte sie das hohe, hilflose Schreien des Kleinen, als geschähe es just in diesem Moment.

»Dann ist ja hoffentlich alles geklärt«, ließ sich jetzt Elsbeth Intze vernehmen.

Wiebke blinzelte, das Weinen des Kleinen verhallte in ihr.

Elsbeth Intze sah sie herablassend an. »Und jetzt steh hier nicht länger faul herum. Kümmer dich lieber um das Abendessen, in der Küche gibt es noch genug zu tun.«

In Wiebke entbrannte eine wildlodernde Wut. Sie konnte nicht mehr an sich halten und schrie: »Ich bin nicht *faul*!« Ohne zu wissen, was sie tat, versetzte sie der Hausherrin einen Stoß.

Elsbeth Intze taumelte zurück und stieß gegen eine Bank, die polternd umstürzte. Elsbeth Intze schnappte fassungslos nach Luft. »Was ist in dich gefahren?«

»Ich bin nicht faul!«

»Was unterstehst du dich!« Elsbeth Intze starrte ihre

Magd an, als stünde der Leibhaftige vor ihr. »Du wagst es, mich anzurühren?« Sie spie vor Wiebke fast aus. »Pack deine Sachen! Ich will dich hier nicht mehr sehen!« Drohend wies sie zur Tür.

Doch Wiebke rührte sie nicht von der Stelle. Jetzt, wo die Fronten ein für alle Mal geklärt waren, war sie innerlich ganz ruhig. »Wo ist Emmas Sohn?«, fragte Wiebke mit eindringlicher Stimme.

Elsbeth schnitt eine verächtliche Grimasse. »Das wirst du nie erfahren.« Sie wandte sich ab und richtete die umgestürzte Bank wieder auf. »Und jetzt gehst du gefälligst und packst deine Sachen. Ich gebe dir eine Stunde, wenn du dann nicht…«

»Sie haben den Kleinen umgebracht!« Wiebke hatte die Worte ausgesprochen, ehe sie wusste, was sie tat. Jetzt waren sie heraus. »Wo haben Sie ihn verscharrt? Irgendwo in der Nähe, vermute ich. Einen anstrengenden Weg auf sich zu nehmen, dafür gab es keinen Grund. Wer sollte schon nach dem Jungen fragen? Emma hatte keine Verwandten. Und für die, die doch wissen wollten, was mit dem Jungen passiert ist, haben Sie das Märchen von der Familie in Flestedt erfunden.«

Elsbeths Augen zuckten. »Du hast eine blühende Phantasie.«

Wiebke ließ nicht locker: »Damals, als ich dachte, es wäre ein Einbrecher im Haus, aber das waren Sie! Sie haben schon einmal versucht, dem Kleinen etwas anzutun. Ihnen war der Junge ein Dorn im Auge, der Sie jeden Tag an den Fehltritt Ihres Mannes erinnerte. Sie waren es, die ich ums Haus verfolgt habe. Deswegen hat der Hund nicht angeschlagen. Wäre ich Ihnen nicht dazwischengekommen, hätten Sie Emmas Kind schon eher auf dem Gewissen.«

Wiebke holte tief Luft. Ihr war egal, was aus ihr werden würde. Sie spürte, wie Erleichterung sie ergriff. Sie hatte gesagt, was gesagt werden musste.

Die feiste Elsbeth war erbleicht. Ihren Augen zuckten heftiger. »Du … Miststück! Was reimst du dir da für eine Geschichte zusammen? Solltest du diese Lüge verbreiten, dann mach ich dich fertig.«

Wiebke wandte sich um. »Das werden wir ja sehen. Ich werde jedenfalls zur Polizei gehen und denen alles erzählen, was ich weiß.« Sie hatte die Hand schon auf dem Griff der Kapellentür, als sie hinter sich einen Schrei hörte, der nichts Menschliches an sich hatte. Wiebke wirbelte herum.

In dem Moment stürzte sich Elsbeth Intze auch schon auf sie. Gemeinsam gingen sie zu Boden. Hart schlug Wiebke mit dem Kopf auf dem Steinfußboden auf. Für einen Moment sah sie Sterne.

Elsbeth rappelte sich auf, hockte sich mit ihrer ganzen Leibesfülle auf Wiebkes Brustkorb, legte die Hände um den Hals und drückte zu.

Wiebke bekam keine Luft mehr. Sie schlug um sich, traf den Kopf ihrer Widersacherin. Doch der Hieb war zu schwach, Elsbeth lachte nur darüber. »Du elendiges Biest«, zischte sie. »Du wirst nirgendwo hingehen.«

Die Hände um Wiebkes Hals fühlten sich wie eiserne Ringe an. Wiebke schlug um sich, traf Arme und auch den Kopf. Nur reichte es nicht, um sich der Furie auf ihrer Brust zu entledigen. Ihre Kräfte erlahmten. Ihre Arme fühlten sich schwer wie Blei an, die Muskeln wollten ihr nicht mehr gehorchen. Sie musste sich anders befreien. Nur wie?

Wiebke war größer als die Bäuerin, das musste sie ausnutzen. Sie flehte alle Heiligen an, ihr beizustehen. Dann zog sie ruckartig die Beine an, traf Elsbeth hart am Rücken. Die geriet tatsächlich aus dem Gleichgewicht. Wiebke nutzte das, um sich unter Elsbeth wegzudrehen. Gemeinsam fielen sie zur Seite. Noch immer hielt Elsbeth Intze ihren Hals umschlungen, doch Wiebke konnte jetzt ein Bein an sich ziehen. Mit einer letzten Kraftanstrengung rammte sie das Knie in Elsbeth Intzes Unterleib und stieß ihr gleichzeitig mit dem Zeigefinger ins Auge.

Die Frau stieß einen heulenden Schmerzensschrei aus, ließ von ihrem Opfer ab.

Wiebke rang keuchend nach Luft. Geistesgegenwärtig rollte sie sich fort, weil sie den nächsten Angriff erwartete.

Tatsächlich kam Elsbeth jetzt in die Höhe, das Gesicht zu einer Fratze verzerrt, das verletzte Auge mit beiden Händen bedeckend.

Wiebke stoppte auf dem Rücken liegend und trat Elsbeth mit beiden Füßen gegen das rechte Knie.

Erneut schrie Elsbeth Intze auf, sackte ein und stürzte dann zu Boden.

Wiebke rappelte sich hoch und stürzte davon. Egal wohin, nur fort. Nur fort von diesem Dämon in Frauengestalt.

60

Franz schlug den kürzesten Weg ein. Er führte ihn zunächst am Ufer entlang, wobei der schmale Pfad stetig anstieg, bis er die Eisenbahnstrecke erreichte. Rechts überspannte das Viadukt den Fluss. Der Zug aus Euskirchen musste dort rüber, bevor er nach gut zweihundert Metern links in dem dunklen Schlund des Tunnels verschwinden würde. Kleine Türmchen zierten den gemauerten Eingang des Portals. Dort musste Franz seitlich den steilen Hang erklimmen. Das war anstrengender als der übliche Weg zu Pauls Versteck und barg die Gefahr, abzurutschen und sich die Knochen zu brechen. Jedoch ersparte es gut zwanzig Minuten Fußmarsch.

Wenn ich mich beeile, kann ich noch bei Käthe vorbeischauen und ihr alles erklären.

Die Aussicht darauf beflügelte seine Schritte. Er entschied sich dafür, den mit hochstehenden Wurzeln durchzogenen Pfad neben dem Gleisbett zu verlassen und direkt über die Schwellen zu gehen. Er kämpfte sich über den Schotter hinauf, überprüfte, dass sich kein Zug näherte, und lief los. Nach wenigen Metern hielt er an. Er schirmte die Augen mit der Hand ab. Bewegte sich dort vor ihm auf Höhe der großen Buche nicht etwas? Ein Reh? Ein Wildschwein? Nein, kein Tier, sondern ein Mensch. Die Umrisse waren in der einsetzenden Dämmerung jetzt klar zu erkennen.

Ein Eisenbahnarbeiter? An einem Sonntag? Durchaus möglich. Wer sonst sollte dort an den Schienen arbeiten. Vielleicht ein Notfall.

Wenn der ihn auf den Schienen erwischte, wäre ihm eine Standpauke sicher. Franz sprang zurück auf den Pfad und horchte. Schotter rieselte herab, jemand hustete.

Mist! Was nun?

Zurück und den üblichen Weg zu nehmen bedeutete, Käthe nicht mehr besuchen zu können. Davon abgesehen, hatte er sich in den Kopf gesetzt, Paul so rasch wie möglich zu sprechen.

Er konnte unterhalb des Bahndamms bis zum Tunnel laufen. Der Eisenbahner durfte jedoch nicht sehen, wie er am Tunnelportal den Hang in die Höhe kletterte. Aber mit ein wenig Glück war der Mann dann schon gegangen.

So leise wie möglich schlich Franz los. Als er den Eingang zum Tunnel erreichte, erklomm er vorsichtig den Damm. Er sah sich um. Der Mann war immer noch dort, wo Franz ihn zuerst gesehen hatte. Er hockte mit dem Rücken zu ihm vor der Schiene und hantierte mit etwas herum, was Franz nicht sehen konnte.

Gut! Wenn er beschäftigt ist, wird er mich schon nicht bemerken.

In weiter Ferne hörte er den lang gezogenen Pfiff einer Lokomotive. Er musste sich beeilen. Sobald die Lok den Tunnel passiert, wäre alles voller Rauch, und seine Kleidung würde noch tagelang riechen.

Also los!

Franz wollte gerade gehen, als der Mann sich aufrichtete und den Kopf in die Richtung drehte, aus der der Zug kam.

Wie gelähmt verharrte Franz. Damit hatte er nicht gerechnet.

Dort auf den Schienen hockte Gerold.

61

Auf dem Weg zur Gaststätte trafen Lieberstock und der Polizeikommissar auf den jungen Intze, der mit einer Rolle Papier unter dem Arm und einem Federmäppchen in der Hand unschlüssig auf der Straße stand. Lieberstock stellte die Herren einander vor.

»Was stehst du hier in der Gegend herum, Heinrich? Hast du kein Zuhause mehr?« Lieberstock lächelte, doch offensichtlich hatte er einen wunden Punkt angesprochen.

Heinrich Intze wirkte zerknirscht. »Ich brauche Platz, Raum, wenigstens einen großen Tisch.« Er sah auf die Papierrolle, die unter seinem Arm klemmte. »Ich bin dabei, ein Flugzeug zu konstruieren.«

Der Polizeikommissar machte große Augen. »Respekt! Das ist wahrer Ingenieursgeist.«

»Wenn das nur alle so sehen würden. Mein Vater hält nichts von meinen verrückten Ideen, wie er es nennt. Den Hof soll ich übernehmen. Schöne Aussichten.«

»Es gibt beklagenswertere Schicksale«, spöttelte Lieberstock, wohl wissend, dass Heinrich Intze auf dem Hof niemals glücklich werden würde. Der junge Intze war ein Abenteurer, ein Draufgänger. An den Hof gekettet, würde er schlimmer leiden als der Hofhund. Jedoch war das alles immer noch besser, als mittellos dazustehen. Sofort kamen

Lieberstock die Breuers in den Sinn, die kleine Johanna nebst Mutter. Die mussten jetzt ums Überleben kämpfen.

Heinrich Intze ging nicht auf Lieberstocks Worte ein, zu sehr war er mit seinen eigenen Gedanken beschäftigt. »Wenn ich nur einen Schreibtisch hätte. Ich habe es beim Kronenjungs Richard probiert. Der hat doch den großen Stammtisch. Sie haben jetzt sogar elektrisches Licht.« Er seufzte. »Tja, aber leider öffnet der nicht.«

»Das ist bedauerlich«, sagte der Kommissar. Er wechselte die Reisetasche von der einen in die andere Hand und kratzte sich nachdenklich den Nacken. »Ich hatte gehofft, dort ein Zimmer mieten zu können.«

Heinrich Intze stutzte. »Beim Kronenjung?«

»Wenn das der Name ist«, gab der Kommissar lächelnd zurück.

Heinrich Intze zuckte die Schultern. »Na, dann viel Erfolg. Der Kronenjung ist leider nicht ganz dicht.«

Der Kommissar runzelte die Stirn und blickte Lieberstock an. »*Diese* Information haben Sie mir vorenthalten.«

Lieberstock wischte den Einwand mit einer Handbewegung beiseite. »Na, ein Gästezimmer aufzuschließen wird Richard wohl schon noch schaffen.« Damit stapfte er los.

»Das schaue ich mir an«, sagte der junge Intze und folgte Lieberstock. Er winkte dem Kommissar, ihm zu folgen. Der zuckte die Schultern und setzte sich ebenfalls in Gang.

Lieberstock führte sie um die Mauer herum, die den Friedhof und die Kirche einfriedete. Man musste aufpassen, um nicht auszurutschen. Am Tag war es warm genug gewesen, um die in der Nacht gefrorenen Wege wieder aufzutauen. Etwas mühsam erreichten sie so den Eingang zur Gastwirtschaft. Lieberstock hob den Krückstock und klopfte mit dem Ende gegen die Tür.

»Richard?«, rief er. »Mach auf! Ich bringe dir Kundschaft.«

Sie warteten.

»Wir stehen hier wie die Heiligen Drei Könige vor dem Stall«, sagte der Kommissar schließlich.

Lieberstock klopfte erneut. »Nur kommen wir nicht mit Geschenken und Gaben, sondern mit morschen Gelenken und Fragen«, murmelte er.

»Vielleicht ist ja offen«, sagte Heinrich Intze, schob sich an Lieberstock vorbei und drückte die Klinke. Tatsächlich schwang die Tür auf. Triumphierend sah er in die Runde. »Da hätte ich auch eher draufkommen können.«

Er trat ein, die beiden anderen folgten ihm zögernd.

»Richard!«, rief Lieberstock.

Alles war dunkel im Innern. Nichts rührte sich. Sie betraten den Gastraum. Es roch nach abgestandenem Tabakrauch, Staub und Schweiß, irgendetwas quiekte.

Der junge Intze suchte den Lichtschalter. Als er ihn gefunden und aufgedreht hatte, leuchteten die Glühbirnen auf und blendeten die Männer einige Sekunden.

Heinrich Intze sah ihn zuerst.

»Leck mich am Arsch«, stieß er aus, warf die Papierrolle und das Federmäppchen auf einen Tisch und stürmte los.

Erst jetzt erkannte Lieberstock den Gastwirt. Kronenjung stand mit einem blutigen Messer in der Hand im Türrahmen zur Küche. Die fahle Gesichtshaut spannte über den Wangenknochen. Er zitterte, als wolle er beißende Ameisen abschütteln. Die Augen hatte er aufgerissen wie in panischer Flucht, doch schaffte er es augenscheinlich nicht, einen weiteren Schritt zu tun.

Heinrich Intze packte den Gastwirt an den Schultern und drückte ihn sanft auf die nächste Bank. »Himmel, Richard, was tust du da?«

Der Kommissar ließ die Reisetasche fallen. »Wasser. Der Mann braucht Wasser.«

»In der Küche.« Lieberstock deutete in die Richtung. »Dort gibt es eine Pumpe.« Insgeheim verfluchte er sich, Kronenjung seinem Schicksal überlassen zu haben. Ihm hätte klar sein müssen, dass dieser Mann derzeit nicht in der Lage war, allein zu leben. Andererseits: Hatte Franz' Vater, der Metzlers Ludwig, sich seiner nicht angenommen? Er hatte ihn aus dem Lazarett mitgenommen. Wer konnte denn ahnen, dass die Fürsorge hier im Dorf abrupt endete?

Der Polizist kam mit einem Krug zurück und gab ihn dem jungen Intze. Der setzte sich neben Kronenjung und flößte ihm das Wasser ein.

Gierig schluckte der Gastwirt. »Danke«, stieß er gequält aus und ließ dann erschöpft den Kopf hängen.

Lieberstock sah zu dem Kommissar, der in der Küche stand. Mit einem Nicken forderte er ihn auf, ihm zu folgen. Sofort beim Eintreten bemerkte Lieberstock den ekelerregenden Geruch.

Süßlicher Verwesungsgeruch.

62

Ungläubig starrte Franz den Mann an, der dort mit einem großen Schraubenschlüssel beschäftigt war. Gerold war so vertieft in seine Arbeit, dass er seinen jungen Kollegen gar nicht bemerkte.

Was macht der da?

»Wenn nicht mich, dann niemand anders.«

Gerold führte offensichtlich ein Selbstgespräch.

»Niemand, niemand, niemand.«

Er lachte irre.

»Ich werd's dir zeigen, du Weibsstück. Bumm wird es machen, und dann wirst du deinem Schöpfer gegenüberstehen.«

Franz runzelte die Stirn.

Bumm? Schöpfer? Wollte er etwa … Aber das kann doch nicht wahr sein!

Er erinnerte sich an Gerolds großspuriges Reden – dass er mit Leichtigkeit eine Bombe bauen könne. Und dass er im Krieg als Einzelkämpfer alles in die Luft gejagt habe.

Gerold will den Zug entgleisen lassen!

Franz wurde es heiß und kalt zugleich, als ihm die Zusammenhänge klar wurden.

Ich bin schuld! O Gott, o Gott, ich allein!

Die Lüge, seine Lüge, die er gestern Gerold aufgetischt hatte.

Gerold denkt, Fräulein Wenger und ihr Liebhaber fahren in dem Zug.

Was sollte er nur tun? Davonlaufen und Hilfe holen? Dazu war nicht genug Zeit. Nein, er musste sofort etwas unternehmen. Nur er selbst konnte das Schlimmste verhindern.

Franz sah sich um, suchte nach einem Knüppel, oder zumindest einem dicken Stein, den er Gerold auf den Schädel schlagen konnte. Als er herumlief, fand er unter einem Busch ein eigentümliches Holzkästchen. Auf einer Seite schaute eine Kurbel heraus, oben gab es einen metallenen Hebel, vorne befanden sich zwei Schraubgewinde, auf denen Muttern aufgedreht waren.

Was ist das?

So etwas hatte Franz noch nie gesehen. Es sah dem Zauberkasten in dem Esszimmer der Wengers nicht unähnlich, doch gab es keinen Knochen, in den man sprechen konnte. Nein, ein Telephon war das nicht. Gehörte das Ding zur Eisenbahn? War es ein Signalgeber vielleicht? So etwas gab es in der Fabrik. Oder war das Gerät beim Bau der Strecke einfach vergessen worden?

Es sieht schwer aus. Heb es auf und hau es Gerold über den Schädel.

Ohne weiter darüber nachzudenken, schob Franz einen Ast zur Seite, zog den Kasten hervor. Tatsächlich besaß das Kistchen für die bescheidene Größe ein erstaunliches Gewicht.

Ein weiterer Pfiff der Lokomotive, diesmal deutlich näher, trieb Franz an.

Verlier keine Zeit!

Er schlich hinter Gerold und hob den Kasten über den Kopf.

In dem Moment brüllte Gerold: »Niemand! Niemand! Niemand! Bumm, bumm, bumm!« Er sprang auf und stieß mit Franz zusammen. Der ließ vor Schreck das Kästchen fallen. Es krachte auf den Schotter.

Gerold wirbelte herum.

»Du?«, stieß er verblüfft aus. In der Hand hielt er zwei isolierte Kupferkabel, die Enden von zwei aufgewickelten Spulen, die auf dem Boden zwischen den Gleisen lagen. Derartige Rollen lagerten im Kesselraum der Tuchfabrik, wie so viele andere Dinge, die für die Elektrizität in einer Fabrik Verwendung fanden. Die anderen Enden der Leitungen führten in einen Kochtopf. Der Deckel schien fest vernietet zu sein.

Für einen Moment schien es, als wolle sich Gerold auf Franz stürzen, dann fiel sein Blick auf das Kästchen. Eine tiefe Falte erschien auf seiner Stirn.

»Verdammt!«

Er ließ die Kabelenden los und hob den Kasten auf.

»Wenn das kaputt ist, dann dreh ich dich auf links.«

Er betätigte die Kurbel, ein wimmerndes Geräusch war zu vernehmen. Erleichtert stieß er Luft aus, funkelte Franz verärgert an.

»Weißt du eigentlich, was das ist?«

Franz schüttelte den Kopf. Er hatte keine Ahnung und wollte auch nicht darüber nachzudenken. Das Schnaufen der Dampflok war inzwischen laut zu hören. Es konnte sich nur noch um wenige Minuten handeln, bis sie eintraf.

»Das habe ich mir gedacht«, grunzte Gerold. »Strom,

induktiv, ich kurble und … ach, Perlen für die Säue. Ich habe keine Zeit mehr.«

Er klemmte sich den Kasten unter den linken Arm und wandte sich dann zu Franz. Bevor der sichs versah, traf ihn Gerolds rechte Faust mitten ins Gesicht.

Franz taumelte zurück, stolperte über den losen Schotter und setzte sich auf den Hosenboden. Der Schmerz, der sich von der Nase bis ins Gehirn zog, trieb ihm Tränen in die Augen.

»Hau ab!«, schrie Gerold und trat Franz wütend in die Seite.

Franz krümmte sich, rollte sich ein.

Gerold stand über ihm. »Wenn dir dein Leben lieb ist, verschwindest du besser. Und komm mir nie wieder in die Quere.«

Er ließ von Franz ab, nahm die Kabelenden, riss mit den Zähnen die Isolierung an den Spitzen ab und befestigte sie an den Metallgewinden. Geschickt drehte er die Muttern fest. Dann entfernte er sich von den Schienen. Die Kabelspulen zwischen den Schienen wickelten sich hinter ihm ab.

Du musst fort! Wenn du hier liegen bleibst, jagt er dich mit in die Luft.

Franz setzte sich aufrecht.

Du musst ihn aufhalten!

Durch seinen Körper wallte eine Schmerzwelle.

Aufhalten? Wie denn? Er ist viel stärker.

Stöhnend kam er auf die Beine. Keuchend holte er durch den Mund Luft, die Nase fühlte sich an wie eine breiige Masse. Er schmeckte Blut.

Sag die Wahrheit! Einfach die Wahrheit!

»Das Fräulein Wenger ist nicht im Zug«, stieß Franz hervor.

Wie angewurzelt blieb Gerold stehen. Er drehte sich um. »Was sagst du da?«

In Franz keimte Hoffnung auf. »Ich habe dich angelogen gestern, es war eine Lüge!«

Gerold überlegte kurz, lachte dann gackernd. »Respekt, Kleiner. Jetzt steh ich hier und muss mich entscheiden, nicht wahr?«

Franz biss die Zähne aufeinander und straffte sich. »Wie meinst du das?«

»Nun, du sagst, du hast gestern gelogen. Wer weiß, vielleicht lügst du ja nur jetzt?« Er kam einige Schritte auf Franz zu. »Aber soll ich dir was verraten?«

Franz wollte eigentlich nur noch nach Hause und sich unter der Decke auf der Holzbank in der Küche verstecken. Verängstigt nickte er. Vielleicht kam Gerold ja noch zur Besinnung.

Die Schienen fingen an zu summen, ein Zeichen dafür, dass der Zug in Kürze eintreffen würde.

Gerold kniete sich vor Franz. Er legte ihm die freie Hand in den Nacken, zog ihn ein wenig näher, beugte sich vor und flüsterte ihm ins Ohr. »Es ist mir egal.« Er grinste. »Ich gehe einfach auf Nummer sicher.« Er zerzauste Franz' Hàare und sagte: »Bumm!«

Er ließ ihn los, streckte die Arme mit dem Kästchen in die Höhe und schrie: »Bumm! Bumm! Bumm! Niemand! Niemand! Bumm!« Dann ging er fröhlich pfeifend davon, die Kabel hinter sich herziehend.

Franz strich sich wütend die Haare glatt.

Er ist durchgedreht! Völlig verrückt geworden!

Er sah die Gleise entlang. Ein Licht tauchte in der Ferne auf, das sich deutlich vor dem dämmrigen Horizont abhob.

Der Zug! Er kommt. Mach was!

Franz erhob sich. Einem plötzlichen Einfall folgend, trat er auf die Kabel und verlagerte sein ganzes Gewicht darauf. Gerold ging noch immer fröhlich pfeifend weiter, bis sich die Kabel so weit gespannt hatten, dass eins vom Kästchen abriss.

»Was …« Gerold wandte sich um. Er erfasste sofort, was Franz getan hatte. »Verdammt!«, schrie er auf, stellte das Kästchen ab und stürmte mit geballten Fäusten auf Franz zu. »Ich bring dich um, du Wanze!«

Diesmal kam der Schlag nicht unerwartet. Franz duckte sich, rammte Gerold dabei die Schulter in den Bauch und stieß ihn nieder. Im selben Moment sprang Franz über Gerold hinweg. Er griff sich das Kästchen, packte das verbliebene Kabel und riss es ab. Dann lief er los. Auf den Bahndamm und fort von Gerold. Nur fort.

Lauf, Franz, lauf!

Franz rannte um sein Leben. Er traute sich nicht, sich umzusehen, spürte auch so, dass Gerold ihm im Nacken saß.

Er holt dich ein.

Das Kästchen und die Schmerzen, die von Gerolds Schlag auf die Nase und dem Tritt in die Körperseite herrührten, hinderten Franz daran, schneller zu laufen. Gerold *musste* aufholen.

Die Umrisse der Lokomotive schälten sich aus dem dämmrigen Horizont, das Licht der Stirnlampe funkelte wie das Auge eines Zyklopen. Aus dem Schornstein quoll weißer Rauch, Funken stoben wie Glühwürmchen darin herum.

Ein Drachen, ich renne in den Schlund eines feuerspuckenden Ungeheuers!

Nur noch wenige Meter trennten ihn von dem stählernen Ungetüm. Schlagartig wurde ihm bewusst, dass er gewonnen hatte. Es war Gerold unmöglich, jetzt noch das Kästchen anzuschließen und die Bombe zu zünden. Es ging nur noch darum, Gerold zu entkommen. Er ließ die Holzkiste fallen. Hinter sich hörte er Gerold wütend aufheulen.

Viel zu dicht, gleich hat er dich.

Die Lok raste heran, sie schnaufte, zischte und pfiff drohend. Nur noch wenige Meter. Franz meinte, die Hitze des Kessels zu spüren, roch Fett und Maschinenöl.

Hase! Mach den Hasen!

Franz wandte sich nach rechts, tat, als wolle er dort die Böschung hinabspringen. Im letzten Augenblick schlug er einen Haken, warf sich nach links. Fast hätte ihn der Lokomotivenpuffer noch erwischt. Franz schrie vor Schreck auf, wirbelte herum und fiel. Er kullerte über den Schotter und blieb auf dem Rücken liegen. Über ihm auf den Gleisen donnerte der Zug vorbei. Der Fahrtwind riss an Franz' Kleidung. Hinter den beleuchteten Fenstern der Waggons saßen Frauen mit Federn an den Hüten, rauchende Männer, Soldaten, viele Gesichter. Sie flogen vorbei und ahnten nicht, wie knapp sie einer Katastrophe entgangen waren.

Von Gerold fehlte jede Spur. Franz lachte.

Ich bin ein Hase. Es hat funktioniert. Gerold konnte die Richtung nicht mehr ändern und ist auf der anderen Seite runtergesprungen.

Nur zu gerne hätte Franz sich einige Minuten ausgeruht. Doch dazu blieb keine Zeit. Die letzten Waggons rauschten vorbei, nur noch Sekunden, und der Weg war für Gerold wieder frei. Dass er auf der anderen Seite wartete, um sofort loszustürmen, daran zweifelte Franz nicht. Gerold steckte eine Niederlage nicht ein wie ein Sportsmann, nein, er trat nach, kannte kein Erbarmen.

Hau ab! Los, los, los! Zum Viadukt! Notfalls springst du hinunter in den Fluss.

Franz lief los. Seine Hüfte schmerzte von dem Sturz. Schon nach wenigen Schritten erreichte er das steinerne Bauwerk. Auf beiden Seiten der Schienen war Platz für einen Übergang, ein Geländer fehlte jedoch.

Nur gut, dass mir die Höhe nichts ausmacht.

Er wollte gerade losgehen, als ihn ein Schrei herumfahren ließ.

Gerold stand dort. Eine Klinge blitzte in seiner Hand auf. Drohend hielt er das Messer über dem Kopf. Weiß der Himmel, wo er das plötzlich herhatte.

»Ich schlitz dich auf, du Sauhund!«, schrie er und stampfte los.

Das wird eng.

Franz humpelte weiter.

»Du entkommst mir nicht«, hörte er Gerold hinter sich brüllen.

Unter Franz gurgelte das Flusswasser um die beiden massiven Steinpfeiler herum. Die Strömung hatte hier das Flussbett ausgehöhlt. Sprang man genau in der Mitte zwischen den beiden Pfeilern hinein, reichte die Wassertiefe aus, um sich nicht das Genick zu brechen. Franz hatte im Sommer einigen wagemutigen Halbwüchsigen aus dem Dorf beim Springen zugesehen, selbst hatte er den Mut bisher allerdings nicht aufgebracht.

Es gibt immer ein erstes Mal, wie Herr Lieberstock sagt.

Franz sah über die Schulter, schätzte ab, ob er eine Chance hatte, das andere Ufer zu erreichen, bevor Gerold ihn einholte. Dort war der Wald dichter und durchzogen von Gestrüpp. Mit ein wenig Glück könnte er sich darin verstecken.

Gerold war bereits auf der Brücke, ging vorsichtig, aber zügig voran.

Mit der lädierten Hüfte konnte Franz nicht von ihm fortlaufen. Er hielt in der Mitte der Brücke und schaute hinunter. Das Wasser rauschte, weiße Schaumkronen quirlten um die Pfeiler herum auf.

Sechs Meter, vielleicht acht.

Franz holte tief Luft.

Spring!

Er schob die Spitze seines Schuhs über die Kante. Er schwankte.

»Hey, du Mistkerl! Lass den Jungen in Ruhe.«

Im ersten Augenblick dachte Franz, Gerold hätte gerufen. Dann wurde ihm klar, dass die Stimme zu einem anderen gehörte. Sie klang etwas schwerfällig.

Paul?

Er sah das Gleis entlang. Eine hünenhafte Gestalt ragte hinter Gerold auf.

Tatsächlich! Paul! Er muss Gerolds Brüllen und Rufen gehört haben.

Gerold war bis auf wenige Meter heran, schien jedoch an Franz kein Interesse mehr zu haben.

Angriffslustig hielt Gerold Paul das Messer entgegen. »Komm nur! Ich schlitz erst dich Pisser auf, dann schnapp ich mir den Kleinen. Und morgen früh fressen euch die Raben.«

Paul ließ sich nicht einschüchtern. Er baute sich vor Gerold auf. »Versuch es.«

Gerold zögerte nicht. Er stieß mit dem Messer zu.

Paul wich aus und versetzte ihm einen Kinnhaken.

Gerold taumelte zurück. Er stöhnte vor Schmerz. Sofort setzte Paul nach und schlug erneut zu.

Wieder machte Gerold einige Schritte rückwärts. Jetzt stand er nur noch eine Armlänge von Franz entfernt.

Erneut holte Paul aus, doch diesmal gelang es Gerold, den Schlag abzufangen. Er fasste Pauls Arm und zog ihn zu sich heran, brachte Paul aus dem Gleichgewicht. Paul stolperte vor, konnte Gerolds Messerattacke nur abwehren, indem er mit einem Handkantenschlag die Stoßrichtung nach unten ablenkte. Die Klinge drang in Pauls Oberschenkel ein. Paul schrie auf.

Gerold lachte auf. »Da hast du's, du verdammter Drecksack!« Er drehte das Messer in der Wunde.

Pauls Gesicht verzerrte sich zu einer grauenhaften Grimasse. Er riss vor Schmerz die Augen auf, aber er schrie nicht.

Hilf ihm! Du bist an der Reihe.

Gerold zog das blutbesudelte Messer heraus und wollte erneut zustechen. In dem Moment packte ihn Franz am Kragen und riss ihn nach hinten, von Paul fort.

Franz wirbelte Gerold zur Seite und ließ los.

Gerold stolperte über die Schiene, versuchte vergebens, Tritt zu fassen. Er ruderte einen Moment mit den Armen, fiel dann hintenüber und verschwand aus Franz' Blickfeld. Wenig später hörte Franz ein Aufklatschen auf dem Wasser.

63

Ruben Lieberstock ging in die Küche. Der Gestank war unerträglich. Auf dem großen Herd, der fast die gesamte Längswand des Raums einnahm, stand ein Topf, in dem es zischte und beißender Qualm aufstieg. Lieberstock schnappte sich ein Handtuch, zog ihn von der Feuerstelle und warf einen Blick hinein. Auf dem Boden lag eine undefinierbare Masse verkohlten Fleisches.

Hinter ihm räusperte sich der Kommissar. »Was in Dreiteufelsnamen ist hier geschehen?«

Lieberstock wandte sich dem Eichentisch in der Mitte der Küche zu, auf dem sich Töpfe und Kessel stapelten. Zwischen den Töpfen lagen allerlei Schlachtereiabfälle. Innereien, Haut, Gedärm. Alles schwamm in Blut.

Der Kommissar trat zu ihm. »Können Sie mir das erklären?«

Lieberstock schüttelte den Kopf. »Keine Ahnung, ich …« Er brach ab, als er ein hohes Fiepen hörte. Es kam vom anderen Ende des Raums. Dort auf dem Boden stand ein Eisenkorb. Lieberstock ging hin, hob ihn hoch.

»Eine Falle«, sagte der Kommissar.

»Ja«, bestätigte Lieberstock, dem in diesem Augenblick klar wurde, was hier geschehen war. »Mitsamt ihrem Bewohner.«

Im Innern des Käfigs huschte eine Ratte aufgeregt hin und her.

Der Kommissar blies die Backen auf. Er deutete auf den Tisch. »Und das da, das sind die Überreste?«

Er wandte sich kopfschüttelnd ab.

Heinrich erschien im Türrahmen. »Kronenjung geht's besser. Liegt jetzt auf der Bank, ist sofort eingeschlafen.« Er runzelte die Stirn, als er Lieberstock mit der Falle in der Hand sah. »Was ist denn hier los?«

»Richard hat Ratten gefangen.«

»Sehr vernünftig«, sagte Heinrich. »Die Drecksviecher haben in einer Küche …«

Der Kommissar ließ ihn nicht ausreden. »Er hat Ragout aus ihnen gemacht.« Er deutete hinter sich auf den Topf, den Lieberstock vom Feuer gezogen hatte.

Heinrich schnitt eine Grimasse. »Verdammt.« Er ging zur Wasserpumpe, die sich neben der Tür befand, drückte den Hebel runter. Wasser schoss heraus. Heinrich trank einen großen Schluck. Anschließend wischte er sich mit dem Handrücken über den Mund. »Ich habe davon gehört.«

»Sie wussten, was der Mann hier veranstaltet?«, fragte der Kommissar.

Heinrich sah einen Moment verwirrt drein, dann schüttelte er den Kopf. »Nein, nein, das habe ich nicht gemeint, entschuldigen Sie bitte. Nein, im Offizierskasino kursierten diese Geschichten.« Er nahm einen weiteren Schluck Wasser. Dann richtete er sich auf. Er sah den Kommissar an. »Unsere Feldflugplätze lagen meistens Kilometer hinter der Front, um nicht von der feindlichen Artillerie erwischt zu werden. So gab es kaum Probleme mit dem Verpflegungsnachschub. Wir waren gut versorgt, was man von den Kameraden in den Gräben nicht unbedingt sagen konnte. Es gab Abschnitte, zu denen tagelang, manchmal sogar wochenlang, kein Essensträger durchkam. Die ohnehin angespannte Versorgungslage ließ das Anlegen von Vorräten kaum zu, um solche Zeiten überbrücken zu können. Irgendwann blieb den Kameraden nichts anderes mehr übrig, als das zu fangen und zuzubereiten, was im Überfluss vorhanden war.«

»Ratten«, stellte Jochens fest.

Heinrich nickte. »Lieber Ratten als …« Er brach ab, machte eine vage Handbewegung.

Lieberstock stellte die Falle auf den Tisch. Die gefangene Ratte fiepte aufgebracht.

Erneut warf Lieberstock sich vor, kein wachsames Auge auf Kronenjung geworfen zu haben. Das würde sich ab sofort ändern, ein ernstes Wort mit dem Ortsvorsteher war angebracht. Friedrich Intze musste endlich etwas unternehmen, um der Notlage im Dorf zu begegnen. Solidarität war jetzt gefragt, gegenseitige Hilfe. Die Menschen durften mit ihrer Not nicht alleingelassen werden. »Geteiltes Leid ist halbes Leid«, brummte er.

Er wandte sich an Heinrich.

»Hilf mir mal«, sagte er. Gemeinsam nahmen sie einen der mächtigen Kupferkessel vom Herd. Nur mit Mühe konnten sie ihn anheben. Dann stellten sie ihn auf den Boden vor dem Tisch und fingen an, die Fleischreste vom Tisch in den Kessel zu befördern. Mit einem matschigen Klatschen landeten sie in dem Gefäß.

Der Kommissar hatte unterdessen seinen Mantel ausgezogen und die Hemdsärmel aufgekrempelt. Er schnappte sich einen Eimer und pumpte ihn mit Wasser voll.

»Sie sind Gast«, sagte Lieberstock. »Sie müssen nicht mit anpacken.«

Der Kommissar grinste. »Ich weiß. Aber ich erhoffe mir immer noch ein Nachtlager in diesem Gasthaus. Es ist also in meinem eigenen Interesse, hier für annehmbare Verhältnisse zu sorgen.«

Lieberstock nickte dankbar. Selbst wenn Jochens ein Handelsvertreter gewesen wäre, hätte er ihn spätestens jetzt ins Herz geschlossen.

64

Wiebke fror. Sie zog ihren Mantel enger um sich und drückte sich in den hintersten Winkel des Eingangs des Schulgebäudes.

Es war nicht nur die äußerliche Kälte, die ihr zu schaffen machte. Vielmehr kam es ihr vor, als hätte sich eine eisige Hand um ihr Herz gelegt, die ihr die Luft zum Atmen nahm. Sie war der entsetzlichen Elsbeth nur mit knapper Not entkommen. Wohin sollte sie sich jetzt wenden? Freunde hatte sie keine. Außer einer Großtante, die in Berlin lebte, gab es auch keine Verwandten mehr, die sie um Hilfe bitten konnte. Sie alle waren bereits verstorben. Das harte Landleben hatte früh ihre Opfer gefordert.

Wiebke musste der Tatsache ins Auge schauen, ab sofort obdachlos zu sein.

Es gab jetzt nur noch eine Person, an die sie sich wenden konnte – Ruben Lieberstock. Vom Krämer erzählte man sich im Dorf, er hätte das Herz am rechten Fleck. Wiebke kannte ihn als höflichen Herrn, der sie im Laden stets freundlich und gut gelaunt begrüßte. Standesdünkel schien diesem Menschen fernzuliegen, er behandelte alle Kunden gleich zuvorkommend.

Nur zu dumm, dass Lieberstock gerade nicht in seinem Laden war. Er war vor einer Weile mit einem ihr Unbekannten und mit Heinrich Intze zusammen zur Gaststätte gegangen – das hatte Wiebke beobachtet. Jetzt leuchtete hinter den Glasscheiben ein anheimelndes Licht der Glühbirnen, und am liebsten wäre Wiebke dort eingekehrt. Doch wollte sie den Krämer zunächst unter vier Augen sprechen. Schließlich wusste sie nicht, wie er auf ihren Bericht reagieren würde. Sollte er sie wider Erwarten zum Teufel jagen, weil sie vermeintlich unerhörte Anschuldigungen äußerte, dann sollte dies nicht im Beisein anderer geschehen. Ihr blieb daher nichts anderes übrig, als sich in Geduld zu üben.

Sie roch Rauch. Im Dorf wurden die Stubenöfen angefeuert. Nach Sonnenuntergang wurde gestrickt, geklöppelt, gestopft, gesponnen, geschnitzt und erzählt, früher bei Kerzenschein, inzwischen dank des Müllers bei elektrischem Licht. Während der Handarbeiten wollte es jeder warm haben, klamme Finger waren hinderlich.

Wiebke hörte ein Stöhnen.

Sie beugte sich vor und lugte um den Türsturz herum. Zwei dunkle Gestalten kämpften sich den Weg vom Fluss herauf. Der eine stützte den anderen. Anscheinend war da einer verletzt.

Waren das Rückkehrer?

Wiebke löste sich aus dem Hauseingang und ging den beiden entgegen. Vielleicht benötigten sie Hilfe.

Nach wenigen Schritten erkannte sie den Jungen der Metzlers, den Franz. Und der andere… abrupt hielt sie inne. War das etwa dieser Kerl, Paul, wie er sich nannte, der über Emma hergefallen war?

»Wiebke!«, rief Franz außer Atem. »Bitte pack mit an! Ich kann nicht mehr.«

Wiebke wich einen Schritt zurück. »*Dem* soll ich helfen?« Sie spuckte aus. »Eher hacke ich mir die Hände ab.«

Paul sah auf. »Es war der Alte«, sagte er mit schwacher Stimme.

Sie stutzte. »Der Alte?«

»Intzes Friedrich«, sagte Franz. »Er wollte Emma an die Wäsche, Paul ging dazwischen.«

Entsetzt schlug Wiebke eine Hand vor den Mund. Konnte das sein? Sollte Friedrich Intze tatsächlich Emma erneut bedrängt haben?

Paul hustete röchelnd. »Mein Wort steht … gegen seins. Aber ich bleib dabei.«

Wiebke zögerte.

»Er hat mir eben das Leben gerettet, Wiebke«, sagte Franz eindringlich. »Paul sagt die Wahrheit.«

Unschlüssig verharrte Wiebke. Stets war sie den Intzes loyal und ergeben gewesen, das hatte sie geprägt. Sie konnte doch nicht einfach … Zorn wallte in ihr auf. Das konnte und durfte nicht länger sein! Sogar abseits des Hofes bestimmten die Intzes ihr Leben. Damit musste Schluss sein. Trotzig entschied sie sich, diesem Paul beizustehen. Sie hakte sich auf der anderen Seite unter und stützte ihn. »Los! Zum Gasthaus!«

»Zum Kronenjung? Wieso ausgerechnet …«, setzte Franz an.

»Frag nicht, vertrau mir einfach«, sagte Wiebke. Sie wollte zu Ruben Lieberstock – es ging jetzt nicht mehr um sie. Die Sache duldete keinen Aufschub mehr.

Gemeinsam stolperten sie los.

Niemand bemerkte den Schatten, der sie belauscht hatte und nun in die andere Richtung davoneilte.

65

Franz stieß die Tür zur Gaststube auf. Ruben Lieberstock, Heinrich Intze und eine dritte Person, die er nicht kannte, saßen an einem der Tische weiter hinten, in der Küche.

Gott sei Dank! Ich habe es geschafft.

Paul hatte unterwegs vor Schmerz das Bewusstsein verloren. Seither war das Fortkommen ungleich schwerer gewesen. Ohne Wiebke hätte er es nie geschafft. Gemeinsam legten sie den Verwundeten auf eine Bank. Franz streckte die Glieder. Alles tat ihm weh.

Die drei Männer im Schankraum waren verwundert aufgestanden und zu ihnen getreten. Heinrich Intze hockte sich vor Paul. »Ist das nicht der stumme Franzose?« Seine Miene verdunkelte sich. »Was hat der hier zu suchen?« Anklagend sah er zu Wiebke auf. »Du weißt doch, was er …«

Wiebke stemmte die Hände in die Hüfte. »Nichts hat er. Aber das wird sich klären. Jetzt braucht der Mann erst einmal Hilfe.« Sie deutete auf den Oberschenkel. Die Hose klebte, sie war blutverschmiert. »Verbandszeug und Wasser wären gut. Schnaps auch.« Sie sah sich um, entdeckte die halb vollen Flaschen auf dem Regal hinter der Theke.

»Wie ist das passiert?«, wollte Lieberstock wissen.

Franz blickte gehetzt hin und her.

Wo soll ich anfangen? Wie Gerold mich schikaniert hat? Und ich ihm deswegen die Lüge von dem nach Cöln reisenden Fräulein Wenger aufgetischt habe? Oje, wir haben doch keine Zeit …

Lieberstock schien seine Not zu spüren. Er legte ihm sanft eine Hand auf die Schulter. »Fasse dich kurz, mein Junge. Nur das Wesentliche. Und wenn du fertig bist, machst du dich auf den Weg und holst den Doktor. Es ist nur eine Fleischwunde, da bin ich mir sicher.«

»Sehe ich auch so«, sagte Wiebke. »Es blutet kaum noch, sieht schlimmer aus, als es ist.«

Sie hatte das Hosenbein an der Einstichstelle aufgerissen und wusch die Wunde jetzt mit dem Schnaps aus.

Vor Schmerzen stöhnte Paul, seine Lider flatterten, dann schlug er die Augen auf.

»Na, wer sagt's denn.« Wiebke lächelte. »Der junge Herr ist wieder unter uns.«

Paul wird überleben!

Erleichtert fasste Franz Mut und erzählte von Gerolds versuchtem Anschlag, wie er ihn vereitelt hatte, bis zu Pauls Auftauchen und dem Kampf, bei dem Gerold von der Brücke gestürzt war.

Nach seinem Bericht sah er von einem zum andern.

Heinrich Intze rieb sich das Kinn und nickte in Pauls Richtung. »Er hat dir das Leben gerettet?«

Franz nickte.

»Was ist mit diesem Gerold?«, wollte der Mann wissen, den Franz nicht kannte. »Hat er euch verfolgt?«

Den ganzen Heimweg über habe ich mit einem Angriff gerechnet. Immer wieder habe ich über die Schulter geschaut, habe bedrohliche Schatten in den Bäumen gesehen, Geräusche klangen fast wie Schritte, aber … Fass dich kurz!

»Nein, wir sind ihm nicht mehr begegnet.«

Der Mann nickte. »Wird auf und davon sein.«

»Oder tot«, sagte Lieberstock. »Ist nicht ungefährlich, die Brücke … Aber jetzt lauf los, und hol den Doktor, Junge. Der kann sich dann auch gleich mal deine Nase ansehen.«

Franz ließ sich das nicht zweimal sagen. Er lief nach draußen, um die Hausecke herum. Franz erkannte die Villa des Doktors in der Dunkelheit. Mit einem großen Sprung überwand Franz die drei Treppenstufen, die zur Haustür hinaufführten. Dann klopfte er.

Im Haus blieb es still.

Franz legte das Ohr an das Holz der Tür und lauschte.

Nichts. Noch nicht einmal das Grammophon.

Erneut hämmerte Franz gegen das Holz, ahnte jedoch, dass es zwecklos war.

Dann eben die Kräuterhexe.

Franz wandte sich um und rannte los.

66

Agnes kuschelte sich an Hermanns warmen Körper. Seine feinen Härchen auf dem Rücken kitzelten ihre Wange, der Duft nach Rasierwasser vermischte sich mit dem herben Geruch von Haut.

Es war wunderbar gewesen.

Am Nachmittag hatte Hermann vor der Haustür gestanden. Stumm hatte er sie in die Arme gezogen, willig hatte Agnes sich hingegeben. Kein Wort war nötig gewesen, sie gehörten zusammen. Obwohl ihr Bett in der Schlafkammer kaum Platz für zwei bot, insbesondere nicht für einen großen Mann wie Hermann, hatten sie sich hier geliebt.

Gleichmäßig hob und senkte sich Hermanns Brustkorb, ohne Hast und Eile, als würde das Hier und Jetzt für alle Tage andauern, als gäbe es keine Verpflichtungen mehr.

Wie beim ersten Mal war er zärtlich und vorsichtig gewesen. Agnes spürte die sanften Küsse nach, die ihre Haut entflammt hatten. Ein wohliger Schauder durchlief sie.

Nach diesem Abend gab es für Agnes keinen Zweifel mehr, sie hatte sich endgültig entschieden. Sollte Hermann sie bitten, bei ihm zu bleiben, würde sie mit Freuden ja sagen. So verlockend das Angebot der Anstellung bei Klaras Freund Achim auch war – die Vorstellung, von Hermann getrennt zu sein, war unerträglich.

Kurz war sie auf den Gedanken gekommen, ihn zu bitten, mitzukommen und das gemeinsame Glück in Cöln zu versuchen. Jedoch wäre damit nur ein Aufschub erreicht. Ihre Anstellung brachte zweifelsohne mit sich, in der Welt herumzureisen. Dass Hermann sie begleiten könnte, davon war nicht auszugehen. Sein Wunsch war es, eine Praxis zu eröffnen. Die band ihn an einen Ort, ob Kirchbach oder Cöln war dabei zweitrangig.

Agnes hauchte Hermann einen Kuss auf den Rücken.

Nein, das Leben war schwer genug, sie wollte es nicht unnötig kompliziert machen. Sie hatte einen Mann gefunden, mit dem sie den Rest ihres Lebens verbringen wollte. Sie war bereit, ihre Interessen hintanzustellen, in die Villa zu ziehen und fortan alles zu unternehmen, damit Hermann ein glückliches Heim vorfand. Das war es, was man von einer Ehefrau erwartete, und Agnes würde dem nachkommen. Warum auch nicht? Bei allem Ehrgeiz hatte sie es nie ausgeschlossen, irgendwann eine Familie zu gründen. Nur hatte sie nicht erwartet, in so jungen Jahren vor eine Wahl gestellt zu werden. Aber wenn das Schicksal es so mit ihr vorgesehen hatte, warum nicht?

Agnes spürte, wie sie schläfrig wurde. Sie fühlte sich wie in flauschige Watte gewickelt … Alles rückte in weite Ferne …

Sie liegt neben Hermann auf einer nach Heu duftenden Wiese, ihre Tochter und ihr Sohn tollen herum, laufen hinter bunten Schmetterlingen her … Glückliches Kinderlachen in den Ohren, den Geschmack des kürzlich verspeisten Apfelkuchens auf der Zunge … Die Sonne wärmt ihre Haut, über dem Himmel treiben weiße Wölkchen … Die mit Schiefer gedeckten Dächer von Kirchbach in der Talsenke zu ihren Füßen glitzern im Tageslicht wie ungeschliffene Diamanten … Gegenüber am Hang binden einige Dörfler Gaben und stellen sie zu kegelförmigen Kornkästen zusammen … Sie singen zufrieden, eine gute Ernte, sie freuen sich … Hermann beugt sich über sie … Sie schließt die Augen, ihr Herz schlägt schneller … Sie erwartet einen Kuss. Doch es passiert nicht, seine Lippen finden nicht die ihren … Irritiert öffnet sie die Augen … Hermann ist fort … Stattdessen zieht ein Gewitter auf … Das Lachen der Kinder ist verstummt, Hermann verschwunden … Der Boden schwankt … Kälte durchströmt sie …

Agnes fuhr im Bett auf. Nur mühsam gelang es ihr, den verstörenden Traum abzuschütteln.

Hermann saß mit dem Rücken zu ihr auf der Bettkante und zog sich die Hose an. Die Kerze auf dem Nachttisch, die sie dem grellen Licht der Glühbirne vorgezogen hatten, flackerte unruhig. Hermanns Schatten tanzte dunkel über die lehmverputzte Wand.

Agnes sah verwundert zu ihm hin. Sie schlang die Decke um sich. Die Kälte war fast unerträglich. »Was ist los?«

»Ich muss gehen.«

»Jetzt noch? Wohin?«

»Nach Hause.« Er knöpfte das Hemd zu.

Sie wollte ihm den Rücken streicheln. Doch er stand abrupt auf und entzog sich ihr.

»Warum bleibst du nicht?« Agnes fürchtete sich vor der Antwort. Seine abweisende Art, die monotone Stimme. Das alles konnte nur eins bedeuten.

»Ich muss einfach«, erklärte er lapidar. Er warf ihr ein trauriges Lächeln zu, dann stieg er in die Schuhe.

Agnes war den Tränen nahe. Das konnte doch nicht wahr sein. Eben noch hatte sie sich ihre Zukunft in den schönsten Farben ausgemalt, und im nächsten Moment lag alles im Schmutz und Hermann trat es mit Füßen. Sie krampfte die Finger in das Plumeau, Verzweiflung und Wut rangen in ihrem Herzen miteinander. Als Hermann bereits an der Tür war, stieß sie aus: »Glaubst du nicht, du bist mir eine Erklärung schuldig?«

Hermann hielt inne und wandte sich um. »Eine … Erklärung?«

»Wenn ich nicht aufgewacht wäre, wärst du einfach so gegangen? Hältst du es bei mir nicht mehr aus?«

Hermann riss erschrocken die Augen auf. Er hob abwehrend die Hände. »Nein … nein! Gott bewahre, Agnes, nein, so darfst du nicht denken.«

»Ach nein?« Tränen rannen ihr über die Wange.

»Ich … ach, Gott.« Er setzte sich zu ihr und hielt sie fest.

Nur kurz leistete Agnes Widerstand, dann ergab sie sich ihm.

»Ich liebe dich doch«, flüsterte Hermann. »Ich dachte, das ist klar.«

»Du hast es bislang nicht … gesagt. Und ich dachte …«

Er fasste sie an der Schulter, schob sie ein Stück von sich und sagte mit kräftiger Stimme: »Agnes, ich liebe dich. Und ich werde es dir immer wieder sagen, wenn du es wünschst. Weil es die Wahrheit ist.«

Agnes spürte, wie ihr das Blut in den Kopf schoss. Sie konnte kaum einen klaren Gedanken fassen. Sie wollte etwas sagen, doch er kam ihr zuvor.

»Trotzdem muss ich jetzt gehen«, sagte er und stand auf.« Er runzelte bekümmert die Stirn. »Ich muss …« Er riss sich zusammen, räusperte sich. »Hör zu, Agnes. Ich muss einige Dinge klären. Da ist etwas, das mich beunruhigt. Sobald das erledigt ist, reden wir … über unsere Zukunft. Einverstanden?«

Ohne Agnes' Antwort abzuwarten, wandte er sich um und verließ den Raum. Seine Schritte polterten die Treppe hinunter, kurz darauf fiel die Haustür ins Schloss.

Ungläubig schüttelte Agnes den Kopf über den unerwarteten Abgang. Was wohl so wichtig war? Egal, immerhin wusste sie jetzt um Hermanns Liebe zu ihr. Nur das zählte. Das warme Gefühl in ihrer Seele kehrte zurück, verscheuchte alle Bedenken und Befürchtungen. Seufzend ließ sie sich zurück ins Kissen sinken. Beglückt murmelte sie: »Einverstanden.«

67

Was für ein Tag.

Ächzend ließ sich Ruben Lieberstock auf die Bank neben Kronenjung nieder. Einige Minuten ausruhen. Sein vom Alter gekrümmter Rücken schickte bei jeder Bewegung Stiche in den ganzen Körper und protestierte so gegen die unerwartete Hausarbeit.

Die Küche war wieder vorzeigbar. Besonders der Kommissar hatte sich ins Zeug gelegt. Er hatte sogar den Boden geschrubbt. »Nicht jammern! Anpacken, dann ist das rasch vorüber«, hatte er zu Heinrich Intze gesagt, der nicht müde geworden war, sich zu beschweren. Zum Schluss hatte Lieberstock die Fenster aufgerissen und ordentlich gelüftet. Jetzt hing nur noch der Geruch von Kernseife im Raum.

Franz und Wiebke saßen bei ihnen am Tisch. Die Magd kaute mit sorgenvoller Miene auf ihrer Unterlippe. Franz war erst vor wenigen Minuten von seinen Eltern zurückgekehrt, nachdem er ihnen mitgeteilt hatte, wo er zu finden war. Sie sollten sich keine Sorgen machen.

Paul lag noch immer auf seiner Bank. Aber er war bei Bewusstsein. Er hatte den Oberkörper an die Wand gelehnt. Die Farbe war in sein Gesicht zurückgekehrt. Neben ihm auf dem Tisch stand der zweite doppelte Schabau. Marie, die Kräuterhexe, hatte Paul verarztet, war dann aber sofort weitergezogen. Elsbeth Intze hatte nach ihr schicken lassen – angeblich ein angeschwollenes Knie.

Heinrich Intze war auf Lieberstocks Anweisung hin in den Krämerladen gelaufen, um die letzten Vorräte zu holen. Für einen Eintopf sollte es noch reichen. Sie alle mussten etwas in den Bauch bekommen. Jetzt kehrte der junge Intze mit einem Korb in der Hand zurück.

»Steckrüben«, murrte er. »Ich kann das Zeug nicht mehr sehen.«

»Besser als nichts«, beschied Lieberstock. »Kannst du kochen?«

»Ich kann Ihnen ein Flugzeug bauen. Aber Unmögliches sollten Sie nicht von mir verlangen.«

»Du wirst doch noch eine Suppe hinbekommen«, spottete Wiebke. Sie erhob sich und winkte Heinrich zu sich. »Aber du hilfst mir gefälligst.«

Beide verschwanden in der Küche.

Endlich war die Gelegenheit für Lieberstock gekommen, die Frage zu stellen, die ihm schon die ganze Zeit auf der Zunge lag. Er wandte sich an den Verletzten.

»Nun, Paul. Ist mit der Sprache auch die Erinnerung zurückgekehrt?«

Der Kommissar straffte sich, neugierig musterte er Paul.

Paul nickte. »Ja. Ich kann mich wieder an alles erinnern.«

Lieberstock hieb mit der Faust auf den Tisch. »Gott sei Dank!«

Franz hatte unterdessen den Kopf auf den Tisch gelegt. Er schreckte auf, murmelte etwas Unverständliches und nickte dann wieder ein.

»Dann spann uns nicht länger auf die Folter«, sagte Lieberstock. »Berichte schon! Woher kommst du? Wieso hattest du eine französische Uniform an? Bist du verheiratet? Hast du Kinder?«

Paul lächelte matt und nippte an seinem Glas. »Sie sind aber ziemlich neugierig.«

»Verflucht, ja! Ich habe dir Obdach gewährt, ohne dich zu kennen. Du hättest ein gesuchter Schwerverbrecher sein können. Vielleicht *bist* du einer!«

»Schwerverbrecher?«, murmelte der Kommissar und zog die Stirn kraus.

Lieberstock ging nicht darauf ein, nickte nur aufmunternd dem Mann auf der Bank zu.

»Sie haben recht«, sagte Paul. »Ich bin Ihnen zu größtem Dank verpflichtet. Sie haben mir das Leben gerettet.«

Lieberstock hob abwehrend die Hände. »Ich habe nur getan, was mir mein Gewissen geboten hat. Und nun erzähl endlich deine Geschichte.«

Paul richtete sich höher auf, biss dabei auf die Zähne. »Morphium wäre nicht schlecht«, murmelte er. »Sie haben nicht zufällig was gegen die Schmerzen in Ihrer Reiseapotheke?«, fragte er den Kommissar.

Der schüttelte den Kopf. »Nein, tut mir leid, noch nicht einmal Aspirin.«

»Sobald Franz sich ein wenig ausgeruht hat«, sagte Lieberstock mit Blick auf den Jungen, »kann er sein Glück ein weiteres Mal beim Doktor probieren. Vielleicht war er inzwischen in Euskirchen und hat neue Medikamente. Ein Versuch ist es wert.«

»Gut«, sagte Paul. »So lange halte ich mich hieran.« Er setzte das Glas an, warf den Kopf in den Nacken und trank den Schnaps mit einem Schluck aus. Mit einem lauten Knall stellte er das Glas auf den Tisch zurück. »So, jetzt meine

Geschichte«, kündigte er an. Seine Miene war ernst, er sah in die Ferne, als sähe er dort alles vor sich.

»Wo fange ich am besten an«, murmelte er. Er überlegte einen Moment, dann begann er.

In den nächsten Minuten erfuhren Lieberstock und der Kommissar von Pauls Kindheit in Hachenburg, von den zwei gefallenen Brüdern, die Paul über alles geliebt hatte, von den Eltern, die immer noch im Westerwald wohnen mussten. Pauls Nachname lautete Schwertfeger. Seit drei Generationen bauten die Schwertfegers Musikinstrumente, bevorzugt Geigen und Xylophone. Für die Zeit nach dem Krieg hatten die Brüder geplant, das Geschäft nach Übersee auszuweiten. Ein Vorhaben, das nun überdacht werden musste.

»Ich kann kaum glauben, dass ich das alles vergessen hatte«, sagte Paul und schüttelte den Kopf. »Als die Erinnerungen … als sie zurückkehrten … Ich war wie im Taumel. Meine Schwester tauchte auf, wie aus einem Nebel, ich wusste, sie lebt und es geht ihr gut. Es war unglaublich! Minuten, in denen ich vor Freude geweint habe. Dann tauchten hinter ihr meine Brüder auf, Skelette mit zerbeulten Stahlhelmen, und ich wusste sofort, dass sie tot sind. So ging das die ganze Zeit. Nach und nach entstand ein zusammenhängendes Bild, ich konnte allerdings nicht beeinflussen, welches Detail hinzukam. Ich war wie ein Zuschauer.« Hilfe suchend sah er die Männer an. »Verstehen Sie … was ich meine?«

»Durchaus«, sagte Lieberstock.

Der Kommissar nickte nur brummend.

Paul lächelte erleichtert.

In diesem Moment erschien Wiebke in der Tür zur Küche. »Wir lassen das noch eine Weile köcheln, dann können wir essen.« Schalkhaft grinste sie. »Es gibt sogar Fleisch. Das haben wir Heinrichs ausgezeichnetem Gehör zu verdanken.«

Der Kommissar zog die Augenbrauen zusammen. »Doch nicht etwa …«

»Keine Sorge«, unterbrach Wiebke ihn. »Im Obergeschoss haben sich Tauben eingenistet. Heinrich konnte drei fangen.«

»Sind schon gerupft«, rief Heinrich aus der Küche. »Das wird ein Festmahl! Wiebke, mein Täubchen, zurück an die Arbeit, die anderen Täubchen wollen gebraten werden.« Er lachte ausgelassen.

Wiebke schüttelte schmunzelnd den Kopf. Dann ging sie in die Küche zurück.

Franz rappelte sich auf. »Das riecht gut«, sagte er mit belegter Stimme. Selbst Richard Kronenjung, der bislang auf seinem Stuhl apathisch vor sich hin gestarrt hatte, leckte sich über die Lippen und schaute gierig in Richtung Küche.

»Bevor wir essen«, sagte Paul, »erzähle ich noch rasch den Rest, einverstanden?«

Lieberstock und der Kommissar nickten beide.

»Es wird nicht lange dauern.« Paul versank wieder in seinen Erinnerungen. »Ich war von August 1914 dabei. Erst der Vormarsch durch Belgien und Frankreich, dann der Rückzug wenige Wochen später. Mensch, da hatten uns die Franzmänner am Wickel, das wäre beinahe schiefgegangen. Wir rannten wie die Hasen zurück, die Flanken ungeschützt, zwischen den Armeen ein tiefer Keil. Dass unsere Generäle geschlafen hatten, erfuhren wir erst später, und das nicht offiziell, sondern nur hinter vorgehaltener

Hand. Doch gespürt hat das jeder von uns. Alles war in Aufruhr, die Offiziere nervös, bellten die Befehle wie wütende Hunde und trieben uns zur Eile an. Hätte uns der Franzose aufgerieben, wäre es rasch vorbei gewesen. So aber hielt die Front, beide Seiten gruben sich ein, alles hinlänglich bekannt, denke ich. Meine Einheit verschlug es an die Somme. Bei Verdun waren wir auch dabei, mal hierhin, mal dorthin. Wir waren wie die Feuerwehr, immer zur Stelle, wo es brannte. Wie ein Wunder überstand ich alles unverletzt, während um mich herum die Kameraden fielen, einer nach dem anderen. Neue rückten nach, die Jahre vergingen, nun, Einzelheiten erspare ich Ihnen. Über das Leben an der Front, die Ängste und Hoffnungen, darüber werden bestimmt noch viele Bücher verfasst. So etwas *muss* als Warnung für die folgenden Generationen festgehalten werden, so etwas *darf* sich nicht wiederholen.« Paul nickte aufgebracht. »Der Krieg hat allen deutlich gezeigt – es gibt nichts zu gewinnen, nur zu verlieren. Waffengewalt ist kein Mittel, um politische Ziele durchzusetzen. Daher hoffe … hoffe ich inständig, dass es in Europa nie wieder zu einem solchen Krieg kommt.«

Lieberstock seufzte. Er hoffte es ebenfalls, rechnete aber nicht damit. Wann hatte man es schon erlebt, dass die Menschen wirklich aus ihren Fehlern lernten.

»Im November 1918 verließ mich mein Glück«, fuhr Paul unterdessen fort. »Obwohl … das entspricht nicht ganz den Tatsachen. Vielmehr hatte ich meinen Schutzengel mit Füßen getreten, ich war schlicht unachtsam gewesen. Ich hockte in einem Graben in der Nähe von Sedan und paffte eine Pfeife, während die Amerikaner und Franzosen uns mit ihrer Artillerie zusetzten. Ich blickte mich um, sah in die ängstlichen Gesichter der Kameraden, Jungen, kaum älter als Franz. Plötzlich wurde mir bewusst, dass ich von denen, die im August 1914 losgezogen waren, der einzig Überlebende in der Einheit war. Diese Erkenntnis schockierte mich derart, dass ich aufsprang. Einfach so, wie eine Feder in die Höhe. Tja, und das war es dann. Ich meine mich noch an eine Explosion ganz in der Nähe erinnern zu können, etwas traf mich offensichtlich am Kopf, ein Schrapnell, ein herumwirbelndes Maschinengewehr, ich weiß es nicht, dann wurde es schwarz.« Paul sah zu Franz, der bei der Beschreibung der Kampfhandlungen aufmerksam zugehört hatte. »Kannst du mir noch einen Schnaps einschenken?«

Bereitwillig füllte Franz das Glas und setzte sich zu Paul.

»Und jetzt kommen wir zum Gespenstischsten, was ich zu erzählen habe.« Paul hob das Schnapsglas an, die Hand zitterte so sehr, dass die Flüssigkeit überschwappte. Er sah einen Moment zu, wie die Tropfen über seine Finger liefen und auf den Tisch tropften. Sachte stellte er das Glas zurück. »Besser, ich erzähle Ihnen erst davon«, stellte er fest. »Bringen wir es hinter uns … Also, als ich wieder zu mir kam, war ich nackt.«

»Nackt?«, stieß Franz aus.

»Genau, Junge. Mir war kalt, ich fror, etwas drückte auf meiner Brust, erkennen konnte ich nichts. Es dauerte einen schrecklichen Moment lang, bis mir klar wurde, nicht erblindet zu sein. Über meinen Augen lag ein Gegenstand, groß und schwer. Ich steckte irgendwo fest, ohne zu wissen, was es war. Im ersten Moment dachte ich an einen zugeschütteten Graben. Das kam oft vor. Viele wurden lebendig begraben. Große Granaten wirbeln bei der Explosion Tonnen von Dreck auf, der dann in die Gräben fällt. Ich habe das in meiner Umgebung erlebt. Es war kurz vor einem Angriff gewesen. Wir standen bereit, um beim Pfiff auf der Trillerpfeife loszustürmen, als die Franzmänner dazwischenfunkten. Rumms ging es, links von mir, ein Inferno!« Paul wirbelte mit den Armen in der Luft herum. »Überall Schmutz und Staub. Keine Möglichkeit zu fliehen. Der Graben war in Sekunden komplett mit Erde aufgefüllt. Oben schauten nur noch die aufgepflanzten Seitengewehre heraus.«

»O Gott«, murmelte der Kommissar.

»Genau«, bestätigte Paul. »Aber ich war offensichtlich nicht verschüttet worden. Ich konnte mich bewegen. Ich bekämpfte meine Panik, rief mich selbst zur Räson und fing an, mich zu befreien. Der Geruchssinn war zurückgekehrt. Es stank fürchterlich. Ich schob, drückte, wand mich hin und her. Endlich sah ich Licht, dann ging alles sehr schnell. Das ... Ding ... in dem ich gefangen war, verrutschte und riss mich mit sich. Ich überschlug mich und landete hart auf dem Boden. Mein Kopf ... er fühlte sich an, als wäre ein englischer Tank darübergerollt. Eine Weile sah ich alles doppelt, dann klärte sich der Blick endlich.«

Paul hielt inne, er schluckte trocken, sein Adamsapfel sprang auf und ab. »Was ich dann sah, das möchte ich nie wieder sehen«, krächzte er.

Mit offenem Mund hörte Franz zu, was Paul erzählte. Nur mit Mühe konnte er sich davon abhalten, mit den Beinen zu wippen. Er wollte nicht eine Figur abgeben, die dem zitternden Gastwirt Kronenjung glich.

Ich hatte recht! Niemals in den Krieg ziehen. Nur Dumme melden sich freiwillig.

Paul sah von einem zum anderen, blieb bei Franz hängen. Schließlich fuhr er fort. »Ein Berg aus Leichen.«

»Ein Berg?«, wisperte Franz. Er stellte es sich vor.

Paul nickte traurig mit dem Kopf. »Es waren Hunderte! Sie … wir … lagen in einer Grube. Ein Massengrab. Man muss mich irrtümlich für tot gehalten haben. Als mir das klar wurde, kannte ich nur noch einen Gedanken – ich musste raus da, sofort … Ich kroch über die Leichen hinweg, sah in die leblosen Augen der Kameraden, spürte versehrtes Fleisch, das noch warm war … Es war ein Albtraum. Ich meine … Leichen habe ich in den vier Jahren mehr als genug gesehen. Aber das hier war anders. Hätte man die Grube zugeschüttet, dann wäre es um mich geschehen gewesen. Es war …« Paul brach ab, hob die Hand und spreizte Daumen und Zeigefinger auseinander, sodass nur einige Millimeter zwischen den Fingerkuppen verblieben. »Ich war so dicht dran.«

»Ich nehme an«, sagte Lieberstock, »irgendetwas ist dazwischengekommen, weshalb man die Grube nicht zugeschüttet hat. Ein Angriff, die Frontlinie hat sich verschoben, das Grab war nur noch Nebensache.«

Paul nickte. »Ja, möglich. In den letzten Tagen kam ja Bewegung in die Front. Für die Toten musste später gesorgt werden. Wie auch immer, ich kämpfte mich über den Rand der Grube, wollte nur noch weg. Ich hielt nicht inne, rannte los … einfach los, ohne Sinn und Verstand. Minuten? Stunden? Ich weiß es nicht mehr. Irgendwann konnte ich nicht mehr, ich fiel der Länge nach hin und blieb erschöpft liegen.«

»Du warst immer noch nackt!«, sagte Franz.

Paul deutete mit dem Zeigefinger auf ihn. »Du bist ein

aufmerksames Kerlchen. Ja, ich war immer noch nackt. Kleidung fand ich erst später. In einem Busch abseits des Weges stolperte ich über einen toten Franzosen. Ich habe mir seine Uniform genommen. Nur die Schuhe … sie waren viel zu klein. Bei der erstbesten Gelegenheit habe ich sie gegen deutsche Stiefel ausgetauscht … Eine andere Leiche … So ging es dann weiter bis ich hier im Dorf ankam.«

Der Kommissar beugte sich vor. »War Ihnen zu dem Zeitpunkt bereits klar, dass Sie das Gedächtnis verloren hatten?«

Paul schüttelte den Kopf. »Zu diesem Zeitpunkt nicht, nein … Ich war zu sehr mit anderen Dingen beschäftigt, um mir darum Gedanken zu machen. Erst als die Sonne unterging, ich mir in einer leeren Scheune ein Nachtlager suchte, wusste ich, dass mit mir etwas nicht stimmte. Ich kann Ihnen sagen, es war schrecklich. Viel schlimmer als alles, was ich zuvor erlebt habe. Dagegen war sogar das Massengrab … da wusste ich immerhin, was zu tun war. Aber sich an nichts erinnern zu können? Meine Identität … alles fort. Und als ich Gott laut mit einem Stoßgebet um Hilfe bitten wollte … kam kein Wort über meine Lippen.« Paul erbleichte. »So sehr ich mich auch anstrengte, mehr als einen heulenden Ton brachte ich nicht zustande. Ich hörte mich an wie ein Tier, nicht wie ein Mensch.«

Wiebke kam aus der Küche und verteilte Teller und Löffel. Heinrich brachte irdene Becher und stellte einen großen Krug Wasser auf den Tisch. »Wir können jetzt«, sagte Wiebke und blies sich eine Haarsträhne aus dem Gesicht.

Franz nahm den Löffel in die Hand.

Endlich eine ordentliche Mahlzeit.

Ihm lief das Wasser im Mund zusammen.

»Einen Moment noch«, sagte Lieberstock. »Paul soll uns noch das Ende seiner Geschichte erzählen.«

Heinrich machte ein missmutiges Gesicht. »Na, ich hoffe, es geht nicht mehr lang«, knurrte er.

»Keine Sorge, ich fasse mich kurz«, sagte Paul, fuhr dann fort. »Einen Tag später traf ich auf Amerikaner. Sie beachteten mich nicht weiter, vermutlich, weil ich in einer französischen Uniform steckte. Sie lachten und feierten ausgelassen. Ich verstand kein Wort von dem, was sie sprachen. Trotzdem wurde mir klar, dass der Krieg offensichtlich zu Ende war.«

»Dass Krieg war, hattest du nicht vergessen?«, fragte Franz.

Paul nickte. »Es gab Dinge, die waren … hm … da. Das Große und Ganze, das Weltgeschehen. Sobald es aber mich persönlich betraf … alles wie fortgewischt. Oder weggeschlossen. Seltsam, nicht wahr?«

Franz versuchte, sich das vorzustellen. Es gelang ihm nicht.

»Da stand ich also«, sagte Paul. »Konnte niemanden um Rat fragen, keinen um Hilfe bitten. Zunächst wusste ich nicht wohin, fühlte mich allein. Dann wurde mir bewusst, dass ich *deutsch* denke.« Er lachte leise auf. »Ja, so war es. Unglaublich, nicht wahr. *Das* musste mir erst wieder bewusst werden. Ich dachte mir, wenn dem so ist, gehöre ich zumindest nach Deutschland. Ich machte mich also auf den Weg und …« Paul breitete die Arme aus. »Da bin ich.«

»Haben Sie unterwegs keine Probleme bekommen?«, wollte der Kommissar wissen. »Wurden Sie nicht aufgehalten, nicht nach einem Pass oder einem Militärausweis gefragt?«

»Doch, doch, zweimal sogar. Aber da ich nicht sprechen konnte, verlor man rasch das Interesse. Für Nachforschungen blieb keine Zeit. Alles strömte zurück gen Osten, es kam mir vor wie ein Wettrennen. Die Hektik beunruhigte mich. Später hörte ich Kameraden über die Bedingungen des Waffenstillstandsvertrages reden. So erfuhr ich von der Frist, innerhalb von zwei, drei Wochen östlich des Rheins sein zu müssen, um nicht in Gefangenschaft zu geraten. Na ja, und den Rest kennen Sie.«

Paul sah in die Runde. Alle schwiegen.

Es war Franz, der die Stille brach. Er räusperte sich. »Ähm… Paul ist bestimmt hungrig nach so einer Geschichte.«

Alle lachten, sogar Kronenjungs Mundwinkel zuckten amüsiert.

Wiebke wuschelte Franz durch die Haare. »Da hast du bestimmt recht!«

Heinrich trug einen Kupferkessel herein und verteilte mit einer großen Kelle den Eintopf.

Kurz darauf versanken alle erneut ins Schweigen. Sie genossen die Mahlzeit.

Verstohlen sah Franz sich um.

Gemeinschaft! So ist das also. Man teilt, was man hat. Essen, Geschichten, Leid und Elend.

Zufrieden führte er den Löffel zum Mund.

Eine gute Sache!

Er wünschte sich, der Tag würde nie zu Ende gehen.

68

W*as wohl Onkel Hans sagen wird, wenn es zur Hochzeit kommt?*

Der Gedanke an ihren Onkel beschämte Agnes. Seit Tagen hatte sie nicht mehr an ihn gedacht. Aus den Augen, aus dem Sinn, könnten böse Zungen behaupten. Aber daran lag es nicht. Schuld war einzig und allein Hermann. Die letzten Tage hatte sie nur an ihn denken können. Für Onkel Hans war in ihren Gedanken einfach kein Platz geblieben.

»Unsterblich verliebt«, würde Klara sagen und ihr neckisch in die Hüfte zwicken. Agnes schmunzelte bei der Vorstellung.

Wo Onkel Hans wohl untergekommen war? Hatte er die Alpen inzwischen gesehen? Eine Woche war seit dem überstürzten Aufbruch vergangen. In der Zeit müsste er es auch unter den widrigen Umständen bis in die Schweiz geschafft haben.

Agnes schickte ein stummes Stoßgebet gen Himmel, er möge ihren Onkel beschützen.

Dann stand sie auf. Sie warf sich eine Strickjacke über und ging in die Stube. Dort tastete sie nach dem Schalter und drehte ihn. Die Glühbirne leuchtete auf, das Lametta und die Glaskugeln des Weihnachtsbaums reflektierten funkelnd das Licht. Es roch nach den abgebrannten Kerzen und dem frischen Tannengrün.

Sie zog die kleine Tischschublade auf und holte das Heftchen heraus, das sie auf dem Dachboden bei der Suche nach dem Christbaumschmuck gefunden hatte. »*Kirchbach 1910 bis*«, las sie erneut. Eine akkurate Schrift mit steilen Bögen. Sie schlug die erste Seite auf. Dort stand:

Geschichten aus Kirchbach
Zusammengetragen von Hans Papen

Agnes hatte das Gefühl, ihr Onkel wäre wieder im Haus, so nah fühlte sie sich ihm in diesem Moment. Sie schlug die nächste Seite auf. Die doppelt unterstrichene Überschrift lautete:

Das Hochwasser
Wie ich Ruben Lieberstock das Leben rettete

Agnes erinnerte sich an die Geschichte. Ruben Lieberstock hatte sie erzählt. Gespannt darauf, wie die Rettungsaktion aus Sicht ihres Onkels abgelaufen war, las sie die ersten Seiten. Sofort entstand ein Bild vor Agnes' innerem Auge. Das Unwetter, der Schlamm, die Dörfler, die um ihr Überleben kämpften, mittendrin Onkel Hans. Alles schien so greifbar, als wäre Agnes dabei gewesen. Ihr wurde warm ums Herz, stumm zollte sie ihrem Onkel Respekt. Er besaß eindeutig ein Talent zum Geschichtenerzählen. Sie nahm sich vor, ihn nach seiner Rückkehr darin zu bestärken, einen Reisebericht zu verfassen. Sie las eine weitere Seite, hielt dann während des Umblätterns inne.

Sie stutzte, blätterte zurück, dann wieder vor, klappte dann das Heftchen zu.

Ein eisiger Schauer lief ihr über die Unterarme.

Irgendetwas stimmte nicht. Sie spürte es. Tief in ihr rumorte ein Gedanke, ein Widerspruch. Doch es dauerte noch einige Minuten, bis ihr bewusst wurde, was sie derart aufwühlte.

69

Wiebke war mit ihrer Portion als Erste fertig. Sie schob die Schüssel von sich und trank einen Schluck Wasser. Sie wandte sich Richard Kronenjung zu, der sich schwer tat, den Löffel zum Mund zu führen. »Komm, ich helf dir«, sagte sie. »Einverstanden?«

Kronenjung sah sie fragend an, grunzte leise und legte dann den Löffel auf den Tisch. Wiebke wertete das als Zustimmung. Tatsächlich ließ der Gastwirt sich von ihr bereitwillig füttern. In ihr reifte ein Gedanke. Was sprach dagegen, einige Tage bei Kronenjung zu bleiben, sich um ihn zu kümmern, sofern er nichts dagegen hatte? So konnte sie in Ruhe darüber nachdenken, was sie in nächster Zeit anfangen sollte. Ja, das hatte was für sich, das gefiel ihr, so würde sie es machen. Erleichtert atmete sie durch, die Anspannung der letzten Stunden fiel von ihr ab.

»Das war gut«, sagte der Kommissar und nickte anerkennend. Er kratzte die letzten Reste mit dem Löffel auf und leckte ihn ab.

Heinrich stand auf, füllte Schnapsgläser und verteilte sie. »Ich denke, den können wir alle gebrauchen.«

Sie prosteten sich zu.

Franz nippte an seinem Glas nur, verzog unwillig das Gesicht und hustete. »Eklig«, murrte er und schob Paul das Glas zu.

Heinrich lachte und klopfte Franz auf den Rücken. »Daran wirst du dich schon noch gewöhnen.«

Eine Weile schwiegen sie. Nur Kronenjungs Schlürfen war zu hören. Schließlich stand Heinrich Intze auf und machte sich daran, den Kachelofen anzufeuern. Als das Feuer aufloderte und er die Ofentür schloss, räusperte sich der Kommissar.

»Ich hoffe, Sie alle verzeihen mir, dass ich für eine Weile dienstlich werde. Die Gelegenheit ist einfach zu günstig, da Sie schon mal alle hier sind.«

»Nur heraus mit der Sprache«, sagte Lieberstock. »Ist in unserem beschaulichen Dorf denn ein Verbrechen geschehen?«

»Genau das möchte ich herausfinden«, sagte der Kommissar. »Ich will nicht lange um den heißen Brei herumreden. Kennen Sie einen August Michels?« Er sah in die Runde.

Wiebke erstarrte mitten in der Bewegung, der gefüllte Löffel schwebte in der Luft. August? Was war mit ihm? Sie legte den Löffel ab. Besorgt sah sie den Kommissar an.

»Sicher«, antwortete Lieberstock. »Den kennt jeder im Dorf. August fällt auf, er ist ein Zwerg.« Er deutete die Körpergröße an. »Ich handle mit ihm. Er bringt mir die Waren, die ich nicht direkt bei den Erzeugern einkaufen kann.«

»Verstehe.« Der Kommissar erhob sich und holte aus seiner Reisetasche ein Notizbüchlein hervor. »Wann haben Sie oder einer von Ihnen ihn das letzte Mal gesehen?«

»Hm, drei Wochen ist das wohl her, denke ich«, sagte Lieberstock. »Eigentlich hatten wir abgesprochen, dass er vor Weihnachten eine Lieferung vorbeibringt. Leider ist er nicht gekommen, was mich sehr verwundert hat. August Michels ist ein sehr zuverlässiger Lieferant.« Argwöhnisch sah Lieberstock den Kommissar an und ergänzte. »Ich vermute, wir werden gleich den Grund für August Michels' Fernbleiben erfahren. Liege ich richtig?«

Wiebke ignorierte Kronenjung, der sie anstieß, weil er den nächsten Happen wollte. Wie gebannt verharrte ihr Blick auf den Lippen des Polizisten. Sie ahnte Schlimmes.

Doch bevor der Kommissar das Wort ergreifen konnte, rief Franz aus: »Wir haben ihn gesehen, Paul und ich. Es war …« Er stockte, sah unsicher zu Paul. Der nickte ihm aufmunternd zu. »Am Tag vor Heiligabend. Ich weiß es ganz genau, weil ich an dem Tag bei dem Herrn Fabrikanten zu Mittag eingeladen war. Nicht wahr, Paul? Es war der Ochsenkarren, den wir gesehen haben, am Waldrand, nach dem Schuss. Der Karren gehörte dem Zwerg.«

Paul nickte. »Ja, stimmt. Ich wusste nur nicht, dass das Ochsengespann diesem Michels gehört.«

»Haben Sie mit ihm gesprochen?«, fragte der Kommissar an Paul gewandt.

»Nein, wir haben ihn nur in der Ferne gesehen.«

»Und was war das für ein Schuss?«, hakte der Kommissar nach.

»Den hatte ich kurz vorher gehört«, antwortete Paul. »Bin dann auf einen Baum geklettert und habe mich umgesehen. Es war diesig. Dabei …«

»Die Gestalt!« Franz erbleichte.

Der Kommissar stutzte. »Bitte?«

»Paul hat eine Gestalt gesehen.« Ruhelos rutschte Franz auf seinem Stuhl herum.

Heinrich Intze lachte laut auf. »Das wird ja immer besser. Jetzt kommt auch noch ein großer Unbekannter ins Spiel.«

»Wie gesagt, es war diesig«, sagte Paul. »Das alles geschah, bevor wir diesen August Michels gesehen haben. Ich hörte also einen Schuss, kletterte auf einen Baum und glaubte, eine Gestalt zu sehen. Inzwischen denke ich … nun … ich denke, meine Sinne könnten mir einen Streich gespielt haben.«

»Kein Wunder nach der Aufregung«, warf Lieberstock ein. In kurzen Sätzen erklärte er dem Kommissar, was an jenem Tag im Dorf vorgefallen war und warum Paul flüchten musste. Er endete mit den Worten: »Paul trifft keine Schuld. Er hat sich an der besagten Magd nicht vergangen, dafür verbürge ich mich.«

Verächtlich schnaubte Heinrich Intze. »Wer's glaubt.«

»Interessant, interessant«, murmelte der Kommissar. Er machte sich einige Notizen in sein Büchlein. Schließlich sah er wieder auf. »Ganz schön was los in Kirchbach. Kommen wir zurück zu dem fahrenden Händler.« Er straffte sich. »Leider muss ich Ihnen mitteilen, dass August Michels tot ist. Er wurde von einem Trupp französischer Besatzer auf dem Bock seiner Karre gefunden. Offensichtlich erschlagen. Da er einen Pass mit sich führte, der ihn als Cölner auswies, beauftragte man meine Dienststelle mit der Klärung des Falls.«

Wiebke stieß einen unterdrückten Schrei aus. August war tot. Sie schluchzte auf. Tränen rannen ihr übers Gesicht. Als sie den fragenden Blick des Kommissars bemerkte, sprudelte es aus ihr heraus. Sie erzählte alles, was sie wusste. Von Elsbeths geheimem Lager in der Scheune, von dem Zusammentreffen mit August, und wie sie verschlafen hatte und

August Michels an dem besagten Tag vor Heiligabend verpasste.

Als sie fertig war, fühlte sie sich ein wenig besser. Lieberstock reichte ihr ein Taschentuch, das sie dankbar annahm.

Der Kommissar wandte sich an Paul. »Könnte die junge Dame die *Gestalt* gewesen sein, die Sie gesehen haben wollen?«

Paul zuckte die Schultern. »Das kommt zeitlich nicht hin, oder? Selbst wenn, hätte sie dann nicht den Schuss hören müssen?«

Der Kommissar sah Wiebke an.

»Ich habe nichts gehört«, sagte Wiebke. »Als ich ankam, war es auch nicht mehr nebelig.«

Der Kommissar machte sich wieder Notizen.

Paul machte Franz Zeichen und wies mit dem Kinn in Richtung des Kommissars. Franz schüttelte den Kopf, doch Paul sah ihn nur umso eindringlicher an.

Lieberstock bemerkte das seltsame Gebaren der beiden. »Herrje! Was ist denn mit euch los?«, rief er aus. »Wenn euch etwas aufgefallen ist, was helfen könnte, den Fall aufzuklären, dann raus damit!«

Franz verschränkte die Arme vor der Brust und presste die Lippen aufeinander.

Paul seufzte. »Ich weiß nicht, was mein junger Freund plötzlich hat, warum er sich so ziert. Aber ich denke, Sie sollten noch etwas erfahren, Herr Jochens.«

»Hört, hört«, sagte Heinrich und warf Wiebke einen bösen Blick zu. »Vielleicht noch etwas, das meine Familie in den Dreck zieht?«

Paul winkte ab. »Mit Ihrer Familie hat es… vermutlich … nichts zu tun.« Er sah in die Runde, bevor er fortfuhr. »Also, es gibt noch eine Leiche.«

Wiebke zog scharf Luft durch die Zähne ein. Ihre Gedanken rasten. Hatte Paul Emmas Kind entdeckt? Wie würde Heinrich reagieren, sobald der Verdacht geäußert wurde?

Der Kommissar schien nur wenig überrascht. »Ich habe da so eine Vermutung.« Er blätterte in seinem Notizbuch. »Ein Mann, etwa eins siebzig groß? Hakennase, dichtes dunkles Haar?«

Paul überlegte. »Ja, könnte hinkommen.«

»Ich bringe Sie hin«, sagte Franz und sprang auf. Er konnte offenbar nicht mehr still sitzen. Im nächsten Moment war er schon bei der Tür. »Ich warte draußen auf Sie.«

»Was ist denn in den gefahren?«, fragte Heinrich.

Der Kommissar zog sich die Jacke über. Aus dem Koffer holte er ein längliches Rohr hervor.

»Was ist das?«, wollte Lieberstock wissen und wies auf das Rohr.

Der Kommissar grinste und drückte auf einen silbrigen Knopf in der Mitte des Geräts. Augenblicklich leuchtete das Ende des Rohrs auf.

»Oh!«, entfuhr es Kronenjung. Er staunte das Wunderwerk an wie ein Kind.

»Eine Taschenlampe«, erklärte der Kommissar und richtete den Lichtkegel an die gegenüberliegende Wand. »Funktioniert elektrisch. Im Inneren stecken Batterien.«

Lieberstock stand auf und sah sich das Rohr genauer an. »Raffiniert. Das muss ich für meine Kunden besorgen.« Er sah auf. »Was sind das, diese … Batterien?«

»Darin wird Strom gespeichert«, erklärte der Kommissar. »Leider kann man sie nicht wieder aufladen. Ist der Strom aus den Batterien verbraucht, sind sie nutzlos.«

»Verstehe ich das richtig?«, hakte Lieberstock nach. »Die Batterien müssen nachgekauft werden?«

Der Kommissar lachte. »Sie wittern ein Geschäft.«

Lieberstock zuckte die Schultern. »Davon lebe ich.«

Als der Kommissar Anstalten machte, zur Tür zu gehen, hielt Heinrich ihn auf. »Verraten Sie uns, um wen es sich bei dem Toten handelt?«

Mit der Hand auf der Klinke blieb Alfred Jochens stehen. »Ein Geistlicher. Vor einigen Wochen ist er spurlos verschwunden. Er war auf dem Weg von Euskirchen nach Heimerzheim. Dort ist er jedoch nie angekommen. Die Kurie hat uns informiert.«

»Von Euskirchen nach Heimerzheim«, murmelte Lieberstock. Er rieb sich nachdenklich das Kinn. »Der kürzeste Weg führt an Kirchbach vorbei.«

»So ist es«, sagte der Kommissar. Er nickte zum Abschied und folgte Franz in die Nacht hinaus.

Wiebke spürte, wie sie eine unbestimmte Furcht ergriff. Das schreckliche Wesen aus ihrem Traum kam ihr in den Sinn. Sie sah es vor sich, die feurigen Augen, die gefletschten Zähne.

Ängstlich sah sie zum Fenster, fürchtete, zwei glühende Punkte zu erblicken.

Wiebke war mehr denn je überzeugt, dass ihre Vorahnung wahr geworden war. Etwas Schreckliches hatte in Kirchbach Einzug gehalten.

70

Agnes riss die Tischschublade auf. Ihr brach der Schweiß aus. Das Herz hämmerte in der Brust. Unter der Schere, einem Pfeifenreiniger, zwei Schnitzmessern, einem angekauten Bleistift und einigen Zündhölzern fand sie den Brief des Onkels, den er ihr zum Abschied geschrieben hatte.

Sie zog ihn hervor und legte ihn neben das Heft auf den Tisch. Mit der Handkante glättete sie das Papier, dann schlug sie eine Seite im Heft auf.

Ihre Augen flogen hin und her.

Der Brief: Die Schrift krakelig.

Im Heft: Jede Letter wie gemalt.

Rechtschreibfehler im Brief.

Kein einziger in der Erzählung.

Wahllos schlug Agnes weitere Seiten im Heftchen auf. Der letzte Eintrag war mit »*Heiligabend 1913*« überschrieben. Das Schriftbild war wie am Anfang, immer noch akkurat, keine Veränderung gegenüber 1910.

Mit einem Ruck klappte sie das Heft zu, sprang auf und lief in der Stube auf und ab wie ein unruhiges Tier in einem Käfig.

Selbst wenn man die Eile in Betracht zog, unter der ihr Onkel den Brief verfasst hatte: Niemals hielt sie es für möglich, dass das saubere Schriftbild, die Grammatik und die

Rechtschreibung so sehr unter der Anspannung gelitten hätten.

Es gab nur eine Erklärung.

Sie blieb stehen, sah ungläubig zum Tisch.

»Aber das kann doch nicht sein«, murmelte sie in die Stille hinein.

Jedoch war keine andere Schlussfolgerung möglich.

Ihre Knie zitterten. Sie musste sich setzen.

Sie stützte die Ellbogen auf und legte den Kopf in die Hände.

Vor ihr lagen der Abschiedsbrief und das Heft.

Sie zweifelte nicht daran, dass die Geschichten aus Kirchbach von ihrem Onkel stammten. Aber den Brief hatte mit Sicherheit ein anderer geschrieben.

Es stellte sich nur die Frage – wer? Und warum?

71

Franz stapfte mit den Händen tief in den Hosentaschen über die Brücke in Richtung Dorfmitte. Die Häuser hoben sich schemenhaft vom Nachthimmel ab. Rechts hörte man die Mühlräder des Kraftwerks knirschen. Nur noch wenige Fenster waren beleuchtet, die meisten Dorfbewohner lagen bereits in den Betten.

Der Kommissar folgte Franz. Der Lichtkegel der Taschenlampe tanzte über dem Boden.

Habe ich es doch gewusst! Kaum hören die Erwachsenen von einer Leiche, wollen sie sie haben. Warum hat Paul nicht einfach den Mund gehalten?

Vor einer halben Stunde hatte er dem Kommissar den hohlen Baumstamm gezeigt. Das Fleisch der Leiche leuchtete hell. Mit einem Taschentuch vor dem Gesicht hatte sich der Kommissar weit in den Hohlraum geschlängelt und den Toten gemustert. Als er genug gesehen hatte, war er rückwärts wieder herausgekrochen. »Das ist er«, hatte er Franz mitgeteilt.

»Sind Sie sicher?«, hatte Franz gefragt. Seit er die Leiche zuerst gesehen hatte, hatte sie sich bereits verändert. Nagetiere hatten Löcher in die Haut gerissen, das Gesicht war fleckig geworden, dafür war der Körper jetzt nicht mehr steif. Alles hing herunter, Haut, Muskeln, Gliedmaßen, Kiefer.

Wie ein nasser Sack über einer Wäscheleine.

Selbst für eine Mutter musste es schwer sein, ihren Sohn in diesem Zustand wiederzuerkennen.

Doch der Kommissar hatte versichert: »Ohne Zweifel, ja. Die Kirche hat uns für die Suche eine Photographie zur Verfügung gestellt. Glaub mir, Junge, ich weiß, wie sich die Toten mit der Zeit verändern. Das ziehe ich in mein Kalkül mit ein.«

»Aha. Und jetzt? Wie geht es weiter? Sollen wir ihn mitnehmen?«

»Nein, nein, das ist nicht notwendig. Morgen werde ich meiner Dienststelle telegraphieren und um Verstärkung bitten.«

Schweigend hatten sie den Rückweg eingeschlagen.

Am Dorfbrunnen hielten sie an. Der Kommissar steckte die Taschenlampe in die Außentasche seines grünen Regenmantels. Er schöpfte Wasser mit der hohlen Hand und trank.

Franz tat es ihm gleich. Die Wanderung hatte ihn durstig gemacht.

Zu gerne hätte ich beobachtet, wie der Tote verwest. Wie soll ich lernen, wenn mir alles weggenommen wird?

Den Gedanken behielt er allerdings für sich. Erwachsene reagierten auf seinen Forscherdrang für gewöhnlich mit einem entgeisterten Kopfschütteln. Oder sie schalten ihn und bedachten ihn mit schlimmen Schimpfwörtern.

Der Kommissar beugte sich über den Brunnenrand, tauchte beide Hände ein und benetzte sein Gesicht. »Ah! Das tut gut. Erst die Ratten im Gasthaus und jetzt eine Leiche im fortgeschrittenen Zustand der Verwesung. Es gibt Tage, da bleibt einem nichts erspart.« Er klopfte Franz anerkennend auf die Schulter. »Aber dank dir bin ich jetzt einen entscheidenden Schritt weiter. Gut gemacht, Junge.«

»Gern geschehen.«

Lügner!

Jochens schaltete die Taschenlampe an. »Komm, lass uns zu den anderen gehen und ihnen berichten.«

Franz schüttelte den Kopf. »Ich bin müde. Ich gehe nach Hause.«

»Natürlich, verstehe. Also dann …« Der Kommissar streckte ihm die Hand entgegen. »Ich hoffe, wir treffen uns wieder.«

»Ja, klar.« Franz schlug ein und machte sich dann auf den Weg nach Hause. Die Abkürzung über den Friedhof vermied er. Er kannte zwar keine Furcht, aber glaubte man den Erzählungen und Sagen, die die alten Frauen im Dorf herumtratschen, dann trieben sich auf dem Friedhof nun einmal Geister herum. Und nicht mit allen Geistern war gut Kirschen essen. Denn es gab solche und solche. Die einen halfen den Menschen, die anderen wollten ihnen Leid zufügen. Das Dumme war, auf den ersten Blick war nicht zu erkennen, um welche Sorte Geist es sich handelte.

Kurz vor dem elterlichen Haus blieb Franz stehen, da ihm etwas eingefallen war. Paul brauchte noch ein Schmerzmittel.

Franz ging bis zur Hausecke. Von dort aus konnte er das Herrenhaus des Doktors sehen. Die Fenster waren hell erleuchtet.

Du bist müde. Und Paul hat das mit der Leiche verraten. Warum willst du ihm jetzt helfen?

Unentschlossen kaute er auf der Unterlippe.

Trotzdem ist er dein Freund. Er hat dir das Leben gerettet, indem er Gerold in die Flucht geschlagen hat.

Über ihm polterte es. Er sah nach oben zum Schlafzimmerfenster seiner Eltern. Er wusste, was das bedeutete. Wenig später hörte er seine Mutter singen, glockenklar, wie ein Engel.

Stör sie nicht! Nicht jetzt, es ist wichtig für Vater. Er muss zur Ruhe kommen, der Gesang wird ihn heilen.

Franz hörte noch einen Moment zu, machte sich dann auf den Weg zum Doktor. Schon aus der Ferne sah er die offen stehende Haustür.

Seltsam.

Zögerlich trat er in den Hausflur. »Herr Doktor?«, rief er und wartete. Links ging eine Tür zur Küche ab, drei andere waren geschlossen. Die zum Keller stand ebenfalls offen. »Doktor Brosch?«, rief er erneut. »Ich bin es, der Metzlers Franz. Ich soll Sie fragen, ob Sie ein Schmerzmittel haben.«

Franz näherte sich vorsichtig der offenen Kellertür. Die Fliesen im Flur schimmerten hell.

»Hallo, sind Sie …?«

Er brach ab. Er hörte Schritte. Sie kamen aus dem Keller, trampelten laut die Stufen hinauf. Franz blieb wie angewurzelt stehen.

»Ich bitte um Entschuldigung, ich …«, setzte er an, doch weiter kam er nicht.

Eine dunkle Gestalt erschien in der Tür zum Keller. Im selben Moment, da sie einen Schritt auf ihn zumachte, traf ihn eine Faust wie ein Vorschlaghammer ins Gesicht. Etwas knackte, ein heißer Schmerz schoss Franz bis unter die Schädeldecke. Er taumelte zurück, seine Beine gaben nach. Mit einem Ächzen auf den Lippen fiel er zu Boden. Für einen Augenblick sah er alles doppelt. Eine Gestalt baute sich über ihm auf und holte zum Tritt aus. Geistesgegenwärtig rollte sich Franz zusammen. Als er wieder aufsah, erkannte er seinen Widersacher.

Das ist nicht der Doktor! Das ist …

Der Tritt traf ihn an der Schläfe. Der Schmerz explodierte hinter seiner Stirn. Dann war alles schwarz.

72

Überall muss man zugleich sein.

Mann, ist der Junge schwer … sieht auf den ersten Blick gar nicht so aus … eher ein Hänfling … wo bleiben nur die Träger?

Alles muss man selbst machen.

So kann man keinen Blumentopf gewinnen, so nicht!

Was heutzutage alles eintrifft.

Kinder!

Bald schicken sie auch noch die Greise. Ha, ha! Die werden dann mit einem Rollstuhl in die Gräben geschoben. Vermutlich wird das Oberkommando verkünden, wir hätten den englischen Tanks endlich etwas Fahrbares entgegenzusetzen, ha, ha.

So, rauf mit dir.

Festschnallen!

Ja, ja, das muss sein. Richtig fest, links und rechts, über Brust, Beine und Arme.

So!

Die Nase, hm, schlimme Sache. Gebrochen, würde ich sagen.

Das wird aber wieder, keine Sorge.

Jetzt aber los!

Nicht trödeln!

Wir haben keine Zeit zu verlieren!

73

Zufrieden nahm Alfred Jochens die Stufen zum Eingang der Gaststätte. Fortschritte in einem Fall zu machen hatte ihn schon immer beflügelt. Dabei vergaß er sogar seine müden Knochen. Gleich morgen wollte er alle Hebel in Bewegung setzen, um Klarheit in die Sache zu bringen, und das nicht nur in Bezug auf die Leiche und den fahrenden Händler. Hier in Kirchbach schien einiges im Argen zu liegen. Das musste alles aufgearbeitet werden. Er hoffte nur, das Präsidium sah es genauso.

Er stieß die Tür zum Gastraum auf und wollte sich schon wundern, dass es so ruhig war – als kräftige Hände ihn packten und schwungvoll herumwirbelten. Jochens stolperte durch den Raum und stieß unsanft gegen eine Tischkante.

Was war das denn?

Die Gruppe von Leuten saß noch immer in etwa so da, wie er sie verlasen hatte – der angehende Flugzeugkonstrukteur, der verwundete Paul, der Krämer, die Magd und der zittrige Gastwirt. Beim Eingang aber standen drei Personen, die Jochens nicht kannte. Ein Mann mittleren Alters, ein weiterer Mann in deutlich gesetzterem Alter, und eine finster dreinblickende Frau mit feistem Gesicht und kräftigen Armen. Und in diesen kräftigen Armen hielt sie ein Gewehr und zielte auf ihn.

»Setz dich zu den anderen!«, wies die Frau ihn jetzt barsch an.

Jochens hob zum Zeichen, dass er sich nicht zu widersetzen dachte, die Hände und rutschte neben Ruben Lieberstock auf die Bank.

»Was ist hier los?«, raunte er dem Krämer zu.

Ruben Lieberstock beugte sich zu ihm vor. »Das ist Elsbeth Intze, die Frau des Ortsvorstehers. Das ist der Alte neben ihr. Der andere ist ein Heimkehrer, der Schultens Anton. Die Alte hat ihn wohl bezirzt, damit …«

»Still!«, herrschte Elsbeth Intze Lieberstock an. Der Gewehrlauf zuckte bedrohlich.

»Mutter«, sagte Heinrich Intze in einem versöhnlichen Tonfall. »Was soll das? Mach uns doch nicht alle unglücklich. Leg das Gewehr weg, setz dich zu uns, dann besprechen wir alles.«

Elsbeth Intze nickte in Richtung Paul. »Erst wenn wir mit dem da fertig sind.« Sie warf Anton einen Blick zu, und ein grimmiges Lächeln huschte über ihr Gesicht. »Gut, dass du Augen und Ohren offen gehalten hast, Anton. Jetzt können wir es endlich zu Ende bringen. Diesmal wird er uns nicht entwischen.«

Anton Schulten grinste geschmeichelt und salutierte übertrieben.

Ein Mitläufer, dachte Jochens. Solche Leute kannte er zur Genüge aus dem kriminellen Millieu. Diese Kerle folgten ihren Bossen ohne Widerworte bis in den Tod.

»Was hat Anton denn gemacht?«, fragte Heinrich Intze neugierig.

»Anton hat uns Bescheid gegeben. Er hat diesen französischen Hurensohn und den Kindskopf Franz ins Dorf kommen sehen.« Sie schenkte Wiebke einen abfälligen Blick. »Er hat euch belauscht. Dass *du* nichts Besseres zu tun hast, als denen zu helfen, war ja klar.«

Lieberstock schnaufte verächtlich. »Ihr habt aber lange gebraucht, um hier aufzutauchen.«

»Hätte mich Wiebke nicht angegriffen, wäre ich früher gekommen, Krämer. Ich musste erst zur Kräuterhexe. Mein Knie ist angeschwollenen wie eine aufgeblasene Schweinsblase.« Sie blickte mit schmerzverzerrtem Gesicht hinab auf ihr Bein.

Heinrich fuhr zu Wiebke herum. »Du hast meine Mutter angegriffen?«

Wiebke erwiderte trotzig seinen Blick. »Ich wollte nur mit ihr reden. Wegen Emmas Kind …«, sagte sie mit kaum verhohlener Wut.

Elsbeth Intze richtete das Gewehr auf sie. »Noch ein Wort! Ich höre mir deine Lüge nicht ein weiteres Mal an.«

Heinrich Intze sah jetzt seine Mutter an. »Ich will es aber hören. Was ist mit Emmas Kind?«

»Halt dich da raus!«

»Hast du etwas zu verbergen?«

Jochens bemerkte, wie Elsbeth Intze zögerte. Zum ersten Mal seit seinem Eintreffen wirkte sie unsicher.

»Unfug«, sagte sie und lachte unsicher. »Fang du nicht auch noch damit an!«

Jetzt trat Friedrich Intze vor. Er legte die Hand auf den Lauf und senkte sie. Elsbeth Intze ließ es geschehen. »Wir sollten hören, was Wiebke zu sagen hat.«

Elsbeth Intze zuckte zusammen. Sie warf ihrem Mann einen vernichtenden Blick zu. »Sie lügt!«, schrie sie ihn an. »Ich werde nicht dulden …«

»O doch, das wirst du«, entschied Friedrich Intze. »Ich bin hier der Ortsvorsteher, und ich habe mich stets bemüht, bei einer Streitigkeit beide Seiten zu hören, bevor ich ein Urteil fälle. So soll es auch hier sein.« Er wandte sich an Wiebke. »Also erzähl.«

»Aber es geht nicht um mich oder Wiebke«, schrie Elsbeth Intze. »Wir sind wegen diesem französischen Sittenstrolch hier. Er hat sich an unserer Magd vergangen, er hat …«

»Still!«, herrschte Friedrich Intze sie an.

Sie verstummte abrupt und sah ihren Mann erstaunt an.

Friedrich Intze holte tief Luft. Er erwiderte ihren Blick nicht. Eine Weile herrschte Schweigen im Raum. Schließlich nickte der Ortsvorsteher auffordernd Wiebke zu.

74

Franz blinzelte.

Hell!

Das Licht quälte ihn. Die Quelle schien direkt über ihm zu sein.

Ist es schon Tag?

Mit der Hand wollte er die Augen abschirmen, doch so sehr er sich auch mühte, er bekam den Arm nicht hoch.

Wie festgenagelt.

Was war hier los?

Die Kopfschmerzen! Es ist nicht nur das Licht … meine Nase!

Er versuchte, durch die Nase zu atmen. Es gelang ihm nicht.

Zugeschwollen! Gerold?

Langsam kehrte seine Erinnerung zurück.

Der Doktor … der Flur … diese Gestalt … der Schmerz … dann … nichts.

Franz blinzelte.

Nicht Gerold hat mir die Nase gebrochen, sondern dieses Ungeheuer! Hau ab. Sieh zu, dass du wegkommst!

Franz ruckte mit Armen und Beinen, doch er konnte sich nicht rühren, keinen Zentimeter. Er spürte Riemen an den Gelenken und über Brust und Bauch.

Das Ungeheuer hat dich festgeschnallt … und etwas in den Mund gesteckt!

Er drückte mit der Zunge dagegen, kämpfte gegen einen Würgereflex an. Er durfte sich nicht übergeben. Wohin sollte er die Kotze spucken? Der Knebel …

Franz versuchte ruhig ein und aus zu atmen. Was auch nicht leicht war, denn seine Nase war zugeschwollen. Doch er konzentrierte sich und vergaß dabei ein wenig den Knebel.

Nach einer Weile hörte Franz ein metallisches Klappern hinter sich. Er überstreckte den Nacken, versuchte hochzusehen. Alles, was er sah, war ein Paravent, dahinter ein Schatten. Eine Gestalt. Das Ungeheuer?

Er ist es! Der Doktor? Nein … nicht er … es ist … Mann, später! Darüber kannst du später nachdenken! Du musst hier weg!

Franz sah sich um, seine Augen hatten sich an das Licht gewöhnt.

Elektrisch.

Über ihm baumelte eine Glühbirne vom Gewölbe.

Ein Keller.

Er selbst lag auf einer Art schmalem Tisch, der direkt an einer Wand stand. Die Bruchsteine strahlten eine unangenehme Kälte aus. Franz wandte den Kopf zur anderen Seite. Ein weiterer Tisch, darauf …

Verdammt, was ist das?

Auf dem Tisch lag … etwas.

Ein Mensch?

Nein, kein Mensch … ein Haufen … Fleisch. Überall Blut und Hautfetzen, dazwischen dunkle Haare. Es erinnerte Franz an Pauls Bericht, an das Massengrab, an die Toten. Er richtete den Blick zu Boden. Da lag … Er kämpfte erneut gegen ein Würgen an.

Beine!

Abgeschnitten vom Oberkörper lagen sie auf dem gestampften Lehmboden. Die Knochen der Oberschenkel stachen an den Schnittflächen weiß hervor, eine blutige Wolldecke war um die Füße gewickelt.

Franz sah hoch, suchte in dem … Fleischhaufen … nach dem Kopf.

Er fand die starrenden Augen des Opfers, die Nase, eine Stirn. Er benötigte einen Moment, um das alles einer Person zuordnen zu können.

Das ist doch …! Verflucht! Das kann doch nicht sein … Nein, nein, nein!

Jetzt kam die Gestalt hinter dem Paravent hervor, Mund und Nase durch eine Maske geschützt. Auf dem Kopf saß eine weiße Mütze, die wie eine umgedrehte Schüssel aussah. Nur die Augen und die Brauen waren vom Gesicht noch zu erkennen. Ein freundlicher Blick, aber gleichzeitig …

… wahnsinnig. Vollkommen wahnsinnig!

In der rechten Hand hielt die Gestalt ein Skalpell, die Klinge blitzte im Licht der Glühlampe auf.

»So. Es kann losgehen.« Die Stimme klang dumpf hinter der Maske. »Nur keine Sorge. Wird schon schiefgehen.«

Nein, bitte nicht! Bitte!

Franz brach der Schweiß aus. Er riss an den Riemen, die ihn wie gnadenlos zurückhielten.

75

Wo kam dieser falsche Abschiedsbrief her? Was hatte das alles zu bedeuten? Hatte Hermann den Brief fingiert, um sie zu beruhigen? Wohl wissend, dass sich Agnes mit einer mündlichen Beteuerung, Onkel Hans gehe es gut, niemals zufriedengeben würde. Oder steckte mehr dahinter? Gab es zwischen den beiden Männern eine geheime Absprache? Sollte Hermann Onkel Hans' tatsächlichen Aufenthaltsort nicht verraten? Aber warum sollte ihr Onkel sie so hintergehen wollen?

Trotz der späten Stunde hielt es Agnes nicht im Haus. Sie musste mit Hermann über die Sache reden. Sie holte ihren Trenchcoat und verließ das Haus.

Als sie beim Herrenhaus ankam, fand sie die Eingangstür offen. Ohne zu zögern, trat sie ein, ging durch bis ins Wohnzimmer. Alles war dunkel.

Ob er sich schon hingelegt hatte? Aber warum stand die Haustür sperrangelweit offen? Sie ging zurück in den Flur. Ihr Blick fiel auf die geschlossene Kellertür. Licht schimmerte unter dem Türblatt hindurch.

Agnes öffnete sie. Eine steinerne Treppe führte in einem Bogen hinunter. »Hermann?«, rief sie.

Keine Antwort.

Stattdessen hörte sie ein Geräusch, leise und gedämpft,

ein metallischen Klirren. Als würde jemand in einer Küche mit Kochtöpfen hantieren.

Da unten war jemand. Ein Einbrecher? Oder nur Hermann? Wenn es Hermann war, dann wollte sie die Gelegenheit nicht ungenutzt lassen, ihn zur Rede zu stellen. Aber woher wusste sie, dass es nicht doch ein Einbrecher …

Sie schüttelte energisch den Kopf. Was sollte ein Dieb im Keller machen, wenn sich die ganzen Wertgegenstände hier im Erdgeschoss befanden. Die silbernen Tischleuchter auf der Anrichte neben dem Grammophon wären zum Beispiel eine lohnenswerte Beute gewesen.

Um auf Nummer sicher zu gehen, holte sich Agnes den Schürhaken aus dem Wohnzimmer. Das Eisen lag schwer in ihrer Hand, sofort fühlte sie sich sicherer.

Sie folgte den Stufen hinab, dem Licht entgegen. Sie wunderte sich, dass sich jemand die Mühe gemacht hatte, hier unten für Elektrizität zu sorgen. Es war doch nur ein Gewölbe.

Der Raum, den sie erreichte, war vollgestellt von Bastkörben, Eimern und Töpfen, einem auf den Kopf gedrehten Bollerwagen, einem Schaukelpferd, aufeinandergestapelten Stühlen. Auf der gegenüberliegenden Seite führte ein schmaler Gang an einem leeren Weinregal vorbei. Agnes folgte ihm und erreichte so einen weiteren Kellerraum. Das metallische Klappern war hier deutlicher zu hören. Es kam von links, wo sich in der Wand eine Tür befand.

Mit vorgestrecktem Schürhaken ging Agnes auf die Tür zu.

Agnes horchte. Das Klappern hatte aufgehört. Eine dumpfe Stimme sagte: »So! Es kann losgehen. Nur keine Sorge. Wird schon schiefgehen.«

War das Hermann? Agnes war sich nicht sicher. Die Stimme klang merkwürdig gedämpft.

Sie umschloss mit der Hand die Klinge und drückte sie vorsichtig hinunter. Langsam zog sie die Tür einen Spaltbreit auf. Was sie sah, traf sie wie ein Schlag.

Hermann stand in voller OP-Montur vor einer Liege, die sich rechterhand im Raum befand. Darauf lag Franz Metzler, der Junge, mit dem Lieberstock so gut auskam. Er schien gefesselt zu sein. Agnes' Blick wanderte zur anderen Seite des Raums. Dort stand, abgetrennt von einem Paravent, noch eine OP-Liege. Aber was sich auf ihr befand, konnte Agnes nicht sogleich erkennen. Neben der Liege auf dem Boden lagen Kleider? Die Hose … Solch eine Hose trug doch …

Agnes gefror das Blut in den Adern. Die Erkenntnis, was dort auf der Liege lag, explodierte förmlich in ihrem Gehirn. Für einen Moment wurde ihr schwarz vor Augen.

Onkel Hans?

Sie hielt sich krampfhaft an der Tür fest, versuchte ihren Atem zu regulieren. Als sie die Augen wieder öffnete, war Hermann dabei, dem Jungen das Hemd zu öffnen.

Der wand sich, ruckte wild an den Lederriemen, mit denen er gefesselt war. Die Räder an der Liege quietschten.

»Kamerad!«, sagte Hermann tadelnd. »Ich weiß, es ist schwer. Doch du musst versuchen, so ruhig wie möglich liegen zu bleiben. Leider kann ich dir keine Narkose verabreichen. Seit Tagen hat uns keine Lieferung mehr erreicht. Sei tapfer!«

Hermann setzte das Skalpell oberhalb des Bauchnabels an. In nächsten Moment glitt die Klinge durch die Haut wie ein warmes Messer durch Butter. Franz Metzler stieß einen tierhaften Laut aus, gedämpft durch den Knebel in seinem Mund. Er warf den Kopf hin und her.

Im selben Moment stürzte Agnes in den Raum. »Neeeeeein«, schrie sie und riss den Schürhaken in die Höhe.

Hermann fuhr herum.

Agnes erstarrte. Das ist nicht Hermann, schoss es ihr durch den Kopf. Nicht der Hermann, den sie liebte … Der Blick … Das war der Blick eines Verrückten, eines Irren. Der Wahnsinn blitzte in seinen Augen.

»Lina?«, fragte Hermann. Mit dem Skalpell in der Hand wandte er sich ihr zu, zog die OP-Maske herunter. »Was in Dreiteufelsnamen machst du hier?«

»Was hast du mit meinem Onkel gemacht?«

»Mit wem? Wovon redest du, Lina?«

»Der Mann dort! Der auf der Liege.«

Hermann sah kurz hin, zuckte dann die Schultern. »Ach, *der* Kamerad. Es ging ihm nicht gut. Eine Grippe. Und dann noch Wundbrand.« Er trat mit der Schuhspitze gegen eines der amputierten Beine, die auf dem Boden lagen. »Du siehst ja selbst. Ich habe um sein Leben gekämpft, wirklich. Nach dem zweiten Bein hat er sogar noch einige Tage durchgehalten. Ich dachte, er kommt wieder auf die Bei …« Hermann verzog das Gesicht. »Oh … verzeih die unangebrachte Wortwahl. Ich wollte sagen, es sah ganz danach aus, als würde er sich erholen. Aber dann … Nun, all meine Bemühungen waren schließlich umsonst.« Er kam auf sie zu.

Agnes wich zurück, bis sie an die Wand stieß. In panischem Entsetzen streckte sie den Schürhaken vor. »Keinen Schritt weiter!«

Hermann zog die Augenbrauen zusammen. »Was ist mit dir, Lina? Was soll der Schürhaken? Du wirkst … verwirrt.«

Er streckte die Hand aus.

»Lina, gib mir den Schürhaken!«

Agnes wich an der Wand entsetzt einen Schritt zur Seite. Tränen rannen ihr übers Gesicht.

»Lina, beruhig dich. Ich beschwöre dich. Gib mir den Haken. Hier bist du in Sicherheit, das Fort hält den Bomben stand. Du solltest mir lieber helfen.« Er wies mit dem Skalpell auf Franz. »Der Kamerad bedarf unserer Hilfe. Ein Bauchschuss.« Er sah zur Decke. »Die Froschfresser schlafen. Seit Tagen war es nicht so ruhig. Gut, denn wenn der Putz herabrieselt und in den Bauchraum …« Er winkte ab. »Aber das weißt du ja alles selbst.«

»Der Krieg ist aus, Hermann.« Agnes versuchte ihrer Stimme Festigkeit zu verleihen.

»Lina, Lina.« Hermann schüttelte den Kopf. »Was haben die Franzmänner nur mit dir angestellt? Du darfst nicht alles glauben.« Er seufzte und wendete sich ab. »Komm jetzt.«

Er trat wieder an die Liege, hob das Skalpell. Der entsetzte Franz zuckte wild.

Agnes schrie: »Nein, Herrmann, nicht …!«

Doch da war er schon bei ihr. Hermann schlug ihr den Schürhaken aus der Hand. Mit der Linken umklammerte er ihren Hals und drückte zu.

76

Wiebke holte tief Luft. Endlich konnte sie sich alles von der Seele reden. Danach sollten andere entscheiden, was zu tun war. Bring es hinter dich, dachte sie.

»Emmas Kind, der Junge …«, begann sie.

Doch in diesem Moment ließ sie ein ohrenbetäubender Knall zusammenfahren. Hinter ihr platzte Putz von der Wand.

Eine Kugel, ging es Wiebke durch den Kopf, die Hexe hat eine Kugel auf mich abgefeuert!

»Du hältst dein Schandmaul!«, schrie Elsbeth Intze und lud nach. Ihr Mann und Anton Schulten wichen vor ihr zurück.

Heinrich schob sich von der Bank. »Mutter! Es reicht!«

»Du hältst dich da raus! Einer muss sich hier im Dorf um Recht und Ordnung kümmern. Dein Vater tut es ja nicht mehr.«

Friedrich Intze sah seine Frau entsetzt an. »Was ist nur aus dir geworden, Elsbeth?«, sagte er, mehr zu sich selbst als an seine Frau gewandt.

»Es reicht!« Heinrich erhob sich. Er streckte die Hand aus. »Gib mir das Gewehr!«

Elsbeth Intze richtete die Waffe auf ihren Sohn. Sie machte keine Anstalten, aufzugeben.

»Lass es nicht drauf ankommen«, warnte sie. »Meinen kleinen Hannes haben sie mir genommen. Er war mein ganzer Stolz. Du hast dich schon immer für was Besseres gehalten, bist dir zu schade, um auf dem Hof anzupacken.« Sie spie die Worte förmlich aus.

Heinrich erbleichte. »So siehst du das also?«

Seine Mutter sah ihn an. Doch ihr Blick ging in weite Ferne. »Mein kleiner, kleiner Hannes.« Ihre Stimme klang entrückt.

Heinrich, der dies bemerkte, nutzte die Gelegenheit. Er riss an dem Lauf, ein Schuss löste sich. Er entwand ihr die Waffe und schleuderte sie von sich. Dann schlang er die Arme um seine Mutter, die wild um sich schlug.

Wiebke hielt sich die Ohren zu, denn die alte Frau schrie wie von Sinnen.

Inzwischen waren auch die anderen auf den Beinen, halfen Heinrich dabei, die aufgebrachte Frau zu beruhigen. Nur der Kommissar stand noch beim Tisch und sah mit entsetztem Blick auf die Bank nieder. Wiebke trat näher. Sie schnappte nach Luft. Dort auf der Bank lag Ruben Lieberstock. Er war zur Seite gekippt. Unter ihm auf dem Holz sammelte sich das Blut.

Der Kommissar öffnete die Jacke des bewusstlosen Krämers. Er legte die Finger auf die Halsschlagader. »Er stirbt!«, rief er. »Wir brauchen dringend einen Arzt.«

»Ich hole den Doktor!«, sagte Heinrich. Er ließ von seiner Mutter ab, deren Widerstand erlahmt zu sein schien. Sie saß jetzt vornübergebeugt auf einem Stuhl, hatte die Hände vors Gesicht geschlagen und wimmerte leise vor sich hin. Mit einem Blick auf seinen Vater verließ der junge Intze die Gaststube.

Friedrich Intze seufzte, setzte sich neben seine Frau, legte ihren Kopf behutsam auf seine Schulter und streichelte ihn. »Ist ja gut, ist ja gut…«, murmelte er, wie zu einem Kind.

Unterdessen presste Kriminalkommissar Alfred Jochens seine Hand auf die Wunde des Krämers, um die Blutung zu vermindern.

Wiebke rannte in die Küche, um ein Tuch zu holen. Ihr war klar: Es musste ein Wunder geschehen, wenn Ruben Lieberstock überleben sollte.

77

Hermann hielt Agnes' Kehle mit unerbittlichem Griff umschlungen. Er beugte sich vor, als wollte er ihr ein Geheimnis anvertrauen.

»Ich will dir nicht wehtun, Lina«, sagte er mit ruhiger Stimme. »Was ich tue, ist nur zu deinem Besten. Du bist krank, verwirrt.« Er seufzte. »Das ist der Krieg, Lina. Der macht das mit den Menschen.« Ein trauriges Lächeln huschte über sein Gesicht. »Aber ich werde dir helfen.«

Damit riss er sie herum, stieß sie vor sich her wie eine lebensgroße Handpuppe.

»Du tust mir weh!«, presste Agnes hervor. Sie erhaschte einen Blick auf den Jungen, der mit panisch geweiteten Augen alles verfolgte. Doch dann waren sie schon hinter dem Paravent. Dort befanden sich ein Tisch mit OP-Besteck sowie ein seltsam aussehender Stuhl mit Armlehnen, von denen Lederriemen herabhingen.

Agnes begann haltlos zu zittern. Die Tränen liefen ihr über die Wangen.

Im nächsten Moment hatte Hermann sie auf den Stuhl befördert. Er schnallte ihre Handgelenke an den Stuhllehnen fest, drückte ihren Kopf gegen die Stütze. Auch dort befand sich ein Riemen, den er festzog. Schließlich hockte Hermann sich hin und fesselte ihre Fußgelenke.

Dann richtete er sich auf und wandte sich einer hölzernen Kiste zu, die auf dem Tisch neben dem OP-Besteck stand. Oben ragte ein Rad heraus, Kabel verliefen von dort an einem Tischbein herunter und führten … wohin? Agnes konnte nicht weit genug nach unten sehen, ihr Kopf war wie in einen Schraubstock gezwängt.

Hermann drückte einen Knopf, ein Summen ertönte. Es erinnerte Agnes an den Tag, als der alte Müller das Elektrizitätswerk in Betrieb genommen hatte. Die Transformatoren hatten gesummt …

Agnes riss die Augen auf. Plötzlich wusste sie, was das alles bedeutete. Sie schielte nach unten, auf den Riemen um ihr Handgelenk. Ein Kabel war daran befestigt.

»Hermann! Hermann!« Ihre Stimme war ein wildes Heulen. Die Tränen nahmen ihr die Sicht. »Hermann! Mach mich los! Tu's nicht. Bitte! Hermann …«

Hermann schien von ihrer Panik ungerührt. Er legte nur den Zeigefinger auf die Lippen. »*Pscht!*«, machte er und sah Agnes seelenruhig an: »Mach dir keine Sorgen. Wie gesagt, es ist nur zu deinem Besten. Neueste Forschungen einiger Kollegen beweisen, dass Elektrizität gegen psychisches Leid helfen kann. Schon länger trage ich mich mit dem Gedanken, auf diesem Forschungsfeld tätig zu werden.« Er drehte das Rad auf der Kiste ein kleines Stück.

Agnes spürte ein Kribbeln im ganzen Körper. Ausgehend von Kopf und Armen, zog es sich bis hinunter zu den Beinen.

»Spürst du was?«

»Ja!«, krächzte Agnes. Ihre Zunge fühlte sich an, als wäre sie zur doppelten Größe angeschwollen. Sie hatte Angst, an ihr zu ersticken.

»Glaub mir, es tut mir in der Seele weh, was ich tun muss. Doch bleibt mir nichts anderes übrig. Du sollst wieder gesund werden, das ist alles, was ich mir wünsche.« Hermann sah sie mitleidig an. »Bitte verzeih mir, Lina.« Er drehte das Rad mehrfach herum.

Agnes bäumte sich auf, krampfte, zitterte unkontrolliert. In ihrem Mund knackte etwas. Der Strom floss durch ihren Körper wie heiße Lava. Sie glaubte, sie müsse verglühen.

Dann war der Schmerz von einem Moment auf den anderen verschwunden.

Hermann stand mit der Hand am Regler und sah sie erwartungsvoll an.

Das Blut pulsierte in Agnes' Schläfen, ihre Muskeln brannten. Sie rang hechelnd nach Luft, ihr Blick verschwamm, wurde wieder klar. Sie spuckte einen abgebrochenen Zahn aus, schmeckte Blut.

»Ach … die Zähne, stimmt. Das hatte ich vergessen, tut mir leid, Lina.« Hermann wies mit dem Daumen hinter sich. »Den Beißschutz habe ich bei ihm verwendet. Leider habe ich nur einen. Na ja, es wird auch ohne gehen, nicht wahr?«

Agnes sah entsetzt zu Hermann auf. Sie wollte sprechen, aber sie konnte nicht. Ihr fehlte die Luft. Sie wusste nur, dass sie diese Tortur unmöglich ein weiteres Mal durchstehen konnte. Sie *musste* etwas unternehmen.

»Und? Was sagst du, Lina?«

»Ich bin nicht Lina«, hauchte Agnes.

»Wie bitte?« Hermann beugte sich zu ihr herab.

»Ich bin nicht Lina«, wiederholte Agnes ein wenig lauter als zuvor.

Er lachte. »So, so. Wer bist du denn sonst? Madame Pompadour?«

»Ich bin Agnes, Hermann. Agnes Papen. Und das hier ist nicht Verdun, sondern der Keller in deinem Haus. In Kirchbach.«

Hermann runzelte die Stirn. »Kirchbach?«

Agnes sprach jetzt schneller. »Du bist dort aufgewachsen. Erinnerst du dich nicht? Wir haben dort zusammen gespielt, als wir klein waren. Unten am Bach.«

»Ach ja, Kirchbach.« Er seufzte. »Ich war schon lange nicht mehr dort.«

»Was redest du da?« Agnes schrie es fast. »Geh vor die Tür und überzeug dich davon, dass ich die Wahrheit sage!«

»Rausgehen? Bist du wahnsinnig? Ich will doch nicht von einer Granate in Stücke gerissen werden.«

»Es gibt keine Granaten!« Agnes' Stimme überschlug sich. »Keine Franzosen, keine Soldaten, keine Maschinengewehre.«

Hermann schüttelte traurig den Kopf. Mitleidig sah er auf Agnes herab.

»Hm, offensichtlich ist dein Zustand schlimmer, als ich befürchtet habe.«

Ohne Vorwarnung drehte er am Rad. Wieder bäumte sich Agnes' Körper auf. Kurz wurde ihr schwarz vor Augen und eine große Leere erfüllte sie. Doch dann war das grelle Licht zurück und die schier unerträglich brennenden Schmerzen. Sie hatte sich auf die Zunge gebissen, schmeckte Blut. Ihre Muskeln zuckten unkontrolliert, schienen ein Eigenleben zu entwickeln. Sie wollte Hermann anbetteln, anflehen, aufzuhören. Doch es war ihr unmöglich, die verkrampften Kiefermuskeln zu lösen.

Dann war es plötzlich wieder vorbei.

Heiß pulsierte der Schmerz nach, rote Punkte tanzten

Agnes vor den Augen. Sie konnte es kaum fassen, dieses Martyrium überstanden zu haben.

»Fühlst du dich besser?«, fragte Hermann.

Sie musste Zeit schinden, Hermann um jeden Preis davon abhalten, erneut das Rad in Gang zu setzen.

»Es ist…«, begann sie, hielt inne und tat so, als horchte sie in sich hinein.

Fieberhaft überlegte sie. Wenn nur die Furcht vor der nächsten Qual nicht alles überlagern würde.

»Ja?«, drängte er sie.

Agnes zuckte zusammen. Ängstlich blickte sie zu seiner Hand, die auf dem Regler lag. »Ich kann es schwer beschreiben…«

»Lass dir Zeit.«

Sie konnte seine Ungeduld heraushören. Lange würde er nicht warten. Ihr musste etwas einfallen, es musste doch eine Lösung…

»Doktor Brosch? Sind Sie im Keller? Hallo?«

Eine Stimme drang vom Gang her zu ihnen.

Agnes' Puls raste, ihr Herz hämmerte. Sie konnte ihr Glück kaum fassen. Ein Retter in der Not. Zu schön, um wahr zu sein. Für einen winzigen Augenblick glaubte sie, ihre Sinne spielten ihr einen Streich.

Aber nein! Heinrich Intze erschien in der Tür. Er kam in den Raum, blieb stehen und sah sich verwundert um.

»Was ist hier los? Franz? Verdammt, was machst du hier?«

Hermann beugte sich dicht zu Agnes herab. Er flüsterte ihr ins Ohr: »Bin gleich wieder bei dir. Mit dem Franzmann werde ich schon fertig. Dieser Kretin hat nicht einmal eine Waffe.«

Er ging um den Paravent herum und hob in einer fließenden Bewegung den Schürhaken vom Boden auf.

Agnes wollte eine Warnung schreien, doch ihr gelang nur ein Krächzen.

»Ach, Herr Doktor, da sind Sie ja«, sagte Heinrich. »Hören Sie, was ist denn hier …«

Weiter kam er nicht. Der Schürhaken traf ihn am Schädel. Er torkelte zur Seite, stieß gegen die Wand und rutschte zu Boden.

Hermann ließ den Haken fallen und kam zu Agnes zurück. »Wo waren wir stehen geblieben, Lina?«

Agnes jaulte auf. Sie schluchzte und weinte hilflos. Sie konnte den Blick nicht von dem am Boden liegenden Heinrich lösen.

»Du schweigst also«, stellte Hermann fest. Er runzelte die Stirn. »Ich denke, dann sollten wir wieder zur Tat schreiten. Vielleicht klären sich deine Gedanken noch.« Er legte die Hand auf den Regler.

»Warte, bitte!«, rief Agnes. Einen weiteren Stromschlag würde sie nicht überstehen, das wusste sie.

Sie hörte Heinrich stöhnen.

Er war nicht tot.

Hermann musterte sie. »Ja?«

Agnes nahm all ihren Mut zusammen. Sie hatte einen Entschluss gefasst. Auch wenn sich alles in ihr sträubte, sie sah keine andere Möglichkeit. »Hermann, küss mich!«

»Bitte … was?«

»Ich liebe dich.«

Er schüttelte den Kopf. »Das ist unangemessen, Lina. Du darfst mich nicht als deinen Liebhaber sehen. Hier und jetzt bin ich dein Arzt.«

»Bitte«, bettelte Agnes. Sie schwitzte, der Schweiß rann ihr in die Augen. Sie blinzelte. »Ich fühle … es könnte mir helfen, Hermann. Mit deinem Kuss auf den Lippen wird es … besser gehen.«

Hermann holte tief Luft. »Also gut.« Er schüttelte den Zeigefinger und lächelte. »Das ist zwar sehr unorthodox, aber ich werde ausnahmsweise fünfe gerade sein lassen.« Er lächelte gütig. »Ich liebe dich auch, Lina.«

Er beugte sich zu ihr hinunter.

Stumm triumphierte Agnes. Sie roch sein Rasierwasser. Bevor sich ihre Lippen berührten, befeuchtete sie ihre Lippen mit der Zungenspitze.

Alles musste perfekt sein.

Es sollte der Kuss ihres Lebens werden.

78

Warte bitte.«

»Ja?«

»Küss mich!«

Habe ich richtig gehört? »Bitte … was?«

»Ich liebe dich.«

Wunderschön. Am liebsten hätte ich sie in meine Arme gezogen. Aber nein … das verbot sich. Nicht während einer Behandlung. »Das ist unangemessen, Lina. Du darfst mich nicht als deinen Liebhaber sehen. Hier und jetzt bin ich dein Arzt.«

»Bitte«, bettelt Lina. »Ich fühle … es könnte mir helfen, Hermann. Mit deinem Kuss auf den Lippen wird es … besser gehen.«

Los, gönn ihr den Kuss. Es ist niemand da, der dir unprofessionelles Verhalten vorwerfen könnte. Es scheint ihr wichtig zu sein. »Also gut. Das ist zwar sehr unorthodox, aber ich werde ausnahmsweise fünfe gerade sein lassen.«

»Ich liebe dich auch, Lina.«

Ihre Lippen! Weich und rein. Wundervoll. Ich könnte …

Was ist das?

So … fordernd?

Genieße es … löse dich nicht!

Bisher war Lina nie so fordernd … drängend. Lina will erobert …

Agnes?

Was … wer?

Lina? … Der Kuss! Das passt nicht zus …

Agnes?

Verdammt? Wer ist … Was ist … Wo …?

Agnes! Agnes! Agnes!

Was sehe ich, ich sehe in … *Linas* … Agnes' Augen.

Braune, wunderschöne Rehaugen.

Was ist hier los?

Wo bin ich?

Ist das dort Franz Metzler? Und auf dem Boden? Heinrich Intze?

Was machen die … was machen wir alle hier?

»Hermann?«

Warum sitzt Agnes angeschnallt auf diesem … Stuhl? Was ist das für ein komisches Ding? Kabel, Kontakte … Strom?

Wer hat Agnes …?

O Gott!

»War ich das? Habe ich dich festgeschnallt?«

Agnes lächelt.

»Denk jetzt nicht daran, Hermann … «

Sie lächelt. Aber sie hat Angst.

Sie fürchtet sich.

Sie fürchtet sich … vor mir!

Ja, ich kann es sehen. Sie sieht mich an, als wäre ich ein böser Geist, ein Dämon.

»War ich …« Was ist in diesem Raum geschehen? »War ich das? Ist das mein … Werk?«

Agnes zögert. Tränen laufen ihr über die Wangen.

»Hermann, du bist krank. Das warst nicht du. Das war ein Anderer … in dir. Hermann, du musst Hilfe holen, Hermann, hörst du?«

»Nein!«

Das war kein Anderer.

Das war ich!

Ich!

Ich!

79

Agnes sah zur Treppe. Seit Hermanns Verschwinden fürchtete sie seine Rückkehr. Heinrich Intze saß zusammengesackt neben dem elektrischen Stuhl. Er hatte es geschafft, zu ihr zu kriechen und unter Aufbietung seiner letzten Kräfte die Riemen zu öffnen, danach hatte er neuerlich das Bewusstsein verloren. Sie selbst hatte sich als Erstes zu Franz begeben, um den Jungen ebenfalls von seinen Fesseln zu befreien. Nun tränkte sie einen Mullstreifen mit Jod und drückte ihn auf die Schnittwunde.

Der Junge stöhnte auf und krümmte sich.

»Geht gleich vorbei«, tröstete Agnes ihn. »Der Schnitt ist nicht tief. Gott sei Dank bin ich rechtzeitig gekommen.«

Sie nahm den Jodstreifen von der Wunde, warf ihn fort und half Franz Metzler auf.

Bleich wie eine getünchte Wand saß er auf der Kante der Liege.

»Halt dein Hemd hoch«, wies Agnes ihn an und wickelte eine Binde um die Wunde. Das Mullende klammerte sie.

Heinrich Intze stöhnte und fasste sich an den Kopf. »Hat mich ein Pferd getreten?«, nuschelte er.

»Das gleiche Pferd wie mich«, sagte Franz und deutete auf seine geschwollene Nase. Sein freches Grinsen bewies Agnes, dass der Junge über die Sache hinwegkommen würde.

»Du bist niedergeschlagen worden«, berichtete sie Heinrich. »Vom Doktor. Erinnerst du dich?«

Er öffnete die Augen und sah auf. »Der Doktor?«

»Ja. Mit einem Schürhaken.«

Kaum merklich nickte er, verzog dabei sofort schmerzlich das Gesicht. »Richtig.«

»Kannst du gehen?«

Heinrich stöhnte auf. »Aufstehen wäre schon eine Leistung. Gehen? Ich weiß nicht.«

»Komm, ich helfe dir.«

Franz ließ sich von der Liege herab. Schwankend stand er im Raum. »Ich fass mit an.«

»Nein, ich bin froh, dass ich dich nicht auch noch stützen muss.« Agnes wies zur Treppe. »Los, du gehst voran!« Agnes half Heinrich auf die Beine. Zusammen taumelten sie hinter Franz den Gang entlang. Anfangs lastete Heinrichs Gewicht schwer auf ihren Schultern. Aber mit jedem Schritt wurde es leichter. Seine Kräfte kehrten zurück.

Als sie die Treppe erklommen, wunderte sich Agnes über den Lärm, der von draußen kam.

»Was ist da los?«, fragte sie Franz, der bereits an der Haustür stand.

Er drehte sich um. »Da sind Lastwagen«, rief er eifrig.

»Lastwagen?«, brummte Heinrich und löste sich von Agnes. »Geht wieder, vielen Dank.«

Agnes zögerte. Heinrich mochte ja wieder auf eigenen Beinen stehen können. Sie selbst aber hatte das Gefühl, ihre Beine könnten jederzeit unter ihr nachgeben. Geistesgegenwärtig ergriff sie seinen Arm.

Heinrich stutzte.

»Jetzt musst du mich festhalten«, erklärte sie erschöpft.

Er nickte.

Dann gingen sie hinaus. Gierig sog Agnes die kühle Nachtluft ein.

»Was geht da vor?«, fragte Franz.

Drei Lastwagen standen auf dem kleinen Platz vor dem Gasthaus, gegenüber dem Kirchenportal. Auf einer Lastwagenplane prangte ein großes rotes Kreuz auf weißem Hintergrund. Die Scheinwerfer schnitten helle Lichtkegel in die Nacht. Männer in Uniformen bewachten die Fahrzeuge. In den Führerhäusern glommen Zigaretten. Einige Kirchbacher hatte der Lärm aus den Betten getrieben. Sie standen abseits und beobachteten das Geschehen.

Agnes horchte. Männer riefen Befehle. Sie verstand »Further orders, Sir?« Und »Ay, ay, Sir!«

»Das ist Englisch«, stellte Heinrich fest.

»Ja«, sagte Agnes. »Die Besatzungstruppen haben Kirchbach gefunden.«

Wilhelmshaven, 12. Januar 1915, SM U31

Emma, meine über alles geliebte Tochter!
Siehst du, wie recht ich hatte, mich zu den U-Booten zu melden. Während ich in Wilhelmshaven flaniere, liegen die Kameraden unter Artilleriebeschuss in den Gräben von Flandern und Lothringen. Die armen Männer. Jeden Tag bete ich für sie.
Uns dagegen geht es hier gut, ausgezeichnete Verpflegung, sogar hin und wieder eine Flasche Bier. Wir werden hofiert, die Zukunft gehört uns, wie man allseits hört. Ich bin so stolz, auf einem U-Boot zu fahren, mein Kind, du glaubst es kaum. Wenn du U 31 sehen könntest, liebes Kind: 65 Meter lang, fast 7 Meter breit, 31 Mann Besatzung. Die modernste Gerätschaft der Kaiserlichen Marine, ein Hotel unter Wasser; Küche, Kojen, Toiletten, alles haben wir an Komfort dabei. In Kürze stechen wir in See, gleiten unter Wasser an den Feind heran und schicken die Aale auf Reisen. So nennen wir die Torpedos, Kind, riesige graue Stangen, die mit Sprengstoff und Druckluft gefüllt sind.
Aber ich fürchte, ich langweile dich mit den Einzelheiten, liebe Emma. Sag an, wie geht es dir? Was macht die Schule? Kommst du gut mit?
Immer dieselben Fragen, ich weiß, es ist das Übel des Alters. Habt ihr genug zu essen? Man hört, die Verpflegungslage ist durch die Seeblockade der Tommys angespannt. Wir werden es ihnen heimzahlen, Emma, versprochen.

Ist deine Großmutter immer noch grimmig? Du schriebest, sie verzeiht mir nicht, dass ich mich freiwillig gemeldet habe. Aber was sollte ich tun? Der Befehl hätte mich ohnehin ereilt. Da ist es nutzbringender, dem Schicksal zuvorzukommen.
Ach Gott, Emma, ich vermisse euch so sehr. Kaum eine Minute vergeht, in der ich nicht an dich denken muss. Es heißt, nach der Feindfahrt wird beurlaubt. Den nächsten Zug werde ich nehmen, wenn wir zurückgekehrt sind, das verspreche ich dir. Mach mir und Großmutter keine Sorgen, mein Kind. Wünsch mir immer eine Handbreit Wasser unter dem Kiel, wie man hier so sagt.
Fest drücke ich dich aus der Ferne!
Dein Vater

Emil Höltern aus Kirchbach, vermisst auf Feindfahrt. Am 13. Januar 1915 lief U 31 aus Wilhelmshaven zum Operationsgebiet vor der Südostküste Englands aus. Seitdem galt das Boot als verschollen, bis das Wrack 2016 vor der Ostküste Englands auf Grund entdeckt wurde.

MONTAG, 30. DEZEMBER 1918

In Berlin wird die KPD gegründet. Rosa Luxemburg und Karl Liebknecht übernehmen die Parteiführung.

Der Flugzeugfabrikant Hugo Junkers erkennt die Zeichen der Zeit, wendet sich von der Entwicklung von Jagdflugzeugen ab und beschließt, ein Flugzeug zu konstruieren, das auf die Bedürfnisse des Post- und Personenverkehrs zugeschnitten ist.

Prinzregent Aribert von Anhalt und Vertreter des Freistaates Anhalt unterzeichnen die Gründungsurkunde der »Joachim-Ernst-Stiftung«, die die Pflege der Schlösser und Gärten in und um Dessau wahrnimmt.

80

Die Ereignisse nach ihrer Flucht aus dem Keller waren wie in einem Traum an ihr vorübergezogen. Sie hatte mit einem amerikanischen Offizier gesprochen und versucht ihm zu schildern, was passiert war. Der Mann hatte deutsche Wurzeln und sprach passabel deutsch. Das hatte die Sache erleichtert. Er hatte ihr versichert, sich so bald wie möglich um die Sache zu kümmern. Franz und Heinrich waren verarztet worden, während ein Soldat ihr eine Decke über die Schultern hängte und ihr eine Feldflasche in die Hand drückte.

Der Tumult um sie herum hatte ihr zu schaffen gemacht. Männer waren hin und her gerannt. Kronenjungs Gaststätte diente ihnen offenbar als Hauptquartier. Die Lastwagen rangierten, Befehle gellten durch die Nacht, sogar eine provisorische Feldküche war aufgebaut worden. Schließlich hatte sie Heinrich gebeten, sie nach Hause zu begleiten.

Die Turmuhr schlug gerade Mitternacht, als sie die Tür hinter sich schloss und das Flurlicht andrehte. Sie streifte ihren Trenchcoat ab und hängte ihn an einen Garderobenhaken.

In der Küche suchte sie nach den Gewürznelken, die sie aus Cöln mitgebracht hatte. Sie konnte sich nicht erinnern, wo sie das Töpfchen abgestellt hatte. Endlich fand sie es im Regal hinter einem Teller. Sie stopfte sich einige Nelken in den Mund und kaute vorsichtig auf der Seite mit dem abgebrochenen Zahn. Nach einer Weile klang das schmerzhafte Pulsieren der Wunde ab. Sie spuckte den Brei in den Ausguss. Ein Besuch beim Zahnarzt war wohl unausweichlich.

Doch das musste bis morgen warten. Jetzt musste sie versuchen, etwas Schlaf zu finden. Mit letzter Kraft stieg sie die Treppe ins Obergeschoss hoch. Sie ging in Onkel Hans' Kammer. In ihrer eigenen hätte sie nicht übernachten können. Die Erinnerung an Hermann machte es ihr unmöglich. Allein bei dem Gedanken liefen ihr sofort wieder die Tränen über die Wangen.

Agnes setzte sich auf die Bettkannte, sah tränenblind vor sich hin. Sie überlegte, ob sie unten im Flur das elektrische Licht anlassen sollte – als sie ein Geräusch hörte! Sie schreckte auf.

Da war es wieder.

Ein Knarren von Bodendielen. Es kam aus der Stube.

Es war jemand im Haus!

Entsetzt sprang sie auf. Zögernd schlich sie zur Treppe. Konnte das möglich sein?

Langsam schlich sie die Stufen hinunter. Wenn jemand in der Stube war, konnte sie zur Haustür hinaus, ohne Aufmerksamkeit zu erregen. Sie konnte zu den Intzes laufen und Heinrich zu Hilfe holen.

Bevor sie die Haustür erreichte, hörte sie eine Stimme: »Bitte bleib. Ich muss mit dir sprechen.«

Agnes stockte der Atem.

Hermann! Er war es.

Sie hatte den Haustürgriff in der Hand, zögerte jedoch.

Hermanns Stimme klang weich, erschöpft. Das war nicht die Stimme des anderen Hermanns, den sie im Keller seines Hauses angetroffen hatte.

»Du musst keine Angst haben … Bitte glaub mir.«

Agnes wandte sich um. Die Tür zur Stube stand offen. Der Raum war hell erleuchtet. Vorgebeugt und mit hängenden Schultern saß Hermann im Sessel. Seine Haare hingen ihm strähnig ins Gesicht. Er trug immer noch den weißen Kittel. Er blickte auf. »Ich hatte gehofft, dass du noch hier bist.« Er schluchzte, wischte sich mit einer hektischen Bewegung über die Augen.

Agnes war näher getreten. Sie spürte, dass von diesem Hermann dort auf dem Sessel keine Gefahr ausging. Doch wer sagte ihr, dass dies so blieb.

»Was willst du hier?« Ihre Stimme klang kalt. Sie wusste nicht, was sie fühlen sollte – Abscheu, Hass, Mitleid … Sie sah den Mann an, den sie noch vor wenigen Stunden über alles geliebt hatte, und sie stellte fest, dass sie *nichts* empfand.

Ihr kam ein irrwitziger Gedanke. »Wenn du hoffst, hier unterzuschlüpfen …«

»Nein, keine Sorge, tue ich nicht.«

»Was dann?«

Er sah auf. »Ich wollte dich ein letztes Mal sehen.«

Verächtlich stieß sie Luft aus. »Gut, von mir aus.« Sie zuckte die Schultern. »Dann ist das jetzt erledigt.«

Er sah sie gequält an. Offensichtlich hatte er sich eine andere Reaktion erhofft.

»Agnes, ich kann das, was geschehen … die schrecklichen Dinge … nicht ungeschehen machen … und glaube mir, ich würde alles tun, wenn ich es könnte. Ich hatte trotzdem gehofft …«

Agnes spürte, wie sich eine leise Wut in ihr regte. Ihr Blick verfinsterte sich. »Was hattest du gehofft?«

Hermann machte eine vage Handbewegung. »Nun, ich hatte gehofft, du könntest mir verzeihen. Es hätte es mir leichter gemacht.«

Agnes rieb sich die Schläfen. Das hier war zu aberwitzig. Sollte er sich doch wünschen und denken, was er wollte. Sie wollte nur noch, dass er ging.

»Lass uns das hier beenden, Hermann«, sagte sie müde. »Das führt zu nichts.«

Hermann schloss für einen Moment die Augen. »Eine Sache sollst du noch wissen.« Er sah auf. »Der Abschiedsbrief deines Onkels, Agnes, den habe ich geschrieben …«

Agnes lachte heulend auf. »Das habe ich auch so herausgefunden. Aber was spielt das jetzt noch für eine Rolle?«

»Nein, nein, du verstehst nicht.« Hektisch wischte Hermann sich über das Gesicht. »All das Grausame, das hat mein *anderes Ich* getan. Gut, zugegeben, dass etwas mit mir nicht stimmte, das habe ich im … hm … Normalzustand … wohl gespürt. Davon kann ich mich nicht freisprechen. Ich habe es verdrängt, anstatt dem auf den Grund zu gehen.« Er zuckte hilflos die Schultern. »Weißt du, ich wollte es nicht wahrhaben. Manchmal, da hatte ich Erinnerungen an die Taten des *anderen Ichs* … helle Momente, Gedankensplitter … Ich habe es als Nachwirkungen der Albträume abgetan. Das Verdrängen ist … gewissermaßen … *normal*, es gehört zum Krankheitsbild.« Er machte eine Pause und sah Agnes direkt in die Augen. »Den Brief aber, Agnes, den hat nicht mein anderes Ich geschrieben …« Er schlug sich mit der flachen Hand auf die Brust. »Den habe *ich* verfasst.«

»Was soll das?«, fuhr Agnes ihn an. Sie verstand überhaupt nichts mehr. »Warum erzählst du mir das? Warum solltest du und nicht … der andere Hermann … den Brief geschrieben haben? Das ergibt doch keinen Sinn.«

»Ich sage aber die Wahrheit. Schau, mein anderes Ich hatte überhaupt keinen Grund, dir einen Brief zu hinterlassen. Es kannte dich nicht, wusste nicht, dass du dir Sorgen machst.« Er hieb sich wieder gegen die Brust. »Ich dagegen *wollte* nicht, dass du dir Sorgen machst. Deswegen habe ich den Brief fingiert. Und ich wollte … unterbewusst … wohl nicht, dass du dich auf die Suche machst. Ich ahnte die Gefahr, alles zu verlieren … *dich* zu verlieren, bevor ich dich überhaupt für mich gewinnen konnte.«

Agnes spürte, wie Schwindel sie ergriff. Sie musste sich im Türrahmen abstützen. Schwankend wandte sie sich zum Gehen.

»Wohin willst du?«

»Ich werde dem Kommandanten Bescheid geben«, sagte sie, ohne sich umzublicken. »Wenn du noch einen Funken Ehre im Leib hast, dann …«

Ein grauenhafter Knall ließ sie zusammenfahren. Mit eingezogenem Kopf verharrte sie eine Weile bei der Tür, bis sie sich schließlich umwandte. Hermann saß mit starrem Blick im Sessel, die Arme hingen schlaff herab. Aus einem Loch in seiner Schläfe rann dunkles Blut über seine Wange hinunter zum Hals.

Von draußen drangen jetzt Stimmen zu ihr. »What the hell was that?«, rief einer der Soldaten. Agnes sank ermattet auf die unterste Stufe der Treppe. Sie wusste, es war vorbei.

EPILOG

Die Sonne hatte den Zenit überschritten, die Schatten der Bäume wurden länger. Agnes gönnte sich eine Pause und setzte sich neben dem schlichten Holzkreuz in den Schatten einer Buche. Von Tag zu Tag strengte es sie mehr an, die schwere Photoausrüstung zu tragen.

Sie stützte sich nach hinten mit den Händen ab und schaute ins Tal hinunter. Der Fluss glitzerte im Sonnenlicht, die getünchten Fachwerkwände der Häuser in Kirchbach leuchteten blendend weiß. Die Kräuter auf den Wiesen verströmten einen betörenden Duft nach Sommer, der Boden unter ihren Fingern fühlte sich weich und warm an. Die Blätter in den Ästen raschelten. Eine frische Brise strich ihr über Nacken und Haare und kühlte ihre verschwitzte Stirn.

Alles wirkte so friedlich, nichts deutete mehr auf die schrecklichen Ereignisse vor gut einem halben Jahr hin.

»Die Zeit heilt alle Wunden«, sagte Klara immer. Eine abgegriffene Redensart, wie Agnes fand, wenngleich ein Funken Wahrheit in den Worten steckte. Die Albträume, die sie in den ersten Monaten nach den Geschehnissen fast jede Nacht verfolgt hatten, suchten sie inzwischen nur noch selten heim. Die Bilder begannen zu verblassen. Sie wirkten nur noch wie schlechte Photographien, überbelichtet und mit unscharfen Konturen. Oder wie ein Roman, den man einmal gelesen hatte. Inzwischen gab es Nächte, in denen sie friedlich wie ein glückliches Kind schlummerte.

Das war gut so. Ihre Arbeit verlangte ihr einiges ab, kostete Kraft und Energie.

Anfang Januar hatte sie Kirchbach verlassen und war nach Cöln zurückgekehrt. Klaras Freund Achim hatte ihr das Angebot unterbreitet, bei ihm als Reporterin tätig zu werden. Agnes hatte ihr Glück kaum fassen können und vom Fleck weg zugesagt. Seitdem wohnte sie in einer Kammer unter dem Dach der Brauerei, die Klaras Vater betrieb. Öffnete sie in luftiger Höhe das winzige Dachfenster, schienen die Türme des Cölner Doms zum Greifen nahe, während weit unter ihr das Leben auf dem Heumarkt pulsierte. Obwohl eng und ohne Heizung, liebte sie ihre vier Wände. Es war ein Rückzugsort, wo niemand sie störte. Nur schade, dass sie das Zimmer bald aufgeben musste, um eine größere Unterkunft zu beziehen …

Agnes ließ den Blick schweifen. Sie fand zwischen den Dächern von Kirchbach Hermanns Herrenhaus, in dem sich die Besatzer einquartiert hatten. Aus den oberen Fenstern hingen die Fahnen der Entente. Zwei Lastwagen parkten vor dem Eingang, ein Fuhrwerk mühte sich daran vorbei. Auf Agnes wirkte es, als begegnete sich die alte und die neue Welt. Nicht mehr lange, dann zogen auch in Kirchbach nicht mehr Ochsen die Pflüge, sondern wuchtige Landmaschinen. Der Fortschritt war nicht aufzuhalten.

Sie musterte ihre Kamera, die auf dem Dreibein auf ihren Einsatz wartete. Der ehemals schwarze Faltenbalg war verblichen, das Messing an der Linse abgegriffen. Vormals das Beste, was der Markt zu bieten hatte, war das Gerät in die Jahre gekommen. Es gab lichtempfindlichere Modelle mit geringerem Gewicht und in der Handhabung narrensicher. Sie sparte für eine neue Ausstattung. Allerdings gingen andere Dinge vor, daran gab es nichts zu rütteln. Die Prioritäten waren klar.

Mit ein wenig Glück konnte sie das Haus ihres Onkels verkaufen. Inseriert hatte sie es vor zwei Wochen, einige Interessenten hatten sich bereits gemeldet.

Agnes blickte zur Kirchturmuhr, die Zeiger konnte sie auf die Entfernung gerade noch ausmachen: Kurz vor drei.

Es wurde Zeit.

Achim und Klara hatten ihr versprochen, sie am späten Nachmittag abzuholen. Seit zwei Wochen waren sie glückliche Besitzer eines viersitzigen gebrauchten Ford Modell T und nutzten jede sich bietende Gelegenheit, mit dem Wagen auszufahren. Agnes hatte das Angebot dankend angenommen, ersparte es ihr doch eine beschwerliche Zugfahrt.

Jetzt stellte sie sich hinter die Kamera, beugte sich vor und legte sich das Tuch über den Kopf. Sie kontrollierte die Einstellungen, sah im Sucher das schlichte Holzkreuz. Eine Aufschrift fehlte. Niemand hatte Hermann die Ehre erwiesen, seinen Namen und seine Lebensdaten aufzumalen.

Agnes drückte den Auslöser. Einige Minuten variierte sie den Blickwinkel und wiederholte das Prozedere. Dann war sie zufrieden, packte alles zusammen, schulterte die Ausrüstung und ging los, ohne einen Blick zurückzuwerfen.

Insekten summten um sie herum. Sie schlug den Weg über den Friedhof ein. Der Kies knirschte unter ihren Füßen. Die Hortensien blühten lila, Bienen huschten fleißig über die Wildrosen und Silberwurzen.

An einem frisch aufgeworfenen Grab blieb sie stehen. Auf der wegabgewandten Seite der großzügigen Einfassung stand ein Basaltstein in der Größe einer Tischplatte. In einer geschwungenen Serifenschrift waren zahlreiche Namen und Daten eingraviert. Eine Aufschrift hob sich hell aus dem Dunkel der Steinoberfläche ab:

Friedrich Intze
**2. 2. 1850 † 23. 5. 1919*

Der alte Intze hatte große Schuld auf sich geladen, und Agnes war nach wie vor nicht bereit, ihm zu verzeihen, was er mit Emma getan hatte. Aber sie hoffte dennoch, dass auch er am Ende seinen Frieden gefunden hatte.

Sie verließ den Friedhof, ging über den Dorfplatz und betrat den Krämerladen. Das Glöckchen läutete munter.

Sofort fiel Agnes auf, dass sich etwas verändert hatte. Es wirkte alles so aufgeräumt und ordentlich. Bunte Emailleschilder an der Wand hinter dem Verkaufstresen priesen »Persil«, »Lux Seifenflocken«, »Erdal Schuhpflege« und »Josetti Cigaretten« an. Ein Pappschild neben dem Eingang wies auf handliche Batterien aus dem Hause AFA hin. Ein frischer Duft nach Kernseife und Bohnerwachs hing in der Luft.

»Sieh an«, ließ sich jetzt eine heisere Stimme vernehmen, »hoher Besuch aus der Stadt. Was treibt Sie nach Kirchbach?«

Ruben Lieberstock erschien hinter dem Tresen und lächelte ihr zu.

Agnes stellte ihre Ausrüstung an die Wand und trat näher, um dem alten Krämer die Hand zu schütteln.

»Ich musste in der Nähe einige Photos schießen«, sagte Agnes. »Ich habe mir gedacht, ich kann nicht einfach so wieder verschwinden, ohne zumindest guten Tag zu sagen.«

»Es freut mich, Sie wohlauf wiederzusehen.«

Als Agnes ihn so betrachtete, wirkte Lieberstock noch immer angeschlagen. Nach seiner schweren Schussverletzung kein Wunder. Aber ein zufriedenes Lächeln umspielte seine Lippen.

»Wie geht es Ihnen«, fragte Agnes.

Er wiegte den Kopf. »Nun, ich will nicht klagen. Wissen Sie, ich nehme jeden Tag als Geschenk an. Wären nicht just in dem Moment, als Elsbeth mir die Kugel in die Brust gejagt hatte, die Amerikaner aufgetaucht, nun, dann wäre ich bereits meinem Schöpfer gegenübergetreten. Ich muss dankbar sein, meine Dinge noch regeln zu dürfen.« Er wischte mit der Hand durch die Luft. »Aber reden wir nicht über mich. Erzählen Sie, wie ist es Ihnen ergangen?« Er musterte Agnes von oben bis unten und zwinkerte schelmisch. »Ich weiß, es schickt sich nicht zu fragen … Aber es ist schließlich kaum noch zu übersehen …« Er sah sie fragend an. »Habe ich recht?«

Agnes legte vorsichtig die Hände auf den Bauch und lachte. Statt zu antworten, zuckte sie nur die Schultern.

Ruben Lieberstock wandte sich nach hinten. »Kinder! Kommt mal her! Es gibt Neuigkeiten.«

»Was ist denn los, Großväterchen? Was krakelst du schon wieder?«, war die Stimme einer jungen Frau zu hören.

Lieberstock schmunzelte. »Die Kleine hat ein ganz schön freches Mundwerk. Sie kennen doch Käthe?«

»Nur vom Sehen«, sagte Agnes.

»Sie ist ein gutes Mädchen, fleißig und …« – er tippte sich an die Stirn – »sie kann mit Zahlen umgehen. Sehen Sie sich um. Sieht aus wie in einem Prospekt von Woolworth, finden Sie nicht? Das ist Käthes Werk. Sie ist unermüdlich.«

Eine zierliche junge Frau tauchte aus dem Flur auf, der zu den hinteren Räumen führte. Sie trug die Haare zu einem Zopf zusammengebunden, was sie jünger wirken ließ, als sie vermutlich war.

»Käthe Heimers«, stellte sie sich vor. »Aber Käthe reicht. Sie sind die Kriegsberichterstatterin, richtig?«

»Das war einmal«, sagte Agnes. »Jetzt arbeite ich für eine Zeitschrift. Wir berichten über spannende und ungewöhnliche Dinge. Kriege sollen bei uns keine Rolle spielen.«

»Hört, hört«, warf Lieberstock ein. »So soll es bis in ferne Zukunft bleiben.«

Schwere Schritte kamen im Obergeschoss die Treppe hinunter, kurz darauf erschien Franz.

»Frau Papen!«, rief er aus und strahlte über das ganze Gesicht. Überschwänglich schüttelte er Agnes die Hand. Er trug einen Verkäuferkittel – und dies ganz offensichtlich mit Stolz. Das Haar war akkurat geschnitten und mit Pomade nach hinten gekämmt.

Lieberstock wies auf Franz. »Darf ich vorstellen – mein zukünftiger Nachfolger.«

»Gratuliere, Franz«, sagte Agnes. Sie freute sich für ihn.

»Danke.« Er zog Käthe in den Arm.

Sie zierte sich ein wenig. Doch man sah ihr an, wie glücklich sie mit ihrem Franz war.

Lieberstock wandte sich an Agnes. »Die beiden sind ein Herz und eine Seele. Aber jetzt steht ihnen dennoch eine Zeit der Trennung bevor.«

»Ich werde nach Berlin gehen«, verkündete Franz aufgeregt. Käthe löste sich von ihm und seufzte, als wollte sie lieber nicht daran erinnert werden.

Agnes sah den alten Krämer an. »Berlin?«

Der winkte ab. »Keine große Sache. Der jüngere Bruder meiner verstorbenen Frau ist Kaufmann. Er wird Franz ausbilden.«

»Einzel- und Großhandel«, sagte Franz. »Mit Filialen in Übersee. Ich werde das Meer sehen, Afrika und Amerika bereisen, und mit der Eisenbahn fahren.«

»Das wird kein Zuckerschlecken«, sagte Lieberstock an Franz gewandt, »sondern harte Arbeit. Du hast viel aufzuholen.«

»Weiß er doch, du alter Griesgram«, sagte Käthe leise. »Aber ein wenig träumen darf er wohl.« Sie warf Franz einen liebevollen Blick zu. »Du schaffst das schon.«

Agnes spürte, dass die beiden füreinander bestimmt waren. Käthe würde auf Franz warten, da war sie sich sicher.

»Und was gibt es sonst Neues im Ort?«, fragte sie den alten Krämer.

»Von Elsbeth werden Sie gehört haben. Sie sitzt wegen Kindsmord hinter schwedischen Gardinen. Hat den kleinen Emil erstickt und dann verscharrt«, berichtete Lieberstock. »Kommissar Jochens hat nicht locker gelassen, bis er den Fall aufgeklärt hatte. Ein guter Mann, konnte auch nachweisen, dass der tote Geistliche und der arme August auf das Konto von Brosch gingen.«

Agnes nickte. Sie hatte nichts anderes erwartet. Und das mit Elsbeth Intze hatte sie mitbekommen. Es war für einige Tage Thema Nummer eins in der Regionalpresse gewesen.

Nachdenklich sah Franz zum Fenster hinaus. »Leider war der Kommissar bei Gerold bisher nicht so erfolgreich. Von dem fehlt immer noch jede Spur.«

Als Franz schwieg, ergriff Käthe das Wort. »Heinrich ist jetzt Ortsvorsteher. Aber er wird wohl nie ein richtiger

Bauer. Ihm fehlt das Händchen dafür. Er hat Wiebke wieder eingestellt. Die führt ihm jetzt den Hof.«

»Ja«, brummte Lieberstock abfällig. »Damit er Zeit für seine Spinnerei hat. Er hat ein Flugzeug ohne Motor ersonnen. Ein Segelflugzeug nennt er es. Die reinste Zeitverschwendung.«

»Es ist sein Traum, Großväterchen«, sagte Käthe.

Lieberstock schüttelte nur den Kopf.

»Wenn mich nicht alles täuscht, will Heinrich morgen hoch zur Ruine, um einen Erstflug zu starten«, sagte Käthe.

Lieberstock winkte ab. »Lassen wir das. Die gute Wiebke wird ihm schon zeigen, wo es langgeht. Sie wird den Wildfang zähmen. Käthe, zeig unserem hohen Besuch doch mal unsere neueste Errungenschaft. Erst heute eingetroffen.«

Käthe ging nach hinten und kam kurz darauf mit einer Geige in einer offenen, mit Holzwolle ausgepolsterten Schachtel zurück. Fast feierlich übergab sie das Instrument Agnes. Der Lack glänzte, und die Verarbeitung war ohne Makel. Ein Schildchen wies sie als Einzelstück der Manufaktur »Paul Schwertfeger, Hachenburg« aus.

»Kaum zu glauben. Das hat *unser* Paul gebaut?«, fragte Agnes erstaunt. Lieberstock hatte ihr vor einiger Zeit geschrieben und mitgeteilt, dass Paul genesen und auf dem Heimweg war. Dass er aber die Manufaktur übernommen hatte, davon hatte nichts im Brief gestanden.

»Durchaus. Es ist ein Geschenk«, sagte Lieberstock. »Der Kerl versteht anscheinend sein Handwerk.« Er deutete mit seinem gichtigen Zeigefinger auf Franz. »Darauf solltest du ein Augenmerk richten. Eine solche Qualität liefern zu können hat was für sich. Vielleicht steigen wir da ein.«

In diesem Moment erklang eine quakende Automobilhupe.

»Oh!«, rief Agnes aus. »Das sind meine Freunde. Ich muss leider los.«

Sie schulterte ihre Ausrüstung. Gemeinsam gingen sie hinaus.

Achim kam ihr bereits entgegen, nahm ihr alles ab und verstaute es auf der Rückbank. Klara winkte aus dem geöffneten Fenster und rief: »Wir kommen demnächst vorbei, um euch alle kennenzulernen. Nur heute geht es leider nicht. Mein Mann muss noch eine Rede vor so einem Journalistenzirkel halten. Bei uns im Brauhaus. Das kann was werden, sag ich euch. Die saufen alle wie die Löcher.« Sie lachte und sah auf ihre Armbanduhr. »Los, Agnes, hopp, hopp, wir müssen uns sputen.«

Agnes verabschiedete sich von den Freunden, drückte ihnen die Hände und umarmte sie. Dem alten Lieberstock flüsterte sie mit einem Kloß im Hals ins Ohr: »Wir sehen uns wieder.«

»Selbstverständlich«, sagte Lieberstock bestimmt. »Wenn nicht hier, dann in einer anderen Welt.«

Agnes setzte sich auf den Rücksitz des Ford.

Achim drückte aufs Gas. »Dann mal hurtig«, sagte er und fuhr an.

Der Wagen rumpelte die Dorfstraße hinunter und über die Brücke. Agnes winkte über die Schulter, bis Kirchbach in eine Staubwolke gehüllt in der Ferne verschwand.

»Alles erledigt?«, fragte Klara.

»Ja. Ich habe die Photos.«

»Sehr gut. Das hast du richtig gemacht«, lobte Achim und legte einen höheren Gang ein. Das Getriebe rasselte laut. »Ein Kind sollte wissen, wo sein Vater begraben liegt.«

Stumm stimmte Agnes ihm zu.

Sie streichelte ihren Bauch, der sich bereits deutlich unter ihrer Bluse abzeichnete. Nicht mehr lange, und sie konnte ihre geliebten Hosen nicht mehr tragen. Was die Zukunft für sie bereithielt, wusste Agnes nicht. Aber eins war ihr gewiss: Sie würde dieses Kind von ganzem Herzen lieben, es beschützen und behüten.

Sie schloss die Augen und schwor es bei allem, was ihr heilig war. Das Kleine sollte seinen Vater niemals vermissen.

NACHWORT DES AUTORS

Die große Kunst des Erzählens liegt darin, auszusparen und fortzulassen. In den letzten Jahren habe ich die Schlachtfelder des Ersten Weltkriegs besucht, bin von den Schauplätzen der Alpenfront entlang der ehemaligen Westfront bis an die Küste des Ärmelkanals gereist, um Material zu sammeln. In meinem Büro türmen sich Bücher und Bildbände über das frühe zwanzigste Jahrhundert. Unzählige Dokumentationen habe ich mir angesehen, Historikern zugehört, ja, sogar Rezepte aus der Zeit nachgekocht.

Mein Ziel war es, mich ins Jahr 1918 einzufühlen. Dabei ging es mir nicht nur um das Seelenleben der Soldaten, die unvorstellbares Grauen erlebten, sondern auch um die Wünsche, Ängste und Hoffnungen der Daheimgebliebenen. Wie meisterten sie in der Mangelwirtschaft, ausgelöst durch die Seeblockade der Entente und einer Missernte im Jahr 1917, ihren Alltag? Welche Aufgaben mussten die Frauen übernehmen, während die Männer an der Front waren? Wie trauerten sie? Antworten auf diese Fragen zu finden, war für mich sehr bewegend.

Ein zentrales Motiv des Romans ist die psychische Zerrüttung der Kriegsteilnehmer. Die Erscheinungsformen der Schützengrabenneurosen waren überaus vielfältig. Es gab die sogenannten »Kriegszitterer«. Es gab Männer, die sich nur noch tanzend fortbewegen konnten. Andere litten an Gedächtnisverlust.

Wieso kam es aber gerade im Ersten Weltkrieg derart massiv zu seelischen Verstümmelungen? Was unterschied diesen Krieg von allen anderen Kriegen vorher?

Im Ersten Weltkrieg vollzog sich ein entscheidender Wandel in der Kriegstechnik und Kriegsführung. Durch die Industrialisierung wurde es möglich, Massenvernichtungswaffen in größter Stückzahl herzustellen. Maschinengewehre töteten Hunderte Soldaten in Minuten, Artilleriegeschosse von kaum vorstellbarer Vernichtungskraft zerfetzten Menschen von einem Moment auf den anderen.

Die Soldaten harrten in Todesangst, zur Untätigkeit verdammt, in Gräben aus, die nur bedingt Schutz boten. Schlamm, Kälte, Ratten, Läuse, Hunger und Durst machten das Leben selbst in ruhigen Zeiten zur Hölle. Das Wechseln der Kleidung war mitunter über Wochen und Monate nicht möglich. Das Leder der Stiefel verwuchs mit der Haut der Soldaten, Wasser wurde aus Granattrichtern geschöpft, in denen Leichen verwesten.

Besonders perfide war der Einsatz einer neuen Waffe, die lautlos und unsichtbar wirkte – Giftgas. Es führte zu Erblinden, Ersticken, Hautverätzungen.

Hunderttausende Tote und Verwundete, damit einhergehend über Jahre hinaus Leid, Elend, Blut, abartige Verletzungen, Amputationen. Auf eine solche Apokalypse war niemand vorbereitet. Auf ihre seelische Verarbeitung auch nicht. Die Psychoanalyse steckte noch in den Kinderschuhen. Viele von diesen Krankheiten traten zum ersten Mal in der Geschichte auf und überforderten damit die Ärzte, die aus Hilflosigkeit zu drastischen Mitteln wie der Starkstromtherapie griffen.

Da ich einen Roman und kein Sachbuch schreiben wollte, musste ich natürlich Fakten und Erfindungen mischen. Das Dorf Kirchbach zum Beispiel habe ich erfunden. Es gleicht vielen Dörfern der Eifel um die Jahrhundertwende. Die Tuchfabrik des Fabrikanten Rudolf Wenger – im wirklichen Leben hieß der Unternehmer Ludwig Müller – kann hingegen besichtigt werden. In Euskirchen-Kuchenheim unterhält der Landschaftsverband Rheinland ein Industriemuseum, das die Blütezeit der Tuchfabrik lebendig werden lässt. Anschaulich werden die Textil- und Dampfmaschinen vorgeführt und gewähren einen Einblick in die Arbeit von damals, wie sie für Käthe und Franz Routine gewesen war.

Die Hauptfigur Agnes Papen mag wie ein Anachronismus anmuten. Anfang des zwanzigsten Jahrhunderts tritt eine Frau als Kriegsberichterstatterin auf? Zu einer Zeit, als die Frauen in Deutschland nicht einmal wählen durften? Nun, als ich den Charakter von Agnes Papen entwarf, suchte ich nach einem mutigen und tapferen Vorbild – und fand es in Alice Schalek.

Geboren 1874 in Wien, gelang es Alice Schalek, im Jahr 1915 als Kriegsberichterstatterin zugelassen zu werden. Sie berichtete unter anderem über die Kämpfe in den Dolomiten und von den sogenannten Isonzo-Schlachten. Sie überlebte den Krieg und arbeitete unermüdlich in ihrem Beruf weiter. 1939 wurde sie von der Gestapo verhaftet, weil sie angeblich »Gräuelpropaganda« über das NS-Regime verbreitete. Ihr gelang die Flucht über die Schweiz nach England. Von dort emigrierte sie in die USA, wo sie 1956 in der Nähe von New York starb.

Die im Roman abgedruckten Feldpostbriefe sind echten Briefen aus der Zeit nachempfunden. Die genannten Verfasser sind jedoch frei erfunden.